Pearl S. Buck wurde 1892 in den USA geboren. Sie hat mehr als vierzig Jahre ihres Lebens in China verbracht. Die Kindheit verlebte sie in der alten Hafenstadt Tschingkiang, wo ihre Eltern als Missionare tätig waren. Knapp dreißig Jahre alt – inzwischen in Nanking –, begann sie zu schreiben. Erst 1934 kehrte Pearl S. Buck endgültig nach Amerika zurück. Sie ist mehrfacher Ehrendoktor, und für ihren Roman »Die gute Erde« (1931) erhielt sie 1938 den Nobelpreis. Fast alle ihre Werke behandeln die ostasiatische Welt und ihre Begegnung mit westlicher Lebensweise. Pearl S. Bck will Verständnis wecken für die Menschen jener Welt, ihre äußeren Reaktionen und inneren Wandlungen, die sie aus nächster Nähe beobachten konnte. Ihre Romane sind ein leidenschaftlicher Appell an das Weltgewissen, eine über den literarischen Anspruch weit hinausgehende Botschaft der Gleichberechtigung der Rassen auf unserer Erde. Pearl S. Buck starb 1973 in Vermont.

Von Pearl S. Buck sind außerdem
als Knaur-Taschenbücher erschienen:

»Lebendiger Bambus« (Band 127)
»Wo die Sonne aufgeht« (Band 310)
»Die chinesische Heirat« (Band 493)
»Die Frauen des Hauses K« (Band 676)
»Das Gelöbnis« (Band 733)
»Eine Liebesehe« (Band 755)
»Am Teich der Lotosblüten« (Band 786)
»Drachensaat« (Band 796)
»Das Mädchen von Kwangtung« (Band 812)
»Zuflucht im Herzen« (Band 1010)
»Geschöpfe Gottes« (Band 1033)

Vollständige Taschenbuchausgabe
Droemersche Verlagsanstalt Th. Knaur Nachf. München
Lizenzausgabe mit freundlicher Genehmigung
des Scherz Verlags, Bern und München

Titel der Originalausgabe »The Hidden Flower«
Umschlaggestaltung Wolfgang Lauter
Umschlagfoto Frieman/Bavaria
Gesamtherstellung Ebner Ulm
Printed in Germany · 1 · 15 · 783
ISBN 3-426-01048-8

1. Auflage

Pearl S. Buck:
Die verborgene Blume

Roman

Knaur

Erster Teil

Der Garten war ruhig. Jenseits seiner Mauern übertönte kein Echo von Schritten das Plätschern des Wasserfalls. Die Stille war geplant und vorgesehen, wie alles in diesem Garten geplant und vorgesehen war, obwohl die Anlage den Eindruck erweckte, von der Natur selbst geschaffen worden zu sein. So wurde das Wasser auf der Straßenseite des Gartens durch eine ganz moderne Pumpanlage hinaufgeleitet, um einen Bach zu erzeugen, der von einem Hügel herunterzufließen schien. Die Rohre waren hinter einer Felsengruppe verborgen. Ein welliger Erdhaufen, halb von Bambusrohr verdeckt, war vor der hohen Steinmauer aufgeworfen und in einer Weise geformt worden, daß die Umrisse die eindrucksvolle Schönheit eines Gebirgsausläufers hinter der Stadt vermittelten. Über den felsigen Abhang des Hügels plätscherte der Bach kaskadenförmig in einen tiefen, klaren Teich. Drei hohe, vom Alter gebeugte Kiefern lehnten sich über den Teich und spiegelten sich darin wider. Trotz ihrer geringen Zahl erweckten die Stämme die Atmosphäre eines Waldes in nicht allzugroßer Entfernung.

Das Haus an der Nordseite des Gartens war rein japanisch. Es war von beachtlicher Größe, die Dächer jedoch niedrig. Bambusrohr nahm den abfallenden Kanten ihre Schärfe und enthüllte gleich zurückgezogenen Vorhängen die Wände aus papierüberspanntem Gitterwerk. Das Haus selbst war aus ungestrichenem Holz gebaut und wies die silbriggraue Patina des Alters auf. Es war Frühling, und vor der gedämpften Farbe des Holzes blühten unzählige Azaleen. Die Sonne ließ die Blüten in strahlendem Rot und Orange und samtigem Honiggelb aufleuchten.

Es war Mittag. In seinem Arbeitszimmer hob Dr. Sotan Sakai den Kopf von dem Manuskript, an dem er arbeitete, und schaute durch die offenen Türen hinaus. Der Garten war von unwiderstehlicher Schönheit. Dr. Sakai legte seine Füllfeder nieder, erhob sich von der Matte und stellte nicht ohne geheimen Stolz fest, daß seine Beine keinerlei Steifheit zu überwinden hatten. Es hatte mehrerer Jahre bedurft, um ihn nach einer in den Vereinigten Staaten verbrachten Jugend den Sitten und Gebräuchen seines eigenen Volkes wieder nahezubringen. Am Anfang war es schier unerträglich gewesen, vor dem niedrigen

Tischchen zu knien und auf den Beinen sitzend, stundenlang schreibend, in dieser Stellung zu verharren. Doch er hatte es sich in den Kopf gesetzt, die Schwierigkeit zu überwinden, genauso, wie er den Entschluß gefaßt hatte, das fremde Land zu verlassen und in die Heimat seiner Väter zurückzukehren. Den Entschluß hatte er gefaßt, weil er ein stolzer Mann war und den Gedanken an ein Konzentrationslager in Arizona nicht ertragen konnte. Man hatte ihn vor die Wahl gestellt: entweder das Konzentrationslager oder die Rückkehr nach Japan. Er hatte Japan gewählt.

Der Stolz war es auch, der ihn die Rückkehr zu den Ahnen vollkommen und vorbehaltlos vollziehen ließ. Er hatte den alten Familiensitz des Baron Kazuko außerhalb der Stadt Kyoto erworben. Die Familie Kazuko, während des Krieges verarmt, löste sich nach dem Tod der Söhne in China auf und zog sich von der Welt zurück. Der Baron selbst war in ein buddhistisches Kloster auf der Gebirgsspitze in der Nähe von Unzen auf der Insel Kyushu eingetreten, und seine Frau kehrte zu ihrer eigenen Familie zurück. Es gab keine Familie Kazuko mehr. In ihrem Heim und an ihrer Stelle lebten Sotan Sakai, seine Frau und ihrer beider Tochter Josui. Es war noch ein Sohn Kensan dagewesen, fünf Jahre älter als Josui. Doch Kensan hatte sich geweigert, nach Japan zurückzukehren. Er war in das Konzentrationslager gegangen, hatte sich von dort aus freiwillig zum Dienst in der Armee gemeldet und war in Italien gefallen.

Der Tod seines Sohnes bestärkte Dr. Sakai darin, voll und ganz zum Japanertum zurückzukehren. Kyoto war vom Krieg verschont geblieben. Die alte Hauptstadt stand noch genauso, wie sie seit tausend oder mehr Jahren gestanden hatte, nur einige moderne Gebäude waren hinzugefügt worden. Sie konnten jedoch das Bild nicht stören und verschwanden neben den alten verehrten Bauwerken gleich dem Higashi-Hongan-ji Tempel oder den Palästen, deren von dicken Strohschindeln bedeckte Dächer den Stolz von Generationen kaiserlicher Strohdecker bildeten. Die Palastgärten stellten Dr. Sakais Quelle der Entdeckungen dar in Dingen, die das Land seiner Ahnen betrafen, und von dort brachte er die Anregungen für die Felsengruppe, die Teiche, Zwergbäume und Moosgruppen mit. Vor allem der Garten des Shokintei-Hauses im Kaiserlichen Katsura-Palast hatte ihn von auserlesener Schönheit gedünkt, mit den ruhig fließenden Wassern, der Fußgängerbrücke, den Felsen und dem sparsamen Gebrauch von Sträuchern und Bäumen. Der Garten vermittelte den Eindruck von Weite und war doch gleichzeitig von einer Atmosphäre beschaulicher Abgeschlossenheit erfüllt.

Als das Ende des Krieges endlich kam, hielt Dr. Sakai sich von den

Besatzungstruppen und ihren Kommandanten abseits. Da er sich in der Stadt als führender Arzt in der Praxis westlicher Medizin eine hervorragende Position geschaffen hatte, war er sicher. Man kam ohne ihn nicht aus. Die Leute brauchten ihn. Er behandelte alle, die zu ihm kamen, mit gleicher Sorgfalt, oder zumindest mit fast gleicher Sorgfalt. Mit aller Vorsicht der gegebenen Wirklichkeit gegenüber, machte er es sich doch zur Aufgabe, den Aristokraten und ihren seit Generationen berühmten Familien, die nun in Zurückgezogenheit lebten, die von alters her übliche besondere Höflichkeit zu erweisen.

Nach seiner täglichen Arbeit in einem modernen großen Spital kehrte er heim, zog sich um und schrieb an seinem Buch, das den Titel *»Mangelkrankheiten«* trug. Er hatte in den Jahren nach seiner Rückkehr nach Japan umfangreiches Wissen auf diesem Gebiet gesammelt. Nun wischte er sorgfältig seine Füllfeder ab, bevor er sich in den Garten begab. Innerhalb seiner Wohnung stellte diese Füllfeder die einzige Konzession an westliche Gebräuche dar. Der traditionelle Pinsel war zu langsam. Doch brauchte es vielleicht nicht einmal als Konzession empfunden zu werden, da die meisten Japaner sich des Bleistifts und der Füllfeder anstatt des Pinsels bedienten. Sie wurden in Japan hergestellt, und Dr. Sakai war überzeugt, daß die Füllfedern an Qualität die amerikanischen Produkte übertrafen. Die japanischen Bleistifte allerdings erwiesen sich als zu hart.

In der großen Türöffnung, die durch das Zurückschieben der von Papier überspannten Lattenwand entstand, blieb er stehen und bewunderte von neuem den Garten. Doch er war nicht imstande, ihn vorbehaltlos zu bewundern. Da ihm jedes kleinste Fleckchen vertraut war, konnte er der Versuchung nicht widerstehen, nach gefallenen Blättern oder einem etwa über Nacht entstandenen Ameisenhügel zu forschen, deren Vorhandensein die vollendete Schönheit der Anlage möglicherweise beeinträchtigten. Den Gärtner zu rufen und ihn zu fragen, warum die Blätter oder die Ameisenhügel nicht beseitigt worden waren, hätte bedeutet, sich aus der Stimmung zu reißen, und das wollte Dr. Sakai nicht. Er schloß die Augen, meditierte ein Weilchen und murmelte eine Stelle aus einer Sutra vor sich hin. Als er die Augen wieder aufschlug, nahm er den in der Sonne leuchtenden Garten mit einer neuen Einstellung auf und sah ihn genauso, wie er ihn zu sehen wünschte.

Meditation fiel ihm nicht leicht. Er hatte seine Jugend in den geschäftigen Straßen von Los Angeles damit verbracht, Gemüse und Blumen, die er seinen Eltern auf ihren fünf Ackern Land vor der Stadt zu pflanzen und zu züchten half, an den Mann zu bringen. Das Schulgeld für den Besuch des Colleges hatte er sich erarbeitet. Die medizinische Fakultät der Universität konnte er mit Hilfe von Stipendien besuchen. In Amerika blieb einem keine Zeit zum Nachdenken, zum Meditieren. Er hatte es nach der Heimkehr nach Japan lernen müssen, so wie man ein Musikinstrument zu spielen lernt, zum Beispiel die fünflöchrige Flöte, mit der er des Abends zu musizieren pflegte.

Nur eine Sorge bedrückte ihn immer noch, nachdem der Krieg vorüber war. Die Sorge hing mit seiner Tochter Josui zusammen.

Als ihre Eltern die Heimkehr nach Japan wählten, war Josui noch ein halbes Kind gewesen – fünfzehn Jahre. Verwirrung und Angst hatten sie dazu getrieben, Amerika widerstandslos zu verlassen. Im übrigen pflegte sie nicht unterwürfig und nachgiebig zu sein. Das Verhalten ihrer Schulfreundinnen hatte sie erschreckt. Bisher waren sie freundlich und zutraulich gewesen, und von einem Tag zum anderen wurden sie zu Feinden. Ihre vergnügten Gesichter wurden plötzlich ablehnend, und das Lächeln wurde durch böse gerunzelte Stirnen verdrängt. Josui begriff die unvermittelte Wandlung nicht, und sie hatte sich darüber bei ihrer besten Freundin beschwert, bei Polly Andrews, der Tochter des Kolonialwarenhändlers, der von ihrem Großvater das Gemüse kaufte. »Ich bin noch genau das gleiche Mädchen, das ich gestern war, Polly!«

»Nein«, widersprach Polly. »Du bist nicht mehr die gleiche. Du bist eine Japanerin, und ich hasse dich.«

Josui hatte darauf nichts mehr gesagt. Sie blieb der Schule fern, und als ihre Eltern wenige Tage später an Bord des Schiffes gingen, war sie ihnen, zutiefst getroffen, schweigend gefolgt. Das Land, das sie ohne zu fragen als ihr eigenes betrachtet hatte, in dem sie geboren war und dessen Sprache ihre Sprache war, hatte sie voller Abscheu zurückgestoßen. Doch sie war innerlich nicht bereit, Japan als ihre Heimat zu betrachten, weil sie von der Großmutter zuviel über das Schicksal der Japanerinnen vernommen hatte. Sie verharrte in einem Zustand innerer Unsicherheit. Es gelang ihr nicht, mit sich ins reine zu kommen. Solange sie im Haus ihres Vaters lebte, war sie gefeit, doch die Zukunft barg Unsicherheit.

Dr. Sakai erriet den seelischen Zwiespalt seiner Tochter, und eben dies bereitete ihm Sorgen. Was sollte mit ihr geschehen, nun, da Josui zwanzig Jahre alt war? Es war Zeit zum Heiraten, ganz besonders, da das Mädchen so hübsch war; doch was für eine Heirat sollte es sein? Er hatte Anträge für sie erhalten, war jedoch zu vorsichtig gewesen, sie ihr zu unterbreiten. Josuis Ablehnung war mit Gewißheit vorauszusehen. Er hatte bisher nicht einmal über eine Heirat an und für sich mit seiner Tochter gesprochen und auch seiner Frau, Hariko, untersagt, das Gespräch darauf zu bringen. Die Angelegenheit durfte nur mit allergrößter Vorsicht behandelt werden, und er zog es vor, sich einer so schwierigen Aufgabe selbst zu unterziehen. Falsche Worte im falschen Augenblick konnten unter Umständen Josui dazu bringen, eine Heirat prinzipiell abzulehnen.

Dr. Sakai verweilte bei der Tür. Nach einem Weilchen schlüpfte er aus seinen Strohpantoffeln in bereitstehende Holzschuhe, wandelte dann langsam zum Teich hinunter und blieb davor stehen, vertieft in den Anblick der Wasserkaskade. Die Frühlingsluft war erfüllt von keimendem Leben. Dr. Sakai war ein Mann, der seine Stimmungen und Gefühle eisern beherrschte, und er gestattete sich nicht, sich von der Jahreszeit mitreißen zu lassen. Nur seine Sorgen um Josui verstärkten sich. Wie würde der Frühling sie dieses Jahr beeinflussen? Im letzten Jahr hatte eine Unruhe sie überkommen, deren Ursache Dr. Sakai sich nur allzu gut erklären konnte. Als ein für die Medizin wichtiges Gebiet hatte er auch Psychologie studiert. Körper und Seele waren in Krankheit wie Gesundheit untrennbar. Er hatte ihr harmlose Beruhigungsmittel verordnet und sie dazu veranlaßt, die ersten hundert Seiten seines Manuskriptes auf der Maschine abzuschreiben. Täglich, sobald sie von der Schule heimkam, hatte sie sich an diese Arbeit gemacht. Die Hitze setzte sehr frühzeitig ein, und Josuis Rastlosigkeit verwandelte sich in Lustlosigkeit. Doch Dr. Sakai war überzeugt, daß sich unter dem sanften Gehaben seiner Tochter eine leidenschaftliche Natur verbarg. Eine baldige Heirat drängte sich als Lösung auf.

Er warf einen Blick auf seine goldene Armbanduhr, die von dem tief herabhängenden Ärmel seines Gewandes verdeckt wurde. Im Spital kleidete er sich nach westlicher Art, doch hatte er sich angewöhnt, daheim das dunkle Seidengewand mit dem Gürtel um die Taille, an den Füßen innerhalb des Hauses absatzlose Pantoffeln und draußen die derberen Holzschuhe zu tragen. In dieser Tracht fühlte er sich freier.

Es war beinahe ein Uhr. Josui verspätete sich. Wo trieb sie sich wohl herum? Das Mittagessen mußte bereit sein, obwohl die Dienstboten, ohne Zweifel von der Herrin des Hauses dazu ermahnt, ihn noch nicht gerufen hatten. Sie warteten auf Josui.

Er runzelte die Brauen. Wenn sie innerhalb der nächsten fünfzehn Minuten nicht kam, würde er nicht länger warten. Er liebte seine einfache, stille Frau, aber die Mahlzeiten waren angenehmer, wenn auch Josui daran teilnahm. Doch er wünschte nicht, von seiner Tochter am Gängelband geführt zu werden. Er beschloß, in einer Viertelstunde ins Haus zu gehen und später Auftrag zu geben, den Tisch abzuräumen, falls Josui am Ende der Mahlzeit noch nicht erschienen war. Die Ordnung seines Hauses durfte nicht gestört werden. Um zwei Uhr mußte er ins Spital zurückkehren, um nach seinen Patienten zu sehen.

Er wurde einer Entscheidung enthoben, da Josui nach genau zehn Minuten kam. Er hörte die Messingglocke an der Außenseite des Tores scheppernd erklingen; dann vernahm er das Öffnen und Schließen des Tores. Josuis westliche Schuhe klapperten über den Steinpfad, und die Magd begrüßte die junge Herrin.

Dr. Sakai wartete, den Rücken dem Haus zugewandt, den Blick auf den Teich gerichtet. Es ist die Pflicht einer Tochter, den Vater aufzusuchen. Gleich darauf erklang ihre Stimme.

»Ich bin daheim, Vater.«

Dr. Sakai wandte sich langsam um. Er lächelte nicht. »Du kommst spät.«

»Es ist nicht meine Schuld, Vater.«

Er erschrak beinahe angesichts ihrer Schönheit, wie sie da in dem vom Sonnenlicht überfluteten Garten vor ihm stand. Und so war sie vom College durch die Straßen heimwärts gegangen! Ihr Haar schimmerte schwarz, ihre großen dunklen Augen leuchteten, ihre Wangen waren von der Hitze rosig überhaucht und die Lippen rot. Sie hatte sich in den wenigen Minuten seit ihrer Heimkehr bereits umgezogen und trug einen weichfallenden grünen Kimono. Zum Glück war sie nicht so gekleidet durch die Straßen gegangen. Ihre Schulgewänder waren häßlich.

»Wieso ist es nicht deine Schuld?« fragte er streng.

»Es waren amerikanische Soldaten auf der Straße«, erklärte sie. »Viele Soldaten. Jedermann mußte warten.«

»Und wo hast du gewartet?«

»Ich habe mich unter den Torbogen des Spitals gestellt, um nicht im Weg zu sein.«

Dr. Sakai beschloß, es dabei bewenden zu lassen. »Gehen wir hinein zum Essen. Ich habe nicht mehr viel Zeit. Ich liebe es nicht, zu spät im Spital zu sein. Es ist ein schlechtes Beispiel für die jüngeren Ärzte.«

Josui kannte das stark ausgeprägte Pflichtgefühl ihres Vaters und beeilte sich, ihre Entschuldigungen anzubringen. »Es tut mir leid, Vater«, sagte sie japanisch, weil sie wußte, daß er diese Sprache lieber hörte. Sie zog Englisch vor.

»Du hast erklärt, daß es nicht deine Schuld war«, entgegnete Dr. Sakai. Er ging vor ihr her, die Hände auf dem Rücken verschränkt und im Schreiten den Blick von einer Seite des Pfades zur anderen schweifen lassend. »Schau dir diese Azalee an«, sagte er. »Sie hat nie schöner geblüht.«

»Sie ist wunderschön«, bestätigte Josui.

Er horchte auf den Klang ihrer Stimme, mit derselben Aufmerksamkeit, mit der er bei Tisch ihr Gesicht beobachten und jede Bewegung verfolgen würde, um daraus auf die Regungen ihres Herzens schließen zu können. Bevor sie nicht verheiratet war, würde er nicht zur Ruhe kommen. Einen weiteren Frühling in diesem Bangen zu erleben, war undenkbar. Eine Tochter war eine Last, kostbarer denn alles andere und darum auch um so schwerer.

Josui war sich der geheimen Beobachtung ihrer Miene und aller ihrer Bewegungen durch den Vater während des Mittagsmahles bewußt. Sie war sich seiner Aufmerksamkeit ständig bewußt; sie fühlte, daß er sich ihretwegen sorgte, und verhehlte sich den Grund seines unablässigen Bangens nicht. Sie verbarg ihr eigentliches Wesen vor ihm. Er wußte nichts von ihren Gedanken oder von ihrer wirklichen Natur. Obwohl ihr Benehmen und ihr Betragen vor ihm über jeden Tadel erhaben war, ahnte er doch — ohne diese Ahnung zur Anklage zu erheben —, daß ihr Gehaben nicht ihr wahres Wesen widerspiegelte. Und darin täuschte sich Dr. Sakai nicht. Josui lebte ein Doppelleben in diesem Hause, nicht aus innerer Unzufriedenheit mit ihrer Umgebung, sondern angetrieben von einer überflutenden Energie. Sie dachte manchmal, daß diese Energie von ihrer Jugend in Kalifornien herstammen mußte, wo sie bis zu ihrem fünfzehnten Jahre die Milch der Kühe getrunken hatte, die mit Klee und Korn gefüttert wurden, und wo ihre Ernährung sich aus Früchten, Gemüsen und Fleisch zusammensetzte. Ihr Körper war von kraftvollen Empfindungen erfüllt, ihr Geist aufmerksam, gespannt und von Neugier getrieben. Sie unterschied sich grundlegend von den japanischen jungen Mädchen, die blaß und ruhig waren und sie mit einem Erstaunen, in welchem sich Bewunderung und Abscheu mischten, beobachteten. Man nannte sie die Amerikanerin, und sie wehrte sich nicht dagegen.

»Du gehst, wie die amerikanischen Frauen gehen«, sagte Haru Mishima.

Man sah zuweilen Amerikanerinnen in der Stadt, obwohl sie nicht so häufig anzutreffen waren wie in Tokio oder Osaka. Josui beobachtete sie und mußte sich eingestehen, daß ihr Gang wirklich dem der Fremden glich. Sie drehte die Fußspitzen nicht einwärts, und ihre Beine waren gerade. Aber sie liebte Haru mit ihren zierlichen, einwärts gerichteten Taubenschrittchen, obwohl sie keinen Grund dafür angeben konnte, es sei denn, daß sie sich leicht zu anderen Menschen hingezogen fühlte, was vielleicht auch ihrem Überschuß an Energie zuzuschreiben war. Obschon ihre Nahrung sich nicht mehr aus Milch, Brot, Butter, Eiern und Fleisch zusammensetzte wie in Amerika, griff sie doch herzhaft zu und aß reichlich vom Reis, vom Fisch und von den Gemüsen auf dem Tisch.

Ihre Mutter lachte. »Niemand würde glauben, daß du die Tochter eines gelehrten Mannes bist«, sagte sie scherzend. »Du ißt wie die Tochter eines Bauern.«

Sie knieten am Boden, auf den Beinen sitzend, rund um den niedrigen Tisch, auf dem die Speisen standen. Das Dienstmädchen hatte vor jeden eine lackierte Schale mit klarer Suppe gestellt, in der eine geringelte Scheibe Rettich und ein Blättchen grünen Meersalates schwammen. Drei Schalen mit Fisch und Gemüsen hatten ihren Platz in der Tischmitte, und Yumi, die Magd, schöpfte Reis aus einer größeren Holzschale in frische kleinere Holzschalen, die sie einem jeden der drei vorsetzte. Sie deutete eine Verbeugung beim Niedersetzen der Schalen an, eine kleine nur, denn tiefe Verbeugungen waren seit der Besatzung und der Demokratie nicht mehr üblich. Auf eine angedeutete Verbeugung jedoch legte Dr. Sakai Wert. Dem Mädchen behagte diese Anordnung, denn sie bewies, daß diesem Haus ein Herr und Meister vorstand, obwohl es dem Herrn und Meister nicht geziemte, mit seiner Frau und Tochter am gleichen Tisch zu essen. Die Amerikaner hielten es so; das hatte Yumi auf dem Markt von anderen Hausangestellten erfahren. Ihr Herr und Meister war daher in ihren Augen etwas weniger als ein echter Japaner, aber doch etwas mehr als ein Amerikaner. Insgeheim klassifizierte sie ihn auf diese Weise und war damit zufrieden.

Dr. Sakai, der seine Tochter verstohlen beobachtete, fand die Farbe ihrer Wangen beunruhigend. Sie pflegten rosig zu sein und waren heute rot.

»Hast du in der Sonne gestanden, als die Amerikaner vorübergingen?« erkundigte er sich.

»Ja«, erwiderte Josui. »Ich hatte meinen Sonnenschirm zu Hause gelassen. Ich dachte nicht, daß die Sonne so stark sein würde. Als wir frühstückten, war der Himmel über den Bergen wolkig.«

»Solche Wolken künden immer klaren Himmel für die Mittagszeit an«, erläuterte Dr. Sakai. »Regen können wir nur vom Meer her erwarten.«

Frau Sakai musterte ihre Tochter. »Du siehst wirklich recht rot aus. Lege nach dem Essen ein wenig weißen Puder auf. Solche Wangen machen gewöhnlich.«

»Ich wünschte, ich wäre nicht euer einziges Kind«, rief Josui lächelnd und mit scherzhaftem Vorwurf aus. »Ihr Eltern habt nichts anderes zu tun, als mich zu betrachten und zu beobachten.«

Sofort wandten beide Eltern den Blick von ihr ab.

»Der Tokonoma muß morgen frisch angeordnet werden«, sagte Frau Sakai.

Die Tokonomanische überblickte den Garten. Vom Schmalende des

Raumes, wo sie bei Tisch saßen, sah man den blühenden Weidenzweig und die Pflaumenblüten, die sich über die kleine Weihrauchurne neigten. Gestern hatte Josui einen Bronzefrosch unter die niederhängenden Pflaumenblüten gestellt. Drei Gegenstände durften den Tokonoma schmücken, nicht mehr. Dr. Sakai hatte eine der besten Lehrerinnen der Stadt dazu ausersehen, seine Tochter in diesen Dingen zu unterrichten. Die Lehrerin war eine Witwe, eine zartgliedrige, kleine Person, die mit ihrer Familie in einem grauen Hause am Fluß Katsura wohnte.

»Morgen werde ich Pfirsischblüten schneiden«, sagte Josui.

»Zu Pfirsischblüten würde die Schale aus rosa Quarz sehr gut passen«, meinte Dr. Sakai.

Die Atmosphäre, die eine leichte Spannung hatte befürchten lassen, war damit geklärt. Josui verhielt sich schweigend; sie reichte ihren Eltern zuvorkommend die Speisen und verhütete das abermalige Aufkommen einer ungemütlichen Stimmung, indem sie darauf verzichtete, etwas zu sagen. Wäre ihr Bruder noch am Leben gewesen, hätte sie mit ihm die Last der übersteigerten elterlichen Liebe teilen können. Und auch an ihren Erinnerungen an Amerika hätte er teilgenommen. Möglicherweise wäre sie sogar zu ihm auf Besuch gefahren, denn mittlerweile hätten er und seine Braut längst verheiratet sein und Kinder haben können. Die Braut hatte nach einer angemessenen Zeit der Trauer einen anderen Mann geheiratet, und sie hörten nie mehr von ihr. Doch Josui erinnerte sich noch gut an sie. Es war ein zartes, lebhaftes Mädchen gewesen, das die dichten schwarzen Haare in vollen Locken um das blasse Gesicht trug. Die zukünftige Schwägerin hatte stets amerikanische Kleider und Schuhe mit niedrigen Absätzen getragen, und einmal war sie in der Schule in Los Angeles zur Maikönigin gewählt worden. Wenn Josui sich an sie erinnerte, so sah sie sie stets als Maikönigin vor sich in einem silbrig glitzernden Gewand und einer Blechkrone auf dem frisch gelockten Haar. Ihr Vater war Geistlicher an der Christlichen Kirche gewesen. Die Sakais waren Buddhisten, und dies hatte der christlichen Familie Sorgen bereitet. War Buddhismus nicht gleichbedeutend mit Heidentum? Es war eine Angelegenheit ständiger Zwistigkeiten zwischen Josuis Bruder und den Eltern gewesen. Dr. Sakai wünschte nicht, seinen Sohn in einer Kirche getraut zu sehen. Es spielte nun keine Rolle mehr. Die Trauung hatte nie stattgefunden. Als der zur Hochzeit bestimmte Tag nahte, war der Bruder schon tot, die christliche Familie befand sich in Arizona hinter Stacheldraht, und die Sakais lebten in Kyoto. Niemand im Hause hatte den Hochzeitstag erwähnt, aber Josui fühlte, daß ihre Eltern daran dachten. Sie selbst war in den Garten gegangen und hatte versteckt hinter einer Felsengruppe um den Bruder geweint.

»Takashi Matsui hat mich aufgefordert, Tee mit ihm zu trinken«, nahm Dr. Sakai in diesem Augenblick das Gespräch wieder auf. »Da die Einladung vor fünf Tagen erfolgte, ist es heute an der Zeit, ihr Folge zu leisten.« Er hatte sein Mahl beendet und nippte von dem blaßgrünen Tee, den er so liebte.

Takashi Matsui war Dr. Sakais reichster Patient. Er litt an einer aufrührerischen Gallenblase, die er sich aber nicht operieren ließ. Er war noch kein alter Mann und hatte drei Söhne; einer befand sich in russischer Gefangenschaft, einer war bei dem Angriff auf Nanking gefallen, und der dritte war nun ein junger Mann. Das Vorhandensein dieses dritten Sohnes erfüllte Herrn Matsui mit Zuversicht. Japan würde niemals mehr in den Krieg ziehen — so glaubte er — und daher würde ihm dieser dritte und letzte Sohn erhalten bleiben. Stand es nicht in der neuen Verfassung geschrieben, daß Japan nie wieder aufrüsten durfte? Darauf hatten die amerikanischen Sieger bestanden. Und daher verschwendete Takashi Matsui für diesen jüngsten Sohn seine Liebe und sein Geld. Den beiden älteren Söhnen eine auserlesene Erziehung angedeihen zu lassen, war von vornherein überflüssig erschienen, denn es stand nicht anders zu erwarten, als daß sie eingezogen werden und als Soldaten in den ausgedehnten Kriegen fallen würden, die die damaligen Machthaber vorbereitet hatten. Kobori hingegen studierte an der Universität von Tokio.

Die Familie Matsui war sehr alt. Die in Kyoto lebende Seitenlinie der Sippe gehörte nicht zu den einflußreichsten, doch unzweifelhaft zu den streng konservativen Kreisen, und Takashi Matsui konnte für sich den Ruhm in Anspruch nehmen, als erster und vorläufig beinahe einziger seit Kriegsende die Teezeremonie wieder aufgenommen zu haben. Dr. Sakai plante für die Zeit nach der Besatzung, wenn die Unabhängigkeit Japans gesichert war, unter der Anleitung Herrn Matsuis im entferntesten Winkel des Gartens, wo die größte Ruhe herrschte, ein eigenes Teehaus zu errichten. Viele unter den modernen Japanern machten sich über die altertümliche Teezeremonie lustig, doch Dr. Sakai duldete in seiner Gegenwart keine geringschätzige Bemerkung über den Brauch. Er maß der möglichst baldigen Wiedererweckung der alten Sitten und Gebräuche des Landes außerordentliche Wichtigkeit bei, um damit auch dem japanischen Geist zu neuer Belebung zu verhelfen. Bei der Teezeremonie vereinten sich Meditationen über die Künste und die Natur mit angenehmem gesellschaftlichem Verkehr und dem Genuß auserlesener Speisen. Er hielt sich heute beim Mittagessen in weiser Voraussicht zurück, weil am späten Nachmittag der Genuß einer umfangreichen Mahlzeit seiner harrte, die mit einer cremigen grünen Bohnensuppe beginnen und nach Fisch, Wild und Gemüsen mit einer zweiten leichten Suppe und Süßigkeiten abschließen würde. Dazu würde es den guten, sämigen grünen Tee geben, aus zu Pulver gemahlenen Teeblättern gebrüht, die mit besonderer Sorgfalt auf ihre Zartheit geprüft und von überschatteten alten Pflanzen mit mildem Aroma gepflückt wurden.

Nach der vier Stunden währenden Zeremonie ergab sich vielleicht die Möglichkeit zu einer ungestörten Unterhaltung mit dem Gastgeber, und kam es dazu, so würde er den alten Herrn über seine Söhne sprechen lassen. Dies führte unweigerlich zu dem geliebten, unschätzbaren dritten Sohn, und von ihm wandte sich dann die Unterhaltung, wie es beinahe bereits zu zweien Malen geschehen war, Josui, der geliebten, unschätzbaren einzigen Tochter, zu.

Weder Vater noch Tochter erwähnten etwas von dem, was sie bebeschäftigte, während sie schweigend das Mahl beendeten.

Herrn Matsuis Sohn Kobori war nun im heiratsfähigen Alter; er zählte zwei Jahre mehr als Josui. In früheren Zeiten hätten die Väter unter sich die Heirat ihrer Kinder besprochen und alles Notwendige geregelt, doch sie verhehlten sich nicht, daß dies heutzutage nicht mehr möglich war. Die Atombomben, die auf Hiroshima und Nagasaki niederfielen, hatten mehr als nur Mörtel, Ziegel und selbst Menschenleben zerstört. Dr. Sakai hatte seiner Tochter gegenüber bisher noch nie von dem jungen Mann gesprochen, doch seine Frau war von ihm darüber unterrichtet worden, daß Kobori die Verbindung wünschte und Josui sich eine Heirat mit dem jungen Mann überlegen sollte. Dies war von der Mutter an die Tochter weitergeleitet worden. Josui hatte es sich überlegt, doch sie konnte zu keinem Entschluß kommen. Sie war von innerer Rastlosigkeit erfüllt und schob den Gedanken an Kobori von sich. Daß sie ihn etwa gehaßt hätte, ließ sich nicht sagen. Wie konnte ein junges Mädchen einen jungen Mann hassen, der gut aussah, eine beachtliche Erziehung genossen hatte und ernst und stolz war! Sie traf ihn manchmal, nie durch Verabredung, sondern stets durch Zufall. Er besuchte zwar die Universität von Tokio, doch kehrte er zu den Feiertagen immer heim. Vor wenigen Wochen noch hatte sie den hochgewachsenen jungen Menschen mit den braunen Augen beim Kirschblütenfest getroffen. Sie mochte seine Gesellschaft, um so mehr, als er bei ihrem Anblick errötete. Seine Haut war ungewöhnlich hell und die Stirn sehr hoch, und es war leicht zu erkennen, wenn ihm das Blut in die Wangen stieg. In ihrer freimütigen amerikanischen Art hatte sie ihm über seinen hellgrauen westlichen Anzug Komplimente gemacht. Doch trotz ihrer Anerkennung und sogar Bewunderung für Kobori hatte sie sich nicht in ihn verliebt, eine Tatsache, die sie selbst verwunderte, denn sie sehnte sich danach, sich zu verlieben. Ihr Herz zitterte vor Verlangen und war bereit zur Liebe. Sie wünschte sich nichts mehr, als einen Mann zu lieben und seine Frau zu sein. Sehnsucht danach, von Liebe überwältigt zu werden und sich einem Mann hinzugeben, erfüllte sie. Doch stand sie dann Kobori gegenüber, verhärtete sich ihr eigensinniges Herz, und ihre Sehnsucht erstarb.

Es bedurfte all ihrer Beherrschung, seine sanfte Redeweise nicht mit barschen Antworten zu erwidern und den Blick nicht von seinen großen, länglichen Augen, in denen die Liebe schimmerte, zu wenden. Welches Recht maßte er sich an, ihr seine Gefühle so unverhohlen entgegenzubringen, wo sie ihm nicht das geringste Zeichen der Ermunterung gegeben hatte?

Aufrührerische Gedanken dieser Art kämpften in ihr, während sie schweigend die Mahlzeit beendete und dann vom Tisch aufstand und sich vor ihren Eltern verbeugte. Sie mußte zurück ins College; es war bereits spät. Dr. Sakai und seine Frau nahmen die Verneigung ihrer Tochter entgegen und blieben noch ein Weilchen bei ihrem Tee sitzen. Josui zog sich in ihr Zimmer zurück und vertauschte den Kimono mit ihrem Schulgewand. Auf einen Hut verzichtete sie, doch eingedenk der Kritik an ihren zu roten Wangen nahm sie ihren grünseidenen Sonnenschirm mit sich. Das Gewand bestand aus Bluse und Rock und war aus grün-weiß gestreiftem Stoff angefertigt. Obwohl es nach amerikanischer Manier geschnitten war, zweifelte Josui daran, daß es der Mode entsprach, die von Zwanzigjährigen heute in Amerika getragen wurde. Die langen Ärmel waren an den Gelenken geknöpft, und der Rock ging bis über die Waden; sobald Josui das Tor des elterlichen Hauses hinter sich gelassen hatte, knöpfte sie die Bluse am Ausschnitt auf, um mehr Luft zu haben.

Die Straße war still, als sie durch das Gartentor schritt. Die Amerikaner hatten sich wahrscheinlich über die Stadt verstreut, um die Sehenswürdigkeiten zu besichtigen. Des öfteren kamen Gruppen Soldaten von Tokio oder Osaka für einen Tag nach Kyoto, vermutlich, weil in ihren Reiseführern zu lesen stand, daß in dieser alten Stadt die ursprüngliche japanische Kultur noch rein erhalten sei. Sie hatte vernommen, daß den Amerikanern während des Krieges der Auftrag erteilt worden war, Kyoto von Bomben zu verschonen, wie die Japaner Peking verschont hatten. Ihr Vater hatte nicht daran geglaubt, daß Kyoto der Zerstörung entgehen würde, weil er nicht daran glaubte, daß die Amerikaner etwas für Kultur übrig hätten. »Wir sind gezwungen, uns zwischen der Brutalität des Kommunismus und der Kulturlosigkeit Amerikas zu entscheiden«, pflegte er manchmal zu sagen.

Ihr Vater war radikal in seinen Ansichten, fand Josui. Sie wiederholte sich diese Erkenntnis oft und stets mit einer gewissen Genugtuung, denn sie war sich darüber im klaren, daß Dr. Sakai diese Anschuldigung hitziger noch als jede andere abgelehnt hätte, wäre seine Tochter mutig genug gewesen, sie offen auszusprechen. Er strebte nach innerer Ruhe und kämpfte mit sich selbst, um zu der ihm vorschwebenden seelischen Gemessenheit zu gelangen. Er will Amerika strafen, dachte Josui, weil es ihn fortgeschickt hat, und seine Strafe ist, einzig und allein Japan anzuerkennen und zu lieben und die alten japanischen Sitten und Gebräuche streng zu beobachten. Was für ein Unsinn war doch die Teezeremonie und wie kindisch das Benehmen erwachsener Männer, sich in ein kleines Häuschen im Garten zu setzen und schweigend ins Leere zu starren, während sie darauf warteten, die Suppe aus gemahlenen grünen Teeblättern vorgesetzt zu bekommen! Dr. Sakai hatte betont, daß der Tee viele Vitamine enthielt und, abgesehen von der Schönheit und tieferen Bedeutung der Zeremonie, dem Körper wertvolle Nahrung zuführte. Josui mochte die Zeremonie nicht. Im letzten Herbst hatte sie ihre Eltern zu Herrn Matsuis Teezeremonie begleitet, von ihrem Vater hartnäckig Cha-no-Yu genannt, obwohl es nichts weiter als eine Teezeremonie war, welchen Namen man ihr auch geben mochte. Die Unterhaltung, voller Behutsamkeit, schöngeistig und mit gemessenen Stimmen geführt, war nur langweilig gewesen. Herr Matsui rezitierte vierzeilige Gedichte und tat, als seien sie im Augenblick entstanden, obwohl Josui nur zu genau wußte, daß er vorher Stunden darüber zugebracht hatte. Sollte Kobori ihr jemals vertrauter werden, wollte sie kein Hehl aus ihren Ansichten machen. Doch wozu warten? Bei nächster Gelegenheit würde sie ihm ihre Meinung über diese Dinge bekanntgeben.

Die Straße hinuntergehend, hing sie ihren Gedanken nach, sich im stillen daran erfreuend und ihnen Nachdruck gebend, weil sie ja im Grunde wußte, daß sie niemals den Mut aufbringen würde, sie verlauten zu lassen. Selbst von der Mutter war kein Zuhören zu erwarten. Sie würde den Kopf schütteln und sich mit beiden Händen die Ohren zuhalten, bis Josui zu reden aufhörte. Manchmal war sie drauf und dran, die Mutter anzuschreien und ihr die Hände von den Ohren zu zerren, aber sie beherrschte sich. Ihr weiches, temperamentvolles amerikanisches Gemüt war von einer harten japanischen Kruste überzogen. Sie war wie ein Vulkan, den seine eigenen erkalteten Lavaschichten versiegelten, doch darunter brodelte und glühte es.

Josui sah sich im Gehen in den Straßen um. Ihr Sonnenschirm beschrieb einen wippenden Schattenkreis. Gestern hatte es geregnet, und heute leuchtete das Grün der alten Bäume und verästelten Sträucher um so kräftiger, und die strahlende Schönheit der Azaleen in den Parks und in den Gärten unterstrich die Frühlingsstimmung. Josui schritt gelassen aus, den Kopf hoch erhoben, während sie die von Süßigkeit erfüllte Luft einatmete. Verhaltene Kraft regte sich in ihrem Blut und drängte sie vorwärts. Am liebsten wäre sie die Straße entlang gerannt mit weit offenen Armen. In Amerika waren sie so gelaufen, sie und eine Gruppe anderer Mädchen um sie herum. Die Arme wie Flügel ausgebreitet, rannten sie die von Bäumen beschattete Straße des Vororts entlang, in dem sie lebten, gleich von Flügeln getragenen Vögeln, und die ganze Zeit lachend – lachend über nichts. In Japan war Josui noch nie so gerannt, und sie hatte auch niemals andere Mädchen rennen sehen, nicht einmal kleine Mädchen. Sie trotteten in ihren Holzschuhen oder schweren Lederschuhen brav ihres Weges, oder sie trippelten in den Stoffsandalen mit den Gummisohlen einher, in denen es sich wunderbar hätte rennen lassen.

Josui langte am Tor des Spitals an, hinter dem sich das College befand. Hier hatte sie am Morgen gestanden, um die jungen Amerikaner vorbeigehen zu lassen. Abgesehen von einem flüchtigen ersten Blick hatte sie sie nicht weiter beachtet. Sie sahen einander alle ähnlich; alle lachten, redeten durcheinander, stießen einander. Die Leute pflegten zu sagen, die Amerikaner benähmen sich wie die Schulkinder, immer lachend, sich stoßend und so tuend, als kämpften sie miteinander. »Sind die Amerikaner wie die Kinder?« fragten sie sich.

Die Glyzinien über dem Spitalgitter standen in voller Blüte. Schwer und voll hingen die violetten Blütentrauben zwischen den blaßgrünen Blättern. Es war die Zeit der Schwertlilien, Pfingstrosen und Glyzinien, und Josui war glücklich darüber. Ihr Vater machte sich nichts aus Blumen. Die Schönheit des Gartens daheim war von eher herber Natur. Steine, Felsen, Wasser und Kiefern, nur der Bambus brachte eine weichere Note hinein. Die Blumen, die im Hause gebraucht wurden, pflanzte die Mutter im Küchengarten an. Die einzige Ausnahme bildete eine Gruppe blauer Schwertlilien an der Nordseite des Hauses.

Wie immer, wenn sie an ihren Vater dachte, wurde Josui von einem Zwiespalt von Gefühlen bewegt. Sie liebte ihn und lehnte sich gleichzeitig gegen ihn auf. Nie erlahmte ihr Wunsch, daß sie doch in Amerika geblieben wären. Ihr Vater verstand nicht und wollte es auch nicht verstehen, wieviel schwieriger es für eine Frau in Japan als in Amerika war. Erinnerte sich Josui an die jungen Mädchen in Kalifornien, so glichen sie jungen Königinnen. Hier, in Japan, waren die Frauen niemals Königinnen. Sie waren Untertanen, die geduldig warteten und ihren Pflichten oblagen. Daß sie jemals zu Königinnen emporklettern würden, war nicht zu erwarten, denn wenn die Amerikaner das Land erst verließen, pflegte Dr. Sakai zu sagen, kam das alte Japan, zumindest sehr viel davon, wieder zu seinem Recht. Dann würden die jungen Leute sich nicht so aufführen können, wie sie es heute taten, kündigte er an. Die Amerikaner nahmen den Platz von Gästen im Hause ein; solange Fremde anwesend waren, ließ man den Kindern alle Freiheit, doch hatten die Gäste das Haus verlassen, wurden die unartigen bestraft.

Josui seufzte. Der betäubende und doch von sanfter Süße erfüllte Duft der Glyzinien stieg ihr in die Nase. Beim Spitalgitter klappte sie ihren Sonnenschirm zu. Neben dem Gitter stand jemand: ein großer, schlanker junger Mann, ein Amerikaner in Uniform. Er lehnte gegen die Wand, ein Bein übers andere geschlagen, die Hände in den Taschen. Josui sah ihn überrascht an; er lächelte ihr zu.

»Ich habe auf Sie gewartet«, sagte er.

Sie war zu überrascht, um zu sprechen. Mit halboffenem Mund starrte sie den Fremden an. Er war jung, blond und sehr gut aussehend. Ja, er war schön. Seine Augen waren blau, blau wie die Schwertlilien. Seine Haut war hell und ebenmäßig. Er hatte kräftige, sehr weiße Zähne, und sein Mund wirkte hübsch. Er sah stark und gesund aus, mit breiten Schultern und schlanker Taille, obwohl der Ledergurt um die Taille recht stramm saß.

Mit lachendem Gesicht sagte er: »Nun? Wie ist die Prüfung ausgefallen?«

Josui errötete. Sie hatte ihn angestarrt, als wäre er ein fremdes, ungeahntes Wesen. Aber er war ihr nicht fremd; gerade deshalb hatte ihr Blick so lange auf ihm geruht. Er erinnerte sie an die jungen Burschen in der Schule in Kalifornien, jene Burschen, die sie zu bemerken erst begonnen hatte, als ihr Vater so Hals über Kopf beschloß, nach Japan heimzukehren. Seine Stimme war wie die des Bruders, seine Redeweise wie die Redeweise der Burschen in Kalifornien.

»Sprechen Sie vielleicht nicht englisch?« fuhr der junge Mann fort.

»Ich spreche englisch«, erwiderte Josui mühelos.

Der junge Mann nahm sein Käppi ab. »Noch nie ist mir ein Gebet so gut erfüllt worden«, sagte er ernst. »Das ist wirklich zuviel.«

»Was ist zuviel?«

»Daß ausgerechnet das Mädchen in Japan, das ich gern kennenlernen wollte, meine Sprache spricht.«

Josui lächelte. »Wieso wollten Sie mich kennenlernen? Ich habe Sie doch noch nie gesehen?«

»Sie haben mich heute morgen angeblickt, ohne mich zu sehen«, erwiderte er. »Aber ich habe Sie gesehen. Sie standen hier unter diesem Bogen. Wir haben daheim in unserem Garten einen von Glyzinien überspannten Bogengang, und als ich diesen hier heute früh erblickte, mußte ich an meine Mutter denken — und da standen Sie, direkt unter den Blüten, und Sie waren — Sie waren bildschön.«

»Ich wartete nur ab, bis die Amerikaner vorüber waren.«

»Wir gingen vorüber, aber ich kam zurück. Die anderen sind jetzt auf dem Wege nach Nara. Ein Ausflug, zum Vergnügen, wissen Sie. Wir haben Urlaub. Nach Nara kann ich noch immer gehen. Aber ich überlegte, wenn ich mich hier auf Posten stellte und lange genug wartete, würden Sie sicher wieder vorbeikommen.«

»Ich bin auf dem Weg zur Schule.«

»Sie gehen noch zur Schule?«

»Nicht Schule, ins College. Und jetzt muß ich gehen, sonst komme ich zu spät.«

Er stand noch immer da, das Käppi in der Hand, und die Sonne schien auf sein blondes, gewelltes Haar; es war hellblond, fast silbrig, und die Augen sehr blau. Das Gesicht war schmal, das Kinn kantig und die Backenknochen ziemlich hoch. Etwas Sauberes ging von ihm aus.

»Ich möchte Sie so gern kennenlernen«, bat er. Seine Stimme war tief und tönend, aber er sprach leise.

»Das geht leider nicht«, erwiderte Josui schlicht. »Ich muß jetzt gehen.«

»Warum nicht?« Er schritt neben ihr her. In ihrer Erregung spannte Josui ihren Sonnenschirm wieder auf. Was sollte sie nun tun? Falls jemand sie an der Seite eines Amerikaners sah und dies ihrem Vater berichtete, würde er außer sich geraten und sie darunter leiden lassen. »Bitte gehen Sie«, bat sie und beschleunigte ihr Schritte, ohne die schlanke Gestalt neben sich anzusehen.

»Es muß doch eine Möglichkeit geben, ein nettes Mädchen in Japan treffen zu können«, beharrte er. »Vielleicht kann ich Sie in Ihrem Heim besuchen. Ich kann meine Karte abgeben und Ihre Eltern sprechen.«

»O nein!« rief Josui. »Sie würden meinen Vater schrecklich erzürnen.«

»Warum?«

»Ach, einfach so«, erwiderte sie geistesabwesend.

»Kann Ihr Vater Amerika nicht leiden?« erkundigte sich der junge Mann nicht ohne Nachdruck.

»Er kennt Amerika gut.«

»Ja?«

»Ja. Wir haben in Amerika gelebt, aber als der Krieg ausbrach, fuhren wir nach Japan.«

Sie waren vor dem Eingang zum College angekommen. Hier mußte sie ihn loswerden. Es war ihr Glück, daß zu dieser frühen Stunde, wo die meisten Leute ein Mittagsschläfchen hielten, niemand auf der Straße gewesen war.

»Sie dürfen mich nicht weiter begleiten«, sagte sie eindringlich. »Ich werde Unannehmlichkeiten haben, wenn Sie mit mir kommen.«

»Dann komme ich natürlich nicht«, entgegnete er sofort. »Aber ich werde morgen wieder hier sein. Und dies ist mein Name.«

Er entnahm einem schmalen Lederetui eine Karte und hielt sie Josui so lange entgegen, daß ihr schließlich nichts anderes übrigblieb, als sie zu nehmen.

Leutnant Allen Kennedy.

»Darf ich auch Ihren Namen wissen?« fragte er.

Eine Ablehnung lag ihr auf der Zunge, aber sie blickte ihn an. Er war so nett, so höflich und sein Lächeln so entwaffnend. Insgeheim hatte sie sich danach gesehnt, mit Amerikanern zusammenzukommen. Sie war so einsam. Es fiel ihr schwer, unter den Japanerinnen Freundinnen zu finden, wo doch keine von ihnen das geringste von ihrem früheren Leben wußte oder auch nur verstand, da sie den größeren Teil ihres Lebens in Kalifornien verbracht hatte. Nicht nur, daß sie nichts davon wußten, es erweckte ihre Abneigung. Die anderen beneideten Josui, doch verbargen sie ihre Gefühle unter geheuchelter Zuneigung.

»Ich heiße Josui Sakai.«

»Josui Sakai«, wiederholte er. »Wollen Sie mir auch Ihre Adresse verraten?«

Sie schüttelte den Kopf in panischer Angst und konnte dann dem bittenden Ausdruck der hübschen Augen doch nicht widerstehen. Wärme stieg in ihr auf; am liebsten hätte sie gelacht, und weil sie nicht wußte, was sie tun sollte, klappte sie den Sonnenschirm zu, lief durch das Tor und huschte hinter eine Gruppe von Bambusstauden. Der Fremde kam bis zum Tor und sah sich im Garten um. Nach kurzem Zögern ging er fort, doch unter dem Glyzinienbogen blieb er einen Augenblick stehen. Der süße Duft der Blüten war unverkennbar. Wieso hatte er ihn nicht schon vorher wahrgenommen? Er sog die Lungen voll mit der betäubenden Süße, die sich in seiner Erinnerung auf immer mit dem bezaubernden weggehuschten Mädchen verbinden würde. Er zögerte, in Gedanken verloren, mitgerissen von einem Verlangen, dessen Macht er nicht recht zu verstehen vermochte.

Von ihrem Versteck aus sah Josui sein verwundertes Gesicht den Glyzinien zugewandt. Dann ging er weiter. Sie schlüpfte hinter den Bambusstauden hervor, halb erwartend, ihn noch in der Nähe des

Tores zu finden. Sie war enttäuscht, doch zugleich erlöst. Überzeugt davon, ihn nie wiederzusehen, nahm sie am Nachmittagsunterricht teil, sein junges, hübsches Gesicht vor Augen, in welchem jeder Zug, obgleich von ihren eigenen verschieden, ihr doch vertraut schien und ihr etwas aus ihrer Kindheit nahebrachte, das verschwommen stets in ihrer Erinnerung haftengeblieben war.

Dr. Sakai, wie stets erfrischt und angeregt von der Teezeremonie, saß in nachdenklichem Schweigen mit den anderen Gästen zusammen. Wenige Häuser nur gab es noch, in denen die Teezeremonie in alter überlieferter Form und entsprechend ihrer tiefen Bedeutung ausgeübt wurde. Er selbst betrachtete sich als Laie in diesen Dingen, da es während seiner Kindheit in Kalifornien ein Teehaus oder etwas Derartiges nicht gegeben hatte. Seine Eltern waren viel zu beschäftigt damit gewesen, sich im neuen Land zurechtzufinden, um ihren Kindern das beizubringen, woran sie sich noch erinnerten. Daher nahm Dr. Sakai das Angebot der Freundschaft der Familie Matsui mit dankbarer Unterwürfigkeit entgegen, und mit gleicher Empfindung wurde er der Hausarzt der Matsuis. Er gestand dem alten Herrn Matsui ein, daß er wie ein Fremder in sein eigenes Land heimgekehrt war und nun erst wieder lernen mußte, ein Japaner zu sein.

»Nicht etwa, daß ich mein Japanertum vergessen hätte«, bekannte Dr. Sakai. »Mein ganzes Leben habe ich über Japan gelesen und seine Geschichte studiert, so daß ich im Augenblick der Entscheidung wußte, wo ich hingehörte. Doch nun, wo ich hier bin, gibt es vieles, was ich erst lernen muß, vieles, was ich nicht weiß.«

»Der richtige Geist beseelt Sie«, erwiderte Herr Matsui. »Alles andere kann gemeistert werden.«

Er selbst war nie über die Küsten Japans hinausgekommen und hieß den hochgewachsenen, betont ernst dreinblickenden Arzt, der trotz all seinem Bemühen, voll und ganz japanisch zu empfinden und zu leben, doch seine amerikanischen Jahre nicht verleugnen konnte, mit einer gewissen Neugier bei sich willkommen. An diesem Nachmittag im Teehaus fiel ihm zum Beispiel der übergroße Eifer Dr. Sakais auf. Die Muße für schöngeistige Betrachtungen ließ sich nicht herbeikommandieren. Anstatt darauf hinzuweisen, versuchte Herr Matsui die Unterhaltung in bedächtige und entspannende Bahnen zu lenken. Und so entnahm er einem seidig gefütterten Kästchen seine Teeschale, einen Schatz, den er höher als alles andere wertete.

»Diese Schale gehörte einem meiner Freunde, der nicht mehr unter den Lebenden weilt«, erläuterte er. »Er war ein Meister des Cha-no-Yu, und aus dieser Schale trank er seinen Tee bei der

Zeremonie. Als er starb, vermachte er mir die Schale, weil sein Sohn – obwohl sein einziger – die Riten nicht beachten wollte.«

Dr. Sakai nahm die Schale mit übertriebener Vorsicht entgegen, die Ellbogen der Sitte entsprechend auf die Matte stützend. Ein kostbares Gefäß hält man nicht in ungestützter Hand. Wenn Herr Matsui aus der Schale trank, balancierte er sie auf der Innenfläche seiner Linken und hielt die Rechte dagegen. Dr. Sakai betrachtete das Gefäß, welches blaßgrün war und keinerlei Schnitzerei oder Zeichnungen aufwies. Es war beruhigend wie stilliegende Wasser – ein klarer Kreis und ein ungebrochener Bogen. Als er Herrn Matsui die Schale zurückreichte, seufzte er. Sein Blick schweifte durch den Raum. Die Pergamentrolle, die Teebüchse, die Vase, der Kessel auf dem schmiedeeisernen Dreifuß, das Tablett und alle übrigen Gegenstände, die zur Zeremonie gehörten, waren in ihrer Einfachheit von vollendeter Schönheit. Die fünf Gäste, alles Männer, saßen auf ihren Beinen, aufrecht und doch zugleich bequem, mit geistiger Aufgeschlossenheit für die beruhigende Wirkung ihrer harmonischen Umgebung. Der Sinn dieser Männer für Schönheit war entwickelt. Sie waren Kenner und hatten erfaßt, daß Form ohne Geist leer ist; diese Erkenntnis leitete sie Schritt für Schritt auf der Suche nach Schönheit um des Geistes willen, dorthin, wo Mensch und Natur eine absolute Einheit bilden. Aus diesem Wissen heraus glaubten sie daran, daß Schönheit einen jeden Gegenstand, ein jedes Ding des täglichen Lebens erfüllen mußte, Bauten, Geschirr, Gestaltung der Gemächer.

Zwei Schwertlilien bildeten heute die Dekoration von Herrn Matsuis Teehaus. Ein Stiel mit einer Blüte, ein anderer mit einer voll entfalteten Blume waren verbunden durch ein hohes und ein kürzeres Blatt. Blumen und Blätter waren mit unendlicher Sorgfalt angeordnet worden; sie wirkten völlig ungekünstelt, doch wußte ein jeder, daß diese Schlichtheit zwar natürlich schien, in ihrer Vollendung jedoch die Natur übertraf. Schlichtheit war das oberste Ziel, war die Erfüllung dessen, was der nach Wahrheit und Schönheit dürstende Geist suchte. Erst der reife Mensch mit dem reifen Geist ist zu dieser letzten Entwicklung fähig.

Während der langen Zeremonie und des Festmahles hatte keinerlei Unterhaltung die Muße der Anwesenden gestört. Doch als man zum Ende kam und die Sonne sich dem Untergang zuneigte, erhoben sich die Freunde, verneigten sich, wie es sich gehörte, vor dem Gastgeber und begaben sich zu einem außerhalb des Teehauses gelegenen Aufenthaltsraum. Dort konnten die Gespräche aufleben. Herr Matsui gesellte sich nach wenigen Minuten zu ihnen.

Die Unterhaltung zwischen diesen Männern, die ihr Land nie verlassen hatten und darauf bedacht waren, die Kultur ihrer Vorväter auch unter der Vorherrschaft der fremden Besatzung aufrechtzuerhalten, erweckte in Dr. Sakai tiefe Befriedigung. Er hatte sich innerlich Amerikas entledigt. Herz und Seele waren leer, und die langen, mit Muße geführten Gespräche über das alte Japan, seine überlieferten Sitten, gute wie schlechte, prägten einen neuen Menschen in ihm.

Und so verstand er auch, wie es hatte geschehen können, daß die Japaner sich zu einer Lebensweise verleiten ließen, die ihrem Wesen nicht entsprach. »In einem jeden Volk gibt es böse Geister«, erläuterte Herr Tanaka heute, während sie in dem Vorraum saßen. »In jedem Lande wachsen grobe, ungeschlachte Geschöpfe auf, die jeder Belehrung unzugänglich sind. Von Geburt an sind sie wild und zügellos, zweifellos verurteilt zu ihrem Charakter durch irgendwelche in früheren Leben begangene Verbrechen. Sie lassen sich nicht beherrschen. Sie bereiten Eltern und Verwandten Kummer und bilden eine Bedrohung ihrer Gemeinden, doch die Schwachen und die Rastlosen scharen sich um sie. Und diese wilden, zügellosen Gesellen redeten unserem Volk vor etwa einem Jahrhundert ein, daß die westlichen Mächte, die Asien untereinander aufteilten, auch Japan zu schlucken gedächten. Möglich, daß sie recht hatten. Wer kann das beurteilen? Furcht wurde in die Seelen des Volkes gesät, und man ließ die Wilden, Zügellosen ihren Weg gehen. Und so schufen sie eine große Armee und eine starke Flotte; sie ergriffen Besitz von der Mandschurei und hofften, sich zu ihrem eigenen Schutz ein Riesenreich zu bilden. Dies war der Anfang der großen Wandlung. Hätten wir der Furcht widerstanden, wären wir vielleicht unverletzlich geblieben. Furcht ist der Keim aller Schwäche.«

Herr Tanaka war alt, ein greisenhafter kleiner Mann, der durch siebzig Jahre der großen Wandlung gelebt hatte. Nie hatte er westliche Kleidung getragen, und in seinem Haus gab es weder Stuhl noch Bett nach westlicher Art. Er hatte ein bescheidenes Vermögen geerbt und davon, wenn auch mit zunehmenden Schwierigkeiten, seinen Unterhalt bestritten. Seine Söhne waren im letzten Krieg gefallen, und sein Vater hatte vor Jahrzehnten im ersten Krieg mit China sein Leben verloren. Herr Tanaka verabscheute Kriege, und aus dieser tief verankerten Ablehnung heraus war er zum Buddhismus übergetreten und hatte sich vom Schintoismus abgewandt, weil dieser Glaube auf einem Patriotismus beharrte, dem er nicht Folge leisten konnte. Er bezeichnete sich selbst als einen Humanisten, einen Mann, dem die gesamte Menschheit am Herzen lag; selbst was die Amerikaner taten, bedrückte sein Gewissen.

»Soviel Grausamkeiten sind geschehen in den Jahren meines Lebens«, sagte Herr Tanaka nachdenklich. Niemand unterbrach ihn. Er saß da, in kniender Stellung auf seinen Beinen ruhend, eine zarte Gestalt, die Augen dem Garten zugewandt, über dem der gelbliche Abglanz der untergehenden Sonne lag. »Als die Atombombe auf Nagasaki niederfiel, fuhr ich hin, um zu sehen, was sie angerichtet hatte. Sie wissen, daß meine Familie aus Nagasaki stammt. Das alte Haus war verschwunden. Es wurde das Grab meiner sechs ältesten Verwandten, die dort ihr ganzes Leben verbracht hatten. Seit meinem Besuch dort bringe ich es nicht mehr über mich, auch nur die geringfügigste Grausamkeit zu begehen. Ich bin nicht dazu imstande, mir mit dem kleinsten Stoß meinen Weg in eine noch so überfüllte Straßenbahn zu erzwingen. Es ist eine geringfügige Sache, mehr ein Schubsen oder Schieben als ein Stoß, es dauert nur einen Moment, und bei mir altem Mann kann man einwenden, daß ich kaum jemand damit weh tue. Trotzdem, ich bin nicht dazu imstande. Es wäre in meinen Augen die letzte, wenn auch noch so unbedeutende Grausamkeit, die die Welt unerträglich für mich macht. Ich kann keine Ameise zertreten, keine Fliege töten und kein Kind weinen sehen. Jede Grausamkeit über das hinaus, was an Grausamkeit bereits begangen worden ist, nicht nur hier bei uns, überall in der Welt, geht für mich über das Maß des noch zu Ertragenden hinaus. Nicht mehr, Buddha, mein Gott!« Er hob sein schmales Greisengesicht und schloß die Augen, und Dr. Sakai senkte den Kopf. Quälende Traurigkeit nagte an seinem Herzen, doch sonderbarerweise ging von dieser wehen Empfindung eine Welle der Kraft aus.

Als die Freunde sich schließlich zum Abschied erhoben, hatte sich keine Gelegenheit ergeben, mit Herrn Matsui über den Sohn und die Tochter zu sprechen, und Dr. Sakai war nicht dazu aufgelegt, jetzt ein solches Gespräch noch herbeizuführen. Der Nachmittag war makellos gewesen. Er hatte seine Seele in der Vergangenheit gebadet und in neuer Weise vernommen, was es bedeutete, ein Japaner zu sein. An die Jungen oder an die Zukunft zu denken, war dies nicht der Augenblick. Dazu blieb Zeit genug. Langsam und von Frieden erfüllt begab er sich auf den Heimweg.

Frau Sakai erwartete ihren Gatten im Hauptgemach des Hauses. Wie sollte sie ihm nur beibringen, was sich diesen Nachmittag ereignet hatte? Sie fürchtete ihn, weil sie ihn mehr als alle anderen menschlichen Wesen bewunderte, und hätte ihn vorbehaltlos geliebt, wäre es ihr möglich gewesen, die scheue Angst vor ihm zu überwinden. Doch es war unmöglich, jemanden, den man so vergötterte, zu lieben. Sein überlegener Geist erkannte jeden Makel, und sie begegnete ihm mit Demut. Und dazu kam, daß sie tief in ihrem Herzen ein Geheimnis bewahrte, das einer Sünde gleichkam, die sie nie bekennen durfte. Sie liebte Japan nicht. Wäre es nach ihr gegangen, hätte sie Amerika nie verlassen. Ihr wäre selbst das Konzentrationslager lieber gewesen, in dem alle ihre Freunde den Krieg überdauerten. Natürlich wäre es unbequem gewesen. Sie wußte das. Ihr Mann hatte ihr alles eindringlich geschildert. Aber sie wäre mit ihren Freunden zusammen gewesen, man hätte gemeinsam kochen und waschen können und hätte noch reichlich Zeit zum Schwatzen gehabt. Mehr Zeit als je zuvor hätte man gehabt, weil es ja nicht nötig gewesen wäre, seinen Lebensunterhalt zu verdienen. Die Nahrung wurde einem — wenn auch nicht sehr reichlich und gut — zugeteilt. Das Klima in der Wüste war trocken und warm. Hier in Kyoto herrschte die Feuchtigkeit vor, und das Haus war sogar jetzt kalt. Das Wasser im Garten und die Nebel vom Meer und den Bergen brachten die Feuchtigkeit in die Räume.

Gekleidet in ihren zweitbesten Kimono, ein tadellos sauberes weißes Seidentuch um den Ausschnitt gelegt, saß sie am Boden und wartete auf ihren Mann. Ihre Füße steckten in schneeweißen Socken aus Baumwollstoff, deren Sohlen doppelt gelegt und mit großen Zierstichen genäht waren. Sie fertigte die Socken selbst an. Sie kannte sich in all diesen Handfertigkeiten aus, denn sie war in Japan aufgewachsen als Tochter einer armen Familie. Sie hatten auf einer kleinen Gebirgsfarm hoch in den Hügeln oberhalb von Nagasaki gelegt, nahe genug an Unzen und den heißen Quellen, so daß es manchmal im Frühling oder im Herbst, wenn die Familie die Feiertage zu einem Ausflug benützte, um die Blumen und das Laub der Bäume zu bewundern, dazu kam, daß sie bei den Quellen haltmachten und ihren Fisch in dem heißen Gischt kochten, der zwischen den Felsen emporsprudelte.

So arm war ihr Vater gewesen und so viele Töchter hatte er, daß er eines Tages, als er in der Zeitung las, daß Bräute für die jungen Japaner in Amerika gesucht wurden, ihr Bild einschickte und ihren Namen in die Liste einschrieb. Und so war sie nach Amerika gekommen. Dr. Sakais Mutter hatte sie für ihren Sohn gewählt, und er hatte an ihrem sanften Gesichtchen Gefallen gefunden. Als junges Mädchen war sie hübsch, wenn auch keineswegs schön gewesen. Nie hatte sie sich träumen lassen, an einen Mann zu kommen, der ein Arzt war und daher ungern ihre krummen Beine und plumpen Hände und Füße sah. Er hatte sich nach der Zusammensetzung ihrer Nahrung erkundigt, die stets aus Reis und Fisch und einigen Gemüsen bestanden hatte. Als später die Kinder zur Welt kamen, brauste Sotan Sakai schnell auf, wenn sie sich bei ihrer Nahrung nicht genau an seine Vorschriften hielt. Beim Sohn hatte es sich als unwichtig erwiesen, denn er war gefallen. Wie sie ihn gezwungen hatte, die widerliche Kuhmilch zu trinken, und wie er geschrien hatte! Es tat ihr leid, daß sie ihn zu irgend etwas gezwungen hatte, das er nicht mochte, denn es war doch überflüssig gewesen. Nicht einmal sein Grab konnte sie besuchen. Wie immer, wenn sie an ihren Sohn Kensan dachte, kamen ihr die Tränen. Sie wischte sich vorsichtig mit dem Futter ihrer weiten Ärmel die Augen und putzte die Nase in ein Papiertaschentuch, von denen sie stets einige oben im linken Ärmel trug. Dann knüllte sie das Papiertuch zusammen und warf es in einen Krug, der als Papierkorb diente. Manche amerikanischen Sitten hatte sie übernommen, aber dazu, Taschentücher aus Stoff zu benützen, war sie nie übergegangen. Es war eine zu unsaubere Gewohnheit.

In diesem Augenblick vernahm sie ihres Gatten Schritte und das eilige Trippeln der Magd, die ihm entgegeneilte, um ihm die Schuhe abzunehmen. Frau Sakai erhob sich, trat zum Eingang und verneigte sich. Er nickte ihr zu und begrüßte sie mit einer Anrede, die ihren Namen andeutete, aber vom Mädchen nicht verstanden werden konnte. Sie folgte ihm in den Raum, in welchem sie auf ihn gewartet hatte, und als er sich setzte, kniete auch sie nieder und legte die Hand an die Teekanne unter der dickgefütterten Haube. Die Kanne war heiß, und sie machte Anstalten, ihm eine Schale zu füllen, als er die Hand hob.

»Keinen Tee mehr. Ich habe vom besten getrunken.«

In einer Beziehung war Hariko Sakai Japan dankbar. Der Kimono verbarg ihre krummen Beine. In Amerika hatte sie, wie alle Frauen, baumwollene Hauskleider getragen, und sie war sich ihrer häßlichen Beine stets bewußt gewesen, dieser Beine, die ihres Mannes Mißfallen erregten, über die er aber nie mehr sprach. Er hatte einfach seinen Blick abgewandt, und dies war grausamer gewesen als jede geäußerte Kritik.

Wie sollte sie ihm nur berichten, was sich diesen Nachmittag ereignet hatte? Sie hüstelte hinter der erhobenen Hand.

Er sah auf. »Was gibt es, Hariko?«

»Ich weiß kaum, wie ich's dir sagen soll«, erwiderte sie. Sie sah ihn an, und er bemerkte den bedrückten Blick in ihren Augen. Ihr Gesicht war noch immer angenehm. Es war freundlich und gut und die Augen rund und ein wenig kindlich. Runde Augen wurden nicht als ein Zeichen besonderer Schönheit an japanischen Frauen gewertet, doch ihm gefielen sie.

»Ist etwa die Sung-Vase zerbrochen?« fragte er beunruhigt.

»Nein, nichts so Schlimmes!«

»Ist der große Karpfen tot?«

»Nein«, sagte sie wieder. »Nichts ist tot.«

»Nun, heraus mit der Sprache. Was ist geschehen? Ich werde dich nicht umbringen und auch nicht schlagen.«

Das war humorvoll gemeint, und es ermutigte Hariko. »Ein junger Mann kam heute nachmittag hierher und fragte nach dir«, sagte sie vorsichtig.

»Ein Patient?«

»Nein, kein Patient.« Sie zögerte und fuhr dann entschlossen fort: »Ein amerikanischer Soldat.«

Dr. Sakais schmales, gut geschnittenes Gesicht wurde ausdruckslos. »Ich kenne keinen Amerikaner.«

»Er hat nicht behauptet, dich zu kennen«, erwiderte sie. »Er wollte dich sprechen.«

»Woher kannte er meinen Namen?«

»Ein Freund habe ihm deinen Namen gegeben, sagte er.«

»Was hast du ihm entgegnet?«

»Ich habe erklärt, du wärest nicht zu Hause. Er wollte warten, aber das habe ich nicht erlaubt. Ich hatte Angst, Josui könnte hereinkommen, und das wäre nicht schicklich gewesen.«

»Ganz sicher nicht.«

»Ich habe ihm gesagt, ich würde es dir ausrichten, und er hat gesagt, er würde wiederkommen. Er wollte wissen, wann du zu Hause wärst, und ich habe ihm gesagt, am besten sei es, er ginge ins Spital, da könne er dich um zehn Uhr früh immer treffen. Ich habe gesagt, daß du Fremde nicht bei dir zu Hause empfängst.«

»Sehr gut«, lobte er und kräuselte die Lippen. »Ein Amerikaner! Wahrscheinlich hat ihm jemand drüben meinen Namen genannt.«

»Wahrscheinlich«, stimmte sie zu. Ein Stein wich von ihrem Herzen. Sie hatte richtig gehandelt. Nun wußte er von dem Zwischenfall und war doch nicht böse mit ihr. Es war häßlich, ihn als böse zu bezeichnen, denn er sprach nie ein zorniges Wort zu ihr, doch war sie so empfindlich in allem, was ihn betraf, daß sie auch den Anflug eines Mißfallens von seiner Seite gleich dunklen Schwingen empfand, die sein Gemüt beschatteten. Seine Beherrschung aller Gefühle war außerordentlich, aber es gelang ihm doch nicht, das geringste vor ihr zu verbergen. Trotz ihrer kurzen Beine erhob sie sich mit Anmut.

»Ich ziehe mich zurück. Es gibt manches zu tun.«

Er nickte, ohne zu antworten. Ihm lag daran, die Stimmung des mit den Freunden verbrachten Nachmittags nicht zu zerstören. Das Antlitz dem Garten zugewandt, blieb er regungslos sitzen, nachdem Hariko den Raum verlassen hatte, und schob bedacht den Gedanken an den Amerikaner zur Seite. Der Gärtner hatte die Felsengruppen, Steine und Sträucher mit Wasser besprengt.

Frau Sakai schob die Lattenwand behutsam hinter sich zu. Ihr Gatte hatte sie nicht gefragt, was für ein Mensch der Amerikaner gewesen war, und daß sie ihm nichts Näheres darüber gesagt hatte, empfand er vielleicht später als Täuschung. Ihr hatte der junge Mann gefallen. In Kalifornien hatte sie manche reiche junge Leute gesehen, doch als sie den Fremden fragte, ob er von dort stamme, hatte er dies verneint. Beinahe sofort hatte sie ihn gefragt: »Stammen Sie aus Kalifornien?«

»Sie sprechen englisch?« hatte er ausgerufen.

»Ein wenig«, hatte sie erwidert und wegen ihrer schlechten Zähne das Lächeln unterdrückt. Amerikaner liebten gesunde weiße Zähne, aber derselbe Mangel, der ihre Beine gekrümmt hatte, war anscheinend auch an ihren schlechten Zähnen schuld. In ihrer Jugend war es niemandem wichtig erschienen, denn die Landfrauen pflegten ihre Zähne sowieso zu schwärzen, sobald sie heirateten. Ihre eigene Mutter hatte schwarze Zähne gehabt, schwarz wie Lack.

»Sie kommen auch von Kalifornien?« hatte sie wiederholt.

»Wieso auch?« hatte er zurückgefragt. »Sind Sie von Kalifornien?«

»Wir haben dort gelebt«, sagte sie.

»Ich stamme aus Virginia. Es ist ein schöner Flecken Erde.«

»Ich weiß nicht«, erwiderte sie.

Dann hatte sie sich plötzlich besonnen. Sie wurde immer gleich zu freundlich mit Amerikanern. Sie hielt sich mehr zurück, aber er gefiel ihr doch. Er war so jung, so gesund und ungekünstelt. Er reichte ihr eine Karte, auf der sein Name stand. Allen Kennedy. Er sprach ihn für sie aus, und sie widerholte ihn. Englisch zu lesen hatte sie nie gelernt.

Nun trippelte sie geräuschlos in das Zimmer, in welchem sie schlief. Die Wände ließen sich zurückschieben, so daß der Raum im Haus aufging, aber Hariko tat dies nur selten; sie liebte es, einen Raum für sich zu haben. Zu tun gab es nichts, da Sotan kein Nachtmahl mehr wünschte. Josui aß des Abends Brot, ausländische Marmelade und Tee mit kondensierter Milch. Sie selbst pflegte eine Schale Reisbrei zu sich zu nehmen, bevor sie sich zu Bett legte. Sie kniete am Boden, zog die Schubladen einer winzig kleinen Kommode heraus, die auf einem niedrigen Tischchen stand, und kramte ordnend im Inhalt herum. Vereinzelte Schmuckstücke, Bänder, ein paar Aufnahmen von Kensan und ein Bild ihres Hauses in Los Angeles kamen ihr in die Finger. Das Haus gehörte ihnen nicht mehr. Jetzt lebten Neger darin.

Die Lattenwand wurde ein wenig zurückgeschoben, und Frau Sakai sah Josui lächelnd vor sich stehen.

»Hier bist du, Mama-san!«

»Hast du deinen Vater gesehen?«

»Nein.«

Josui trat näher. Ihrer Mutter fiel sofort auf, daß ihr etwas Angenehmes widerfahren sein mußte. Die länglichen, großen Augen — zu groß für japanische Augen – schimmerten von verhaltener, geheimer Freude. Josui hatte es noch nicht gelernt, ihre Empfindungen hinter einem ausdruckslosen Gesicht zu verbergen.

»Du siehst froh aus«, bemerkte Frau Sakai. »Hast du etwas Angenehmes erlebt?«

»Nur den Frühling, Mutter.« Josui schüttelte den Kopf.

Aber konnte der Frühling allein einer jeden Linie, einer jeden Rundung des hübschen Gesichtes solche Sanftheit verleihen? Frau Sakai hegte Zweifel daran. Sie forschte in den Zügen der Tochter und versuchte sich daran zu erinnern, wie sie den Frühling mit zwanzig Jahren empfunden hatte. Sie hatte in diesem Alter so schwer wie ein Mann auf der väterlichen Farm gearbeitet; Frühling bedeutete pflügen und die schwere Egge übers Land ziehen und die Saat ausstreuen. Im Frühsommer wurden die Felder dann für die Reissaat überflutet, und tief in dem lehmigen Wasser stehend hatte sie die Sämlinge pflanzen helfen. Nein, sie konnte sich an keine besondere Regung zur Frühlingszeit erinnern.

Sie drang nicht in die Tochter. Josui gehörte zum Vater. Kensan hatte zu ihr gehört. Wäre ihr Sohn noch am Leben gewesen, hätte sie nun Enkelkinder gehabt, kleine Mädchen und Buben, die amerikanisch aussahen, aber das wäre ihr gleichgültig gewesen. In Amerika hatten die Frauen Waschmaschinen und elektrische Herde.

Josui stand neben ihr und nahm Kensans Bilder zur Hand. Es waren mehrere, einige zeigten ihn als Buben. Auf einem anderen war er mit Setsu zu sehen, seiner Braut. Ihr Haar war frisch geschnitten und in Locken gelegt.

»Ich wünschte, Vater würde mir erlauben, das Haar abzuschneiden«, sagte sie unvermittelt und mit plötzlich aufwallender Unzufriedenheit. Sie trug die Haare glatt zurückgekämmt und zu einem schweren Knoten am Hinterkopf gerollt. Es war viel zu lang, als daß sie es in Locken hätte wickeln können.

»Er erlaubt's nicht«, sagte Frau Sakai. Auch sie betrachtete nun Setsu. »Sie hat sicher schon Kinder.«

»Die im Konzentrationslager zur Welt gekommen sind«, erinnerte Josui die Mutter.

»Ja«, sagte Frau Sakai. »Doch wäre Kensan noch am Leben gewesen und sie wären alle beieinander geblieben, hätte es doch schön sein können, Enkelkinder zu haben, sogar im Lager. Die Amerikaner brachten niemanden um. Bei ihnen war es nicht wie in Deutschland. Es gab genügend zu essen. Das Lager war sicher nicht so schlimm.«

»Ich weiß nicht.« Josui seufzte. Sie runzelte die Stirn, und trotz des Frühlings verschwand das Leuchten aus ihrem Gesicht.

Ihre Mutter versuchte, sich den Seufzer der Tochter zu erklären. Sollte sie ihr vom Besuch des Amerikaners berichten? Besser nicht, obwohl es eine interessante Neuigkeit gewesen wäre. Sie begann, die Schmuckstücke und die Bilder zurückzulegen, ein jedes sorgfältig in Seidenpapier wickelnd.

»Ich gehe mich umziehen«, erkläre Josui.

Sie ging hinaus und zog die Lattenwand hinter sich wieder zu. Frau Sakai war froh, nichts von dem Besuch des Fremden verraten zu haben. Schweigen war immer besser.

In dem Winkel des ausgedehnten Hauses, der Josuis ureigenstes Reich darstellte, betrachtete sie sich im Spiegel. Sie kniete dem Garten zugewandt, und die Abendsonne fiel voll auf ihr Gesicht. Der Spiegel stand auf einer niedrigen chinesischen Kommode aus poliertem Schwarzholz von etwa dreißig Zentimeter Höhe. Josui hatte ihr Schulgewand mit einem zartrosa Kimono vertauscht, auf dessen unteren Teil ein Pfirsichzweig in dunklerem Rosa gestickt war.

Was bezeichneten die Amerikaner als hübsch? Ihr Äußeres war zumindest annehmbar mit der Haut im hellen Ton der Mandelkerne. Die Unterlippe konnte als ein wenig zu voll empfunden werden, und sie sah vielleicht im ganzen ein bißchen zu gesund aus. Ihre Wangen waren so rosig wie die gestickten Pfirsichblüten, rosiger als die Seide des Kimonos. Ihre Augen wiesen natürlich den japanischen länglichen Schnitt auf, und das fand er möglicherweise häßlich, aber sie hatte breite Lider, und das hatten viele Japaner nicht. Ihre Nase war zu flach für amerikanischen Geschmack, daran zweifelte sie nicht. Angenommen, sie wäre nach Amerika zurückgekehrt? Ob es ihr wohl gelungen wäre, wieder Freunde um sich zu scharen? Die Lager waren aufgelöst, und es hieß, die Amerikaner stünden wieder auf gutem Fuß mit den im Lande lebenden Japanern. Es gab kaum Reibungen. Viele Zeitungen hatte Berichte über die Tapferkeit von Kensans Bataillon in Italien veröffentlicht. In einigen war sogar Kensan erwähnt worden. Er war einer der ersten gewesen, die den Hügel hinanstürmten, den zu erobern ihnen aufgetragen worden war. Er hatte die anderen angeführt, und so war er gefallen. »Es ist besser, nicht tapfer zu sein«, hatte die Mutter weinend gesagt, als sie sein Bild in der amerikanischen Zeitung sah, die man ihnen geschickt hatte.

Was sollte sie tun, falls sie morgen den Amerikaner wieder traf? Sie hätte ihm ihren Namen nicht verraten dürfen. Seine Bitte aber kurzerhand abzulehnen, wäre sehr unhöflich gewesen. Sie zog die Visitenkarte, die er ihr gegeben hatte, aus dem Ausschnitt und sprach den Namen leise vor sich hin. Allenn Ken=neddy. Daheim nannte man ihn sicher Allenn. Was bedeutete der Name wohl? Sie hatte keine Ahnung. Der Familienname, Ken-neddy, mußte ebenfalls eine Bedeutung haben. Und Virginia? Es war weit weg von Kalifornien, das wußte sie. Es lag im östlichen Teil Amerikas. Sie konnte sich an nichts weiter aus ihren Schulbüchern erinnern. Morgen wollte sie im großen Atlas im College nachschlagen. Sie steckte die Visitenkarte wieder in den Ausschnitt und wandte sich erneut ihrem Spiegelbild zu. Sie musterte die Linien ihres Mundes und den Schnitt ihrer Augen und hob dann die Hände an die Wangen. Ihr war heiß. Von ihren kleinen Händen ging angenehme Kühlung aus. Sie hatte stets kühle Hände. Falls er versuchte, ihr nach amerikanischer Sitte die Hand zu schütteln, würde sie nicht darauf eingehen. Die Handfläche eines Mädchens ist etwas Intimes. Sorglose Berührung der Hände durch einen Fremden durfte man nicht dulden. Nur dem Gatten geziemt es, die Handfläche einer Frau zu streicheln.

Während sie in Gedanken versunken vor der Kommode kniete, wurde die Wand zurückgeschoben, und die Magd Yumi in ihrem blauen Baumwollgewand trat in die Öffnung und sah Josui an.

»Ihr Vater wünscht Sie zu sehen«, sagte sie mit lauter Stimme. »Er ist bei den Kiefern.«

Josui klappte den Deckel der kleinen Kommode, an dessen Innenseite der Spiegel angebracht war, hinunter. »Sage ihm, daß ich komme.«

Dr. Sakai wandelte unter den Kiefern im Garten auf und ab, als Yumi Josuis Antwort überbrachte. Das grüne Moos unter den Füßen fühlte sich dick und weich an, und die Luft war von dem herben Geruch frischen Harzes erfüllt, das die Sonne erwärmt hat.

»Die ehrenwerte Tochter wird sogleich kommen«, meldete Yumi mit einer leichten Verbeugung.

»Womit war sie beschäftigt?« erkundigte sich Dr. Sakai.

»Sie betrachtete sich im Spiegel«, erwidete Yumi.

Sie entfernte sich, und der Arzt blieb stehen. Josui betrachtete sich im Spiegel? War das nicht bedenklich? Bedeutete dies vielleicht, daß auch sie den Amerikaner zu Gesicht bekommen hatte? Ob wohl eine Begegnung zustande gekommen war, eine flüchtige Begegnung, bei der ein paar Worte gewechselt wurden? Die amerikanischen Soldaten fanden nichts weiter dabei, ein Mädchen, das des Weges kam, anzusprechen, und Josui war hübsch — zu hübsch sogar. Er mußte herausfinden, ob sein Argwohn begründet war. Geheimnisse durfte es nicht geben. Ging es um Frauen, konnte man Amerikanern nicht trauen. Niemand sollte sich einfallen lassen, Josui, seine Tochter, für eine Geisha oder gar ein Straßenmädchen zu halten.

Als Josui mit langsamen Schritten zu ihrem Vater trat, musterte er sie mit forschenden Blicken. Seine Brauen waren hochgezogen, die Stirn gerunzelt. Von den Brauen gingen zwei dunkle Linien schräg nach oben, wie die Flügel eines Vögelchens oder eines Schmetterlings; doch wer konnte sich über den durchdringenden schwarzen Augen des Vaters einen Schmetterling vorstellen?

Ohne Umschweife und beinahe heftig begann er: »Ich fühle, daß du etwas vor mir verbirgst!«

Josui war so unvorbereitet auf den plötzlichen Angriff, daß sie zurückzuckte. In Amerika war es manchmal geschehen, daß der Vater aufbrauste, seinem Temperament nachgab, das er nicht zügeln konnte, obwohl er seine Heftigkeit bald nachher bereute. Doch in den Jahren seit der Rückkehr hatte er sich gewandelt, war zu einem ruhigen, verhaltenen Mann geworden, der durch ernste Meditation nach Beherrschung strebte.

Josui hob den Kopf. »Was verberge ich vor dir?«

»Halte mich nicht für dumm«, erwiderte er mit unverminderter Heftigkeit. »Ich bin nicht nur Arzt, ich bin auch Psychologe. Mit dir ist eine Veränderung vorgegangen. Du bist nicht mehr die gleiche, die du gestern warst. Etwas muß geschehen sein.«

Er folgte einer instinktiven Eingebung, doch Josui war von seinem Scharfblick betroffen. Gab sie ihre Gefühlsregungen so leicht preis?

»Es hat sich wirklich nichts von Bedeutung ereignet«, erwiderte sie. »Und doch magst du recht haben. Der Anblick der Amerikaner heute morgen hat mir vieles in Erinnerung zurückgerufen, was ich längst vergessen glaubte. Ich habe schließlich fünfzehn Jahre meines Lebens dort verbracht, Vater, und nur fünf hier.«

Mit einer Kopfbewegung gab er ihr zu verstehen, daß sie neben ihm her gehen sollte. Unruhe erfüllte ihn; innere Spannung und Nervosität machten es ihm unmöglich, die Unterhaltung sitzend weiterzuführen. Josui verstand ihn, und sie gingen zusammen unter den Kiefern auf und ab. Die Dämmerung hatte eingesetzt, und der Nachglanz der untergegangenen Sonne fing sich im Moos und verlieh ihm ein beinahe phosphoreszierendes Leuchten.

»Du kannst mir vertrauen«, sagte Dr. Sakai nun. »Mehr als das, du mußt mir vertrauen. In gewissem Sinne stellst du alles dar, was ich besitze, im Grunde alles, was ich je besessen habe. Deine Mutter ist immer eine gute Frau gewesen und eine ausgezeichnete Mutter. Was kann ein Mann mehr verlangen? Doch dein Geist gleicht dem meinen. Du bist eher ein Kamerad. Dein Bruder schlug deiner Mutter nach, doch du folgst mir.«

»Ich bin sehr verschieden«, widersprach sie mit dem unverzüglichen Anflug einer Auflehnung.

»Du bist jetzt natürlich eher verschieden, als du es später sein wirst«, stimmte er zu. »Du bist dir heute des Zwiespalts einer ganzen Generation stärker bewußt. Später, wenn dein Leben sich in geordnete Bahnen gelenkt hat und du nicht mehr das Bedürfnis verspürst, dich gegen mich aufzulehnen, um damit deine Unabhängigkeit zu beweisen, wirst du erkennen, wie sehr du mir gleichst.«

Sie spürte sich beengt durch das Netz, das seine Liebe um sie spann, mit Fäden, unsichtbar, aber beharrlich wie Altweibersommer. Mit aller Kraft versuchte sie sich zu befreien und wurde durch seine überlegene Art doch nur noch tiefer darein verstrickt. In ihrem Ausschnitt verbarg sie die Waffe, das winzige Messer, mit dem sich das Netz in einem Hieb zerschneiden ließ. Sie zog die Visitenkarte hervor und hielt sie ihm wortlos entgegen. Er beugte sich vor, um den Namen zu lesen, und sofort begreifend zog auch er eine genau gleiche Visitenkarte aus dem Ausschnitt seines Kimonos.

»Woher hast du die Karte?« rief sie, überrumpelt durch die plötzliche Enthüllung.

»Die gleiche Frage kann ich dir stellen«, erwiderte der Vater ernst.

»Es hat sie mir — jemand gegeben«, sagte sie.

»Er ist während meiner Abwesenheit hierhergekommen und hat diese Karte deiner Mutter gegeben«, erklärte er, noch ernster werdend.

Sie sahen einander an, er mit finster zusammengezogenen Brauen auf sie niederblickend, und sie die Augen zu ihm aufhebend im festen Entschluß, keine Furcht aufkommen zu lassen.

»Ah, Josui!« rief Dr. Sakai mit tiefer Stimme.

Sie senkte den Kopf und legte das Kärtchen stumm in seine Hand. Er steckte es zusammen mit seinem in den Ausschnitt. »Du siehst, ich habe mich nicht geirrt.« Er sprach nun gütig, doch traurig. »Erzähle mir, mein Kind, was geschehen ist.«

Sie brachte es nicht über sich, ihm zu berichten. Die Tränen rollten über ihre Wangen. Sie waren stehengeblieben; nun gingen sie wieder langsam nebeneinander her. Josui hob den Arm und wischte sich die Augen mit dem Ärmelfutter.

»Verstelle dich nicht vor deinen Eltern, mein Kind, ich bitte dich darum«, sagte Dr. Sakai nach langem Schweigen. »Ich werde dir nichts verbieten, was zu deinem Besten ist. Wenn ich daran denke, daß du uns verlassen könntest, bricht mir schier das Herz. Aber das geht vorüber. Mein Herz ist auch früher schon gebrochen worden.«

Josui sah ihn an. »Als Kensan starb?«

»Nein, lange bevor du oder Kensan auf der Welt waren. Als ich noch ein junger Mann war, hatte ich — aber, lassen wir das. Es ist längst nicht mehr wichtig.«

Es war wirklich nicht mehr wichtig. Der Vater näherte sich seinem fünfzigsten Jahr, und was in seiner Jugend geschehen war, konnte nicht mehr von allzu großer Bedeutung für ihn sein. Unwillkürlich schrak sie davor zurück zu erfahren, was ihm das Herz gebrochen hatte. In ihren Augen konnte der Vater nie anders gewesen sein als jetzt, eine die Umwelt beherrschende, starke, selbstbewußte, von ruhigem Stolz erfüllte Persönlichkeit. Sie wollte über sich selbst nachdenken.

»Warum hast du die Visitenkarte aufgehoben?« fragte Dr. Sakai in fast schmeichelndem Ton.

Seine Weichheit rührte sie, und sie begann wieder zu weinen und hub zu gleicher Zeit zu reden an, mit dem Ärmel am Mund die Schluchzer zu ersticken suchend.

»Ich weiß es selbst nicht. Es gibt gar nichts zu erzählen. Er sprach mich unter dem Glyzinienbogen an und fragte mich nach meinem Namen. Und ich – ich habe ihn ihm gesagt. Das ist alles.«

»Wie oft habt ihr euch gesehen?«

»Ein einziges Mal, nur heute. Auf mein Wort. Er hat mich heute morgen gesehen und ist dann zurückgekommen. Sie waren so viele, er ist mir unter den anderen nicht aufgefallen, als sie vorübergingen.«

Nun, wo der Vater die Wahrheit wußte, war er freundlich. »Ich mache dir keinen Vorwurf wegen seines Verhaltens. Du hättest ihm deinen Namen vorenthalten können. Doch, wie du selbst sagst, du hast zu lange in Amerika gelebt.«

»Das habe ich nicht gesagt.«

»Viele Jahre warst du dort«, gab er nach. »Aber wir werden nie mehr dorthin zurückkehren. Wir bleiben hier, und du wirst hier leben, mein Kind. Du wirst hier heiraten. Ich werde dich zu keiner Heirat zwingen, das verspreche ich dir. Du kannst dir Zeit lassen, obwohl ich vom Standpunkt des Psychologen aus raten muß« – er versuchte, um ihretwillen eine unbeschwertere Stimmung aufkommen zu lassen –, »daß es am besten ist, jung zu heiraten, wenn das erste Verlangen einen überkommt. Es tut nicht gut, zu lange zu warten, und schon gar nicht bei einer Frau. Das natürliche Verlangen verflüchtigt sich, andere Interessen treten an seinen Platz. In Amerika bin ich vielen Frauen begegnet, die von keinem Verlangen mehr beseelt wurden. Sie gingen in ihrem Berufsleben auf, und das ist in mancher Beziehung sicher sehr schön, aber es übt einen zerstörenden Einfluß auf das Frauentum aus. Laß uns überlegen, was zu tun ist. Wenn es nicht Kobori Matsui sein soll, so laß uns nach jemand anderem Umschau halten. Du sollst selbst wählen; ich will keinesfalls wie ein Ungetüm von einem Vater dastehen.«

Sein Bemühen, sie zu gewinnen, und die ungeheure Liebe, die daraus hervorging, rührte Josui dermaßen, daß sie nicht den Mut aufbrachte, seine Annäherung von sich zu weisen. »Ich habe nur noch ein Jahr College vor mir«, sagte sie. »Das möchte ich gern beenden.«

»Natürlich, damit bin ich einverstanden. Reden wir nun nicht mehr darüber, ja? Wir verstehen einander, Josui?«

»Ja«, murmelte sie gezwungen.

»In diesem Fall —« Er hielt inne, und während Josui zusah, nahm er die Kärtchen aus dem Ausschnitt und zerriß sie zu kleinen Stückchen. Als dies getan war, bückte er sich, hob eine Handvoll Moos auf, legte die Papierfetzen hinein wie in ein kleines Grab, deckte dann das Moos wieder darüber und erhob sich. »Gehen wir ins Haus zurück. Es ist dunkel geworden.«

Es war in der Tat Nacht geworden. Unter den Kiefern tanzten die ersten Leuchtkäfer.

Allen Kennedy wälzte sich ruhelos auf den weichen Decken. Japanische Betten waren trügerisch. Sie erschienen sehr weich, wenn man sich zuerst darauf legte, mit den dicken, mit Daunen gefüllten und mit Seide überzogenen Decken und den nachgiebigen, hohen Matten darunter. Aber lag man ein Weilchen, so machte sich der harte Holzboden unter den Matten und Decken doch bemerkbar, und die Knochen spürten es. Er war nicht müde genug, das war der Fehler. Quälend und lockend zugleich brannte das Verlangen in seinem Blut. Das schöne Mädchen hatte seine innere Ruhe, seine Gewohnheiten, sein Gleichgewicht ins Wanken gebracht. Er verachtete und verabscheute die rohe, unverblümte Art, mit welcher die Soldaten sich im allgemeinen in Kriegszeiten Befriedigung verschafften, und doch war er dem gleichen drängenden Verlangen ausgeliefert. Er wollte nicht glauben, daß er ebenfalls imstande sein könnte, den Körper einer Frau, wenn auch auf weniger derbe Art, nur zur ungeduldigen Stillung seiner Lust zu benützen, und doch war es der Fall. Das stetig schlummernde Verlangen, das nie wieder in einem Bordell zu befriedigen er sich fest vorgenommen hatte, packte ihn heute von neuem. Er versuchte, an das Mädchen wie an ein schönes Bild zu denken, aber es nützte nichts; Josui schwebte ihm nur als Frau vor, ein weibliches Geschöpf, einzig und allein dazu geschaffen, vom Mann genommen zu werden.

Unvermittelt setzte er sich auf, zog die Knie an, legte seine langen Arme darum und beugte den Kopf nieder. Er sehnte sich nach Klarheit der Gefühle und Gedanken, zumindest nach genügend Klarheit, um Liebe und Verlangen voneinander trennen zu können. Seine Empfindsamkeit, vermutlich ererbt von der Mutter, dieser zarten und doch so unglaublich willensstarken Persönlichkeit, machte es ihm unmöglich, Liebe und Verlangen zu trennen. Befand er sich einem Frauenzimmer, einer Hure gegenüber — und in diese Situation hatte er sich selbst mehrmals gebracht —, so versagten seine Kräfte; er war impotent. Es war nun einmal so. Er mußte lieben, um sein Verlangen stillen zu können. Es war zum Verzweifeln und entsetzlich beschämend für ihn. Von ganzem Herzen beneidete er die polternden Rauhbeine, die durstig eintraten und prahlend herauskamen. Am meisten beneidete er sie, weil sie selbst nicht ahnten, was für Rüpel und Rauhbeine sie waren. Die Armee war voll von ihnen, und sie lebten herrlich und in Freuden. Er aber war nun einmal aus anderem Stoff gemacht. Ariel konnte nie Caliban sein.

Er erhob sich, zu rastlos, um sich weiter mit seiner Schlaflosigkeit zu quälen. Er hüllte sich in den Morgenrock, den jedes japanische Hotel seinen Gästen zur Verfügung stellt. Der gute Geschmack der Japaner ist unfehlbar, und das war vielleicht der Grund, warum er dieses Land so liebte. Die Zusammenstellung von Blau und Weiß für das billige Baumwollgewand war wirklich schön. Nur wenn die Bewohner dieses Landes darangingen, den Westen zu imitieren, verließ sie die Sicherheit des Urteils. Seine Mutter hätte die kunstvollen Tongefäße, die zarten Drucke, die feinen Seiden und vor allem die Häuser ohne Zweifel bewundert. Frau Sakai hatte ihn nicht zum Eintreten aufgefordert, aber es war ihm möglich gewesen, über ihren gesenkten Kopf hinweg einen Blick auf eine Flucht von Räumen zu werfen, alle erhellt von der durch die Papierwände fallenden Sonne, was dem Licht einen eigenen, an den Glanz von Perlen erinnernden Ton verlieh. Jenseits der Gemächer öffnete sich der Garten, und Allen hatte den silbrigen Strahl eines Wasserfalls gesehen. Bisher war ihm nie Gelegenheit geboten worden, mit Japanern, die zu den gebildeten Schichten gehörten, zusammenzukommen. Einen Japaner in die von Amerikanern belegten Quartiere zu bringen, verstieß gegen die strengen Vorschriften. Sogar in den Eisenbahnzügen durften sie nicht zusammensitzen. Mit den Eingeborenen der unteren Stufen in Berührung zu kommen, daran lag Allen nichts. Ein gewöhnlicher Japaner — und dies traf in erhöhtem Maße bei Frauen zu — stand seiner Meinung nach unter einem gewöhnlichen Amerikaner.

Aber das bezaubernde Mädchen unter den Glyzinien gehörte in ein vornehmes Haus. Ihren Namen — Josui — hätte er nicht auszusprechen vermocht, wäre sie ihm nicht zu Hilfe gekommen und hätte es ihm vorgesagt. Ihr Gesicht ließ sich nicht vergessen — so hübsch, so rein mit den großen Augen und den vollen Lippen. Er hatte sich daran gewöhnt, orientalisch geschnittene Augen gern zu sehen. Sie sprach englisch wie eine Amerikanerin, obwohl mit einer gewissen Hemmung. Ihre Aussprache war gut und ihre Stimme sehr angenehm. Sie war sehr gut erzogen, und auch dies war etwas Außergewöhnliches. Die guterzogenen Japanerinnen verbargen sich und boten den Amerikanern keine Gelegenheit, mit ihnen in Berührung zu kommen. Aber Josui hatte in Amerika gelebt und war weniger verschlossen. Ihre scheue Art jedoch konnte sie nicht verleugnen, und wäre sie anders gewesen, hätte sie ihm nicht gefallen.

Er stand in der Tür, die sich auf einen winzigen Garten öffnete, nur ein Winkel, durch eine Biegung der Außenmauer des Hotels geschaffen. Trotzdem fanden sich ein Teich, nicht größer als eine Wanne, und ein oder zwei Zwergbäume darin. Er mußte mit sich ins reine kommen, was er eigentlich von diesem Mädchen Josui erwartete. Angenommen, er erlaubte seinem Verlangen nach ihr, sich zu steigern, oder richtiger gesagt, gebot diesem Verlangen keinen Einhalt, wohin würde dies führen? Es konnte nur eine beschämende und schließlich herzzerreißende Affäre werden. Etwas anderes war gar nicht möglich. Sie war keine Madame Butterfly, die man liebte und dann einfach verließ.

Die Nacht war dunkel und still. Die verschwommenen Umrisse der Berge, dunkler noch als der nächtliche Himmel, zeichneten sich hinter der Mauer ab. Er war nach Kyoto gekommen, um die Stätten historischer Schönheit zu besichtigen, und hatte nichts gesehen. Warum nahm er nicht seinen ursprünglichen Plan auf? Zumindest tat es nicht gut, in diesen Stunden vor dem Morgengrauen Entscheidungen zu erzwingen. Es war ein ungünstige Zeit, die ungünstigste aller vierundzwanzig Stunden, erfüllt von der Melancholie der Nacht und auch von seinen eigenen Zweifeln, die in dieser letzten Phase der Dunkelheit stets stärker in ihm aufwallten und ihn an seiner eigenen Seele unsicher werden ließen. Er zuckte die Achseln. Morgen nach dem Aufstehen würde er seinen Reiseführer zur Hand nehmen und sich einen Plan zurechtlegen. Er nahm sich vor, so lange in Kyoto zu bleiben, daß er alles Sehenswerte besichtigen konnte, und dann nach Tokio zurückzufahren. Beschäftigte er sich selbst, so vergaß er das Mädchen vielleicht. Möglich auch, daß sie sich vor ihm versteckte, wie die anderen Japaner ihres Schlages dies taten.

Sobald er den Entschluß gefaßt hatte, wurde ihm wohler. Er legte sich wieder nieder und schloß die Augen. Seine Muskeln entspannten sich, sein Körper wehrte sich nicht mehr gegen die Härte des Bodens unter den Matten, und die Decken waren leicht und warm. Ihm war kalt geworden in der offenen Tür.

Hätte es am nächsten Tag geregnet, wäre es ihr leichtgefallen, daheimzubleiben. Für heute stand nur Mathematik auf dem Stundenplan, und daraus machte Josui sich nichts. Sie war ein wenig erkältet, zumindest konnte sie sich dies einreden, denn sie hatte unruhig geschlafen, und als sie bei Morgengrauen aufwachte, waren die Decken hinuntergeglitten. Josui schlief mit einem weichen Kopfkissen. Hätte sie nach japanischer Art ein hartes Kissen benützt, wäre ihr Kopf an einer bestimmten Stelle gelegen, und ein Umherwerfen wäre nicht möglich gewesen. Andere Mädchen lernten so zu schlafen, aber für Josui war es ungewohnt. Das war eben die Schwierigkeit bei ihr, daß sie sich nicht vorbehaltlos in die japanische Lebensweise einfügte. Ihre Eltern hatten in dieser Beziehung mehr Tapferkeit bewiesen. Das heißt, es war so, daß der Vater darauf bestand und die Mutter ihm eben gehorchte. Gerade deshalb lehnte sie sich auf, und das Kissen war eines der Zeichen ihrer Auflehnung. Sie rebellierte nicht nur für sich, sondern auch für die Mutter.

Der Tag war schön. Die Sonne stand am wolkenlosen Himmel, und nur in der Ferne über den Bergen lag ein Schleier, der sich in der Wärme des Tages bald verflüchtigen würde. Es drängte sie, aufzustehen, und weil der Tag so klar und schön war, drängte es sie weiter, ein blaßgelbes Kleid anzuziehen. Aus einem unerklärlichen Gefühl heraus hätte sie es heute vorgezogen, sich in einen Kimono zu kleiden, aber das wäre ihren Mitschülern als ungewöhnlich aufgefallen. Das tägliche Leben war unmißverständlich zwischen westlichem und japanischem Brauch geteilt.

Das gelbe Kleid war aus weichem Stoff und ohne harte Knöpfe gemacht. Der kleine weiße Stickereikragen hob sich vorteilhaft von ihrem schwarzen Haar ab. Sie ölte sich nie das Haar, und auch darin unterschied sie sich von den anderen. An den Schläfen lösten sich kurze weiche Härchen aus der Frisur; sie waren nicht gelockt, aber doch auch nicht ganz gerade.

Ihr Vater warf ihr einen musternden Blick zu, als sie zum Frühstück kam.

»Ich gehe heute nicht zur üblichen Zeit ins College«, erklärte sie. »Ich gehe sehr früh, damit ich mich noch für etwa eine Stunde mit meiner Geometrie befassen kann.«

Dr. Sakai verstand, daß dies Josuis Bemühen bedeutete, einer möglichen Begegnung mit dem Amerikaner aus dem Wege zu gehen. Falls der Fremde ihr nachspürte, würde er dies zur gleichen Stunde wie gestern tun.

»Es wird kühler sein, wenn du zeitig gehst«, erwiderte er. »Der heutige Tag dürfte heißer werden als der gestrige.«

Die Mahlzeit wurde schweigend eingenommen. Die Mutter sprach kein Wort. Stumm erhoben sie sich, und Josui begab sich sofort in den Garten, um nach Zweigen und Blüten für den Tokonoma zu suchen. Es war eine Aufgabe, die ihr oblag und die ihr zugleich Freude bereitete. Ihr Vater gab stets sein Urteil über ihre Anordnung ab und war äußerst sparsam mit seinem Lob, so daß es bei den seltenen Gelegenheiten, wenn er es spendete, hohen Wert besaß. Heute hielt Josui in dem großen Garten nach geeigneten Pflanzen Ausschau. Es war Frühling und daher ratsam, nicht zu viele Blumen zu wählen. Blumen gab es nur im Sommer im Überfluß, und die Ausschmückung der Nische mußte stets die Jahreszeit andeuten. Sie beschloß, keine Wasserpflanzen zu wählen. Niemals durften Wasserpflanzen zusammen mit Blumen angeordnet werden, die in trockener Erde wuchsen. Sie fand, was sie suchte: blaue Myrten, die an ihren schimmernden Ranken halb verborgen unter dem rötlichen Laub eines Ahornbaumes wuchsen. Josui schnitt einen Ahornzweig ab, sehr behutsam, damit der Zweig keine sichtbare Lücke hinterließ, und dann teilte sie eine Myrtenranke. Das war genug. Eine halbe Stunde brachte sie auf der Terrasse vor der Küche damit zu, den Ahorn und die Myrten anzuordnen. Wie man es sie gelehrt hatte, stellte sie sich genau in die Mitte vor die längliche grüne Tonschale, die sie für den heutigen Tag ausgelesen hatte, und arrangierte die Ranken und den Zweig so, als neigten sie sich der Sonne zu, der sich alle wachsenden Pflanzen von Natur aus zuwenden. Drei Dinge standen ihr zu der Anordnung zur Verfügung: der Ahornzweig, der sich hinter den Ranken ausbreitete, die zwei Ranken, deren blaue Blüten sie an einer Seite höher aufstreben ließ als an der anderen. Sie war so vertieft in ihre Aufgabe, um zu bemerken, daß sie beobachtet wurde. Der Vater ließ von dem Raum, in dem er des Morgens eine Weile seinen Meditationen oblag, seinen Blick auf ihr ruhen, und die Mutter sah ihrem Tun von der Küche aus zu. Befriedigt von der Biegung, die die kleinere Ranke plötzlich wie aus eigenem Gutdünken beschrieb, nahm Josui die Schale sorgfältig auf, trug sie zu der Nische und setzte sie etwas seitlich hin. Die Pergamentrolle wechselte sie nicht. Nebelverhüllte Weiden waren darauf dargestellt. Doch als Ziergegenstand suchte sie ein unregelmäßig geformtes Stück Jade auf einem Rosenholzfuß aus. Dann trat sie zurück, um ihr Werk zu betrachten.

»Sehr gut«, erklang die Stimme des Vaters.

Sie wandte sich um und lächelte. Er stand hinter ihr, in seinen westlichen Kleidern, bereit, das Haus zu verlassen. Er sah gut aus in dem grob gewobenen Anzug, mit dem Filzhut in der Hand und den Handschuhen und dem Stock. Aber er wirkte nicht japanisch. Kein Japaner hätte einen westlichen Anzug mit solch zwangloser Selbstverständlichkeit getragen. Er selbst war schuld daran, wenn die Erinnerung an Amerika in ihr so lebendig geblieben war, aber dies waren Dinge, die man nicht sagte, und Josui hütete sich, sie auszusprechen.

»Sehr hübsch«, sagte Dr. Sakai. »Ich bin nicht ganz sicher, daß das Blau der Myrten und der rötliche Ton des Ahorns — aber es ist hübsch und unzweifelhaft originell. Und das Grün des Jadesteins stellt die Verbindung mit den Weiden im Nebel her.«

Er nickte ihr lächelnd zu und verließ das Gemach.

Und so begann der Tag und spann sich weiter. Josui zwang sich, die Straßen, die sie eine nach der anderen durchschritt, nicht mit suchenden Blicken zu überfliegen, aber sie machte insofern ein Zugeständnis, als sie den gewohnten Weg einschlug. In der Schule suchte sie sogleich den Klassenraum der Mädchen auf, setzte sich an ihr Pult und begann fleißig zu arbeiten. Geometrie eignete sich ausgezeichnet dazu, von anderen Gedanken abzulenken. Sorgfältig zog sie die Kreise, fügte die Dreiecke ein und berechnete die Winkel. Geometrische Figuren waren formal und kalt und, obwohl auf ihre Art schön, doch leblos. Geometrisch aufgebaute Kristalle waren ebenfalls leblos, Fossilien dessen, was einst gewesen war, symmetrische Formen, aus denen der Geist gewichen, und doch ging von ihnen eine beruhigende Wirkung auf die erregte Phantasie und das flackernde Herz aus. Josui arbeitete ohne Unterlaß; sie unterbrach nur, um einen Gruß zu erwidern. Sie wohnte dem Unterricht bei und fühlte sich losgelöst, wie durch eine Wand getrennt von den anderen, und gleichgültig. Am Ende des Tages ging sie heim, ein wenig früher als sonst. Die Straßen waren leer. Sicher war er nach Nara gegangen zu seinen Kameraden. Warum hätte er es nicht tun sollen? Zweifellos sahen sie einander nie wieder.

Am nächsten Tag fühlte sie sich nicht wohl. Der Morgen war fast noch schöner als der vorhergehende, und doch fröstelte sie beim Erwachen. Sie blieb in ihrem Zimmer, und als sie nicht zum Frühstück kam, sandte die Mutter Yumi, um nach dem Grund zu forschen.

»Ich bin so bedrückt«, sagte Josui. »Ich glaube, ich bin krank.«

Yumi überbrachte die beunruhigende Nachricht den Eltern, und sie sahen einander an.

»Du bist zu barsch zu ihr gewesen«, warf Frau Sakai ihrem Gatten vor. Ihrer sanften Natur entsprechend, brachte sie selbst einen solchen Vorwurf mit leiser, freundlicher Stimme vor.

»Ich war keineswegs barsch zu ihr«, verteidigte sich Dr. Sakai. »Gestern morgen habe ich ihre Anordnung der Blumen bewundert und sonst kaum ein Wort mit ihr gewechselt. Du weißt, daß ich erst spät heimgekehrt bin.«

»Es war vorgestern«, beharrte Frau Sakai.

»Wir waren uns vollkommen einig«, wies Dr. Sakai den Vorwurf zurück. »Erinnere dich, wie gut sie gestern morgen aussah und wie hübsch sie den Tokonoma geschmückt hat. Sie war ruhig und völlig gefaßt.«

»Die Blumen sind heute schon verwelkt. Sieh sie dir an. Und das bedeutet, daß ihre Hände bereits gestern fiebrig waren.«

Noch sprechend erhob sie sich und trippelte hinaus, beinahe geräuschlos auf den Matten. Im Zimmer der Tochter stellte sie sich neben Josuis Lager und sah auf sie nieder. Josuis Hände lagen geballt und regungslos auf der Decke. Frau Sakai kniete nieder und tastete mit drei Fingern der Tochter rechte Handfläche ab.

»Du hast Fieber. Deine Haut ist ganz trocken. Ich werde deinen Vater rufen.«

»Er gibt mir nur eine bittere Medizin zu schlucken«, klagte Josui.

»Es ist zu deinem Besten.«

Frau Sakai erhob sich und blickte ängstlich auf das hübsche Gesicht auf dem weißen Kissen. »Was quält dich?« fragte sie schmeichelnd. »Sag es mir.«

»Nichts«, seufzte Josui. »Das ist's ja eben. Ich fühle nichts, überhaupt nichts. Ich bin innerlich ganz leer.«

»Das ist bedenklich«, meinte Frau Sakai. »In deinem Alter solltest du etwas fühlen, und wenn es auch nur Unzufriedenheit ist.«

Josui erwiderte nichts, und Frau Sakai trippelte davon, um beunruhigt ihren Mann zu Hilfe zu holen.

»Komm und sieh dir das Kind an. Sie sagt, sie fühle nichts. Ihre Handflächen sind heiß, und sie weiß selbst nicht, was ihr fehlt.«

»Es ist nichts weiter«, entgegnete Dr. Sakai kurz. Er erhob sich und nahm im Gehen seine schwarze Arzttasche auf. Sie stand immer bereit, jeden Augenblick gebrauchsfertig, mit dem Thermometer in Alkohol und allen Instrumenten sterilisiert. Er begab sich zum Zimmer der Tochter, klopfte leicht an die Holzlatten und trat dann ein.

»Du fühlst also nichts?« fragte er teilnehmend.

»Gar nichts«, erwiderte Josui, ohne ihn anzusehen.

»Du verbirgst doch nicht wieder etwas vor mir?« forschte er mit etwas mehr Strenge.

»Gar nichts«, wiederholte Josui ihre Antwort.

Er steckte ihr das Thermometer in den Mund und kniete mit besorgtem Gesicht neben ihr nieder. »Hast du gestern den Amerikaner wiedergesehen?« fragte er unverblümt.

Unfähig zu sprechen, schüttelte Josui nur verneinend den Kopf.

Er wartete und nahm dann das Thermometer heraus. »Ich habe

niemand gesehen«, sagte sie. »Ich bin zur Schule gegangen, habe den ganzen Tag gearbeitet und bin dann heimgekommen.«

»Wann ist diese sonderbare Leere über dich gekommen? Du hast kein Fieber.«

»Heute morgen, als ich aufwachte. Ich konnte mich nicht dazu bringen, aufzustehen.«

Dr. Sakai enthüllte vorsichtigerweise nicht, was er dachte. Empfand seine Tochter ein Gefühl der Leere, weil sie den Amerikaner nicht wiedergesehen hatte?

»Es ist besser, du bleibst im Bett, wenn du dich nicht wohl fühlst«, riet er. »Iß nur leichte Speisen, schlafe, wenn du kannst, und beschwere dir deine Gedanken nicht. Wenn du mich tagsüber brauchst, komme ich sofort.«

»Vielen Dank, Vater.«

Er erhob sich, ließ den besorgten Blick jedoch nicht von ihrem lustlosen Gesicht. Sie sah ihn nicht an, sondern schloß langsam die Lider über den Augen. Sie war blaß, das gestand sich Dr. Sakai ein. Ein Tag Bettruhe konnte ihr nur guttun. Er nahm seine Tasche auf und ging hinaus. Draußen vor der Lattenwand stand Frau Sakai. »Sie ist nicht krank«, sagte er obenhin. »Ein wenig abgespannt vielleicht unter der Einwirkung des Frühlings. Du weißt doch, wie lange der Winter währte und wie plötzlich es Frühling wurde. Für ein junges Mädchen von Josuis Empfindsamkeit bringt dieser unvermittelte Übergang der Jahreszeit eine Spannung mit sich, die zur Ermüdung führt. Ich habe ihr geraten, im Bett zu bleiben.«

»Ich danke dir«, sagte Frau Sakai beruhigt. »Jetzt weiß ich, was ich zu tun habe.«

Das Haus war sehr ruhig, nachdem Dr. Sakai gegangen war. Frau Sakai begann, die blauen Myrten umzustecken, doch dann gefiel ihr die ganze Anordnung auf einmal nicht mehr, und sie leerte die längliche Schale, wusch sie aus und stellte sie weg. Statt dessen wählte sie eine schmale hohe Vase, in die sie einen einzelnen Bambuszweig steckte, dessen junge Blätter noch zartgrün waren. Dazu las sie zwei weiße, sternartige Blumen aus, die im Schatten der Bambusgrotte wuchsen. Sie hatte nie gelernt, wie man Blumen zusammenstellte, und daher übernahm sie es nur äußerst selten, den Tokonoma zu schmücken. Doch heute gefiel ihr, was sie ausgesucht hatte, um so mehr, als ihr Gatte nicht da war, um sie auf die Fehler in der Zusammenstellung aufmerksam zu machen.

Sie stand bewundernd vor der Nische, als Yumi eintrat.

»Wir haben keinen Fisch«, verkündete sie ohne Umschweife.

»Was sagst du?« fragte Frau Sakai, aus ihrer Ruhe plötzlich aufgestört. »Gestern war ein Fisch da. Ich habe ihn selbst in den kleinen Teich getan. Es sollte genügend sein.«

»Er ist tot«, erklärte Yumi.

»Unmöglich!« rief Frau Sakai.

Aber es stimmte. Aus einem unerfindlichen Grunde war der Fisch gestorben. Yumi hatte ihn aus dem kleinen Teich, der eigentlich nur ein großer, vor der Küche in die Erde eingegrabener Krug war, hervorgeholt. Der Krug diente dazu, auf dem Markt eingekaufte Fische frisch und lebendig zu halten, bis sie gebraucht wurden. Der Fisch lag regungslos in Yumis Hand, mit Augen wie glanzlose Murmeln, trüben Schuppen und geschwollenem Leib.

»Begrab ihn«, hieß Frau Sakai seufzend die Magd. »Ich werde mich beim Fischverkäufer auf dem Markt beschweren. Er muß ihn überfüttert haben, um ihn schwerer zu machen.«

Der Markt war nicht weit, und Yumi war ja im Haus. Trotzdem traf Frau Sakai Anstalten, der Tochter mitzuteilen, daß sie wegging. Als sie die Lattenwand leise zurückschob, schlief Josui. Sie lag auf dem Rücken, die Augen waren geschlossen, und sie atmete friedlich. Die Mutter wollte sie nicht wecken. Beruhigt darüber, daß Josuis Kummer, was immer es auch sein mochte, sie nicht am Schlafen hinderte, trippelte sie leise weg.

»Josui schläft«, berichtete sie Yumi. »Ich bin bald wieder zurück.«

»Gut, Herrin«, entgegnete Yumi. Sie machte sich daran, im Hinterhof einige Kleidungsstücke zu waschen. So würde sie fertig sein, um den Fisch auszunehmen und das Gemüse zu putzen, wenn Frau Sakai vom Markt heimkehrte.

Der Tag war wundervoll. Die Sonne schien warm im Hinterhof, und Yumi war wie üblich früh aufgestanden. Das Waschen nahm nur wenige Minuten in Anspruch, und als sie damit fertig war, fühlte sie sich schläfrig. Im Hause herrschte Stille. Sie konnte ruhig ein paar Minuten hinter dem Küchenherd schlafen. Niemand würde sie dort finden. Kam die Herrin heim, ohne daß sie es hörte, konnte sie sagen, daß sie nur neben dem Herd gewartet hatte, um das Feuer anzuzünden. Sie legte sich nieder, bettete den Kopf auf ein Stück Holz und versank unverzüglich in Schlaf. Yumi war ein Mädchen vom Lande, gesund und stets bereit zum Schlafen oder Essen; schlief sie, so war es nicht so leicht, sie wieder aufzuwecken. Und so hörte sie nichts, als jemand an die Haustür klopfte. Das Gartentor war nie verschlossen, und Frau Sakai hatte es ein wenig offenstehen lassen.

Josui erwachte von dem Geräusch. Sie hatte einen leichten Schlaf, und ihr Raum befand sich gleich um die Ecke neben der Haustür. Sie vernahm das harte Klopfen einer Faust, dann das weniger harte

Klopfen einer flachen Hand aufs Holz und zuletzt das Läuten der Glocke. Sie erwachte, lauschte einen Augenblick und rief dann nach der Mutter und nach Yumi. Niemand antwortete. Sie mußte selbst aufstehen. Sie schlüpfte in den rosa Kimono, strich sich das Haar glatt und ging hinaus auf die schmale Veranda, von wo aus sie die Haustür sehen konnte, ohne selbst gesehen zu werden. Sie bewegte sich leise, und als sie von der Veranda aus um die Ecke des Hauses lugte, war sie von der Tür aus unsichtbar.

Er war es! Da stand er vor der Tür, klopfte, und niemand war da, um ihm aufzumachen. Sie zog sich zurück, dicht an die Holzwand des Hauses, wo sie sicher war, nicht entdeckt zu werden. Wenn sie sich still verhielt, würde er nicht wissen, daß sie daheim war, und wieder fortgehen. Sie verharrte regungslos, und das Klopfen hörte wirklich auf. Sie wollte sich vergewissern, ob er weggegangen war. Vorsichtig streckte sie den Kopf vor. Er war noch immer da. Er saß auf der Stufe und blickte sich um. Sie trat schnell wieder zurück, doch nicht schnell genug. Er lachte, und sie hörte seine tiefe, von Lachen erfüllte Stimme langsam und neckend sagen: »Ich sehe Sie, Josui Sakai!«

Sie rührte sich nicht und wagte kaum zu atmen. Wenn sie sich in ihr Zimmer zurückflüchtete, ob er ihr dann wohl folgte? Das wäre schrecklich. Er durfte ihr Zimmer nicht betreten. Wo war nur die Mutter? Und wo steckte Yumi? Ausgeschlossen, daß sie beide fortgegangen waren und sie schlafend allein gelassen hatten.

Die tiefe Stimme sprach wieder, immer noch in lachendem Ton:

»Kommen Sie zu mir, oder soll ich zu Ihnen kommen?«

Josui raffte sich auf. Sie zog den Kimono enger um die Taille. Das lange Gewand würde ihre nackten Füße in den Pantoffeln verbergen. Gemessen trat sie vor.

»Meine Mutter ist ausgegangen. Sie wird sehr bald zurück sein. Ich schicke Ihnen die Magd.«

Sie trat hastig ins Haus zurück und suchte Yumi. »Yumi!« rief sie leise, aber es kam keine Antwort. In der Küche schien niemand zu sein. Yumi war nirgends zu finden. Was blieb ihr anderes übrig, als selbst die Haustür zu öffnen?

»Meine Mutter wird sehr bald zurück sein«, versicherte sie von neuem, während das Blut ihr ins Gesicht schoß.

»Ich will gar nicht Ihre Mutter sehen«, erwiderte er, von der Stufe aufstehend, das Käppi abnehmend und es unablässig in den Händen drehend.

Josui stand ratlos da. Was sollte sie nur anfangen? Auf keinen Fall konnte sie ihn auffordern, näher zu kommen. Ihre Mutter würde das nie verstehen. Niemand würde es verstehen.

»Sie sind heute nicht zur Schule gegangen, Josui Sakai?« erkundigte er sich.

»Nein, ich — ich fühlte mich so müde«, antwortete sie gehemmt.

»Sie sehen aus wie eine blühende Rose«, entgegnete er.

Josui verschränkte, ohne sich dessen gewahr zu werden, nervös die Hände.

»Ich scheine Ihnen nicht sehr willkommen zu sein«, sagte er beim Anblick ihrer Bewegung.

»O nein«, widersprach sie hastig. »Es ist nur — ich bin im Augenblick allein und —«

»Und als anständiges Mädchen wissen Sie nicht, was Sie mit mir anfangen sollen«, beendete er lachend ihren Satz.

Es war ganz falsch gewesen, ihm zu sagen, daß sie allein war. Es war ihr unüberlegt entschlüpft. »Bitte gehen Sie«, bat sie flüsternd.

Sie war sich nicht bewußt, daß ihre Augen schimmerten, ihre Lippen voll und rot waren und ihr hübsches Gesichtchen sich ihm zuwandte wie eine Blume, die der Sonne zustrebt. Er trat einen Schritt auf sie zu, und sein so lange unterdrücktes Verlangen überflutete ihn mit unvermittelter Gewalt. Er konnte nicht dagegen aufkommen. Es blendete ihn. Er sah ihr Gesicht nicht mehr und war nicht imstande, seinen Füßen Einhalt zu gebieten. Er beugte sich über sie, alle Kraft der Beherrschung zusammennehmend, um das qualvoll drängende Verlangen zu überwinden, und wußte doch, daß er ihm ausgeliefert war. Nur ihre Lippen zu küssen würde schon genügen, sie zu küssen in diesem zauberhaften Garten, wo die Luft von Blütenduft erfüllt und nur das sanfte Plätschern des Wasserfalls zu hören war. Sie war allein. Das hatte sie ihm selbst erzählt. Er stöhnte auf, legte hastig und doch zart seine Arme um sie und zog sie langsam an sich. Er sah ihr Gesicht nahe vor seinen Augen, ihr Gesicht und die Lippen. Er beugte sich nieder und preßte seinen Mund auf diese Lippen, eine Hand frei machend und ihren Kopf stillhaltend, der nach rechts und links auszuweichen suchte. Unvermittelt gab sie es auf und ließ ihn gewähren.

Es war der Augenblick, von dem er die ganze Nacht geträumt hatte und von dem sie zu wenig gewußt hatte, um ihn auch nur zu ahnen. Sie wurde beinahe ohnmächtig in seinen Armen, und nach einem Weilchen hob er den Kopf, hielt sie jedoch noch fest.

Sie wich seinem Blick aus. Sie versuchte nicht, sich seinen Händen zu entziehen, doch sie wandte den Kopf ab und lehnte ihre Wange gegen seine Schulter, damit er sie nicht ansehen konnte. Er senkte seinen Kopf auf ihre dunklen weichen Haare.

»Es mußte so kommen«, flüsterte er.

Sie brachte keine Silbe über die Lippen, und als sie nichts sagte, nahm er zart ihren Kopf und wandte ihr Gesicht zu sich, seine Hand unter ihr Kinn legend. »Du weißt, daß es so kommen mußte?« Seine Stimme drängte.

»Ich weiß nicht«, flüsterte Josui. »Ich habe das noch nie getan.«

Das Geständnis ihrer Unschuld löste eine neue Welle zärtlicher Zuneigung in ihm aus.

»Meine Geliebte –« murmelte er und beugte sich ihr erneut zu.

»Nein, nicht!« bat sie. »Es ist genug – für das erste Mal. Was soll ich nur tun? Ich muß mir klarwerden, was es bedeutet.«

»Es bedeutet, daß ich dich liebe.«

»Du kennst mich doch nicht.«

»Ein Mann braucht eine Frau nicht zu kennen, um sie zu lieben. Indem er sie liebt, lernt er sie kennen.«

»Oh, aber dies ist Japan!«

»Du und ich – wir sind ein Mann und eine Frau.«

Josui blickte ängstlich nach dem Gartentor. Ihre Mutter mußte bald kommen. Sicher war sie zum Markt gegangen, und Yumi hatte sie begleitet.

»Ich kann nicht hier bleiben. Meine Mutter muß jeden Augenblick kommen.«

»Stell mich deiner Mutter vor«, bat er ohne zu zögern.

»Nein, nein«, widersprach sie. »So einfach geht das nicht. Mein Vater mag die Amerikaner nicht. Er liebt mich zu sehr.«

Im Augenblick, in dem sie ihren Vater erwähnte, zog sie sich von ihm zurück, und er fühlte den Wechsel in ihrer Stimmung und ließ sie gewähren.

»Gehorchst du immer deinem Vater, Josui?«

»Ich möchte ihm immer gehorchen.«

»Gib mir doch wenigstens Gelegenheit.«

»Gelegenheit?«

»Ja, Gelegenheit, dich mir näherzubringen, und dir selbst Gelegenheit, mich kennenzulernen.«

Josui seufzte. »Wie sollte das möglich sein?«

»Ich werde schon einen Weg finden, Liebling.«

Sie hatte dieses Wort »Liebling« vergessen, doch nun kam es ihr wieder in Erinnerung. Kensan hatte seine Braut so genannt. Es war ein Wort der Liebe. Und wenn er es mit seiner dunklen Stimme aussprach, in der solch eine Sehnsucht mitschwang, machte es sie zittern. Wo konnte sie je solche Liebe finden? Nur in Amerika. Dort fürchteten sich die Menschen nicht vor der Liebe.

Sie sah ihn plötzlich voll an. »Ich will dir vertrauen, Allenn. Spreche ich deinen Namen richtig aus?«

»Ich höre es gern, wie du ihn aussprichst.« Er beugte sich abermals zu ihr vor.

»Nein, du mußt jetzt gehen.«

»Wo können wir uns treffen? Soll ich hierherkommen?«

»Nein, nein! Laß mich nachdenken . . .«

»Morgen, unter den Glyzinien, ja?«

»Gut.«

Er beugte sich zu ihr nieder, und sie fühlte wieder seine Lippen auf den ihren, zart, doch kraftvoll verlangend. Sie waren einander verfallen, sie fühlte es. Und sie liebte ihn! Das Geräusch raschelnder Blätter war plötzlich zu vernehmen. Sie hörten es beide und sahen auf zu den Bambuszweigen oberhalb der Tür. Das grüne Laub tanzte, von einem Windhauch in Bewegung gesetzt, auf und nieder. »Wie sonderbar!« rief Josui aus.

»Was gibt's?« fragte er verwundert.

Sie beobachteten den Tanz des Laubes. Dann kam es Josui zum Bewußtsein, daß er sie noch immer in den Armen hielt. Sie machte sich los und lief schnell ins Haus.

Ihre Schlechtigkeit war unbegreiflich. Wie hatte sie sich nur so mitreißen lassen können? Auf wunderbare Weise genesen von ihrer Krankheit, machte sie sich am nächsten Morgen wieder auf den Weg zum College. Sie trug das gelbe Kleid und dazu einen weißen, mit gelben Blumen bestickten Sonnenschirm. Die Eltern hatten nichts gesagt, und sie hatte natürlich auch darauf verzichtet, irgend etwas zu erwähnen, als sie sich mit den Büchern unter dem Arm und einer Schachtel mit frisch gespitzten Bleistiften auf den Weg machte. Ganz offensichtlich beabsichtigte sie, sich ihrer Arbeit in der Schule zu widmen.

Er traf sie jedoch, bevor sie noch das Tor erreichte. Schon sehr früh hatte er seinen Posten bezogen; nun stand er da, in sauberer Uniform und hübscher denn je. Seine Augen waren so blau wie das Meer an sonnigen Tagen.

»Ich bin hier, um dich in Versuchung zu führen«, gestand er unverhohlen.

Josui hatte Angst.

Konnte man an solch einem Tag irgendeiner Versuchung widerstehen? Sie durfte nicht vergessen, daß sie ein anständiges Mädchen war. Sie gab sich Mühe, ernst dreinzublicken. Es wäre gut gewesen, sie hätte eine Brille gehabt wie viele der Mädchen.

»Ich bin froh, daß du so schön aussiehst«, fuhr er fort. »Das macht die Versuchung leichter.«

»Ich muß zur Schule gehen«, wandte sie ein.

Er sah sie ernst an. »Ich habe nur noch fünf Tage von meinem Urlaub, Josui Sakai. Ich habe nichts, rein nichts von Kyoto gesehen, einer der berühmtesten Städte der Welt. Willst du mich heute begleiten und mir zeigen, was ich unbedingt besichtigen sollte? Als eine patriotische Pflicht?«

Sie war sprachlos über sein Ansinnen.

»Wäre es nicht eine wahrhaft vornehme Aufgabe für dich?« drängte er. »Ich bin ein unwissender Amerikaner. Ich will dich nicht daran erinnern, daß ich zu denen gehöre, die dein Land besetzt halten. Nehmen wir an, ich sei ein Besucher. Ich möchte einen guten Eindruck von Japan mit nach Hause nehmen. Und daher habe ich die schönste aller Städte aufgesucht, und wenn ich nach Amerika heimkehre, dann kann ich jedermann erzählen, daß ich Kyoto gesehen und daß ich die glücklichste Zeit meines Lebens dort verbracht habe, und ich kann von den Schönheiten dieser einzigartigen Stadt berichten, die ich niemals vergessen werde.«

Sie gab seinen lachenden blauen Augen nach, nicht sofort und nicht ganz, sondern erst mit einem kleinen Lächeln, das auf sein vergnügtes Gesicht und seinen schelmischen Ton einging. »Die Versuchung ist groß«, erwiderte sie. »Aber ich darf ihr nicht nachgeben. Was soll ich meinem Lehrer sagen? Und was geschieht, wenn uns jemand zusammen sieht? Mein Vater wäre außer sich.«

Er zuckte seine geraden, breiten Schultern. »Vergib mir. Wie immer ist es die Frau, die alle Risiken trägt. Vergessen wir die Versuchung. Geh du zur Schule.« Das Lachen verflüchtigte sich aus seinen Augen, und sie gingen Seite an Seite auf das Tor zu. Er langte nach ihren Büchern, und Josui erinnerte sich daran, daß in Amerika ihr manchmal ihre Schulkameraden die Bücher getragen hatten. Es war dort Sitte. Sie schritt stumm neben ihm her, beschämt über ihre Enttäuschung, daß er so schnell nachgegeben hatte. Sie handelte richtig, aber insgeheim wäre ihr lieber gewesen, nicht so klar Richtig von Falsch unterscheiden zu können. War einem der Unterschied nicht so bewußt, konnte man ruhig ohne viel Gewissensbisse manchmal falsch handeln.

Sie sah ihn verstohlen an und begegnete seinem Blick. Seine Augen blitzten wieder, und um die Lippen lag ein unterdrücktes Lachen.

»Ich könnte diese Bücher ja hinter den Glyzinien verstecken«, meinte er. »Die Wurzeln sind so knorrig und verästelt, daß man beinahe dich darunter verstecken könnte. Ich habe es mir genau angesehen.«

»Dann krieche ich am besten darunter!« rief sie.

Aber sie versteckte die Bücher wirklich. Niemand sah sie. Es war noch sehr früh. Sie legte die Bücher halb unter die Wurzeln, und dann schritten sie hastig eine der engen Seitenstraßen entlang.

»Erzähl mir von Kyoto«, bat er, als sei er ernstlich daran interessiert. Sie ging darauf ein, um ihr mahnendes Gewissen zum Schweigen zu bringen.

»Es ist eine sehr alte Stadt, und für tausend Jahre war sie unsere Hauptstadt. Es gibt vierzehnhundert buddhistische Tempel in Kyoto und über eine Million Einwohner. Die alten kaiserlichen Paläste und die alten Gärten sind die schönsten in der ganzen Welt.«

»Führe mich zu den Gärten, mein kleiner Fremdenführer«, bat Allen.

Im Garten, dachte er, wird es sicher versteckte Plätzchen geben, Grotten, Felsengruppen, beschauliche Teiche, Hecken und Baumgruppen. Als Josui ihn zu keiner solchen Stelle führte, hielt er dies für Absicht.

»Der Ryoanji-Tempel«, erklärte sie. »Und dies ist der Steingarten. Es ist einer der berühmtesten.« Sie betrachtete das leere, öde Rechteck, eine Wüste, von einer niedrigen Mauer umschlossen. Gleich Inseln hoben sich Felsen aus einem leblosen Meer weißen Sandes. Ein weitzinkiger Rechen hatte bewegungslose Wellen in den Sand gezeichnet, geschwungene Linien, die im Schwung verharrten.

»Ein Garten?« fragte Allen verwundert. Einen Augenblick vergaß er die Erwartungen, die er in diesen Tag gesetzt hatte. Dies hier war etwas, das sich seinem Begriffsvermögen entzog, etwas von unerhörter Erhabenheit, großartig und unfaßlich.

»Zähle bitte die Steine«, bat Josui ernst.

Es waren fünfzehn Gruppen von fünf und zwei, von fünf und drei und von drei und drei.

»Es sind nicht alles Inseln«, erklärte sie. »Manche sollen ruhende Wasservögel darstellen.« Sie zeigte mit ihrem kleinen Finger auf eine Gruppe. »Schau dort – Wildenten.«

Die Steine waren, wie die Natur sie geschaffen hatte, unberührt von Meißel oder anderen Werkzeugen, nur geschliffen und geformt von Wasser und Wind und hier zur Ruhe gebracht, doch sie erinnerten in der Tat an Wildenten.

»Begreifst du diesen Garten?« fragte er sie.

»Nicht ganz«, gestand sie. »Ich weiß nur manches, weil ich mit meinem Vater hier war. Er versteht ihn. Der Garten spiegelt die reine Seele des Mannes wider, der ihn geschaffen hat. Er ist berühmt und sehr, sehr alt. Verbrächten wir viele Stunden in Schweigen hier, würden wir auch zu verstehen beginnen.«

Er schüttelte den Kopf. »Ich nicht. Ich ziehe lebendigere Dinge vor.«

Geduldig führte sie ihn zum grünen Garten eines alten Palastes, einem verzauberten Park, in dem sanft gewellte Hügel die Verbindung zwischen den uralten Bäumen und dem ewigen Himmel schufen. Doch auch dies war kein zur Liebe geschaffener Platz. Es war ein behüteter Garten, in dem ein jedes Blättchen gehegt wurde. Allen sah zwar nirgends Arbeiter, nur ein paar Besucher, die gleich ihnen zur Besichtigung hergekommen waren, aber es herrschte nirgends die natürliche Wildnis, die Freiheit gewährt. Er ging voll innerer Spannung neben Josui her, bewunderte alles, war auch beeindruckt, fühlte sich jedoch eingeengt. Er wagte es nicht einmal, ihre Hand zu berühren. Sie schien ihm entrückt. Er empfand, daß sie hierher gehörte, er aber nicht.

Gegen Mittag hatte er genug von Palästen und Tempeln, von Gärten und Göttern. »Ich habe Hunger«, erklärte er unvermittelt. »Und wir haben genug Kilometer auf Steinböden abgelaufen. Jetzt gehen wir etwas essen, und dann miete ich einen Wagen, und wir fahren vor die Stadt. Ich möchte wieder einmal ein bißchen wildes, unverfälschtes Land sehen.«

Ihre Nachgiebigkeit war fast traumbefangen. Nachdem sie solch einen ungeheuerlichen Entschluß gefaßt und die unvorstellbare Sünde begangen hatte, einen Tag gleichsam zu stehlen, schien sie zu allem bereit. Allens Blut pulsierte rascher bei diesem Gedanken.

Beim Essen war sie heiter gelaunt, ging auf seine Bemerkungen ein und beantwortete seine Fragen. Sie versuchte zu erraten, wer die anderen Besucher des kleinen Restaurants wohl sein mochten. Josui kannte das Lokal nicht. Es lag in einer Nebengasse, ein unansehnlicher Platz, nur erträglich durch die Vorzüglichkeit der Krebse und des blaßgrünen Tees und des schneeig weißen trockenen Reises. Ein Buchhalter, meinte sie, als er auf einen blassen kleinen Mann in grauem Leinenanzug deutete, vielleicht auch angestellt in einem kleinen Laden; eine Magd, die nur hereingekommen war, um ein paar Krebse einzukaufen; ein alter einsamer Mann, der seine Mahlzeit lieber hier als daheim einnahm; ein Mann mittleren Alters, den es nach einem guten Gericht gelüstete, das er sich bei sich zu Hause wegen der vielen Kinder nicht leisten konnte.

Doch später, draußen im Hügelgelände vor der Stadt, spürte Allen, daß Josui ihm immer noch innerlich entrückt war.

Sie stiegen am Fuß der Hügel aus der wackligen Droschke aus; der altersmüde Schimmel trottete im Halbschlaf seinen Weg. Der ältliche Kutscher zeigte keine Neugier, zumindest hielt er vor der Uniform des Amerikaners die Zunge im Zaum. Sie kletterten zwischen den Bambussträuchern einen steingepflasterten Weg hügelan. Es schien eine weltabgeschiedene Gegend zu sein, und doch war Allen seiner Sache nicht sicher. Der Steinpfad war zu sauber gepflegt, das Farnkraut wuchs in zu gefälligen Abständen zwischen den Bambussträuchern, und nirgends war Gebüsch oder Dickicht zu sehen. Bei einer moosigen Stelle hielt er an.

»Das ist gut. Weich wie ein Kissen. Setz dich, Josui.«

Sie gehorchte sofort und setzte sich in einigem Abstand von ihm auf die Knie. Die kleinen Härchen an ihrer Stirn waren feucht und klebten an ihrer erhitzten Haut. Ihre Lippen waren sehr rot. Einen Augenblick sah er sie stumm an, bevor er sich ein Herz faßte und die Entfernung überwand, die sie zwischen sich und ihn gebracht hatte. Unvermittelt setzte er sich neben sie und ergriff ihre Hand.

»Josui!«

Sie wandte ihm ihre klaren, großen Augen zu. »Erzähle mir von Amerika«, bat sie.

Amerika! Nichts war seinen Gedanken im Augenblick weiter entrückt als Amerika.

»Ich habe dir den ganzen Morgen Japan gezeigt«, fuhr sie fort. »Jetzt mache du mich ein wenig mit Amerika vertraut. An Kalifornien erinnere ich mich noch. Erzähle mir von Virginia, von deiner Heimat und deinen Eltern. Sind sie noch am Leben?«

Sie entzog ihm ihre Hand nicht und rückte auch nicht von ihm ab. Doch die Aufforderung, ihr von Virginia zu erzählen, und die Frage nach seinem Heim waren gleichbedeutend mit einem Wegschieben.

»Ich bin so neugierig«, bettelte sie.

»Schön, wenn du darauf bestehst«, gab er unwillig nach. »Ich lebe in einer kleinen Stadt. Das heißt, unser Haus befindet sich in einem kleinen Ort in der Nähe von Richmond.«

»Richmond?«

»So wie Tokio«, erklärte er. »Nicht so groß natürlich. Es ist die Hauptstadt von Virginia.«

»Wie ist dein Haus?« drängte sie schmeichelnd.

Er blickte auf ihre Hand nieder und begann, mit ihren Fingern zu spielen. Was für eine kleine Hand, ganz ohne Ringe. Sie trug überhaupt keinen Schmuck.

»Ein großes Holzhaus«, schilderte er. »Weiß gestrichen. Und sechs hohe weiße Säulen. Es ist ein altes Haus. Mein Urgroßvater hat schon darin gelebt. Rund herum ist Land, an die tausend Acker werden es wohl sein, mit Wäldern und Hügeln und einem Fluß.«

»Es klingt wundervoll«, seufzte Josui.

»Drinnen ist eine große Halle und eine breite Treppe, die bis unters Dach geht, und die Zimmer – die üblichen Zimmer.«

»Wo ist dein Zimmer?« fragte sie.

»Oben zur Linken, mit den Fenstern nach vorn.«

»Ich erinnere mich an Teppiche in Amerika und an Vorhänge und Bilder und solche Sachen«, sagte sie.

»Solche Sachen«, stimmte er zu.

»Ein Bett und Stühle mit Beinen und auch Tische?« forschte sie.

»Ja, und alles mit Beinen.«

»Woraus besteht deine Familie — aus Vater und Mutter?«

»Und mir. Das ist alles.«

»Du bist das einzige Kind?«

»Ja.«

Sie sah ihn ernst an. »Du bist vielleicht zu kostbar«, meinte sie nachdenklich.

Er lachte. »Manchmal hätte ich mir das wirklich einbilden können.«

Sie dachte ein Weilchen nach.

»Und deine Mutter — wie ist sie?«

»Wohl, hoffe ich.«

»Das meine ich doch nicht. Wie sie aussieht, wollte ich wissen.«

»Ach so. Ziemlich klein, schlank, sehr hübsch und sehr stark, ich meine willensstark.«

»Und dein Vater?«

»Groß, ruhig und recht behäbig. Meine Mutter behauptet, er sei faul.«

»Tut er etwas?«

»Er ist Anwalt, aber er praktiziert nicht. Er braucht's wahrscheinlich nicht seit dem Tod meines Großvaters.«

Josui begriff, daß dies auf Reichtum hinwies, aber aus Takt hütete sie sich, Geld zu erwähnen. Sie schaute über die Spitzen der Bambusstauden, die wenige Meter von ihnen unterhalb einer Felsenklippe wuchsen.

Kyoto lag weit unter ihnen. Die Stadt schien entfernter, als sie in Wirklichkeit war.

»Ich muß bald heimgehen«, sagte Josui plötzlich. »Wenn die Schule aus ist, muß ich nach Hause gehen.«

Ihre Bemerkung erinnerte Allen daran, daß der Tag schnell verstrich. Er legte sich auf den Rücken und benützte seine unter dem Kopf verschränkten Arme als Kissen.

»Noch nicht, Josui.«

Der Blick, den sie ihm zuwarf, ließ sich nicht ergründen. Lag Furcht darin? Kaum.

»Lege dich neben mich, Josui.«

Sie schüttelte den Kopf und errötete. Ihr heller Hals färbte sich rosig.

»Warum nicht, Liebling?«

Sie antwortete nicht, aber er sah, wie sie das Zittern ihrer Unterlippe zu verbergen suchte, indem sie ihre Zähne hineingrub.

»Hast du Angst vor mir?« fragte er weich.

»Ein wenig«, gestand sie.

»Ich will dir nicht weh tun, Liebes.«

Sie schüttelte abermals den Kopf.

»Hast du vergessen, daß ich dich liebe?« Seine Stimme war voller Zärtlichkeit.

»Nein«, erwiderte sie leise, »das vergesse ich nie. Aber warum liebst du mich?«

Sie wandte sich ihm zu und sah ihn aus großen, ernsten Augen an. Allen setzte sich auf. Warum liebte er sie wirklich? Ihre Frage machte es ihm unmöglich, auszuführen, was er im Sinn hatte. »Ich weiß es selbst nicht«, gestand er. »Ich habe mich selbst schon gefragt. Ich bin – mich hungert, ja, so kann man es nennen. Ich bin niemandem hier begegnet, den ich hätte lieben können. Nur dir!«

»In ein paar Tagen fährst du fort.«

»Ich komme wieder.«

Sie lächelte. »Dann können wir warten und brauchen nicht heute zu entscheiden, warum du mich liebst.«

Sie erhob sich beinahe abrupt und sah auf sein sehnsuchtsvoll zu ihr aufgerichtetes Gesicht nieder, und dann lief sie plötzlich den Hügel hinunter, leichtfüßig und schnell, und es blieb ihm nichts anderes übrig, als ihr halb ärgerlich und halb amüsiert zu folgen. Erst als sie bei der Droschke anlangte, blieb sie stehen. »So bin ich nicht gerannt, seitdem ich in Japan bin«, rief sie atemlos. »In Kalifornien oft, aber hier – nie!«

Der alte Kutscher starrte sie an, und das müde Pferd wachte auf und wieherte laut.

»Ist dieser Tag zu Ende?« fragte Allen.

»Dieser Tag, ja«, antwortete sie. »Ein Tag mit dir, Allenn Kenneddy!«

Bisher hatte sie nie seinen ganzen Namen gebraucht, und nun betonte sie jede einzelne Silbe.

Und der Tag, dessen Anfang Josui so leer und traurig erschienen war, endete so in träumerischer Freude. Hinter den Wurzeln der Glyzinie lagen die Bücher unversehrt. Es war spät, und außer dem alten Torhüter war jedermann bereits heimgegangen. Er schlief in seinem kleinen Zimmer, wie stets, wenn die Schüler fort waren, und der Schulhof war still. Der Alte sah Josui weder kommen noch gehen, und sie blieb auch nur für einen Augenblick auf der Straße stehen, um sich von Allen zu verabschieden.

»Aber ich habe bei weitem nicht genug gesehen«, begehrte er auf. »Ich war nicht in Nara, und Nara muß man besichtigt haben.«

»Du hättest mit deinen Freunden hingehen sollen«, erwiderte sie ungerührt. »Es ist nicht meine Schuld.«

»Doch, es ist deine Schuld. Ich traf dich und mußte herausfinden, wo ich dich wiedersehen konnte.«

Er behandelte sie ein wenig, als wäre alles nicht so ernst, was er sagte, und sprach halb wie ein eigenwilliges Kind, weniger ihretwegen als um seiner selbst willen. Die Macht seines Verlangens und die Beharrlichkeit, mit der er sein Ziel verfolgte, erschreckten ihn. Ihm bangte davor, sich seine Motive einzugestehen. Er wollte nicht handeln, wie er die anderen Soldaten Tag für Tag handeln sah. Er wehrte sich dagegen, ebenso zu sein wie diese Männer. Und er stieß den Gedanken von sich, daß Josui mit den Japanerinnen zu vergleichen war, die auf den Straßen Tokios Amerikanerinnen der gemeinsten Sorte nachäfften.

»Du möchtest, daß ich dich morgen nach Nara begleite?« fragte sie, und er bemerkte erstaunt den traurigen Ausdruck in ihren Augen.

»Von ganzem Herzen wünsche ich mir das«, gestand er voller Demut.

»Ich muß es mir überlegen«, sagte sie nach einer Pause, den Blick nicht von ihm wendend.

»Und wie werde ich erfahren, was du beschlossen hast?«

»Wenn ich dich begleite, dann werde ich morgen früh ohne meine Bücher hierherkommen.«

»Ich werde auf dich warten.«

Sie trennten sich, ohne sich auch nur die Hand zu geben, als wüßten sie beide um das brennende Verlangen des anderen und als fürchteten sie sich davor.

Josui war entsetzt über ihre Verdorbenheit. Sie ging heim, als käme sie geradewegs vom College. Der Vater war zu einem Notfall gerufen worden, und sie nahm das Abendessen allein mit der Mutter ein. Es machte es schwieriger für sie, ihre übliche Zurückhaltung zu bewahren. Die Mutter war so gut, so lieb und so eifrig bemüht, die Tochter glücklich zu sehen. Es war nicht einfach, den drängenden Fragen zu entgehen. Zu lügen haßte sie, und doch ließ es sich nicht vermeiden.

»Es muß heute sehr heiß in der Klasse gewesen sein«, meinte die Mutter.

»Das Schulzimmer liegt nach Norden zu«, entgegnete Josui.

Sie beschäftigte sich emsig mit den kleinen Schüsseln auf dem Tablett der Mutter.

»Mach dir keine Mühe«, wehrte Frau Sakai ab. »Ich bin heute nicht hungrig. Ich wage es dir fast nicht zu erzählen.«

»Was denn, Mutter?«

»Der Notfall betrifft die Matsuis. Kobori ist krank. Dein Vater befürchtet, es ist der Blinddarm.«

Josui mußte Teilnahme zeigen. »Kobori? Hoffentlich ist es nichts Schlimmes? Er ist der letzte Sohn der Familie.«

»Und so ein guter Sohn.«

»Das habe ich immer gehört.« Josui beugte den Kopf über ihre Schale und begann zu essen.

»Die Verantwortung für deinen Vater ist sehr groß«, fuhr die Mutter fort.

»Herr Matsui ist sein bester Freund.«

»Nicht nur das. Dein Vater denkt auch an Kobori. Er ist ihm sehr zugetan, und manchmal wünscht er sich — er wünscht sich etwas.«

Josui wußte ganz genau, was der Vater wünschte, aber sie brachte keine angemessene Erwiderung über die Lippen. Eingesponnen in einen Traum geheimer Liebe saß sie da, innerlich meilenweit entfernt von ihrem Heim und ihren Eltern. Sie hatte sich bereits von ihnen getrennt und strebte mit ihrem ganzen Wesen, mit Herz und Körper dem jungen Amerikaner entgegen. Es war sinnlos, dies nicht einzugestehen. Nur mußte sie die Wahrheit verheimlichen, bis sie wußte, wie er über sie dachte. Vielen Amerikanern war sie begegnet, aber keinem wie ihm. Die sie gesehen hatte, waren die lauten Burschen in den Straßen, die Draufgänger, die betrunkenen Soldaten, die lärmten und johlten und die Leute belästigten. In den Paraden sahen sie sauber aus und benahmen sich ruhig und folgsam. Sie marschierten in gerade ausgerichteten Linien, hoben und senkten die Füße in militärischem Drill. Während der Paraden sahen sie weder rechts noch links, ohne daß es ihnen befohlen wurde, und dann schossen die Köpfe alle auf einmal auf Kommando herum. War jedoch keine Parade, so lösten sie sich zu Einzelwesen auf, und ein jedes Einzelwesen wurde zu einer lärmenden Einheit, nach wie vor alle gleich. Josui verabscheute sie, ging ihnen aus dem Wege und versteckte sich unter Torbogen, bis sie vorüber waren. Die japanischen Mädchen, die sich mit diesen lärmenden Männern einließen, waren noch mehr zu verachten. Sie war ihnen nicht zu vergleichen; sie war anders. Und er, er war auch anders. Daher ließ sich ihre Liebe ebenfalls nicht mit anderen Lieben vergleichen. Doch was konnten sie tun?

Geistesabwesend antwortete sie der Mutter auf ihre Fragen, manchmal zu Lügen ihre Zuflucht nehmend. Als die Mahlzeit beendet war, fühlte sie den verwirrten, forschenden Blick der Mutter auf sich.

»Gibt es irgend etwas, das dich beschäftigt und das du mir nicht sagen willst?« fragte sie.

»Nein, nur etwas aus der Schule. Ein mathematisches Problem, das heute aufkam.« Sie war selber erstaunt, mit welcher Geläufigkeit die Ausreden ihr auf die Zunge kamen.

Sie behauptete, müde zu sein, und zog sich früh zurück. Die Nacht war klar, und von ihrer Matte auf dem Boden aus schaute sie durch die aufgeschobene Lattenwand auf den sternenhellen Himmel. Es schien Feuchtigkeit in der Luft zu hängen, vielleicht war es aber auch nur die nächtliche Stille; die Sterne schienen größer als sonst zu sein. Sie funkelten nicht; ein gelbliches Licht ging von ihnen aus, wie von in weiter Ferne aufgehängten Seidenlaternen. Ob er sich wohl auch überlegte, was sie tun sollten? War es überhaupt möglich, nichts zu tun, wenn zwei Leute sich ineinander verliebten? Wenn sie einander verfielen, wie die Amerikaner es ausdrückten? Josui erinnerte sich an die Geschichten, die sie in Kalifornien in den Magazinen und Zeitungen gelesen hatte. Darin folgte dem Verlieben stets die Heirat. Erst kam der Kuß, dann die Liebeserklärung, und darauf wurde die Hochzeit festgesetzt. Den Kuß hatten sie ausgetauscht; seine Liebeserklärung hatte er gemacht. Es blieb nur noch die Hochzeit festzusetzen, falls sich die Sitten nicht geändert hatten. In Japan hatte der Krieg große Wandlungen mit sich gebracht. Vielleicht war dies auch in Amerika der Fall, und besonders in Virginia.

Sie seufzte, stellte sich sein Gesicht vor, lächelte und konnte den morgigen Tag kaum erwarten.

Das Wetter legte ihren Plänen keinen Stein in den Weg. Am nächsten Morgen war strahlender Sonnenschein. Josui erwachte zeitig. Sie sah ihre Mutter, doch der Vater war noch nicht auf. Er sei spät heimgekommen, erzählte die Mutter. Er hatte Kobori operiert, da der Blinddarm vereitert gewesen war, und der Patient befand sich noch nicht außer Gefahr. Dr. Sakai war erst gegen Morgengrauen heimgekehrt, doch er hatte Auftrag hinterlassen, ihn um neun Uhr zu wecken, falls er um diese Zeit nicht von selbst aufgewacht sein sollte.

Um halb neun Uhr verließ Josui das Haus. Sie hinterließ dem Vater angemessene Grüße und vergaß dann alles. Des Nachts hatte es ein Gewitter gegeben. Die Straßen waren noch naß, und der Himmel war von blendender Bläue. Allen wartete bereits auf sie. Diesmal stand der alte Torhüter im Tor und schaute die Straße hinunter. Josui sah ihn und verhielt ihren Schritt. Allen kam ihr entgegen, und sie trafen einander in der schmalen Gasse westlich vom Schulgebäude.

»Er hat dich nicht gesehen«, versicherte Allen.

»Wir schlagen besser Seitenstraßen zum Bahnhof ein«, meinte sie. »Die Fahrt nach Nara dauert nur eine knappe Stunde.«

Sie nahmen einander bei der Hand und gingen so schweigend zum Bahnhof. Die Bäume schütteten kleine Tropfenschauer über sie aus. Josui trug einen blauen Baumwollrock und eine dünne weiße Bluse. Wo die Tropfen auf die Bluse fielen, wurde der Stoff durchsichtig und ließ ihre Haut durchschimmern. Da sie nie einen Hut aufsetzte, glitzerte die Nässe auf ihrem Gesicht und ihrem Haar.

»Tau auf einer Blume«, sagte Allen.

Der Frühzug war nicht sehr voll, und Allen bestand darauf, daß sie zumindest zweiter Klasse fuhren. Josui sah, tat aber, als ob sie sie nicht sähe, die musternden Blicke der Mitreisenden, die sich wunderten, was ein japanisches Mädchen aus guter Familie bei einem amerikanischen Soldaten zu suchen hatte. Es ließ sich nichts dagegen tun, aber niemand billigte es. Die Frauen sahen sie von oben herab an, und der Ausdruck der Männer war ärgerlich. Sie versuchte, sich nichts daraus zu machen, und erklärte Allen während der Fahrt in ihrem gehemmten Englisch die einzelnen Orte und Bauten.

»Nara war die erste ständige Hauptstadt«, erläuterte sie, ohne ihre Stimme zu dämpfen. »Am Anfang gab es keine endgültige Hauptstadt. Die Machthaber erklärten zur Hauptstadt den Ort, an dem sie gerade lebten. Aber im ersten Jahrhundert wurde Nara dazu bestimmt und blieb es unter sieben Regierungsperioden. Später einigte man sich auf Nagaoka; das liegt nahe bei Kyoto.«

»Was werden wir in Nara besichtigen?« erkundigte sich Allen, dem es bewußt wurde, daß sie ihre Erklärungen für die Umsitzenden ebenso wie für ihn abgab.

»Was du willst«, entgegnete sie. »Es gibt Läden, Paläste, Tempel, Altäre, den großen Buddha, den kaiserlichen Park.«

»Den Park«, bestimmte Allen. »Ist er groß?«

»Über zwölfhundert Acker.«

»Dann auf alle Fälle den Park.«

Sie sprach weiter, die ganze Zeit sorgsam darauf bedacht, nicht zu nahe bei ihm zu sitzen, und als die schrille Zugpfeife die Einfahrt in Nara anzeigte, stiegen sie aus und heuerten, immer noch ein wenig steif, Rikschas, mit denen sie zum Park fuhren. Im Park wanderten sie ungefähr eine Stunde umher, doch als sie plötzlich an eine abgelegene Stelle kamen, konnte Allen sein Verlangen nicht mehr unterdrücken. Sie gingen einen schmalen Pfad entlang, und er schritt ihr voraus. Unvermittelt wandte er sich um und nahm sie in seine Arme.

Es gab keinen Kampf und kein Nachgeben bei diesem Kuß. Küssen war Josui nun vertraut und von unendlicher Süße. Sie sehnte sich danach. Für sie war es Erfüllung in sich selbst.

Für Allen hingegen bedeutete ein Kuß nur eine Einleitung, eine wortlose Frage, manchmal selbst einer Fremden gestellt, eine Einladung, die zu weiterem führte. Allen küßte Josui wieder und wieder, sie immer näher an sich ziehend, und dann, den Höhepunkt des Küssens erreichend und nicht länger imstande hinauszuschieben, was nun folgen mußte, hob er Josui mit beiden Händen auf und legte sie auf das Moos unter den hohen Kiefern. Seine zitternden Hände waren nicht mehr zurückzuhalten.

Instinktiv erfaßte Josui, was Allen bewegte. Sie hob beide Hände an sein Gesicht und schob es mit fester Bewegung von sich.

»Hör auf!« flüsterte sie. »Nicht so, Allenn Ken-neddy, nein!«

Der Vorwurf in ihrer Stimme war überwältigend. Allens Gewissen, durch die behütete Kindheit in dem großen weißen Haus in Virginia gestärkt, meldete sich wider Willen. Die Unbekümmertheit der Kriegsjahre ging nicht tief bei ihm. Er hatte sich bemüht, die Dinge mit Zynismus zu betrachten, mit dem oberflächlichen Zynismus der jungen Leute von heute, die in jeder Sekunde Leben und Tod zugleich gegenüberstehen mußten. Aber sein Zynismus hatte nur eine dünne Schale bilden können, die Jahre hatten nicht genügt, die Schale zur undurchdringlichen Kruste zu verhärten. Sein Verlangen erlahmte beim Ton ihrer kummervollen Stimme; er barg sein Gesicht an ihrem Busen und blieb still liegen.

Ein paar Minuten regte Josui sich nicht. Dann schob sie sich vorsichtig zur Seite, und wie gestern setzte sie sich neben ihn, während er, den Kopf auf die verschränkten Arme gelegt, in die Baumwipfel starrte. Es war Josui, die mit energischer Stimme das Schweigen unterbrach.

»Ich weiß selbst nicht, ob ich mehr japanisch oder amerikanisch bin«, sagte sie. »Ich glaube, in erster Linie bin ich die Tochter meines Vaters. Ich bin eine Sakai, und wir sind keine gewöhnlichen Leute. Wir sind etwas Besseres. Wir müssen uns schlüssig werden, wie wir einander lieben. Wir müssen uns entscheiden, ob wir einander Lebewohl sagen sollen, oder —«

Sie konnte nicht fortfahren. Der Gedanke, was mit ihr geschehen sollte, falls sie einander wirklich Lebewohl sagten, war unvorstellbar. Sie zwang sich, an ihren Vater zu denken. Sie mußte sich sein kluges, gutes Gesicht vor Augen halten und aus dem Stolz der Sakai Kraft für sich schöpfen. Bevor er sich in ein Konzentrationslager sperren ließ, hatte der Vater es vorgezogen, nach Japan zurückzukehren.

»Müssen wir uns heute schlüssig werden?« fragte Allen.

Sie nickte nachdrücklich. »Unbedingt.«

»Warum?«

Sie zögerte einen Moment, bevor sie erwiderte: »Weil du mich überfällst, sooft wir einen Augenblick allein sind.«

Ihre unverhüllte Anklage erschütterte ihn. »Oh, Josui!«

»Nennt man es nicht ›überfallen‹?« fragte sie, ihre leuchtenden, großen Augen ihm voll zugewandt.

»Wenn du's unverblümt ausdrücken willst«, gab er unwillig zu.

»Ich will mich nicht besser machen, als ich bin«, setzte sie hastig hinzu. »Wenn ich einwillige, mit dir allein zu sein, muß ich natürlich die Verantwortung für mich übernehmen.«

»Was sie dich alles in Kalifornien gelehrt haben!«

»Das habe ich nicht in Kalifornien gelernt. Das hat mich mein Vater gelehrt, hier in Japan.«

»Ein strenger Vater.«

»Vielleicht.«

Als er nichts darauf erwiderte, fuhr sie fort: »Das ist vielleicht sehr gut — für ein Mädchen.« Sie verschränkte die Hände vor ihren Knien und beugte den Kopf hinunter.

Ihr Nacken war von cremiger Helle. Aus dem tiefen Knoten hatten sich ein paar kurze Härchen gelockert, die in der vom Duft der Kiefernnadeln erfüllten Luft zitterten. Josuis Arme waren weiß und rund. Die Ärmel ihrer Bluse bedeckten sie nur bis zum Ellbogen. Auch ihre Hände waren hübsch. Die meisten Japanerinnen hatten häßliche Hände und Füße. Josui trug weiße Socken und Sandalen. Allen konnte ihre Füße nicht sehen.

»Zieh deine Schuhe aus und laß mich deine kleinen Füße sehen«, bat er plötzlich. »Sind sie so hübsch wie deine kleinen Hände?«

Zu seinem Erstaunen schoß ihr das Blut ins Gesicht. Sie sprang auf und trat einen Schritt zurück. »Ich kann nicht mehr bei dir bleiben«, rief sie beinahe heftig. »Ich will nicht mehr. Du beleidigst mich, Allenn Ken-neddy! Ich habe meine Selbstachtung. Jetzt weiß ich, was du für mich empfindest. Liebe! Was soll das sein? Solche Liebe will ich nicht.«

Sie strebte von ihm weg, und er sprang auf, lief zu ihr und ergriff ihre Hand. »Was habe ich gesagt, Josui? Wieso bist du beleidigt? Gibt es etwas, das ich nicht verstehe?« Er packte sie bei den Schultern. »Josui! Antworte mir!«

Sie warf ihm flammende Blicke zu; ihre Augen funkelten, ihre Wangen waren tiefrot, und ihre Lippen zitterten vor Empörung. »Du gibst mir keine Antwort, Allenn Ken-neddy! Ich habe dich gefragt: ›Was sollen wir tun?‹ und du sagst darauf nur: ›Zeige mir deine‹ —«

Sie brach ab, wandte den Kopf zur Seite, und Tränen schimmerten unter ihren Wimpern.

Allen war zutiefst gerührt und fühlte sich verpflichtet, ehrlich zu sein. »Ich habe nicht geantwortet, Liebling, weil ich keine Antwort weiß.«

»Wenn du es nicht weißt, dann – dann dürftest du mich überhaupt nicht anrühren.«

Seine Hände sanken herunter. »Du hast recht, Josui.«

Sie fuhr fort: »Wenn du keine Antwort weißt, dann fahre bitte noch heute zurück nach Tokio und von dort nach Amerika, nach Hause. Vergiß, daß du mich jemals gekannt hast, und laß mich vergessen –«

»Kannst du das, Josui?«

»Ja, jetzt kann ich es noch – ob ich es später auch noch kann, das weiß ich nicht.«

Er sah auf ihre zarte Gestalt mit dem gesenkten Kopf nieder. Nachdem er nichts auf ihr Bekenntnis erwiderte, sagte sie leise: »Ich möchte heim.«

Sie nahmen den nächsten Zug nach Kyoto, und am Bahnhof verabschiedeten sie sich, weil Josui darauf bestand, daß dies das Richtige sei.

»Ich werde dich nie vergessen, Josui.«

»Doch, du wirst mich vergessen.«

»Wenn ich's aber nicht tue, darf ich dir dann schreiben?«

»Du wirst nicht schreiben.«

Sie trennte sich von ihm, ohne Lebewohl zu sagen, warf ihm nur einen unergründlichen Blick zu und ging dann davon, ohne sich nur ein einziges Mal nach ihm umzudrehen, obwohl er stehenblieb und ihr nachsah, bis er sie in der Menge aus den Augen verlor.

Dann kehrte er in sein Hotel zurück, packte seine Sachen und nahm den nächsten Zug nach Tokio. Vom Urlaub wollte er nichts mehr wissen. Je eher er zur Arbeit zurückkam, desto besser für ihn.

»Kobori geht es besser«, sagte Dr. Sakai. »Er besitzt eine kräftige Konstitution und hat sehr gut auf das neue Mittel reagiert.«

»Ich bin froh darüber«, antwortete Josui pflichtschuldig.

Dr. Sakai war sich bewußt, daß seine Tochter aus ihrem Gleichgewicht gebracht war, und er hatte am Morgen mit seiner Frau darüber gesprochen.

»Sie sagt mir nichts«, berichtete Frau Sakai. »Wenn ich sie frage, warum sie so traurig sei, sagte sie, sie sei nicht traurig, und wird ärgerlich über meine Fragen.«

»Sie weiß selbst nicht, was ihr fehlt«, erklärte Dr. Sakai mit seiner gewohnten Festigkeit des Urteils. »Ihr Unbehagen hat biologische Gründe. Es ist Zeit für sie, zu heiraten, aber sie ist sich nicht klar darüber. Ich werde die Dinge selbst in die Hand nehmen.«

Zu jeder anderen Zeit hätte Frau Sakai ihren Gatten beschworen, noch ein wenig Geduld zu üben, doch an diesem Morgen hatte sie nur erwidert: »Du hast zweifellos recht.«

»Man könnte Kobori das Muster eines jungen Japaners nennen«, hatte Dr. Sakai später am Tag zu Josui gesagt. »Und trotzdem ist er modern. Er ist Extremen abgeneigt. Er respektiert seinen Vater, wird jedoch seinen Vater überflügeln. Eines Tages wird Kobori ein Mann von Wichtigkeit sein. Ich wünschte, du hättest sehen können, wie kraftvoll und gesund sein Körper ist. Als ich den Einschnitt machte und das Blut hervordrang, war es von ganz klarem Rot.«

»Aber sein Blinddarm war trotzdem vereitert«, brachte Josui dem Vater etwas grob in Erinnerung.

Dr. Sakai war betroffen von ihrem Ton. »Der Blinddarm ist ein verkümmertes Überbleibsel des frühen Menschen, das keine Funktion mehr ausübt. Man kann Kobori aus der Vereiterung kaum einen Vorwurf machen. Von nun an wird er keinerlei Beschwerden mehr haben.«

Josui hätte am liebsten den Gedanken an Kobori weit weggeschoben, aber aus dem unbestimmten Gefühl heraus, sich selbst zu bestrafen, beschwor sie die Gefahr für sich herauf und fuhr fort: »Warum sagst du nicht, was du denkst, Vater?« Ihr Ton war angriffslustig. »Du willst doch, daß ich Kobori heirate. Warum sagst du es nicht offen?«

Dies war zuviel für Dr. Sakai. »Du bist ein widerspenstiges Geschöpf, eine ungehorsame Tochter!« schrie er. »Du weißt ganz genau, warum ich es nicht wage, offen mit dir zu reden. Du bist wie die amerikanischen Mädchen. Wenn du weißt, worauf ich hoffe, wirst du meine Hoffnung zerstören.«

Er war ärgerlich über seinen Mangel an Beherrschung und bereitete sich auf einen Temperamentsausbruch Josuis vor. Alles war verloren, kein Zweifel. Nie würde sie nachgeben. Zu seiner Verwunderung brauste sie nicht auf. Sie antwortete im Gegenteil sehr sanft.

»Ich bin dabei, mich zu wandeln, Vater«, sagte sie. »Ich habe viel nachgedacht, und ich denke, es wäre besser für mich, einen Japaner zu heiraten, wie du mir so oft geraten hast. Manchmal habe ich den Gedanken erwogen, vielleicht nach Amerika zurückzukehren, aber ich bin davon nun ganz abgekommen. Ich gehöre hierher. Und darum kann es ebensogut Kobori sein wie irgendein anderer. Er ist ein guter Mensch, wie du selbst sagst. Und mehr als alles andere will ich einen guten Mann.«

Sie sprach so nachdenklich, so versonnen und beinahe traurig, daß Dr. Sakai kaum seinen Ohren zu trauen glaubte. Sein Ärger war verflogen. Stammelnd entgegnete er: »Josui, mein Kind ... welche Weisheit ... ich bin ganz gerührt. Soll ich – wünschst du, daß ich mit Koboris Vater spreche? Sag mir, was ich für dich tun soll.«

Sie sah ihn aus großen, traurigen Augen an. »Was du für richtig hältst, Vater.«

Dr. Sakai war beunruhigt. »Du bist doch nicht krank, Kind?«

»Nein, Vater, ich fühle mich wohler, als ich mich seit langer Zeit gefühlt habe.« Sie las die Sorge um sie in seinem Gesicht und fügte lächelnd hinzu: »Ich werde endlich erwachsen. Weißt du, daß ich bald zwanzig Jahre alt bin?«

Ihre Worte freuten ihn, wenn sie auch seine Unruhe nicht ganz behoben. »Du kannst versichert sein, daß ich dich nicht dränge. Und ich werde auch Kobori nicht gestatten, dich zu drängen.«

»Ich danke dir, Vater.«

Sie machte eine kleine Verbeugung und ging hinaus in den Garten, um ein paar Steine im Teich anders anzuordnen. Sie suchte runde, vom Wasser abgeschliffene Steine in schönen Formen aus, niemals mehr als etwa zwanzig aufhebend und stets die weniger schönen wegwerfend. Die Farben schimmerten rein durch das klare Wasser. Ein Stein, der im Licht des Tages stumpf und unansehnlich wirkte, erhielt manchmal unter Wasser eine besondere Leuchtkraft. Josui verschob die Steine im Teich so behutsam, daß ihr Spiegelbild kaum zitterte.

Nicht ein einziges Mal hatte Allen ihr geschrieben. Ein Monat war nun seit ihrer Trennung verstrichen, und kein Brief von ihm war gekommen. Josui war froh, daß sie seine Adresse nicht kannte. So geriet sie nicht in Versuchung, ihm zu schreiben. In ihren schlaflosen Nächten hatte es Stunden gegeben, wo sie aus ihrer Schwäche und Verzweiflung heraus imstande gewesen wäre, ihn zur Rückkehr zu bewegen oder zu bitten, daß er sie kommen ließ. Hätte sie ihm dies geschrieben und hätte er darauf geantwortet, wäre es früher oder später das Ende von allem, was zwischen ihnen bestand, gewesen, denn wie viele Jahre darüber auch vergehen mochten, eines Tages hätte ihr nun so kläglich unterdrückter Stolz sich wieder geregt. Und an der Wurzel ihrer Liebe wäre schon die Saat der Vernichtung gewesen.

Im Lauf der Wochen des Wartens, der vielen schlaflosen Nächte, war ihr ihre Zukunft klargeworden: der unausweichliche Weg, den das Leben einer Japanerin nehmen muß, Heirat, Gatte, Kinder und das Heim. All die schönen Reden von der modernen Frau konnten daran nichts ändern. Warum also nicht Kobori? Langsam gewöhnte sie sich an den Gedanken. Sie erinnerte sich an sein blasses, gutgeformtes Gesicht mit den freundlichen Zügen. Auch an seine Stimme erinnerte sie sich. Es war eine angenehme Stimme. Er sprach langsam, verwischte die Worte manchmal und lispelte ein klein wenig. Englisch sprach er kaum. »Wenn's um Sprachen geht, bin ich ungeschickt«, hatte er ihr einmal gestanden, und der Mangel an Gewandtheit schien ihm nichts auszumachen. Zumindest stieß er sie nicht ab. Und er war nicht aufdringlich. Mit der Zeit kam sie ihm vielleicht näher. Man konnte ihn achten. Worauf sie am meisten Wert legte, war Güte, und die besaß er in höherem Maße als irgendein anderer Mann, den sie kannte.

Sie rieb einen runden grünlichen Stein mit der bloßen Hand blank und ließ ihn ins Wasser sinken. Das Grün wurde klar. Es war eine angenehme, hübsche Farbe ohne Funkeln oder aufdringliches Glitzern.

Der Sommer in Tokio war sehr heiß. Die modernen Asphaltstraßen glühten von der aufgespeicherten Hitze, und zuzeiten gab es Kurzschluß, so daß die Ventilatoren den Dienst versagten. Ausgerechnet zur heißesten Zeit des Tages pflegte dies zu geschehen. Die einzige Möglichkeit, das Unerträgliche zu ertragen, war, sich in der Arbeit zu vergraben.

»Leutnant Kennedy!«

In der Tür stand ein Soldat mit Post. »Briefe aus der Heimat, Sir.«

»Legen Sie sie dort auf den kleinen Tisch. Ich muß erst diesen Rapport fertigmachen.«

Der Soldat legte ein Bündel von zehn oder zwölf Briefen auf den Tisch, salutierte und ging.

Von der Familie! Vater, Mutter, Tanten, Onkel, Vettern – sie alle schrieben ihm und stempelten ihn zum Märtyrer, weil er seine Tage in einem so fernen und heidnischen Land wie Japan zu fristen hatte. »Wann kommst Du nur heim, Liebling?« begann ein jeder Brief der Mutter.

Er schrieb weiter auf der Reiseschreibmaschine. Leutnant war ein bequemer Rang, um alle möglichen Pflichten damit zu verbinden, besonders solche, die sich die Vorgesetzten vom Hals schaffen wollten, entweder, weil sie sie nicht gern erfüllten, oder weil ihre Fähigkeiten nicht ausreichten. Allen hatte sogar Generäle gekannt, die nicht fehlerlos schreiben oder grammatikalisch einwandfrei sprechen konnten. Fand man heraus, daß er die Universität absolviert hatte, bürdete man ihm die langweiligen Schreibarbeiten auf. Zu seiner eigenen Befriedigung machte er es sich zur Aufgabe, Berichte gleich dem, an welchem er gerade arbeitete und der sich mit bestimmten japanischen Zivilorganisationen während der Besatzung beschäftigte, zu kleinen stilistischen Meisterwerken auszufeilen. Nicht etwa, daß irgend jemand, der es dann zu lesen bekam, etwas davon verstanden hätte! Er nahm erneut Anteil an dem, was er über die Japaner schrieb, und daran war Josui schuld. Dies verhehlte er sich keineswegs. Durch sie war er in nähere Beziehung zu den Japanern gekommen, obwohl sie nach wie vor in seinen Augen etwas Besonderes war, das schönste Mädchen, das er hier gesehen hatte. Sie war nicht nur schön, sie besaß auch einen bewunderungswürdigen Charakter. Sie hatte ihn geliebt, und es war ihr schwergefallen, ihm zu widerstehen, und doch war sie stark geblieben.

Wie stets, wenn der Gedanke an Josui ihn überkam, und dies geschah vielleicht zwanzigmal täglich und unzählige Male des Nachts, erwog er die gegebenen Möglichkeiten. Angenommen, ihr Abschied wäre anders verlaufen? Angenommen er hätte sie gebeten, ihn zu heiraten, wie er es ohne zu zögern getan hätte, wäre sie ein amerikanisches Mädchen gewesen, in das er verliebt war — was dann? Er verlor sich in seine Gedanken, und seine Finger ruhten auf den Tasten. Sie konnten hier in Japan leben. Aber wollte er denn sein Leben in Japan verbringen? Und wie stand es mit Amerika? Es gab genug Städte in den Vereinigten Staaten, wo er mit ihr und seinen Kindern ... Kinder! Mußten sie Kinder haben? Sicher wünschte sie sich Kinder, und er im Grunde seines Herzens auch. Es hatte ihm immer vorgeschwebt, daß er eines Tages heiraten und eine ganze Schar Kinder haben würde, nicht nur ein einziges Kind, wie er es gewesen war, der verwöhnt in dem großen Haus aufwuchs, das für viele Kinder geschaffen war. Daran zu zweifeln, daß seine Kinder in dem großen Haus aufwachsen würden, war ihm nie in den Sinn gekommen. Wäre es nicht zum Krieg gekommen, hätte er längst irgendein nettes Mädchen geheiratet und wäre sicher recht glücklich geworden, denn Josui hätte nie seinen Weg gekreuzt. Vielleicht wäre Cynthia Levering seine Frau geworden, von der seine Mutter stets zu sagen pflegte, sie sei ihr lieb wie eine Tochter; Mrs. Kennedy legte stets auffallenden Nachdruck in ihre Worte, wenn sie in seiner Gegenwart von Cynthia sprach.

»Zeig's nicht so deutlich, Mutter«, hatte er sie des öftern gehänselt, »was du von Cynthia denkst. Vielleicht möchte ich sie eines Tages aus eigenem Antrieb heiraten.«

»Ach, sei doch ruhig!« erwiderte dann die Mutter in ihrer heiteren Art. »Du hast dich zu einem abscheulichen Burschen entwickelt, seit du groß bist.«

Vermutlich befand sich auch ein Brief von Cynthia bei der Post. Sie schrieb nicht zu oft, gerade oft genug, und ihre Briefe steckten voll von Neuigkeiten aus der kleinen Stadt und waren angenehm zu lesen. Cynthia lebte in derselben breiten, ruhigen Straße wie er, ein wenig weiter unten. Sein ganzes Leben kannte er sie. Vor drei Generationen waren ihre Familien sogar miteinander verschwägert gewesen.

»Wie weit zurück liegt das?« hatte er einmal, ohne viel darüber nachzudenken, die Mutter gefragt.

»Weit genug, um keine Befürchtungen aufkommen zu lassen«, hatte sie hurtig erwidert.

Er langte nach den Briefen und überflog sie. Einer war von der

Mutter, einer vom Geistlichen der Episkopalkirche, der seine Familie seit Generationen angehörte, zwei Handschriften erkannte er nicht, und ein großer Umschlag trug Cynthias Schriftzüge. Nichts war klein an Cynthia, außer ihrer schmalen Taille. Sie war stattlich, gut gewachsen und großzügig in jeder Beziehung. Sicher verliebte er sich eines Tages in sie. Jetzt aber hätte er, so widerspruchsvoll dies auch erscheinen mochte, etwas darum gegeben, mit Cynthia über Josui sprechen zu können.

»Sie würde mich bestimmt verstehen«, murmelte er vor sich hin.

Er schnitt das Kuvert auf. Das schwere, cremefarbene Papier war zu dick, als daß er es hätte aufreißen können. Drei gefaltete Doppelbogen steckten darin, bedeckt von Cynthias bläulich-schwarzen, großen, jedoch nicht auseinanderfließenden Buchstaben.

»Liebster Allen!« so fingen ihre Briefe immer an. Seit Jahren hatten sie einander geschrieben, schon während der Zeit, die sie in einem Internat für junge Mädchen und er an der Universität verbracht hatten. »Liebster Allen, einen solchen Frühling hat es noch nie gegeben. Vielleicht habe ich auch diese Jahreszeit nie so bewußt empfunden. Heuer scheine ich Zeit dafür zu haben.«

Allen las langsam, und die vertrauten Straßen und bekannten Gesichter der Nachbarn und Freunde tauchten vor ihm auf. Dabei waren sie so fern von ihm, der er hier allein in Tokio saß, als lebten sie in einer anderen Welt. Das war es. Sie lebten tatsächlich in einer anderen Welt, und sie konnten beim besten Willen diese Welt, deren Hauptstadt Tokio in Japan war, nicht verstehen. Was immer er erklären und was immer er tun oder auch nicht tun mochte, sie würden ihn nicht verstehen. Es gab keine Möglichkeit, ihnen diese fremden Dinge nahezubringen. Ihm blieb nur die Wahl, in welcher Welt er zu leben wünschte – und mit wem.

Er faltete die gelesenen Briefe wieder und steckte sie in die Kuverts. Er saß da und starrte die Schreibmaschine an.

Nur der Vater hatte nicht geschrieben. Er schrieb wenig, wie er auch wenig sprach. Er konnte sich nicht erinnern, vom Vater je etwas Wesentliches gehört zu haben, oder zumindest etwas, das in der Erinnerung haftenblieb. Während einer Mahlzeit sagte er oft nicht mehr als: »Gib mir bitte die Butter, Allen«, oder: »Das Gebäck ist heute besonders gut, Putz.« ›Putz‹, das war die Mutter, deren Name Josephine lautete, was, wie der Vater erklärte, einen jeden Mann – mit Ausnahme eines Napoleon in Frankreich – unmöglich anmutete.

»Was für eine Bemerkung, Mr. Kennedy«, gab die Mutter auf eine solche Bemerkung des Vaters zur Antwort. »Als ob unser Gebäck nicht immer ausgezeichnet wäre!«

»Das ist's ja, Putz. Deshalb betone ich, daß es heute sogar noch besser als sonst ist.«

Wurde der Vater wegen seiner trägen Schweigsamkeit gehänselt, erklärte er, daß Putz genug für zwei zu reden pflegte und überdies viel interessanter und unterhaltender war, als er es je sein konnte.

Allen bildete sich nicht ein, seinen Vater zu verstehen, und es war ihm nie in den Sinn gekommen, daß er sich vielleicht darum bemühen sollte. Verschwommen überlegte er nun, daß er dem Vater über Josui hätte schreiben können, wären sie einander vertrauter gewesen. Er hätte ihn fragen können –

Was eigentlich?

Es gab nur eine einzige Frage, und die mußte er sich selbst stellen. Liebte er Josui innig genug, um sie zu heiraten? Und war dieses nie erlahmende Verlangen, das ihn Tag und Nacht beseelte, die wahre Liebe? Er hatte bisher nie geliebt. War dies nun Liebe?

Er schob die Briefe in die Schublade seines Schreibtisches. Dann badete er und zog sich sorgfältig an. Er war zum Abendessen zu seinem Oberst und dessen Frau eingeladen. Es waren nette Leute, die offensichtlich nicht recht wußten, wie sie mit den jungen, übermütigen Draufgängern, die unter dem Oberst dienten, fertig werden sollten. »Nichts ist ihnen Ernst«, hatte die Frau des Obersten geklagt, als Allen das letzte Mal bei ihnen gewesen war. »Sie führen sich auf, als lebten sie in den Zeiten der Madame Butterfly.«

Er wußte, was sie meinte. Ihm selbst war ein wenig so zumute gewesen im kaiserlichen Park in Nara. Die Vorstellung, daß die Japaner dieselben waren, die noch vor kurzem erbarmungslos Amerikaner massakriert hatten, fiel einem schwer. Allen ertappte sich dabei, daß auch er das Vergangene zu vergessen begann, obwohl er sein Teil in diesem Krieg zu ertragen gehabt hatte. Doch die untersetzten Gestalten, die mit haßerfüllter Verbissenheit aus den Dschungeln der Insel hervorkrochen und die Amerikaner überfielen, schienen – zumindest stand man jetzt unter diesem Eindruck – nichts mit den terrassenförmigen grünen Hügellandschaften, den blaugekleideten Bauern, den hübschen Mädchen in Kimonos und Getas zu tun zu haben, und ganz sicher konnte man sie nicht in einen Topf werfen mit Josui, die im Grunde eher amerikanisch als japanisch war, abgesehen von ihrem Äußeren und, vielleicht, von ihrer besonders sorgfältigen Ausdrucksweise, sobald sie englisch sprach.

Wenn er ihrem Namen gestattete, in sein klares Bewußtsein aufzutauchen, schlug sein Herz schneller, und es trieb ihn dazu, die Arme auszubreiten, als stehe sie vor ihm. Er erwog die Frage, ob er wohl das Thema dem Oberst gegenüber erwähnen konnte, wenn sie nach

Tisch allein beisammen saßen. Des Obersten Gattin hielt auf Formen, und sie ließ die Herren nach Tisch stets für eine halbe Stunde allein, auch wenn sie die einzige anwesende Dame war. Waren mehrere weibliche Gäste zugegen, wie es manchmal geschah, und er, Allen, war der einzige andere Mann, so dehnte sich die halbe Stunde zuzeiten um weitere fünfzehn Minuten aus.

Doch er wagte es dann doch nicht, so weit aus sich herauszugehen. Das einzige, wozu er sich nach dem von einem japanischen Koch zubereiteten und von einem weißgekleideten japanischen Diener servierten ausgezeichneten Mahl aufraffte, war die dem Oberst etwas unvermittelt gestellte Frage, wie viele Amerikaner während der Besetzung Japanerinnen geheiratet hätten. Der Oberst machte ein unfrohes Gesicht. »Ich habe die Zahlen irgendwo, aber ich ziehe es vor, sie gar nicht anzusehen. Meinen Sie Heiraten zwischen Amerikanern und Japanerinnen oder nur —«

»Ich meine Heiraten.«

»Es sind nicht so viele, glaube ich«, sagte der Oberst zuversichtlich. »Was aber das außereheliche Zusammenleben betrifft, darüber weiß niemand Bescheid. Selbst die Tausende von Halbblutkindern, die zur Welt gekommen sind, geben kein Bild über den Umfang dessen, was sich abspielt. Ich verstehe, ehrlich gesagt, nicht, wieso unsere Männer hier so ein übermäßiges — wie soll ich sagen — Triebleben entwickeln. Das Ausmaß überrascht mich, obwohl ich doch weiß Gott ein alter Offizier bin.«

»Was geschieht mit den Kindern?« erkundigte Allen sich etwas zu gespannt.

»Ich weiß nicht.« Der Oberst runzelte bekümmert die Brauen. »Barclay — das ist mein Adjutant — hat mir erzählt, daß seine Frau letzthin im Haus eines Nachbarn ein Kind versteckt gefunden hat. Sehr anständige Leute seien die Nachbarn, sagt er. Der Mann ist Kaufmann oder irgend so etwas. Die Barclays wurden die ganze Nacht hindurch vom Weinen eines Kindes gestört, und Frau Barclay ging am Morgen hinüber, um sich nach der Ursache zu erkundigen. Das Baby war von der Großmutter, die sich schämte, in einem Wandschrank versteckt worden.«

»Und was tat Barclay?«

»Soviel ich weiß, benachrichtigte er ein katholisches Waisenhaus, und sie haben das Wurm weggeholt. Die Familie war sehr froh, sogar die Mutter, die ein hübsches Geschöpf sein soll. Das Kind hat sonderbar ausgesehen, sagt Barclay. Eine scheußliche Mischung. Ich halte nichts davon, gar nichts, aber was kann man machen?«

Es war ausgeschlossen, Josui zu erwähnen. Allen blieb nicht lange bei dem Ehepaar und entschuldigte sich nach einer Weile mit der Begründung, seinen Bericht fertigstellen zu müssen.

Ihm lag nichts an einem Urlaubsausflug nach Karuizawa, und auch ins Kino ging er des Abends nur selten. Er tanzte im Verlauf des Sommers einige Male, doch keines der Mädchen machte besonderen Eindruck auf ihn, und er konnte sich auch an niemand aus der Heimat erinnern, der Sehnsucht in ihm wachgerufen hätte. Mit Cynthia hätte er gern gesprochen, aber auch sie weckte kein Gefühl der Liebe in ihm. Das Leben enthielt keinen magischen Zauber mehr für ihn.

Doch kaum gelangte er an diesen Punkt in seinen Überlegungen, mußte er sich eingestehen, daß dies nicht stimmte. Das Vorhandensein des magischen Zaubers war spürbar wie ein elektrischer Funke gewesen, so oft er mit Josui zusammen war. In einer der heißen, einsamen Nächte ließ er seine Erinnerung zu jeder einzelnen Begegnung mit ihr zurückschweifen. Er sah sie wieder vor sich, wie sie an jenem ersten Morgen unter dem Glyzinienbogen gestanden hatte, als er auf Besuch nach der alten Stadt gekommen war und seine Augen ziellos umherschweifen ließ, bis sie auf Josui haftenblieben. Jeden einzelnen Augenblick ließ er wieder aufleben, und er verweilte insbesondere bei jenem Tag, an dem sie verstohlen um die Hausecke gelugt hatte, um ihn vor der Tür stehen zu sehen. Wie schön sie in dem Kimono ausgesehen hatte! Es war das einzige Mal, daß er sie in der japanischen Tracht erblickt hatte inmitten der in ihrer bewußten Einfachheit so außerordentlich geschmackvollen Räume ihres Heimes. Vielleicht war die Welt, in der sie lebte, diese Welt der zu respektierenden Würde und der zu respektierenden Sitten, die beste. Sie hatte es vorgezogen, darin zu verweilen, und seine Annäherungsversuche abgewiesen. Sie war mehr als nur ein anständiges Mädchen. Selbst wenn er sie küßte, spürte er ihren inneren Widerstand trotz dem Verlangen, das auch sie bewegte. Armes kleines Ding, dachte er. Sie ist verwirrt von ihren eigenen Gefühlen und kämpft, um mit sich ins reine zu kommen. Er hatte sie diesen Stürmen ausgeliefert, und seine einzige Entschuldigung war, daß er sich von ihr getrennt hatte, bevor es zu spät war.

Er überließ sich seinen Gedanken an Josui und kostete die Erinnerung an ihre Begegnungen immer wieder aus, obwohl er sich darüber klar war, eine Dummheit zu begehen. Als die Tage vergingen, wurde es eine Gewohnheit, der er immer mehr verfiel in der zunehmenden Einsamkeit des Sommers, als einer nach dem anderen seiner Bekannten ins Gebirge oder ans Meer fuhr und auch der Oberst sein Haus schloß und für zwei Wochen nach Amerika flog. Gegen Mitte August konnte er das Verlangen nicht mehr überwinden, sie noch einmal wiederzusehen. Er wollte sich Klarheit darüber verschaffen, ob er von ihr loskommen und sich eines Tages einer anderen Frau zuneigen konnte. Sicher war sie nicht so schön, wie sie ihm in der Erinnerung vorschwebte.

Auch in Kyoto war der Sommer heiß gewesen, doch hatte Dr. Sakai keine Zeit, darüber nachzudenken. Ohne sich äußerlich irgendwelche Hast anmerken zu lassen, hatte er mit den Vorbereitungen für Josuis Verlobung begonnen. Wie sehr bedauerte er doch die in Amerika verbrachten Jahre! Anstatt nun mit den überlieferten Bräuchen vertraut zu sein, mußte er alte Bücher studieren und hier und dort herumhorchen und Erkundigungen einziehen — ohne sich dabei wegen seiner Unwissenheit eine Blöße zu geben —, wie man es anstellte, seine Tochter dem Sohn einer reichen, alten und angesehenen Familie zu vermählen. Trotz seiner vielen Arbeit und seiner mit zunehmendem Ruf als Arzt auch umfangreicher werdenden Beschäftigung fühlte er sich verpflichtet, die Entscheidung über das Muster, die Seide und die Stikkereien von Josuis Kimono zu treffen. Er legte Wert auf Josuis Gegenwart, denn er wollte keineswegs eigenmächtig vorgehen. Sie sollte wählen, was ihr gefiel, solange es sich mit dem Schicklichen deckte, und auch ihre Mutter durfte der guten Ordnung wegen bei diesen Entscheidungen nicht fehlen. Doch trotz Josuis und seiner Frau Gegenwart traf er seine Wahl stets im Hinblick auf die Familie Matsui und das, was er von ihren Bräuchen und Vorlieben kannte.

Auf keinen Fall verlangte er von seiner Tochter die blinde Ergebenheit aus der Zeit der Ahnen. Wünschte sie es, so hatte er nichts dagegen einzuwenden, daß sie Kobori ohne weitere Formalitäten im eigenen Heim empfing. In der Öffentlichkeit durften sie sich natürlich vor der Heirat nicht zusammen zeigen, aber Kobori konnte jederzeit zu Besuch kommen, wenn Josuis Eltern daheim waren. Und so suchte der junge Mann Josui mehrmals in ihrem Elternhaus auf vor Mitte September, auf welchen Zeitpunkt die Hochzeit angesetzt war. Doch pflegte er sich stets am Vortag zu erkundigen, ob Tag und Stunde der Familie Sakai genehm seien.

Empfangen wurde Kobori immer von Dr. Sakai und seiner Frau. Einmal blieben sie während der ganzen Zeit seines Besuches im Raum. Sie bemerkten jedoch, daß Josui sehr schweigsam war. Sie verneigte sich leicht bei allem, was Kobori sagte, und murmelte leise ja oder nein, machte aber keine einzige Bemerkung von sich aus.

»Sollten wir die beiden lieber allein lassen?« fragte Dr. Sakai seine Frau, als sie sich allein in ihrem Zimmer befanden.

»Schließlich waren wir doch so viele Jahre in Amerika«, meinte Frau Sakai.

»Jetzt befinden wir uns in Japan«, erwiderte Dr. Sakai leicht gereizt. Nichts sollte so sein, wie es in Kalifornien gewesen wäre. Bei jeder nur möglichen Gelegenheit rief er Freunden und Familienangehörigen die amerikanischen Konzentrationslager für Japaner in Erinnerung, obwohl die Lager längst aufgelöst waren und die Japaner ohne Überwindung großer Schwierigkeiten wieder übers ganze Land verstreut leben konnten.

»Josui erinnert sich noch gut an Amerika«, wandte Frau Sakai ein. »Ihr erscheint es wahrscheinlich sonderbar, daß sie nicht allein mit dem Mann sprechen kann, den sie heiraten wird.«

Beim nächsten Besuch Koboris wurde daher zuerst einige Minuten lang über das Wetter und die Aussicht auf ein gutes Chrysanthemenjahr gesprochen und wie immer jedes Thema vermieden, das mit der Besatzung zusammenhing, bevor Dr. Sakai seiner Frau zunickte und sich mit ihr zurückzog. Kobori Matsui lächelte Josui an und sagte mit freundlicher Heiterkeit: »Dein Vater ist ein seltsamer Mann.« Seine Stimme hatte einen dunklen Klang und hätte laut sein können, aber Kobori sprach stets gedämpft.

»Inwiefern erscheint er dir seltsam?« fragte Josui.

»In vieler Beziehung ist er japanischer als wir alle, und trotzdem ist er sich nicht bewußt, daß er etwas an sich hat, was nicht japanisch ist und es nie sein wird, so sehr er sich auch darum bemüht. Amerika hat ihm seinen Stempel aufgedrückt.«

»Ich glaube, mit mir steht es nicht anders«, bemerkte Josui.

»Das ist wahr, aber ich mag die Amerikaner.«

»Auch diejenigen, die mit der Besatzungsmacht hier sind?« fragte Josui zweifelnd.

»Auch sie«, erwiderte Kobori. »Ich stimme natürlich nicht mit allem überein, was sie tun, und manchmal bedaure ich sie. Die Aufgabe, die sie sich gestellt haben, ist ungeheuerlich.«

»Was für eine Aufgabe soll das sein?«

Kobori lachte. »Amerikaner aus uns zu machen. Und das ist unmöglich!«

»Aber sie bringen es doch fertig, uns zu wandeln«, wandte Josui ein.

»Manche unter uns«, stimmte Kobori zu.

»Bist du der Meinung, daß alles wieder wie früher sein wird, wenn sie das Land verlassen?«

»Am Anfang wird sogar alles in übertriebener Form so sein wie früher«, entgegnete Kobori. »Wir werden uns unseres Japanertums sehr stark bewußt werden, um uns selbst, unsere früheren Seelen, wiederzufinden. Später, nach ein oder zwei Generationen, werden wir uns wohl abermals wandeln. Was wir zuerst ablehnten, werden wir sorgsam prüfen und zum Teil übernehmen. Es vergehen sicher fünfzig Jahre, bevor wir unseren Weg einigermaßen klar sehen, und wer weiß, wie es dann um die Welt bestellt ist.«

Josui hörte aufmerksam zu. Kobori sprach gut, besonnen und ohne die Überheblichkeit des Vaters.

»Hast du keine Angst?« fragte Josui.

»Angst? Wovor? Ich gehöre zu einer alten, konservativen Familie, wie du weißt. In der konservativen Periode, der wir entgegengehen, werden wir uns gut bewähren. Leid tun mir nur die Tausende von kleinen Kindern, deren Väter Amerikaner und deren Mütter Japanerinnen sind und die deshalb wie Waisen in Waisenhäusern aufwachsen.«

Sonderbar, daß sie nie daran gedacht hatte! Hätte sie Allen Kennedy nachgegeben, wäre sie seine Frau geworden, hätten ihre Kinder dieses Schicksal geteilt. Hätten Allen und sie sich wohl auch von ihren Kindern getrennt? Nein, das schien unvorstellbar!

»Arme kleine Wesen«, sagte Kobori mit seiner dunklen, gütigen Stimme. »Ihnen wäre wohler, sie hätten nie das Licht der Welt erblickt!«

Das Verlangen, sich Kobori anzuvertrauen, überkam Josui plötzlich. Aus seiner Güte heraus war er so verständnisvoll. Sie konnte sich vorstellen, wie er voller Mitleid zuhörte. Aber war es recht, über diese Dinge mit ihm zu reden, wo sie ihn doch heiraten sollte? Sie sah ihn an und wußte nicht, daß eine Frage in ihren Augen geschrieben stand.

Kobori lächelte. »Was gibt es? Du willst doch etwas fragen?«

»Woher weißt du das?« Josui war verwundert.

»Dein Gesicht ist wie ein offenes Buch. Ich kann beinahe deine Gedanken lesen.«

»Und was denke ich?« Sie sagte es mehr, um Zeit zu gewinnen. War dies der rechte Augenblick? Aber andererseits durfte es zwischen ihnen keine Geheimnisse geben.

»Fragst du dich vielleicht, was das für ein Mensch ist, den du heiraten sollst?« forschte Kobori.

»Fragt sich das nicht jede Frau?« entzog sich Josui einer direkten Antwort.

»Ich bin überzeugt davon.«

Sie knieten nach japanischer Art am Boden, und Kobori hatte sich in einiger Entfernung von ihr niedergelassen, was ihr angenehm war. Niemals würde Kobori sie vor der Heirat zu berühren versuchen. Aber er hatte ihrem Vater erklärt, er hielte es für ratsam, daß Josui und er sich in Gesprächen näher kennenlernten.

Kobori überlegte einen Augenblick, bevor er sagte: »Ich glaube, ich bin nicht ganz aus einem Guß gemacht. Die Jahre, die ich gezwungenermaßen Soldat sein mußte, haben zur Folge, daß ich nun gerade das Gegenteil von dem empfinde, was man mir eingetrichtert hat. Ich kann nichts töten. Du darfst nicht einmal von mir erwarten, daß ich Mäuse vernichte. Ich lasse sie herumlaufen. Ich habe so viele Jahre das Brüllen von Offizieren anhören müssen, daß ich zuzeiten das Gefühl habe, den Rest meines Lebens nur noch flüstern zu wollen. Ich habe mit ansehen müssen, wie man Menschen wegen geringfügiger Versehen geschlagen und getreten hat. Erwarte nicht von mir, daß ich jemals ein Kind züchtige. Ich habe so viel Grausamkeit miterleben müssen, daß ich nicht mehr anders kann, als mich in jedem und allem zur Güte zu erziehen. Ich tue es um meiner selbst willen, und es mag sein, daß manche es als Schwäche auslegen. Aber Grausamkeit ist eine ansteckende Krankheit; sie überträgt sich schnell, und weil ich weiß, daß ich selbst imstande bin, diesem hinterlistigen Einfluß zu widerstehen, hoffe ich, daß andere mir gleich sind und eines Tages der menschlichen Grausamkeit ein Ende gesetzt sein wird.«

Nie hatte sie ihn so ernst oder so lange sprechen hören, und sie war ihm dankbar dafür. Er versuchte auf diese Weise, ihr ein Bild seines Charakters zu vermitteln, wie es seine Pflicht war. Doch unfreiwillig hatte er ihre Frage beantwortet. Beichtete sie ihm ihre Liebe zu einem anderen Mann, bestand er in seiner Herzensgüte vielleicht darauf, daß sie ihren Gefühlen nachgab, oder er schlug vor, zu warten, bis sie den anderen vergessen hatte. Ganz sicher konnte sie Allen vergessen, und ganz sicher würden sich ihre Gefühle ändern. Sie wollte aber nicht warten. Sie wollte heiraten, denn die Ehe würde sie ablenken und ihr zumindest über die Zeit hinweghelfen.

»Ich danke dir dafür, daß du so zu mir gesprochen hast«, sagte sie. »Ich habe große Achtung vor dir, Kobori Matsui. Güte ist die wichtigste Eigenschaft sowohl bei Männern wie bei Frauen, und ich hoffe, daß auch ich gütig bin.«

Sie hob die Augen zu ihm auf, und sie hatte das Gefühl, einen Hauch von Zuneigung für ihn zu empfinden. Seit Jahrhunderten waren in Japan Ehen ohne Liebe geschlossen worden. Achtung und Zuneigung genügten; zumindest war dies immer die Ansicht der Ahnen gewesen.

Er erwiderte ihren Dank mit einer leichten Verneigung. Dies war das Ende seines zweiten Besuches.

Der August war weiter unerträglich heiß, und unter den alten Leuten in der Stadt gab es solche, die behaupteten, die Hitze müsse eine

Folge der Atombomben sein, die die Amerikaner auf Hiroshima und Nagasaki hatten fallen lassen. Am sechzehnten Tag des Monats August, an dem auf der Spitze des Berges Daimonjii oberhalb von Kyoto des Nachts Freudenfeuer angezündet werden, war es selbst dort oben so heiß, daß die Männer, die das Feuer unterhielten, im Wind keine Kühlung fanden.

Dr. Sakai fühlte sich überarbeitet. Das Spital war überfüllt mit Patienten aus den zwei Städten, auf die die Atombomben niedergegangen waren. Die Kranken litten an alten, nicht heilenden Wunden. Sein Ruf hatte sich verbreitet, und die Unheilbaren kamen von der Verzweiflung getrieben zu ihm als ihrer letzten Hoffnung. Er hatte sich im Bemühen, die verflackernden Leben zu erhalten, aufgerieben und war in seiner Arbeit noch durch eine stetig anwachsende Wut auf die Amerikaner angestachelt worden.

In der stickigen Hitze wurde er selbst krank und mußte einige Tage zu Hause bleiben. Er war sich bewußt, ein sehr schlechter Patient zu sein, und obwohl er gegen seine Rastlosigkeit anzukämpfen versuchte und sich darüber klar war, daß er eigentlich im Bett zu bleiben hatte, schien er nur durch Meditationen und seine Freude am Garten Ruhe finden zu können. Auch der Garten hatte unter der Hitze gelitten. Und anstatt sich an der Schönheit der Anlage zu ergötzen, sah Dr. Sakai nur, daß die Kaskaden durch den Wassermangel zu versiegen drohten, die Farnkräuter welkten und sich bräunlich verfärbten und die Goldfische im Teich in dem von der Sonne erwärmten Wasser starben.

Eines Tages, als er sich schon in gereizter Stimmung befand, hörte er die Messingglocke am Tor anhaltend läuten. Der Torhüter schien zu schlafen, und obwohl Dr. Sakai sich alles andere als wohl fühlte, ging er doch zum Tor und öffnete es unwirsch. Ein hochgewachsener Amerikaner in Offiziersuniform stand vor ihm.

Dr. Sakai starrte den Fremden an. »Was wünschen Sie?«

»Dr. Sakai?« sagte der Amerikaner fragend.

»Ich bin Dr. Sakai.«

Er zog die Brauen abweisend zusammen, um den Amerikaner zu entmutigen. Machten diese Männer denn nicht einmal davor halt, in die Heime von Privatleuten einzudringen?

»Mein Name ist Allen Kennedy«, sagte der Fremde.

Der Name war in Dr. Sakais Gedächtnis eingegraben. Er hatte versucht, ihn zu vergessen, es aber nicht fertiggebracht.

»Ich kenne Sie nicht«, entgegnete er ablehnend.

»Nein.« Der Fremde lächelte. »Aber ich kenne Ihre Tochter.«

»Meine Tochter hat keine Zeit.«

»Darf ich in diesem Fall mit Ihnen sprechen, Dr. Sakai?«

Dr. Sakai zögerte mit seiner Antwort. Hastig versuchte er, die möglichen Folgen einer Ablehnung zu erwägen. Einen Offizier konnte man nicht so ohne weiteres vor den Kopf stoßen.

»Ich fühle mich nicht wohl«, erwiderte er ausweichend. »Sonst wäre ich zu dieser Stunde auch im Spital. Ich würde vorziehen, nicht gestört zu werden.«

Die beiden Männer sahen einander an, ein jeder den anderen abschätzend.

»Dann werde ich wieder vorsprechen«, bemerkte Allen.

»Das ist nicht nötig«, erwiderte Dr. Sakai hochmütig.

»Ich bin anderer Meinung«, widersprach Allen. »Ich muß sogar darauf bestehen, daß es sehr wichtig und nötig ist.«

Er war entsetzt, ehrliche Wut auf diesen gut aussehenden, unnahbaren Japaner in sich aufsteigen zu fühlen. Welches Recht hatte der Mensch, ihm den Eintritt in sein Haus zu verwehren? Schließlich war es Josuis Heim. Er vergaß nicht, daß sie sich in Japan befanden, dessen Bevölkerung ihnen jetzt untertan war.

»Sie haben kein Recht, darauf zu bestehen«, wies Dr. Sakai ihn mit unnachahmlicher Würde zurück.

»Ich bestehe aber darauf, Ihre Tochter zu sprechen«, versetzte Allen.

Dr. Sakai fühlte, wie seine Beherrschung ihn im Stich ließ, und beurteilte es als die Folge der in Amerika verbrachten Jahre, wo er während seiner Kindheit nicht die richtige Erziehung genossen hatte und in der Schule nicht eiserne Selbstdisziplin gelehrt worden war. Doch es war zu spät. Dem aufsteigenden Zorn ließ sich kein Einhalt mehr gebieten, und der Zorn richtete sich ebensosehr gegen den Amerikaner wie gegen seine eigene Person, weil er sich immer und immer wieder dabei ertappte, nicht vollkommen japanisch zu handeln.

»Ich dulde keine Amerikaner in meinem Haus«, schrie er und versuchte, mit Gewalt das Tor zu schließen.

Auch in Allens Brust kämpften zwei Seelen. Obwohl es ihm ausgesprochenes Unbehagen einflößte, der Rasse der Eroberer anzugehören, war er doch nicht ganz unberührt von den Folgen dieser Tatsache geblieben. Er vergab sich nicht so viel, Dr. Sakai auf die Rechte des Eroberers aufmerksam zu machen, doch er stemmte seine Schulter gegen das Tor, und zu ihrer beiden Scham und Schande, die ihnen nur allzusehr bewußt war, kämpften sie, der Japaner mit dem Ziel, das Tor zu schließen, und der Amerikaner im Bemühen, es offenzuhalten.

Dem Tor am nächsten lag die Küche. Yumi schlief friedlich dort, nachdem sie das Geschirr abgewaschen und den Boden gewischt hatte. Als sie erwachte und die lauten Stimmen in der Sprache der Eroberer streiten hörte, lief sie hinaus, und zu ihrem Entsetzen sah sie ihren

Herrn, wie er all seine Kraft aufwandte, um das Tor vor einem starken jungen amerikanischen Offizier versperrt zu halten. Schreiend und jammernd lief sie ins Haus, um die Herrin zu holen.

Frau Sakai saß mit Josui zusammen, und beide Frauen waren mit dem Nähen der für die Hochzeit vorzubereitenden Unterwäsche beschäftigt. Wie eine Explosion platzte Yumi in ihre friedliche Stille hinein.

»Du lieber Himmel, Herrin, der Herr kämpft mit einem amerikanischen Offizier!«

Frau Sakai erhob sich sogleich von ihren Knien und lief, von Yumi gefolgt, hinaus. Josui rührte sich nicht. Sie ahnte, daß Allen zurückgekommen war. Wie unglücklich sein Erscheinen doch war! Warum war er zum Haus gekommen? Warum hatte er ihr nicht geschrieben? Sie durfte nicht sitzenbleiben. Worum der Streit auch gehen mochte, sie mußte hinauseilen, Stellung beziehen oder Frieden stiften.

Und so sah Allen Kennedy das schlanke Mädchen, in das er sich verliebt hatte, in einem weißen, mit Blumen bestickten Kimono auf sich zukommen, und sie war schöner, viel schöner, als er sie in Erinnerung behalten hatte. Sie war blaß und ihr Ausdruck flehend, und da er sich nun innerhalb des Tores befand, ging er ihr entgegen.

Dr. Sakai stand erschöpft mit zusammengepreßten Lippen da. Wie eine Leibwache hatten sich Frau Sakai und Yumi vor ihm aufgestellt. Er war besiegt. Er sah seine Tochter zögern, und gleich darauf lag sie in den Armen des Amerikaners. Sie wehrte sich, das ließ sich nicht bestreiten, aber er nahm an, daß dies nur aus Rücksicht auf seine, seiner Frau und der Magd Gegenwart geschah. Wäre sie allein gewesen, hätte sie sich vermutlich nicht gewehrt. Er hatte die Tochter verloren. Darüber gab er sich keinem Zweifel hin. Er mußte sich nur noch über das weitere Verhalten schlüssig werden.

Er wandte sich seiner ergebenen Gattin zu. »Bring deine Tochter zu mir«, befahl er, und mit wiedergewonnener Würde begab er sich ins Haus.

Vor allem brauchte er erst einige Minuten des Besinnens. Er war entschlossen, den Amerikaner doch noch zu vertreiben. Es würde nicht schwierig sein. Er brauchte nur nach den verborgenen Motiven zu fragen. Sicher lagen dem Auftreten des jungen Mannes keine ehrlichen Absichten zugrunde. Amerikaner hegten kein Verlangen, Japanerinnen zu heiraten. Er wußte es und hatte genügend Beweise dafür. Wenn nötig, konnte er diese Beweise anführen. Doch wie konnte er dies in Gegenwart seiner eigenen Frau tun? Er stöhnte und setzte sich auf ein niedriges Kissen in der knienden Stellung, die er mit so viel Mühe hatte erlernen müssen.

In dieser Stellung befand er sich, als sie eintraten. Der junge Mann zeigte sich jetzt sehr höflich. »Ich muß um Entschuldigung bitten, Dr. Sakai. Es tut mir unendlich leid, daß es zu diesem Auftritt gekommen ist. Ich hatte kein Recht, mich Ihnen aufzudrängen, und ich gestehe, ich weiß nicht, was vorhin in mich gefahren ist.«

Dr. Sakai ersparte sich eine Antwort. Er deutete auf ein Gastkissen und nahm mit Genugtuung zur Kenntnis, daß es dem Fremden keine geringen Schwierigkeiten bereitete, sich darauf zu setzen. Josui erlaubte er, stehen zu bleiben, und ein Stirnrunzeln in der Richtung Yumis schickte die Magd aus dem Zimmer. Frau Sakai kniete unauffällig hinter ihrem Gatten.

Plötzlich erhob sich der Fremde. Vermutlich taten ihm die Beine weh . . . aber nein, es geschah, um Josui Platz anzubieten.

»Wo sitzt du?« fragte er leise.

»Bitte, denke nicht an mich«, bat Josui bedrückt.

»Ich muß aber an dich denken«, erwiderte er.

»Setz dich!« donnerte Dr. Sakai seine Tochter an.

Sie setzte sich kniend neben ihre Mutter, und Allen ließ sich wieder in unbequemer Stellung auf das Kissen nieder.

Dr. Sakai wartete ab. Sollte der andere beginnen! Er hatte schließlich diese Unterredung nicht gesucht. Doch er nahm sich vor, zwar geduldig und einsichtig, aber unerbittlich zu sein, sobald das Gespräch eröffnet wurde.

»Vater«, hub Josui schüchtern an.

Er warf ihr sofort einen dermaßen bösen, zurechtweisenden Blick zu, daß sie innehielt.

Unverzüglich kam der Amerikaner ihr zu Hilfe. »Nicht du sollst sprechen, Josui, es ist an mir.«

Er mußte sprechen. Es gab kein Zurück mehr. Er war an diesem Morgen voll innerer Verwirrung nach Kyoto gekommen, nur von dem Verlangen beseelt, Josui noch einmal zu sehen, um sich darüber Klarheit zu verschaffen, wie tief seine Liebe zu ihr ging und ob er eine Trennung für immer ertragen würde. Nun wußte er, daß dies nicht möglich war. Die Entscheidung war ihm zum Teil durch den Kampf mit ihrem Vater aufgezwungen worden, vor allem aber hatte der Anblick ihres lebhaften, blassen Gesichtchens den Ausschlag gegeben.

»So sprechen Sie«, forderte Dr. Sakai den Fremden kalt auf. »Ich möchte erfahren, was Sie hierher führt.«

»Ich bin gekommen, um Ihre Tochter zu sehen.«

Dr. Sakai wandte sich zu Josui um. »Kennst du diesen Mann?«

»Wir kennen einander«, antwortete Allen hastig an ihrer Stelle. Und dann erzählte er mit flüssigen Worten die kurze Geschichte ihrer Begegnungen und wie sie übereingekommen waren, sich zu trennen.

»Warum sind Sie zurückgekehrt?« verlangte Dr. Sakai zu wissen.

»Weil ich Josui liebe«, sagte Allen.

»Sie können meine Tochter nicht lieben.« Dr. Sakai ging rücksichtslos vor. »Sie ist mit Kobori Matsui, dem Sohn meines Freundes, verlobt. Die Hochzeit findet in vierzehn Tagen statt.«

Der junge Mann verharrte einen Augenblick regungslos. Dann sah er Josui an. »Ist das wahr?«

Sie nickte unter Tränen.

»Ich wünschte, du hättest mir das gesagt«, gestand er leise.

Er versank abermals in schweigendes Nachdenken. Dann hub er von neuem an. »Ich weiß, daß ich dich nicht allein sehen kann, Josui, und darum muß ich jetzt so zu dir sprechen, als wären wir allein. Ich bitte dich, mir auch so zu antworten. Liebst du den Mann, mit dem du verlobt bist?«

»Nein«, erwiderte sie sehr leise. »Aber er ist ein guter Mann.«

»Antworte mir weiter ehrlich, Josui. Liebst du mich?«

Sie hob ihr von Tränen nasses Gesicht. »Ja, Allenn Ken-neddy!«

»Willst du mich heiraten?«

Die amerikanische Methode, dachte Dr. Sakai wütend, immer angreifend, ewige Offensive! »Eine Verlobung kann nicht rückgängig gemacht werden«, fuhr er dazwischen. »Nicht in Japan.«

»Wenn die zwei Menschen, die es angeht, selbst zu diesem Entschluß kommen, Dr. Sakai, so ist es sicher möglich – im modernen Japan«, bemerkte Allen.

Dr. Sakai war erschüttert. Er legte seine Hände flach auf die Knie und schaute vor sich auf den Boden nieder. Bevor er sprach, räusperte er sich. »Ich möchte Ihnen etwas erzählen.«

»Bitte, Vater!« sagte Josui beschwörend.

»Es ist etwas, worüber ich nie mit einem Menschen gesprochen habe«, fuhr Dr. Sakai mit bedrückter Stimme fort. »Selbst meine Frau weiß nichts davon.« Er sah unter den buschigen Brauen zu seiner guten Frau hinüber. »Verzeih mir, Hariko. Seit vielen Jahren habe ich es vergessen. Und nur wegen unserer Tochter kommt es mir nun wieder in den Sinn.«

»Mache dir keine Gedanken meinetwegen«, wisperte Frau Sakai.

»Josui, mein einziges Kind«, begann Dr. Sakai, »du kannst keinen Amerikaner heiraten. Ich spreche aus Erfahrung. Selbst dieser junge Mann verfügt nicht über die Erfahrung, über welche ich verfüge. Es mag wahr sein, daß er dich liebt und daß auch du ihn liebst. Aber Liebe enthält keine Weisheit, sie besteht nur aus Gefühlen. Die Gefühle wandeln sich, und das Leben geht weiter.«

Er sprach mit trauererfülltem Ernst, und sie hörten ihm zu. Es herrschte solche Stille im Hause, daß Geräusche, die für gewöhnlich nicht gehört werden, wahrnehmbar wurden. Draußen im Garten zwirbelte eine Zikade ihre steifen Flügel, eine Spottdrossel zirpte, und das Plätschern des Wasserfalls schien auf einmal laut.

»Als ich als junger Mann in Amerika lebte, verliebte ich mich in eine Amerikanerin, und ich darf gestehen, daß auch sie mich liebte. Wir offenbarten einander unsere Gefühle. Meine Eltern erhoben Einspruch, aber ich war amerikanisch erzogen worden und war der Meinung, daß sie kein Recht hätten, mir die Erfüllung des Wunsches, an dem mein ganzes Herz hing, zu verweigern.«

Frau Sakais Haltung versteifte sich. Sie verschränkte ihre Hände vor sich und starrte darauf nieder. Dr. Sakai sah sie nicht an.

»O Mutter!« rief Josui mit erstickender Stimme aus.

»Ich war bereit, alles aufzugeben«, fuhr Dr. Sakai in kaltem, ruhigem Ton fort. »Ich wäre sogar nicht davor zurückgewichen, meine Eltern zu verlassen. Doch es geschah etwas anderes. Ihr Bruder bedrohte mich mit einem Revolver. Ich befand mich eines Abends auf dem Heimweg von der Universität, als er plötzlich vor mir stand. Woher wußte er, daß ich durch diese Straße kommen würde? Er konnte es nur von ihr erfahren haben. Er hielt den Revolver gegen meine Rippen und sagte: ›Du Bursche läßt gefälligst meine Schwester ungeschoren! Wir wollen in unserer Familie keinen verfluchten Japs, verstanden?‹ Ich habe sie nie wiedergesehen.«

»Ist das alles?« fragte Allen.

»Wie können Sie fragen, ob das alles ist?« fuhr Dr. Sakai auf. »Damals stürzte die Welt für mich zusammen. Es ging um das Wichtigste für mich.« Er hob die Hand und unterstrich seine Worte mit zitterndem Zeigefinger. »Und es ist auch heute wieder das Wichtigste für mich. Denn ich sage Ihnen hier zu dieser Stunde, dasselbe wird meiner Tochter widerfahren.«

»Meine Familie bedroht niemand mit Revolvern«, entgegnete Allen von oben herab.

»Dasselbe wird sich wiederholen«, beharrte Dr. Sakai. »Es braucht kein Revolver zu sein. Es gibt viele andere Waffen. Sie werden keinen ›verfluchten Japs‹ in der Familie dulden. Lassen Sie sich das von mir gesagt sein.«

»Ich kann Ihre Einstellung sehr gut verstehen«, sagte Allen mitfühlend. »Aber diese Ereignisse liegen lange zurück, Dr. Sakai. Das war, bevor Josui auf der Welt war. Die Dinge haben sich geändert.«

»Ha!« stieß Dr. Sakai aus. »Ich lese Zeitungen. Es hat sich nicht so viel geändert. Es gibt noch immer Staaten, in denen Mischehen zwischen Weißen und Farbigen gesetzlich verboten sind. Sagen Sie ehrlich: setzen sich Ihre Eltern zusammen mit Farbigen an einen Tisch?«

Allen machte ein verdutztes Gesicht. »Es würde mir nie in den Sinn kommen, Josui als eine Farbige zu betrachten.«

Die Röte stieg in Josuis Wangen. »Ich will allein mit Allenn Kenneddy sprechen«, erklärte sie unvermittelt. »Es ist alles so verwirrt, Vater. Wir müssen uns erst einmal selbst über unsere Gefühle im klaren sein.«

Sie erhob sich mit solcher Bestimmtheit, daß Dr. Sakai sie nicht hätte zurückhalten können und es wahrscheinlich auch nicht getan hätte, wäre es ihm möglich gewesen. Sollten sie ruhig in den Garten gehen und miteinander reden. Er hatte ihnen das quälende Geheimnis seines Lebens offenbart; sie konnten es nicht übergehen.

Er blieb allein mit seiner Frau. Sie rührte sich nicht. Dr. Sakai warf ihr einen verstohlenen Blick zu und sah, daß ihre verschränkten Hände zitterten. Er legte seine Rechte begütigend darüber. »Ich segne den Tag, an dem ich dein Bild sah«, sagte er. »Beim ersten Anblick wußte ich, daß du eine gute Frau sein würdest, obwohl es ein schlechtes Bild war und du nicht annähernd so gut darauf aussahst, wie du in Wirklichkeit bist. Du hast mir Glück gebracht. Wie elend wäre mein Leben verlaufen, hätte ich einen anderen Weg eingeschlagen! Ich kann jenem brutalen Burschen nur dankbar dafür sein, daß er mir die Pistole vor die Brust gesetzt hat.«

Sie kämpfte gegen ihre Tränen an. »Du hast ganz sicher keine Angst vor ihm gehabt«, sagte sie in rührender Ergebenheit.

»Doch«, widersprach Dr. Sakai. »Ich wich sofort zurück und versicherte ihm, daß ich seine Schwester unter keinen Umständen heiraten würde.«

»Vergiß das alles«, bat Hariko Sakai. Sie entzog ihm sanft ihre Hände und wischte sich mit dem Ärmel über die Augen. »Wir leben nun in unserer Heimat, und es ist nicht nötig, sich an Vergangenes zu erinnern.«

»Du hast recht. Aber du begreifst, daß ich erzählen mußte, was meinen Gedanken längst entfallen war?«

»Bitte!« sagte sie beschwörend.

»Wäre mir dieses Erlebnis nicht aus dem Gedächtnis entschwunden gewesen, hätte ich dir längst davon erzählt«, beharrte er eigensinnig.

Hariko konnte es nicht länger ertragen. Sie erhob sich nicht ohne Anmut und verbeugte sich vor ihrem Gatten. »Entschuldige mich bitte, ich habe zu tun.«

Sie zog sich zurück und trippelte auf ihren strumpfartigen weichen Schuhen in den Raum, in dem sie mit Josui genäht hatte. Sie nahm die dünne weiße Seide zur Hand und arbeitete weiter, sorgsam darauf bedacht, sich immer wieder die Augen zu wischen, damit die Tränen nicht das seidige Gewebe befleckten. Sie war nie hübsch gewesen. Sie wußte noch sehr gut, wie sie ausgesehen hatte: ein untersetztes Mädchen vom Lande mit eckigem, von der Sonne verbranntem Gesicht. Er hatte sie nicht erwählt. Seine Eltern hatten sie für ihn ausgesucht, weil sie gehorsam und kräftig aussah, was sie auch war, aber ihm war die Wahl gleichgültig gewesen. Zutiefst verletzt von seiner unglücklichen Liebe, hatte er sich nichts daraus gemacht, wer ihm angetraut wurde. Plötzlich legte sie die Nadel aus der Hand. Das Gewand wurde vielleicht gar nicht gebraucht. Wozu nähte sie dann daran?

Draußen im Garten hatten die beiden jungen Menschen sich hinter das dicke Bambusgeflecht bei der Mauer geflüchtet. Seite an Seite saßen sie auf einer hölzernen Bank, im Augenblick durch ihr Beisammensein ein wenig getröstet. Allen war nicht imstande, sich über die Art seiner Liebe zu Josui klarzuwerden. Er wußte nur, daß er sie liebte, wie er nie zuvor geliebt hatte, und um sie zu besitzen, mußte er alles tun, was in seiner Macht stand.

»Du weißt doch, daß du niemand anders als mich heiraten kannst«, murmelte er dicht an ihrem Mund.

»Jetzt weiß ich es«, gestand sie wehrlos.

»Wir brennen einfach durch«, erklärte er. »Du bist Amerikanerin, Josui. Wir handeln wie Amerikaner. Wir sind keine Kinder mehr; wir brauchen nicht zu gehorchen.«

»Wir können nicht einfach davonrennen«, widersprach Josui. Sie schlang die Arme um seine Taille und sah schräg zu ihm auf. »Du kennst Kobori Matsui nicht. Er ist so gut. Ich muß offen mit ihm reden. Er wird Verständnis für meine Lage haben.«

Wider alle Vernunft wünschte Allen sich, daß der andere nicht gütig sein möchte. Es wäre leichter gewesen, Josui einem halsstarrigen Japaner, wie es ihr Vater war, wegzunehmen.

»Ich will den Mann nicht kennenlernen«, erklärte er unvermittelt.

»Laß alles meine Sache sein«, bat sie. »Ich will darüber auch mit meinen Eltern sprechen. In kleinen, unwichtigen Dingen müssen wir meinem Vater gehorchen. Siehst du das ein, Allenn Ken-neddy?«

»Du darfst mich nicht immer bei beiden Namen nennen, Josui. Sag Allen, nichts weiter.«

»Allenn«, wiederholte sie gehorsam und fuhr dann fort, als habe er sie gar nicht unterbrochen. »In dem, was uns am wichtigsten ist, können wir meinem Vater keinen Gehorsam leisten. Wir wollen uns nicht trennen. Aber wenn er das einsieht, und ich werde ihn schon so weit bringen, dann ist es unsere Pflicht, uns in allem anderen seinen Wünschen unterzuordnen.«

Jetzt, wo er sich dazu durchgerungen hatte, Josui zu heiraten, war er zu allem bereit. »Mach, was du für richtig hältst, Liebste. Nur sieh zu, daß wir bald heiraten!«

»Bald«, sagte auch sie und lehnte ihren Kopf an seine Brust.

Sonderbar, daß sie nicht mehr wagten, Zärtlichkeiten auszutauschen, nachdem der große Entschluß gefaßt war. Ernst saßen sie da, eng aneinandergepreßt, und Allen spielte in Gedanken verloren mit Josuis Hand. Das Vorhandensein schwieriger Probleme dämmerte ihm auf, Probleme, deren genauen Umfang er nicht zu ermessen vermochte, die aber aus ihrem Beisammensein in diesem stillen Garten in Japan erwuchsen und mit dem großen weißen Haus jenseits des Meeres zu tun hatten. Wie würde seine Familie die Nachricht aufnehmen? Es war besser, sie nicht schriftlich vorzubereiten. Er wollte warten und ihnen Josui vorführen. Es hatte keinen Sinn, sich brieflich mit ihnen auseinanderzusetzen. Sie mußten dieses bezaubernde Geschöpf sehen, dieses zarte, schlanke Mädchen, das bei aller Weichheit eine kraftvolle Persönlichkeit war. Sie war klug, obwohl sie sehr, sehr jung war, und das war ein Punkt, der ihm Sorgen bereitete. Aber sie war mutig. Er konnte sie sich vorstellen, wie sie mit diesem Ausdruck des Stolzes und doch zugleich mit bereitwilliger Schmiegsamkeit auf seine Mutter zutrat. Sie würde unwiderstehlich sein.

Er hielt seine Gedanken vor Josui geheim, Gedanken, die sich nicht eigentlich mit ihr oder mit seiner eigenen Person beschäftigten, sondern mit dem Leben und seinen überlieferten Formen, gegen die sie verstießen. Aber schließlich waren sie jung und kräftig, und die alten Formen brachen überall auf der Welt zusammen.

Andere Amerikaner hatten vor ihm Japanerinnen geheiratet und mit sich in die Heimat genommen. Manche Ehen waren gut geworden, andere nicht. Warum sollte es bei ihnen nicht gut ausgehen, wo sie beide mutig genug waren, den Kampf zu wagen? Es war sinnlos, Josui mit solchen Überlegungen zu belasten. Sie hatte Sorgen genug mit ihrer Familie und den Schwierigkeiten, die die Aufhebung der Verlobung mit diesem Japaner mit sich brachte. Es mußte schnell Klarheit geschaffen werden. Er ertrug den Gedanken nicht, daß Josui einem anderen Mann anverlobt war.

»Wie hast du nur einem anderen Mann zusagen können?« fragte er.

»Warum nicht?« Josui sah ihn an. »Ich muß doch jemand heiraten, wenn ich in Japan bleibe. Und du hattest mich nicht gefragt, Allenn.«

Es war sein Fehler gewesen, das stimmte. Er durfte es nie vergessen.

»Wann können wir heiraten?« Rastlosigkeit erfüllte ihn.

»Erst muß ich mit Kobori sprechen«, erklärte Josui seufzend. »Er wird alles machen, wie es am besten ist.«

Allen erhob sich. »Ich muß diese Dinge dir überlassen, Liebste. Du verstehst mehr davon als ich.« Plötzlich wallte Eifersucht in ihm auf. »Bist du sicher, daß du nicht lieber deinen Japaner heiraten willst? Es setzt viel weniger Schwierigkeiten ab.«

Sie legte ihre Hand über seine Lippen. »Still! Du hast gesagt, ich sei eine Amerikanerin. Wenn das wahr ist, dann will ich auch einen Amerikaner heiraten.« In ihrem Blick schimmerte Liebe. »Ich will dich heiraten, Allenn!«

Er schloß sie in seine Arme. Das alte Verlangen überkam ihn, trieb ihm das Blut schneller durch die Adern und machte sein Herz erregt klopfen. Halb erstickt sagte er: »Erledige alles so schnell du kannst, Josui. Ich werde morgen mit den Vorbereitungen von meiner Seite beginnen. Ich muß mit meinem Oberst sprechen und um seine Hilfe bitten. Vielleicht können wir den Instanzenweg ein wenig abkürzen. Laß dich von deinem Vater nicht zurückhalten.«

»O nein, wenn Kobori Bescheid weiß, wird mein Vater kein Hindernis mehr sein.«

»Ich muß den Fünf-Uhr-Zug erwischen, Liebste. Ich bin ohne Urlaub weggefahren, obwohl sie mich vor morgen sicher nicht vermissen.«

»Schreibe mir, Allenn!«

»Und du schreibst mir, Liebste!«

»Ich kann nicht sehr gut Briefe schreiben, aber ich werde es eben tun, so gut ich kann.«

Widerstrebend trennten sie sich voneinander. Josui hatte Angst, der Vater könne vom Haus aus rufen, sie hätten lange genug miteinander geredet, und Allen fürchtete, den Zug zu versäumen. Ein langer Kuß vereinte sie, und dann ein zweiter.

»Du küßt bald wie eine richtige Amerikanerin, Josui.«

»Ja? Weißt du denn, wie sie küssen?«

»Du Dummes! Das weiß jeder, der ins Kino geht.«

»Aber im Kino werden solche Szenen herausgeschnitten, bevor der Film gezeigt wird.«

»Hier, aber nicht in Amerika. Schreib mir noch heute abend, ja, Josui?«

»Ich will's versuchen. Du auch, Allenn!«

»Sei nicht böse, wenn ich mit der Maschine schreibe, nein?«

»O nein!« Ihr Nein war langgezogen und erstarb wie ein Seufzer.

Sie gingen auseinander, und als Josui allein blieb, sah sie ihr Spiegelbild im Teich. Warum brachte die Liebe immer so viel Kummer mit sich? Sie liebte Allen zu sehr. Wie gut wäre es gewesen, hätte sie Kobori lieben können. Jedermann wäre glücklich gewesen. Hätte sie an jenem Morgen nicht unter den Glyzinien gestanden, als die Soldaten vorüberkamen, wäre sie Allen nie begegnet, und alles wäre noch im gewohnten Gleichklang. Ihre Eltern grämten sich wegen der Liebe, die sie selbst quälte und zugleich erregte. Und wer weiß, wie die Dinge sich bei seiner Familie in Virginia gestalten würden! Sie nahm sich vor, eine so ergebene Schwiegertochter zu sein, daß niemand etwas gegen sie haben konnte.

Erstaunt, daß ihr Vater sie noch nicht gerufen hatte, ging sie schließlich ins Haus zurück. Er war nirgends zu sehen, doch gleich darauf kam ihre Mutter aus dem Raum, in welchem der Vater schlief und in dem er über seinen Büchern zu sitzen pflegte. Die Wände dieses Zimmers wurden nie zurückgeschoben.

»Dein Vater fühlt sich wieder nicht wohl«, sagte die Mutter. »Der Tag war zu anstrengend für ihn. Sprich nicht mehr zu ihm heute. Wenn du sprechen mußt, so sprich zu mir.«

Mutter und Tochter standen sich zögernd gegenüber. Wie kann ich ihr noch mehr Schmerzen zufügen, dachte Josui. Liebe war eine schreckliche Triebkraft, die einen zu Grausamkeiten zwang. Sie hatte Grausamkeit immer gehaßt und war ein zärtliches Kind gewesen. Nun konnte sie nicht umhin, der Mutter, die nie anders als liebevoll zu ihr gewesen und deren ganzes Leben der Familie gewidmet war, weh zu tun. Die Tränen stiegen ihr in die Augen, und, nicht imstande, eine Silbe über die Lippen zu bringen, sah sie die Mutter stumm an.

Die Mutter unterbrach das Schweigen. »Du willst diesen Amerikaner heiraten, nicht wahr?«

»Ja, Mutter! Und dabei wünsche ich, daß ich ihn doch nie gesehen hätte. Dann hätte ich Kobori geheiratet und wäre glücklich geworden, weil ich ja nichts anderes gekannt hätte! Und mit der Zeit hätte ich ihn liebengelernt, wie du meinen Vater liebengelernt hast. Du hast doch Vater nie gesehen, bevor ihr geheiratet habt, nicht wahr?«

Die Mutter lächelte nicht. Ihr Gesicht behielt den stetigen Ausdruck der Geduld bei. »Das waren andere Zeiten, Kind. Mein Leben war sehr verschieden von deinem. Ich gehorchte einfach. Das war mir beschieden.«

»Aber du bist doch glücklich geworden!« rief Josui.

»Ja«, erwiderte die Mutter. »Aber mein Glück war leicht zu erreichen. Ich habe nicht so viel erwartet, wie mir zuteil geworden ist.«

Sie standen noch immer, und Josui legte die Hand auf der Mutter

Arm. »Verstehst du, was ich meine, Mutter, wenn ich sage: ich liebe ihn so, daß ich nicht anders kann?«

Die Mutter sah sie mit einem seltsam verhalten-traurigen Blick an. »Gestern hätte ich dich vielleicht nicht verstanden. Heute verstehe ich dich.«

Sie wandte den Kopf von der Tochter weg. Ihre blassen Lippen zitterten.

»O Mutter, weine nicht! Gräme dich nicht! Es liegt so lange zurück, und Vater hatte alles vergessen.«

»Nichts hatte er vergessen«, entgegnete die Mutter mit gepreßter Stimme.

»Sein verwundeter Stolz hat ihm das Erlebnis wieder ins Gedächtnis gerufen«, beharrte Josui. »Du weißt, wie stolz er ist.«

»Sein Stolz ist nicht verwundet worden«, antwortete die Mutter in der gleichen gepreßten Stimme. »Seine Liebe war es. Darum sehnte er sich auch von Amerika weg. Seine verwundete Liebe war daran schuld, jawohl. Er hat an Amerika gehangen, und als sie ihn wegwiesen, genauso wie die Amerikanerin ihn weggewiesen hatte, da regte sich seine verwundete Liebe wieder. Der Kern dazu hat seit jenen jungen Jahren in ihm gesteckt und ist dann immer gewachsen, bis er ihn aus dem Lande trieb.«

»Ach, Mutter! Mutter!« flüsterte Josui hilflos, im Verlangen, der Mutter Trost zu spenden.

»Es ist nur natürlich für dich, den Amerikaner zu lieben«, fuhr Frau Sakai fort. »Und wenn du ihn liebst, mußt du ihn heiraten und nicht Kobori. Du mußt tun, was dein Vater nicht tun konnte, und nach Amerika zurückgehen. Nur ich gehöre hierher nach Japan, nur ich. Und wenn ich kann, will ich dir helfen.«

Zum erstenmal in ihrem Leben umarmten sich Tochter und Mutter und klammerten sich weinend aneinander.

Am nächsten Morgen erhob sich Dr. Sakai erschöpft und unwirsch von seinem Lager. Seine Frau, die er nur als unterwürfiges, schlichtes Wesen kannte, hatte sich ihm in der Nacht von einer anderen Seite gezeigt. Sie stellte sich gegen ihn und ergriff für Josui Partei und machte ihm klar, daß er sich selbst die Schuld an dieser Fahnenflucht zuschreiben mußte. Auf völlig abwegige Weise verknüpfte sie zwei voneinander unabhängige Ereignisse miteinander und behauptete, weil er in seiner Jugend nicht die Amerikanerin, die er liebte, hatte heiraten können, müsse Josui nun ihren Amerikaner heiraten.

Mitten in der Nacht und stundenlang hatte er mit ihr diskutiert. »Glaube mir, Hariko, ich bin meinem Schicksal dankbar, daß es mich vor einer solchen Heirat bewahrt hat. Was wäre mit mir geschehen, als man die Japaner in Konzentrationslager steckte? Wahrscheinlich hätte ich doch Kinder gehabt. Wohin hätten diese Kinder sich wenden sollen? Hätte man sie auch ins Lager gesteckt? Hier nach Japan hätte ich Kinder aus einer Mischehe nicht bringen können. Du weißt, welche Gefühle man solchen Geschöpfen hierzulande entgegenbringt. Es wären Kinder ohne Heimat gewesen, Verbannte auf der ganzen Welt. Nein, ich bin froh, daß ich vor dieser Narrheit bewahrt geblieben bin. Und ich werde versuchen, auch meine Tochter davor zur retten.«

Seine Frau hatte darauf mit einem unerklärlichen Ausbruch geantwortet. »Und ich werde Kobori Matsui retten! Ich werde einen gütigen jungen Japaner davor bewahren, ein Mädchen zu heiraten, das in einen Amerikaner verliebt ist. Josui wird nicht Koboris Frau werden. Und wenn du es ihm nicht sagst, dann tue ich es selbst.«

Nie hätte er es für möglich gehalten, daß dieses ruhige Geschöpf, das so viele Jahre an seiner Seite lebte, einen solchen Geist des Aufruhrs und der Entschlossenheit aufbringen könnte. Und weil er sie von dieser Seite nicht kannte, hatte er Angst. Der düstere Hang seiner Rasse war ihm bekannt. Er bahnte einen leichten Übergang von der Verzweiflung zum Selbstmord. Dem Japaner stand eine breite, unschwer beschreitbare Brücke zwischen Leben und Tod offen. Es bedurfte keiner langen Überlegung für die kurze Reise. In ihrer verbohrten, engstirnigen Art hatte Hariko den Zweck seiner gestrigen Enthüllungen völlig mißverstanden. Sie maß der ganzen Sache eine andere Bedeutung bei als er, eine eigene und sehr weibliche Bedeutung, die ihr sicher nicht mehr auszureden war. Es war keineswegs ausgeschlossen, daß sie selbst Kobori oder Herrn Matsui aufsuchte, und wenn er es ihr verbot oder sie gar am Verlassen des Hauses zu hindern suchte, war sie imstande, aus Protest Selbstmord zu begehen.

Daher erhob er sich am Morgen stöhnend und kam zu der Überzeugung, daß er seine letzte Hoffnung auf die Tochter setzen mußte, die zumindest eine ausreichende Erziehung genossen hatte und intelligenter war.

Josui war nirgends zu finden. Es war spät, als Dr. Sakai sich erhob, bald Mittag, und Josui hatte das Haus — wie Yumi sagte — bereits um zehn Uhr verlassen. Die Magd tischte ihm das Essen in vielsagendem Schweigen auf. Sie wußte um die dunklen Wolken über dem Hause. Als er sich nach der Herrin erkundigte, die schon früh aufgestanden war, erwiderte Yumi, daß Frau Sakai mit der Zubereitung eines neuen Vorrates von Cho-Yu beschäftigt sei. Frau Sakai weigerte sich, die gebrauchsfertige Sojasauce zu kaufen, und zog es vor, diese unerläßliche Beigabe zu den Speisen auf die gleiche Weise zuzubereiten, die auf der elterlichen Farm angewendet worden war. Sie kaufte die beste Sorte Sojabohnen und ließ sie die lange Prozedur des Ausreifens und Gärens durchgehen. Bei der Arbeit wünschte sie nicht gestört zu werden. Unter den obwaltenden Umständen bot das Haus keine Entspannung, und Dr. Sakai beschloß daher, ins Spital an seine Arbeit zu gehen.

»Hat die junge Herrin gesagt, wohin sie geht?« fragte er die Magd, als sie ihm Hut und Stock reichte.

»Sie wollte ein paar Bücher im College holen.«

Es war eine Lüge. Josui war fortgegangen, ohne irgend jemandem über ihr Ziel Rechenschaft abzulegen. Beim Anblick des gelben Gesichtes ihres Herrn drängte es Yumi zu der wohltätigen Lüge. Dr. Sakai ging fort, ohne etwas zu erwidern.

Zur gleichen Zeit sprach Josui mit Kobori. Sie hatte nur wenig geschlafen, aber ruhig liegend die Stunden der Nacht verstreichen lassen, und am Morgen war ihr klargewesen, was sie tun mußte. Je eher sie mit Kobori sprach, desto besser. Vor allem wollte sie mit Kobori im reinen sein, bevor sie wieder vor den Vater trat. Es lag ihr daran, sagen zu können:

»Es ist erledigt, Vater. Unter den herrschenden Umständen will Kobori mich gar nicht heiraten. Es gibt kein Zurück mehr.«

Nach der Unterredung mit dem Vater wollte sie an Allen schreiben und ihm die gleichen Neuigkeiten mitteilen, natürlich in anderen Worten. Sie sei bereit, wollte sie ihm berichten, und er müsse ihr nur sagen, wohin sie kommen könne.

Nachdem sie sich all dies in Gedanken zurechtgelegt hatte, wurde sie ruhiger und schlief ein. Es war noch früh, als sie aufwachte. Sie erhob sich, wusch sich, zog sich an und wählte ein dunkelblaues Seidengewand, das ihr nicht besonders gut stand. Auch ihr Haar kämmte sie betont einfach, und sie schminkte sich weder die Lippen noch die Wangen. Sie aß das Frühstück, das Yumi ihr vorsetzte, und verließ das Haus, ohne auch nur die Mutter gesehen zu haben.

Kobori hatte ihr selbst erzählt, daß er erst spät in sein Büro zu kommen pflegte. Sie ging im Park spazieren und setzte sich dann ein Weilchen auf eine Bank an einem kleinen Teich. In manchen Beeten blühten bereits vorzeitige Chrysanthemen, und im Teich tummelten sich Goldfische. Die Luft enthielt eine neue Kühle; die Hitzewelle schien überwunden zu sein. Allein und umgeben von der unendlichen Stille, war es Josui, als könne sie das Anhalten des Wachstums in der Natur, das Erstarren der Erde und das Versinken in den Schlaf ringsum spüren. Ein Teil ihres eigenen Lebens war auch zum Abschluß gekommen, ihre Kindheit und ihre Jungmädchenzeit. Sie hatte als Frau ihre Wahl getroffen. Wäre sie von Natur aus ängstlich oder unsicher gewesen, hätte ihre augenblickliche Einsamkeit sie bedrückt oder erschreckt. Aber sie war weder ängstlich noch unsicher. Sie verfügte über ein Gefühl außerordentlicher Kraft und über die Zuversicht, mit allen Schwierigkeiten fertig werden zu können. Diese Zuversicht bestimmte sie dazu, Vertrauen zu hegen, nicht nur in sich selbst, sondern auch in jeden, den sie ihrer Zuneigung würdig fand, und dies war bei Allen der Fall. Die Welt stand im Begriff, sich zu ändern, und gemeinsam konnten sie ohne Furcht allem ins Auge sehen, was ihrer harren mochte.

Kurz vor Mittag erhob sie sich und begab sich in die Hauptstraße der Stadt, wo sich die Büros der Firma Matsui in einem modernen Gebäude befanden. Sie fuhr mit dem Fahrstuhl in den sechsten Stock und stieg im Vorraum der Büros aus. Ein nach westlicher Sitte gekleideter junger Japaner trat auf sie zu.

»Kann ich Ihnen behilflich sein?« fragte er englisch.

Sie antwortete in der gleichen Sprache. »Bitte sagen Sie Herrn Kobori Matsui, daß Fräulein Sakai ihn gern für ein paar Minuten sprechen möchte.«

Hätte sie japanisch gesprochen, wäre es fraglich gewesen, ob ihrem Ersuchen so schnell stattgegeben worden wäre. Der junge Mann machte sich sofort auf den Weg, und gleich darauf kam Kobori in einem sehr hübsch aussehenden, nach westlicher Mode geschnittenen grauen Flanellanzug auf sie zu. Er begrüßte sie mit dem angemessenen Ton herzlichen Willkommens. Sie verneigten sich voreinander, gaben sich aber nicht die Hand.

»Bitte komm näher«, bat Kobori.

»Du bist sicher sehr beschäftigt«, erwiderte Josui auf japanisch.

»Ich bin nie zu beschäftigt«, versetzte Kobori lächelnd. »Soll ich meine Sekretärin hereinrufen?«

Er stellte die Frage aus Rücksicht auf Josui, der es vielleicht unangenehm war, vor den anderen sein Büro allein zu betreten.

»Lieber nicht«, entgegnete Josui.

Er geleitete sie in sein Büro, ließ jedoch die Tür ein wenig offen.

»Setz dich.« Er schob ihr einen bequemen westlichen Sessel zurecht. Der Raum war groß und alle Möbel von schwerer Art. Bis auf ein Paar schöner Pergamentrollen hinter seinem Schreibtisch waren die weißen Wände leer.

Kobori setzte sich nicht hinter seinen Schreibtisch. Er zog sich einen gleichen Stuhl herbei, wie er ihn Josui zugeschoben hatte, und so saßen sie wie in einem Wohnzimmer. Sie hätten sich im Haus der Matsuis befinden können, wo es japanisch und westlich eingerichtete

Wohnzimmer gab. Als Josui dem jungen Mann gegenübersaß, kam es ihr bedrückend zum Bewußtsein, welch grausame Nachrichten sie überbringen mußte. Er sah sie an, ein großer, freundlicher Mann mit lächelndem Gesicht. Sie konnte in seinen Augen das Vertrauen lesen, das er in sie und ihre Zukunft setzte, und die Freude, die er an ihrer Gegenwart empfand. Man merkte es ihm an, daß er als der geliebte Sohn eines reichen Mannes und der zukünftige Erbe aller väterlichen Güter nie Enttäuschungen oder bitteren Erfahrungen ausgesetzt gewesen war. Wie schön und friedlich hätte doch alles sein können, wäre sie Allen niemals begegnet!

Josui wies sich selbst zurecht. Wie hätte es schön sein können? Der Höhepunkt des Lebens war die Liebe, und hätte sie einfach Kobori geheiratet, wäre ihr die Liebe unbekannt geblieben.

Ihre Ledertasche mit beiden Händen festhaltend, beugte sie sich vor und sagte: »Ich bin mit einer ungewöhnlichen und grausamen Absicht gekommen, Kobori. Es ist sehr schwierig.«

Kobori verharrte regungslos. »Du brauchst keine Angst vor mir zu haben, Josui.«

Ohne weitere Umschweife teilte sie den Schlag aus. »Ich kann dich nicht heiraten, Kobori.«

Er sah sie an, abwartend und weiter regungslos. Oh, dachte sie, es wird ihn entsetzlich treffen!

»Ich selbst trage die Schuld an allem«, setzte sie hastig hinzu. »Ich hätte nie das Heiratsversprechen abgeben dürfen. Ich wußte doch, was ich in meinem Herzen trug. Aber ich dachte, es wäre vorbei und erstorben. Und jetzt, ohne daß ich es erwartete und ohne daß ich auch nur das geringste dazu getan hätte, ist es wieder lebendig geworden.«

Kobori sprach verhalten und wählte seine Worte sorgfältig. »Könntest du dich bestimmter ausdrücken?«

Sie schaute auf ihre Tasche nieder. »Während des letzten Frühlings habe ich einen Amerikaner kennengelernt. Wir merkten bald, daß wir uns ineinander verliebt hatten, aber wir beschlossen, daß eine Trennung besser für uns sei, und er fuhr fort. Ich dachte, mit der Zeit würde ich das Erlebnis verwinden, aber gestern ist er unvermittelt zurückgekommen. Auch er konnte nicht dagegen ankämpfen. Es nützt nichts; wir sind beide nicht imstande, einander zu vergessen. Es wäre unrecht, wollte ich die Wahrheit vor dir verbergen.«

Er befeuchtete sich die trockenen Lippen mit der Zunge. »Ich danke dir für deine Offenheit.«

Josui wartete, daß er fortfahre, und zwang sich, nicht von ihrer Tasche aufzusehen. Doch schien er nichts mehr zu sagen zu haben.

»Wie nehmen deine Eltern es auf?« fragte er schließlich.

»Sie sind nicht damit einverstanden, aber meine Mutter versteht, daß ich tun muß, was ich tue. Mein Vater ist außer sich. Er ist erzürnt, weiß aber auch keinen Ausweg. Er haßt Amerika, das weißt du ja. Er findet es furchtbar, daß ich dorthin zurückkehren will.«

»Aber du hängst an Amerika«, meinte Kobori nachdenklich. »Ich habe nie daran gezweifelt. Ich hatte mir vorgenommen, gelegentlich mit dir Ferien dort zu verbringen. Wir arbeiten mit amerikanischen Firmen und werden sogar stärkere geschäftliche Beziehungen mit ihnen haben, wenn erst die Besatzungszeit vorbei ist. Ich hatte mir zurechtgelegt, daß wir ein paar Monate in Kalifornien bleiben.« Er beugte sich plötzlich vor und barg das Gesicht in den Händen.

»Es tut mir so leid«, murmelte Josui. »Entsetzlich leid.«

»Man kann es nicht ändern«, erwiderte Kobori, die Hände noch immer vor dem Gesicht. »Ich danke dir, daß du selbst gekommen bist, um mit mir zu reden. Ich muß mich natürlich ... ich muß mich erst an den Gedanken gewöhnen.«

»Ich hoffe, daß du jemand anders findest«, bemerkte Josui und wußte, während sie es sagte, daß es dumm war.

»Daran denke ich nicht«, erwiderte er. Er ließ die Hände sinken, und Josui war erleichtert, daß er nicht weinte, obgleich seine Augen sie voll trauriger Liebe betrachteten. »Wir werden uns wohl nicht mehr allein sehen, Josui.«

»Es wird leichter für uns sein, wenn wir es nicht tun«, entgegnete Josui.

»Dann sage ich dir lieber jetzt, was ich auf dem Herzen habe, wenn du gestattest.«

»Natürlich gestatte ich es«, erwiderte sie hastig.

Ihr war ein Stein vom Herzen gefallen, und sie brannte darauf, wegzukommen, doch ihn anzuhören war das wenigste, was sie für ihn tun konnte.

Er beugte sich vor, stützte die Ellbogen auf die Knie und sah sie eindringlich an. »Es ist schnell gesagt, Josui. Nur das: wenn du mich jemals brauchen solltest, aus irgendeinem Grunde, wende dich an mich. Laß deinen Stolz dich nicht daran hindern.«

»Oh, Kobori, ich werde so glücklich sein«, rief sie. »Aber es ist sehr, sehr gut von dir, mir das zu sagen.«

Er zwang sich zu einem Lächeln. »Halte den Weg offen, mehr verlange ich nicht.«

Angetrieben von ihrem Verlangen, fortzukommen, war Josui bereits aufgesprungen.

»Ich verspreche es dir, Kobori.« Es war ein verhängnisvolles Wort, und sie war sich dessen klar im Augenblick, in dem sie es aussprach.

Versprechen! Sie hatte ihr erstes ihm gegebenes Versprechen auch nicht gehalten. Doch sie streckte ihm ihre Hand entgegen, und zum erstenmal fühlte sie seinen Griff, warm und fest und ihre kleine Hand ganz umfassend.

Er schien auf einmal erschüttert. Tränen schimmerten in seinen Augen, aber er lächelte und verbeugte sich, und auch sie verbeugte sich, und damit war es vorüber.

Nachdem sie gegangen war, blieb Kobori für ein Weilchen in dem Sessel sitzen. Er ließ das Unglück wie eine Welle über sich wegfließen. Vor langer, langer Zeit hatte der Vater ihn gelehrt, wie er sich im Meer verhalten mußte. Zu jener Zeit hatten sie in einem Hause an den Ufern des Kyushu gelebt, und er hatte während des Sommers den größten Teil des Tages im Wasser verbracht. Der Vater lehrte ihn so zu schwimmen, daß er seine Kräfte nicht erschöpfte.

»Du kannst das Meer nicht bekämpfen«, hatte der Vater gesagt. »Das Meer ist unendlich wie die Ewigkeit und unwandelbar wie das Schicksal. Verglichen mit dem Meer ist ein Mensch weniger als ein kleiner Fisch. Lehne dich nicht auf gegen das Meer! Kämpfe nicht gegen die Fluten an! Gib nach und folge der Richtung der Wellen. Dann wirst du getragen werden. Das Meer selbst stützt dich.«

Diese Worte kamen Kobori nun in den Sinn. Was er vernommen hatte, schmetterte ihn nieder. Keine Sekunde hatte er an seiner Liebe zu Josui und den klaren Folgen seiner Gefühle gezweifelt. Er hatte nie ein anderes Mädchen geliebt. Wie die meisten Männer hatte auch er sich mit Freudenmädchen amüsiert, an den Festen teilgenommen, die die Männer einander gaben, mit hübschen Mädchen gelacht und ihrer Musik gelauscht. Aber zu seiner Frau hatte er nur Josui gewünscht. Dieser Traum würde nun nie in Erfüllung gehen. Einen Augenblick überkam ihn ein Gefühl des Schwindels, so als werde ihm der Sand unter den Füßen weggesaugt und als stürzten die Wellen über seinem Kopf zusammen. Er schloß die Augen, lehnte sich zurück und zwang sich zu völliger Passivität. Man mußte die Wellen des Schmerzes um sich toben lassen. Nur so ertrug man sie . . . nur so!

Nach fast einer Stunde stand er auf und schenkte sich eine Schale heißen Tee ein aus der warm umhüllten Kanne, die in der Nähe seines Schreibtisches auf einem Tischchen stand. Er nippte daran. Ihm war kalt, und er fühlte sich müde, als wäre er tatsächlich im Meer gewesen. Das Kältegefühl ließ sich nicht leicht vertreiben.

Doch nach einer weiteren halben Stunde raffte er sich auf, läutete nach seiner Sekretärin und begann, ihr die Morgenpost zu diktieren. Während er damit beschäftigt war, überlegte er, daß er am Abend, sofort nach dem Heimkommen, den Vater von der Wendung der Dinge in Kenntnis setzen mußte. Die Vorbereitungen zur Hochzeit mußten abgebrochen, die Einladungen widerrufen werden. Das Hochzeitsgeschenk, das er für Josui ausgewählt hatte, konnte dem Juwelier nicht mehr zurückgegeben werden. Dazu war es zu spät. Es waren Perlen, echte, rosig schimmernde Perlen von den Küsten Indiens.

»Mit Kobori habe ich bereits gesprochen«, sagte Josui.

Der Vater war erst gegen Mitternacht heimgekehrt, aber sie hatte auf ihn gewartet. Die Mutter wußte Bescheid. Die Hochzeitsgewänder, welche nun nicht gebraucht wurden, hatten sie weggelegt. Von welchen Gefühlen die Mutter bewegt wurde, konnte Josui nicht erkennen. Frau Sakai hatte der Tochter nicht erlaubt, die Gewänder zu berühren, sondern sie selbst sorgfältig zusammengefaltet und in eine Kommode aus Kampferholz gelegt. Der ganze Abend war über dieser Arbeit vergangen. Die Mutter hatte keine Frage gestellt, sich nicht einmal danach erkundigt, was Kobori gesagt hatte.

»Es ist sehr spät«, bemerkte Dr. Sakai, als Josui ihn um seine Aufmerksamkeit bat.

»Bevor ich dir nicht sage, was ich getan habe, kann ich nicht schlafen«, entgegnete Josui.

Dr. Sakai verbarg seine Müdigkeit und seine Verzweiflung vor der Tochter und setzte sich, während Josui vor ihm stehen blieb und erklärte, daß sie entschlossen war, den Amerikaner zu heiraten.

»Ich weiß nicht, wie ich diese Nachricht meinem Freund Takashi Matsui überbringen und wie er es seinem Sohn sagen soll«, war des Vaters Antwort gewesen.

Und so berichtete Josui weiter, daß Kobori bereits von ihrem Entschluß wußte, da sie selbst mit ihm gesprochen hatte.

»Du hast es ihm selbst gesagt?« fragte der Vater ungläubig. »Woher hast du den Mut genommen? Daran kannst du erkennen, wie sehr du dich gewandelt hast.«

»Kobori ist so gut, daß ich ihm gegenüber ruhig ehrlich sein konnte«, sagte Josui mit gesenktem Kopf.

»Er ist so gut! Er ist so gut!« äffte der Vater sie nach. »Aber er scheint nicht gut genug zu sein, dein Mann zu werden.«

»Er wäre hundertmal gut genug«, wandte Josui kühn ein, »aber ich liebe einen anderen Mann, und Kobori versteht das.«

»Das ändert nichts an der Schande.«

Dr. Sakai saß mit gerunzelten Brauen und finsterem Ausdruck da. Er war erschöpft, das sah Josui ihm an. Seine Haut war bleich, und die Augen lagen tief in ihren Höhlen. Plötzlich schlug er dreimal seine Hände zusammen.

»Dieser Amerikaner wird dich nie und nimmer heiraten!«

»Doch!« rief Josui.

»Wie kann er denn?« fragte der Vater. »In Amerika werden die Ehen stets in der Kirche geschlossen. Eine standesamtliche Trauung genügt nicht. Sie werden sich damit nicht zufriedengeben. Und wie sollen zu solch einer Hochzeit Gäste eingeladen werden? Wie kann sie gefeiert werden? Wer wird Zeuge sein? Und bei den Amerikanern müssen zwei Zeugen der Trauung beiwohnen.«

»Auf eine Feier und Gäste lege ich keinen Wert, Vater. Und was ist unsere Religion? Wir haben keine Kirche.«

»Ich bin Buddhist. Die Amerikaner haben ihre Priester und Götter, und wir haben die unseren. Die Trauungszeremonie müßte in einem buddhistischen Tempel vorgenommen werden, im Beisein der Priester und Götter.«

»Ich bin sicher, daß mein — daß er — damit einverstanden sein wird. Er ist willig, sich in allem deinen Wünschen unterzuordnen.«

»Abgesehen davon, dich in meinem Hause zu lassen«, versetzte Dr. Sakai bitter. »Daran denkt er gar nicht. Er hat sich in mein Haus gestohlen, meinen Schatz an sich genommen und weigert sich, ihn zurückzugeben. Was mehr soll ich von ihm wünschen?«

Ihr Kopf sank noch tiefer. Doch obwohl Dr. Sakai seine Tochter nicht aus den Augen ließ, nahm er kein Zeichen des Nachgebens wahr. Ihre vollen Lippen zitterten nicht. Er war es, der unvermittelt nachgab. Aufspringend und sie beiseite schiebend, daß die Bewegung sie fast wie ein Schlag traf, rief er: »Tu, was du willst. Geh nach Amerika. Aber wenn sie dich hinauswerfen, wie sie uns alle hinausgeworfen haben, dann komm nicht zu mir zurück!«

Sie hob den Kopf mit dem gleichen Ausdruck des Stolzes und des Zornes wie er. »Ich verspreche dir, daß ich nicht zu dir zurückkommen werde, Vater.«

In Tokio sprach Allen mit seinem Vorgesetzten. Die beiden Männer saßen allein im Büro des Obersten. Stöße von zu erledigenden Briefschaften lagen auf dem Schreibtisch, und der Oberst warf von Zeit zu Zeit einen verstohlenen Blick darauf. Unter dem niederschmetternden Eindruck dessen, was Allen Kennedy ihm erzählte, nahmen in seiner Vorstellung die Stöße von Papier immer größere Ausmaße an.

»Es ist Ihre Privatangelegenheit«, meinte der Oberst zögernd. »Aber ich muß gestehen, daß ich Sie stets besonders geschätzt habe. Sie haben mehr als nur den üblichen militärischen Verstand. Am militärischen Verstand ist nichts auszusetzen, aber die besten Männer sind doch die, die darüber hinaus etwas aufzuweisen haben. Meiner Meinung nach hätten Sie das Zeug dazu, in hohe Ränge aufzusteigen. Bis zu fünf Sternen – wenn Sie sich dementsprechend einsetzen. Mit einer Japanerin zur Frau kommt es natürlich nie dazu. Eine Frau ist sehr wichtig für die Karriere eines Mannes, wenn er ehrgeizig ist.«

»Ich weiß, daß Sie recht haben«, gestand Allen. Cynthia wäre die ideale Frau gewesen. Groß, gut aussehend, taktvoll, freundlich, von Natur aus einfach, ohne dumm zu sein. Aber er hatte sich nun einmal nicht in Cynthia verliebt, sondern in Josui.

»Können Sie die Sache nicht bequemer lösen?« beharrte der Oberst. »Die Japaner haben in diesen Dingen andere Ansichten als wir. Die Männer arrangieren sich das hier alle irgendwie. Die Japanerinnen erwarten gar nicht, geheiratet zu werden. Die Japaner heiraten die bestmögliche Partie. Mit Liebe hat das bei ihnen nichts zu tun.«

Der Oberst war ein erfahrener Mann. Er wußte, daß sexuelle Bedürfnisse, obgleich sie stets demselben Verlangen entspringen, auf die verschiedenartigste Weise befriedigt werden konnten. Das gut geschnittene, beinahe ein wenig zu viel Feinfühligkeit verratende Gesicht des jungen Mannes, der ihn aus entschlossenen Augen ansah, ließ auf eine seelische Veranlagung schließen, die es unmöglich machte, ihn mit dem Durchschnittssoldaten auf der Straße auf eine Stufe zu stellen. Das gleiche Verlangen wie in den anderen brannte auch in Männern seiner Gattung, doch es bedurfte des Zaubers einer zur Romantik neigenden Vorstellungskraft, um es zu löschen. Es war nicht der Trieb des Stieres, aber doch ein Trieb, der sich, weil er nicht nur körperlich, sondern auch seelisch und geistig verankert war, viel schwerer befriedigen ließ.

»Wäre ich einer von denen, die eine bequeme ›Lösung‹, wie Sie es nennen, finden, hätte dies große Vorteile. Aber leider bin ich nun einmal nicht so.«

»Die Menschen sind verschieden.« Der Oberst nickte. »Geben Sie mir ein paar Tage Zeit zum Überlegen.«

Dies bedeutete Entlassung aus der Unterredung. Allen verstand und erhob sich. »Soll ich –?«

»Sobald ich mir im klaren bin, lasse ich Sie rufen«, erwiderte der Oberst, schon mit seinen Papieren beschäftigt.

»Noch etwas, Sir.« Allen gab sich nicht so leicht zufrieden. »Wir sind beide entschlossen. Es ist nicht eine Sache des ›will ich‹ oder ›will ich nicht‹. Es geht nur darum, wie wir es anpacken müssen. Was muß ein Amerikaner tun, der eine Japanerin aus guter Familie heiraten will? Nur deswegen bin ich zu Ihnen gekommen, Sir.«

Der Oberst sah auf. »Überlassen Sie die Sache mir, Kennedy. Ich kann nicht einfach zusehen, wie mein bester Offizier einen solchen Schritt unternimmt. Ich muß mir die Angelegenheit durch den Kopf gehen lassen. Schauen Sie sich das an!« Er nahm einen Stoß Papiere auf. »Ich kann mich im Augenblick nicht damit beschäftigen.«

»Jawohl, Sir.« Allen ging hinaus.

Woran dem Oberst in Wirklichkeit lag, war nur, heimzugehen und mit seiner Frau über die Geschichte zu reden. Dafür konnte aber ein Unverheirateter kein Verständnis haben. Sobald Allen das Büro verlassen hatte, gab der Oberst nicht mehr vor zu arbeiten. Er rauchte mehrere Zigaretten, während er die Sache erwog, und dann rief er seine Frau an.

»Ich dachte, heute nachmittag spielst du Bridge?« erkundigte er sich.

»Nicht heute, morgen.«

»Ja? Ich glaube, ich komme frühzeitig heim zum Mittagessen. Ich habe gerade sehr unangenehme Neuigkeiten erfahren.«

Er verließ das Büro und bedauerte, am Morgen keinen Mantel mitgenommen zu haben. Die Luft war spritzig klar, und auf den Straßen boten schon überall Verkäufer frühe Chrysanthemen feil. Solche Blüten hatte er noch nie gesehen. Sie übertrafen selbst die vollen gelben Blütenbäusche, die er Edna in New Haven zu den Fußballspielen stets gekauft hatte. Sie hatte sich tadellos bewährt als Offiziersfrau. Sie wußte immer, was das richtige war und tat es auch. Die Frauen der Offiziere niedrigeren Ranges behandelte sie ohne Herablassung und denen, die auf eine höhere Stellung Anspruch hatten, begegnete sie mit dem angebrachten Grad von Respekt, ohne unterwürfig zu sein. Sie hatte auch Humor, obwohl — wofür man Gott danken konnte — sie in dieser Beziehung ebenfalls das Mittelmaß einhielt. Das militärische Leben nahm sie ernst, wie es sich für die Frau eines Obersten gehörte.

Daheim erwartete sie ihn, was ihn angenehm berührte. Sie trug ein nußbraunes Kostüm, das warm, aber nicht schwer wirkte. Sie hatte braune Augen und braunes Haar, und obwohl er sie im stillen verdächtigte, der Haarfarbe ein wenig nachzuhelfen, um die grauen Haare zu verheimlichen, wäre es ihm nie in den Sinn gekommen, ihren kleinen weiblichen Geheimnissen nachzuspionieren. Zum Glück war sie nicht prüde. Sie verstand die Männer. Aber sie legte Wert darauf, allein zu bleiben, wenn sie sich anzog oder instand setzte — wie er das zu nennen pflegte. Er lächelte sie an.

»Hübsch siehst du aus. Ist das Kostüm neu?«

»Lieber Himmel, nein! Mindestens zehn Jahre alt. Erinnerst du dich nicht mehr, daß ich's mir in London gekauft habe, als wir dort stationiert waren?«

»Ich weiß doch nie, was du kaufst«, erwiderte er. »Ist das Essen fertig?«

»Ich habe Cocktails vorbereitet.«

»Sehr gut.«

Während sie ihre Cocktails tranken in dem sonnigen, hellen Wohnzimmer des Hauses, das von einem japanischen Millionär beschlagnahmt worden war, vermittelte er ihr die unglückseligen Neuigkeiten.

»Kennedy hat sich mit einem japanischen Mädchen aus guter Familie eingelassen«, hub er plötzlich an. »Er will sie heiraten.«

»Aber Robert!«, rief sie vorwurfsvoll, als sei es sein Fehler.

»Ich weiß, meine Liebe. Aber was kann man tun? Ich habe ihm all das gesagt, was du denkst.«

»Kann er es denn nicht – vorübergehend machen?«

»Das habe ich ihm auch vorgeschlagen.«

»Und?«

Der Oberst ließ ein leichtes Schmatzgeräusch hören nach einem Schluck seines Cocktails und trocknete sich dann die Schnurrbartspitzen an der kleinen Serviette. »Ich glaube nicht, daß Kennedy zu prüde für eine solche Lösung ist. Es scheint ihm nicht um moralische Rücksichten zu gehen.«

»Worum denn sonst?«

»Er ist überzüchtet. Verstehst du, was ich meine? Er ist nicht imstande, sich mit einer Frau einzulassen und es dabei bewenden zu lassen. Die Sorte Frauen, die man damit abspeisen kann, sagt ihm nichts. Die Sorte, die auf ihn wirkt, erwartet ein anderes Verhalten.«

»Ach, er ist romantisch!« rief sie aus.

»Möglich. Wie du's nennen willst«, stimmte der Oberst zu. »Ich habe Männer gekannt, die ohne romantische Gefühlsduselei mit keiner Frau schlafen konnten. Es ist eine Plage, und das ist gelinde ausgedrückt. Leute solchen Schlages sind keine Realisten. Du kannst dich nicht auf sie verlassen. Ich ziehe einen Burschen vor, der brav Schlange steht, bis er dran kommt, dann seine paar Dollar zahlt und sich ohne Federlesens wieder an seine Arbeit macht.«

Sie war eine erstaunlich bequeme Frau. Man konnte so zu ihr reden, und sie war nicht im mindesten vor den Kopf gestoßen. Sie wußte, was man meinte. Und weil sie sich bei Männern auskannte, sah sie die Dinge, wie sie waren und ohne weibliche Verblendung.

»Trink nicht mehr als zwei, Robert«, warnte sie ihn, als er sein Glas neu füllte. »Du weißt, daß es dir mittags zu Kopf steigt.«

»Ja, der Teufel soll's holen«, erwiderte er finster. Seine Frau verstand sich auf das Mixen von Getränken. Das süße Zeug mochte er nicht. Ihre Cocktails waren scharf und eher säuerlich. »Na?« machte er fragend.

»Laß mich nachdenken.« Sie trank sehr wenig, weigerte sich aber nie, ihm Gesellschaft zu leisten. Obwohl sie selten Begeisterung zeigte, war sie doch keine Spielverderberin. Für überschwengliche Begeisterung war sie zu vernünftig.

»Warum verschaffst du ihm nicht einen Urlaub?« sagte sie nach ein paar Minuten.

»Jetzt? Wo es in Korea so bedrohlich aussieht.«

»Verfrachte ihn heim. Verfrachte ihn in die Atmosphäre von zu Hause. Er lebt doch in Virginia, nicht? Erinnerst du dich noch an die Bilder von dem großen weißen Haus mit den Säulen, die er uns gezeigt hat? Sieh zu, daß er nach Hause fährt, und zwar schleunigst. Arrangiere einen Urlaub für ihn, Bob. Daheim wird er schon ein Mädchen finden und die Japanerin vergessen. Meiner Meinung nach hat er zu lange keine Frau gehabt, das ist des Pudels Kern. Mit Gewissen und romantischen Vorstellungen ist es nur halb so schlimm.«

Ihre braunen Augen zwinkerten ihm zu, und sie lachten beide. Manchmal amüsierten sie sich ungeniert zusammen über einen unanständigen Witz, weil ein jeder von der inneren Anständigkeit des anderen überzeugt war.

»Kluges Kind«, sagte er anerkennend. Der Alkohol hatte ihn erwärmt; der Sonnenschein in dem geräumigen Zimmer, die allgemeine Bequemlichkeit, das Gefühl der Sicherheit und das Bewußtsein, das Leben gemeistert su haben, erfüllten ihn mit wohliger Zufriedenheit. Er streckte den Arm nach ihrem Nacken aus, zog sie an sich und gab ihr einen festen Kuß. »Du bist doch die beste Frau in der Welt«, murmelte er dicht an ihren bereitwilligen Lippen.

Obwohl er entsetzlich müde war, ging Kobori doch nicht früher heim. Trotz seines fleischigen Körpers war er ein kräftiger, gesunder Mann, der nicht physisch, sondern eher seelisch leicht an Erschöpfung litt. Soweit er eine Religion hatte, war es die, daß die Atmosphäre von Glück und Zufriedenheit erfüllt sein mußte. Dies war in seinen Augen die Pflicht des Sohnes den Eltern gegenüber, die ihm als dem einzigen noch lebenden Kind auferlegt war. Er bewunderte seinen Vater mehr denn irgendeinen anderen Menschen, weil er wußte, wieviel der alte Matsui durch das Festhalten an seinen Prinzipien geopfert hatte. Fast als einziger unter den Handelsfürsten Japans hatte er vor dem Krieg laut seiner Meinung Ausdruck gegeben, daß die Politik der Militaristen, die die Regierung beherrschten, falsch war.

»Wir können ein Kaiserreich nicht durch Gewalt an der Macht halten«, hatte Takashi Matsui erklärt, als man ihn vor ein Komitee des Diet zitierte.

»England hat es getan«, widersprach ein General.

»Die Zeiten haben sich geändert«, rief Herr Matsui dem General ins Gedächtnis. »Man kann das Indien von vor dreihundert Jahren nicht mit dem China von heute vergleichen. Die Chinesen werden sich eine Unterjochung durch Japan nicht gefallen lassen. Sie sind kein Volk von Untergebenen.«

»Wenn wir nicht an unserer Politik des Imperialismus festhalten, laufen wir Gefahr, selbst der Kolonisation zu verfallen«, erklärte der General. »Glauben Sie ja nicht, daß der Westen die Vorstellung eines Imperiums aufgegeben hat. Die Vereinigten Staaten sind erst dabei, an die Macht zu gelangen, und die Amerikaner träumen von einem Imperium.«

»Sie träumen vom Handel«, versetzte Herr Matsui dickköpfig.

»Handel! Handel!« erwiderte der General heftig. »Jedes Imperium kriecht aus der Wiege des Handels. Die Engländer sind nur aus Handelsgründen nach Indien gegangen, aber das Resultat war ein dreihundertjähriges Imperium. Wenn wir uns Asien nicht sichern, werden uns die Amerikaner zuvorkommen.«

»Wir dürfen nie vergessen, daß wir heute auch noch mit Rußland zu rechnen haben«, wandte Herr Matsui ein. »Von den Russen droht weit mehr Gefahr als von den Amerikanern.«

Der General brüllte seine Antwort so, daß seine Stimme durch den großen Saal schallte. »Wir werden beide einen nach dem andern überwinden, wenn Sie nichts dagegen haben.«

Takashi verließ die Herren nicht direkt in Ungnade, denn dazu war er zu reich und seine Familie zu alt und angesehen. Er zog es jedoch vor, sich vorsorglich ein wenig von der Öffentlichkeit zurückzuziehen. Die Interessen der Matsuis wurden übersehen, und erst seit Japan besetzt war, war das Netz der Beziehungen wieder geknüpft worden Mittlerweile war Koboris ältester Bruder tot und sein zweiter Bruder irgendwo in Rußland verschollen. Angesichts des großen Kummers seiner Eltern machte Kobori es sich zur vornehmsten Pflicht, ihnen Trost zu spenden, und er hatte herausgefunden, daß er dies am besten erreichte, indem er sich immer glücklich und guter Dinge vor ihnen gebärdete. Nie hatte er ihnen gegenüber irgendeiner Enttäuschung Ausdruck gegeben, und durch die unablässige Selbstbeherrschung hatte er sich zu einem reifen und überlegenen Mann entwickelt.

Sein erster Gedanke galt daher jetzt, als er heimwärts schritt, dem Vater, und wie er ihm den Schlag, der ihn selbst getroffen hatte, so schildern konnte, daß er weniger niederschmetternd wirkte. Seine Mutter würde jede Regung des Vaters teilen. Sie war eine Frau von altem japanischem Schlag, so lange und auf so sanft-beharrliche Weise unterdrückt im eigenen Denken, daß sie nur noch ein Schatten des Vaters war, nicht mehr ein Wesen für sich.

Der Abend war klar und kühl, und die Straßen waren von den Chrysanthemenkörben der Blumenverkäufer eingesäumt. Kobori überflog die ausgestellten Blumen, ob sich etwa eine Art darunter befand, die der Vater noch nicht hatte. Er erblickte schließlich eine perlengleich schimmernde blaß-rosa Sorte, deren Blätter sich über eine goldgelbe Mitte neigten. Er hielt inne, um den Topf zu erstehen, und ließ ihn sich in altes Zeitungspapier einpacken. Sorgfältig trug er ihn die kurze Entfernung zum Tor des elterlichen Hauses. Vor der Besetzung wäre es keinem Mann in den Sinn gekommen, einen solchermaßen eingewickelten Blumentopf selbst durch die Straßen zu tragen, doch jetzt wurde es als ein Beweis demokratischer Denkweise betrachtet.

Der Vater würde sich über die neuartige Chrysantheme freuen. Überdies bot das Geschenk eine Einführung, der etwas später oder auch gleich die schlimme Nachricht folgen konnte. Kobori nahm sich vor, den geeigneten Augenblick abzuwarten, aber er hoffte, daß er sich bald zeigen möge, denn es würde ihm leichter fallen, seine Beherrschung aufrechtzuerhalten, wenn der Vater unterrichtet war. Er mußte dem alten Mann glaubwürdig versichern, daß es ihm weniger ausmachte, als sich erwarten ließ, und daß es ganz sicher nicht zu seinem Besten gewesen wäre, eine widerspenstige Frau zu bekommen.

Wie üblich zu dieser Tageszeit spazierte sein Vater im Garten umher. Wie die meisten Gartenliebhaber war er nie imstande, die Schönheit eines Gartens vorbehaltlos zu bewundern, weil sein übereifriges Auge stets einen Makel erblickte, mochte er auch zu gering sein, von einem Fremden bemerkt zu werden.

Kobori traf den Vater an, wie er sich mit gekräuselten Lippen über ein Beet mit herrlichen roten und goldenen Chrysanthemen beugte.

»Diese Blüten sind nicht so schön wie letztes Jahr, Kobori!« rief er dem Sohn entgegen.

Kobori verneigte sich. »Ich will sie mir ansehen. Aber sage mir erst, Vater, ob wir diese volle rosa Sorte haben. Ich kann mich nicht erinnern, sie schon gesehen zu haben.«

Herr Matsui streckte seine Hände voller Eifer aus. Die zwei ihm entgegenstrebenden Hände versetzten Kobori einen Schock. Sie waren so dünn, daß jeder Knochen durch die Haut schimmerte. So mager war sein Vater! Er sah zu dem geliebten Gesicht auf und entdeckte die gleiche Magerkeit. Herr Matsui trug wie gewohnt japanische Kleidung, und sein Hals war frei. Kobori sah die tiefen Höhlen am Schlüsselbein und die eingesunkenen Schläfen. Er war größer als der Vater; gesünder und kräftiger, als der alte Mann es je gewesen war. In seiner Liebe zu dem Greis versetzte Kobori sich fast in die Lage Takashi Matsuis. Er zwang sich zu einem Lachen.

»Ich habe wirklich eine neue Chrysanthemenart für dich aufgestöbert.«

Das dürre braune Gesicht des alten Mannes verzog sich zu unzähligen kleinen Runzeln und Fältchen. »Das hätte ich nicht für möglich gehalten.« Die Matsui-Chrysanthemen waren berühmt.

Gemeinsam beugten sie sich über die neue Blume und vertieften sich in ihre zarte Schönheit.

»Wohin wollen wir sie pflanzen?« fragte Herr Matsui eifrig. »Auf keinen Fall hier zu den roten und goldenen. Deiner Mutter wird diese neue Art gefallen. Die Blume sieht ihr ähnlich. Wir wollen sie hierher pflanzen, wo sie von ihrem Fenster aus darauf blicken kann.«

Behutsam setzte er den Topf inmitten eines anderen Beetes nieder und erhob sich dann, den Erdstaub von den Händen reibend. Es war ein so ausgewogener, glücklicher Augenblick, daß Kobori sich die Gelegenheit zunutze machte.

»Ich bin froh, daß ich gerade heute diese Chrysantheme für dich gefunden habe, Vater. Es erleichtert mir die Aufgabe, dir etwas Unangenehmes mitzuteilen. Meine Heirat wird nicht stattfinden.«

»Was sagst du?« Herr Matsui wandte sich überrascht um.

»Fräulein Sakai hat beschlossen, mich nicht zu heiraten«, erwiderte Kobori ruhig.

Herr Matsui blinzelte ungläubig. Er konnte nicht sogleich sprechen. Kobori nützte die Überraschung des Vaters aus. »Du mußt dir keine Sorgen machen, Vater. Irgendwie habe ich gefühlt, daß aus der Heirat nichts werden würde. Ich glaube, Dr. Sakai hat aus Bewunderung für dich seine Tochter zu sehr zu überreden versucht. Du weißt, wie er zu dir aufsieht. Für ihn wird es ein schlimmer Schlag sein. Wir müssen versuchen, es ihm zu erleichtern. Ich bin Fräulein Sakai dankbar dafür, daß sie es mir beizeiten gesagt hat.«

»Hat sie selbst . . .« stammelte der Vater.

»Ja«, entgegnete Kobori mit unverändert ruhiger Stimme. »Sie ist sehr amerikanisch in ihrer Art, weißt du. Sie kam in mein Büro und hat mir offen ihre Gefühle geschildert. Sie zieht es vor, einen Amerikaner zu heiraten.«

»Ist ein bestimmter Amerikaner da?«

»Es scheint so«, antwortete Kobori. »Wie die Dinge also liegen, scheint es mir so am besten zu sein.«

Herr Matsui hatte mittlerweile den ersten Schreck überwunden und wurde ärgerlich. »Ganz sicher ist es so am besten. Ein junges Mädchen, das sich so benimmt, paßt nicht in unsere ehrwürdige Familie. Aber du, mein Sohn: wie steht es mit dir?«

Kobori lächelte. »Du siehst ja, daß ich nicht unglücklich bin.«

Herr Matsui umspannte des Sohnes Arm und fühlte voller Genugtuung die kräftigen Muskeln unter dem grauen Stoff. »Wie peinlich für dich, daß Fräulein Sakai selbst zu dir kam.«

»Keine Spur«, wehrte Kobori leichthin ab. »Ihre Offenheit gefiel mir. Es war etwas Neues. Josui ist ein intelligentes Geschöpf. In Amerika wird sie glücklicher sein als hier. Sie hat schließlich die ersten fünfzehn Jahre ihres Lebens in Kalifornien verbracht, und sie wird nach dieser Jugend nie völlig japanisch empfinden können. Ihr Vater aber ist zu bedauern. Er ist ein hervorragender Mann, der sehr leidet, denn meiner Meinung nach hat er ein Land verloren und kann sein Leben nicht mehr voll in einem anderen leben.«

Arm in Arm gingen sie langsam dem Hause zu.

»Wie sagen wir es deiner Mutter nur«, murmelte Herr Matsui.

»Nicht sofort«, meinte Kobori. »Essen wir erst wie allabendlich, und nachher, wenn du dich für die Nacht zurückziehst, kannst du vielleicht mit ihr sprechen. Morgen wollen wir beraten, wie wir uns Dr. Sakai gegenüber verhalten müssen. Wir dürfen nichts überhasten und müssen ihm Zeit lassen, über die Enttäuschung hinwegzukommen und sich innerlich wieder zu wappnen. Wir müssen abwarten, bis er sein Gleichgewicht zurückgefunden hat, damit unsere Begegnung mit ihm angemessen verläuft.«

Herr Matsui lehnte sich schwer auf Koboris Arm. »Ich denke nur an dich, mein Sohn. Solange du dich nicht grämst . . .«

»Ich gräme mich nicht«, versicherte Kobori und sah lächelnd auf des Vaters Gesicht nieder.

So klar blickten seine braunen Augen, und so aufrichtig klang seine sanfte Stimme, daß Herr Matsui ihm glaubte.

»Und deshalb, mein Lieber, haben Sie ab nächsten Donnerstag Urlaub«, sagte der Oberst. »Sie können ihn ausdehnen, solange Sie wollen, innerhalb vernünftiger Grenzen natürlich.«

Allen verzog den Mund zu einem Grinsen. »Dieser plötzliche Urlaub hat seine Gründe, Sir. Glauben Sie nicht, daß ich mich dadurch zum Narren halten lasse.«

Der Oberst sah nicht auf von den Briefen, die er unterschrieb. Er fühlte sich in guter Verfassung an diesem Morgen und sprach sachlich und selbstsicher.

»Wer will Sie zum Narren halten?« fragte er. »Mir ist es gleichgültig, ob Sie zum Narren gehalten sind oder nicht. Ich will, daß Sie heimfahren und nachdenken. Gehen Sie nach Hause, atmen Sie die heimatliche Luft, freuen Sie sich mit Ihrer Familie und sehen Sie sich die Mädchen an.«

»Das wird nichts an den Dingen ändern, Sir.«

»Vielleicht doch«, versetzte der Oberst. »Und wenn es nicht der Fall sein sollte, dann kommen Sie gar nicht erst zurück.«

Die letzte Bemerkung entsprang dem plötzlich aufwallenden Zorn über die Starrköpfigkeit des jungen Offiziers. Er hatte Kennedy oft mit Rat beigestanden, den jungen Menschen gern gemocht und ihm viel Zeit und Aufmerksamkeit geschenkt. Die Wut packte ihn bei dem Gedanken, daß dieser ganze Aufwand nun wegen eines japanischen Mädchens verschwendet sein sollte. Wenn Allen unbedingt auf hoher Stufe bei seiner Wahl bleiben wollte – er hatte nichts dagegen. Aber gab es nicht genügend Amerikanerinnen, die seinen Ansprüchen genügten? Der Oberst hielt nichts von Rassenmischungen. Es gab schon Tausende von halbblütigen amerikanisch-japanischen Kindern, Tausende von halbblütigen amerikanisch-chinesischen Kindern, so wie es in Indien von halbblütigen indisch-englischen Kindern wimmelte. Das war nun einmal eine der verfluchten Folgen eines jeden Krieges, und auch die oberste Heeresleitung stand dieser Tatsache machtlos gegenüber. Während die leitenden Persönlichkeiten alles daransetzten, Amerika den Amerikanern zu sichern, unterminierten die Soldaten selbst den Plan. Sogar Kennedy! Befriedigtes Triebleben ließ sich verstehen, wenn Männer gezwungen waren, in fremden Ländern zu leben, aber Heirat?

»Vielen Dank, Sir«, sagte Allen förmlich.

»Sie werden schon zurückkommen«, schnauzte der Oberst.

Allen ging. Drei Tage! Was ließ sich in drei Tagen machen? Die Wut würgte ihn wegen der Falle, die der Oberst ihm gestellt hatte und in die er gezwungenermaßen treten mußte. Wahrscheinlich war hinüber und herüber über den Pazifischen Ozean telefoniert worden. Wer war wohl auf die Idee gekommen? Die Frau Oberst natürlich! Nur eine Frau war imstande, so etwas Hinterhältiges auszubrüten. Vergangenen Frühling wäre er vor Freude, heimfahren zu können, in die Luft gesprungen. Jetzt sehnte er sich nur danach, in Japan zu bleiben, für immer, wenn es die einzige Möglichkeit war, mit Josui zusammen zu sein. Seine eigene Treulosigkeit den Seinen gegenüber erschütterte ihn, denn in diesem Augenblick wäre er bereit gewesen, einen Eid abzulegen, nie mehr nach Amerika zu fahren und nie mehr seine Eltern wiederzusehen, hätte er sich damit die Sicherheit verschaffen können, den Rest seines Lebens mit Josui zu verbringen. Es war nicht nur die Liebe, die ihn zu solcher Gefühlsrebellion anstachelte. Nie in seinem Leben war er so unterdrückt und an der Erfüllung seiner Wünsche gehindert worden. Nur sehr wenig war ihm verboten worden. Ein jeder hatte sich gehütet, das einzige Kind zu enttäuschen, und er war nicht bereit, jetzt stillschweigend den Schlag hinzunehmen. Er hatte immer bekommen, was er sich wünschte.

Drei Tage!

»Packen Sie Ihre Siebensachen«, hatte der Oberst gesagt. »Ich verlange nichts von Ihnen, aber ich gebe Ihnen den guten Rat, wegzufahren, ohne das Mädchen nochmals zu sehen.«

Das würde er auf gar keinen Fall tun. Den ersten Zug, der nach Kyoto fuhr, wollte er nehmen. Heimfahren mußte er. Den Urlaub abzulehnen, wäre Insubordination in einem Grade gleichgekommen, den er besser nicht auf sich nahm. Irgendwie mußte er Josui klarmachen, daß er wiederkommen würde. Wenn nur der japanische Nebenbuhler nicht so nahe, so machtvoll und jederzeit zugänglich gewesen wäre! Die Frage war, ob Josui stark genug sein würde, um zu warten.

Der Zweifel nagte so furchtbar an ihm, daß er es kaum mehr ertrug. Er würde nicht imstande sein, den Aufenthalt daheim zu genießen, solange er nicht Josuis sicher war, und der einzige Weg, ihrer sicher zu sein, war eine Heirat. Sie mußten gleich heiraten, so schnell sich dies bewerkstelligen ließ. Aber wie? Es dauerte Ewigkeiten, bis man die Erlaubnis bekam, und vermutlich hatte der Oberst alle Wege dazu längst versperrt. Wie heirateten die Japaner? Oder ob er sie überreden konnte –

Er telegrafierte Josui, daß er mit dem Nachmittagszug des nächsten Tages in Kyoto sein würde. Heute war es für den Morgenzug zu spät. Er wollte packen, sich für die Abreise bereitmachen und jeden verfügbaren Augenblick mit ihr verbringen. Oh, er wollte mit Engelszungen auf sie einreden, wollte die Geliebte an sich drücken, umschmeicheln und ihr so viel Liebe bezeigen, bis sie nicht mehr die Kraft aufbrachte, ihm zu widerstehen, und sie mit oder ohne Heirat zu seiner Frau machen. War ihre Liebe durch den Vollzug der ehelichen Gemeinschaft besiegelt, konnte er freieren Herzens heimfahren und so schnell wie möglich zu ihr zurückkehren.

Noch eine Möglichkeit gab es! Seine Gedanken jagten einander, während er heimwärts schritt. Er konnte sich versetzen lassen und vielleicht eine Bürostelle im Pentagon in Washington, dem Hauptquartier, bekommen. Er hatte viele Jahre der Erfahrung aufzuweisen, auf den Inseln des Pazifischen Ozeans, in Japan, in Korea und nun abermals in Japan. Sicher konnte er sich nützlich machen. Dann konnte Josui ihm nachkommen. Sie war durch ihre Geburt amerikanische Staatsbürgerin, und ihrer Einreise konnte kein Stein in den Weg gelegt werden.

Er schöpfte neuen Mut. Vielleicht war es letzten Endes von gutem, trotz der Hintergedanken des Obersten. Es würde einiger Zeit bedürfen, um seine Familie zu überzeugen. Wer konnte wissen, was für verschrobene Ideen sie über die Japaner hatten? Er war froh, daß er sich in seinen Briefen der Mühe unterzogen hatte, seiner Mutter die japanischen Landschaften, die amüsanten Erlebnisse und das angenehme Leben des Landes zu schildern. Ließ sich alles zur Zufriedenheit einrichten, wäre er gern hiergeblieben. Es war ein angenehmes Land, in dem es sich gut leben ließ und dessen Bevölkerung liebenswürdig und freundlich war. Ja, er hatte mit der Zeit diese Erkenntnis gewonnen. Es war seltsam, daß man manchmal des Nachts erwachte, gequält von einem bedrückenden Traum, einem Alpdruck aus dem Dschungel, wo das Grauen lauerte und einem jeden tatsächlich von einer Minute zur anderen an die Gurgel springen konnte und wo die Verkörperung dieses Grauens ein nackter, durch die grüne Schattenbemalung beinahe unsichtbarer Japaner war, der einen aus wenigen Metern Abstand plötzlich überfiel. In jenen Tagen hatte er sich daran gewöhnt, nur in einen Halbschlaf zu verfallen, die Sinne angespannt lassend, um den Feind zu fühlen und zu hören. Einmal war er aufgesprungen und hatte den Dolch mit der kurzen Klinge in einen feisten japanischen Körper gestoßen. Er härtete sich nie dagegen ab. Er konnte nicht töten. Der Alpdruck blieb fortan der Augenblick, in dem die Klinge das weiche Fleisch unter der Haut durchbohrte. Die Haut bot Widerstand, aber dann –

Er betrat unvermittelt ein Telegrafenbüro und verfaßte eine Botschaft an Josui. *Ankomme morgen nachmittag bin heimbeordert worden.* Er hielt inne. Die Mitteilung würde sie sicher erschrecken, und das mußte verhindert werden. Er biß auf dem Bleistift herum und fügte dann hinzu: *Dein bis zum Tode Allen.*

Das Telegramm traf spät am Abend ein. Dr. Sakai nahm es von dem Boten in Empfang und las es, bevor er es Josui reichte. Sie hatte die Glocke läuten hören, den Boten erblickt und vermutete, daß die Nachricht ihr galt. Einspruch zu erheben, weil der Vater das Telegramm zuerst las, wäre ihr nie in den Sinn gekommen. Früher oder später hätte sie es ihm doch zeigen müssen. Er gab ihr das Formular, ohne ein Wort hinzuzufügen, aber sein Gesicht erhellte sich.

Sie las die Nachricht langsam zweimal und entnahm daraus genau das, was Allen ihr hatte mitteilen wollen. Ihretwegen schickte man ihn heim. Als Offizier war er wertvoll. Er mußte dem Befehl folgen, aber er wollte ihr klarmachen, daß er entschlossen war, sie zu heiraten.

Aber wie ließ sich das bewerkstelligen? Ihr beweglicher Geist versuchte, die Faktoren gegeneinander abzuwägen.

»Wir müssen unverzüglich heiraten«, sagte sie zu ihrem Vater.

»Das verbiete ich«, erwiderte er mit lauter Stimme. »Laß ihn heimfahren. Wir wollen abwarten, ob er zurückkehrt.«

»Wenn wir nicht heiraten können, gehe ich so mit ihm«, erklärte Josui.

»Dann werde ich dich in dein Zimmer sperren«, donnerte Dr. Sakai.

Sie lachte ihn aus, und Dr. Sakai war erschüttert, ein solches Lachen von seiner Tochter zu hören. Ihr hübsches Gesicht wurde plötzlich spöttisch und hart. Sie warf dem Vater einen schrägen Blick zu und sagte mit niedergezogenen Mundwinkeln: »Glaubst du, er wird tatenlos zusehen, wie du mich einsperrst? Er wird das Haus niederreißen. Hast du nicht selbst gesehen, wie Amerikaner dreinfahren können? Man stellt sich ihnen besser nicht in den Weg. Vergiß nicht, daß sie uns besiegt haben.«

»Wenn du das tust, will ich dich nicht mehr sehen.«

»Ich gehe mit ihm!« wiederholte Josui.

Die Mutter hörte die erregten Stimmen und kam hastig herbeigelaufen. Yumi trat ihr im Korridor entgegen und deutete mit dem Daumen auf die Eingangstür. »Die Leute auf der Straße!« flüsterte sie beschwörend.

»Josui! Josui!« rief Frau Sakai aufgeregt. »Dein Vater! Wie kannst du dich nur so benehmen!« Sie stellte sich zwischen die beiden, ihren Mann mit einer Hand wegstoßend, die Tochter mit der anderen. Sie schenkten ihrem Gehaben nicht die geringste Aufmerksamkeit und maßen sich weiter mit wütenden Blicken.

»Eine von Gott gesandte Möglichkeit, diesen Fremden zu prüfen«, tobte Dr. Sakai. »Aber dieses schamlose Geschöpf besteht darauf, ihn zu heiraten, bevor er fortfährt, damit er ihr nicht entwischen kann. Ich fange an zu glauben, daß nicht er, sondern sie der schlechte treibende Teil ist. Sie postiert sich unterm Tor, um sich anstarren zu lassen. Sie trifft sich heimlich mit einem Fremden — ich muß mich für das schamlose Benehmen meiner Tochter entschuldigen.«

Er hob sein Gesicht zur Decke und streckte beide Arme beschwörend aus.

Frau Sakai wandte sich an Josui. »Du kannst nicht Hals über Kopf heiraten. Dazu gehört Zeit. Er muß erst seine Erlaubnis bekommen.«

»Ich gehe mit ihm«, wiederholte Josui beharrlich.

Sie sah von der Mutter zum Vater und erkannte plötzlich, daß sie sich gegen sie verbündet hatten. Es war etwas Neues, das sich nicht mehr ereignet hatte, seitdem Kensan in Italien gefallen und sie als einziges Kind zurückgeblieben war.

»Ich tue, was ich für richtig halte«, rief sie aufsässig und rannte durch das Haus in ihr eigenes Zimmer.

Allein geblieben, sahen sich die Eltern bekümmert an.

»Was sollen wir nur tun?« fragte Dr. Sakai in ungewohnter Demut.

»Sie ist so dickköpfig«, bemerkte Frau Sakai bedrückt. »Sie ist in Amerika aufgewachsen. Das darfst du nicht vergessen. Man kann sie nicht mehr ändern.«

»Ich werde zum Tempel gehen und mit dem buddhistischen Priester, dem Hosshu, sprechen«, erklärte Dr. Sakai mit derselben bedrückten Miene. »Wir müssen sie verheiraten.«

Allen Kennedy setzte die Messingglocke an der Tür in Bewegung. Er fürchtete die ihm bevorstehende Stunde, aber er war zu allem entschlossen. Falls Dr. Sakai ihm den Eintritt verwehrte, würde er sich nicht abweisen lassen. Wenn nur Josui nicht so jung gewesen wäre! Es bot Schwierigkeiten, einem Mann zu erklären, daß seine einundzwanzigjährige Tochter alt genug war, um zu wissen, was gut oder schlecht für sie war. Aber Dr. Sakai mußte doch Josuis entschlossene Art und ihre Willensstärke kennen. Hinter der sanften, süßen Abgewogenheit ihres Gesichtes verbarg sich unzweifelhaft Temperament. Und auf ihr Temperament zählte Allen. Wie oft hatte er selbst im Leben Hindernisse zu überwinden vermocht, die ihm Stärkere in den Weg gelegt hatten, nur angetrieben von der mitreißenden Kraft seiner Wut. Weder der Oberst noch Dr. Sakai waren imstande, ihn von seinem Entschluß abzubringen.

Mit diesen Gedanken beschäftigt, wartete er vor der Tür. Gleich darauf wurde ihm geöffnet, und Yumi, die plumpe Magd, stand ihm gegenüber. Sie sagte etwas auf japanisch, was er als eine Aufforderung, näher zu kommen, verstand. Er überschritt die Schwelle, und da sie kein Zeichen des Entsetzens von sich gab, mußte er sie richtig verstanden haben. Sie bedeutete ihm, ihr zu folgen. Er war überrascht, gehorchte jedoch. Das Haus war still. Weder Stimmen noch Schritte waren irgendwo zu vernehmen. War dies eine Falle? Verrückte Idee, aber er konnte nicht hindern, daß sie ihm durch den Kopf schoß.

Es war keine Falle. Er wurde in einen großen, sehr schönen Raum geleitet, dessen Wände zurückgeschoben waren, um den Blick auf den herrlichen Garten mit dem kaskadenförmig über einen Hügel niederplätschernden Bach freizugeben.

Vor dem Alkoven, der vor der Pergamentrolle einer Landschaft nur mit einer flachen runden Schale voller Herbstblätter geschmückt war, saßen Dr. Sakai und seine Frau, er zur Rechten, sie zur Linken. Sie erhoben sich bei seinem Eintritt. Beide trugen förmliche japanische Gewänder und an den Füßen die mit Sohlen verbundenen weißen

Strümpfe. Frau Sakais Kimono aus dunkelrotem Seidenkrepp war mit einem Muster blühender Glyzinien bestickt. Dr. Sakais Gewand war dunkel, und er trug einen kurzen Überwurf. Sehr förmlich wirkten beide. Warum wohl?

»Nehmen Sie bitte Platz«, sagte Dr. Sakai in seinem tadellosen Englisch. »Ziehen Sie vielleicht einen westlichen Stuhl vor?«

»Ich habe mich an japanische Sitten und Gebräuche gewöhnt«, lehnte Allen höflich ab.

Er erwiderte ihre Verneigungen und kniete dann, wenn auch nicht mit Anmut, so doch sachgerecht auf dem niedrigen Kissen nieder. Wo steckte Josui? Er wartete ab. Falls man sie fortgeschickt hatte, würde er ihr nachfahren. Dieser steife Empfang zielte vermutlich darauf ab, ihm zu verstehen zu geben, daß er der Familie unerwünscht war.

Zu seiner Überraschung begann Dr. Sakai in leichtem Ton und ohne jeden Groll zu reden. »Ich habe viele Jahre in Amerika gelebt, Herr Kennedy, und ich weiß, daß Amerikaner Offenheit schätzen. Seien wir also ganz offen.«

»Selbstverständlich«, murmelte Allen.

»Nach eingehenden Unterhaltungen mit meiner Tochter bin ich zu der Überzeugung gelangt, daß sie zumindest teilweise für die unglückliche Entwicklung der Ereignisse die Schuld trägt. Die Lage ist äußerst peinlich für unsere Familie, denn Josui ist, oder vielmehr war, formell mit dem Sohn meines besten und von mir verehrten Freundes verlobt. Bisher war ich zu erregt, um die Bande der Freundschaft wieder anzuknüpfen. Durch Ihr Telegramm bin ich dazu gezwungen gewesen, meine Gedanken uneingeschränkt den Überlegungen zu widmen, die meine Tochter betreffen. Was sind Ihre Absichten, Herr Kennedy?«

Dr. Sakai stellte diese Frage von oben herab. Allen beantwortete sie schlicht und ohne zu zögern. »Ich möchte Josui heiraten, bevor ich in die Vereinigten Staaten zurückkehre, Dr. Sakai. Und das heißt, die Hochzeit muß heute oder morgen stattfinden.«

»Wie ist das möglich?« verlangte Dr. Sakai zu wissen. »Sie bekommen doch in dieser Zeit nicht die notwendige Erlaubnis?«

»Das ist mir bekannt, Dr. Sakai. Aber es gibt in den verschiedenen Ländern verschiedene Wege, eine gesetzlich gültige Heirat zu schließen. Ich erinnere mich, daß ein Freund von mir auf Formosa eine junge Japanerin heiraten wollte. Die Trauung wurde nach japanischem Gesetz vollzogen, und erst ein Jahr später war es ihm möglich, die Zeremonie in Frankreich gesetzgültig zu wiederholen. Trotzdem wurde die japanische Trauung von allen Seiten als gesetzlich bindend anerkannt. Und an so etwas hatte ich gedacht.«

Allens Ernst, seine Einfachheit, seine Höflichkeit und vor allem sein ausgezeichnetes Englisch verwirrten Dr. Sakai ein wenig. Diesem Schlag Amerikaner war er in Japan bisher nicht begegnet. Allen unterschied sich auffallend von den Horden von Soldaten, die man auf den Straßen traf und die Dr. Sakai vermied und grußlos übersah.

»Es entspricht aber trotzdem nicht dem ordnungsgemäßen Verfahren«, wandte er ein.

»Heutzutage ist eigentlich nichts ordnungsgemäß«, erklärte Allen. »Die Gebräuche und Sitten im Verkehr der Länder untereinander sind völlig aus den Fugen geraten.«

Er lehnte sich vor und sprach eindringlich: »Ich liebe Ihre Tochter, Dr. Sakai, und ich will sie heiraten und in meine Heimat nehmen und zu meinen Eltern bringen. Sie sollen sie sehen, wie sie ist. Es ist mir untersagt, sie sofort mit mir zu nehmen, und es bleibt mir nichts anderes übrig, als sie hier zurückzulassen, bis ich alles für sie geregelt habe. Obwohl ich dies noch niemandem gesagt habe, bin ich doch entschlossen, nicht nach Japan zurückzukehren. Ich werde versuchen, eine Versetzung nach Washington zu erreichen. Ich will frei sein und mein eigenes Leben mit Ihrer Tochter leben können. Es wird leichter für uns sein, dieses Ziel in meinem Land zu erreichen. Ich hoffe, daß Frau Sakai und Sie uns besuchen kommen, und ich hoffe, daß wir Sie besuchen können. Doch bevor ich fortfahre, muß Josui meine Frau sein. Es wird dann viel einfacher für sie sein, mir nachzukommen.«

Was Dr. Sakai auf diese Rede zu erwidern gedachte, muß unbekannt bleiben, denn in diesem Augenblick schob Josui einen Wandschirm zur Seite. Ihre Bewegung war so hastig, daß der Wandschirm zu Boden fiel. Sie stellte sich vor ihren Eltern auf und erklärte: »Was Allen gesagt hat, will ich tun.«

Sie stand da in einem silbrigweiß schimmernden Kimono, die Arme ausgebreitet, so daß sie einem Vogel im Flug glich, einem beschwingten Wesen, das in die Weite strebte. Ihre dunklen Augen glühten, und ihre Wangen waren von Röte überzogen. Nie hatte Allen solche Schönheit gesehen. Er erhob sich und starrte die Erscheinung entzückt an.

Sie wandte sich ihm zu und streckte ihm ihre Hände entgegen, und Allen ergriff sie und hielt sie fest. Nur eine Sekunde verharrte er so, dann zog er sie, dem hingebenden Ausdruck in ihren Augen folgend, an sich. Hinter ihnen saßen Dr. Sakai und seine Frau regungslos. Frau Sakai blickte weg, doch Dr. Sakai sah die beiden unverwandt an.

»Wir sind bereit, Vater und Mutter.« Josui drehte sich in den Armen ihres Geliebten zu den Eltern um.

Die Eltern erhoben sich, und Dr. Sakai sprach:

»Dies war vorgesehen, Herr Kennedy. Wir sind Buddhisten, und ich habe die notwendigen Vorbereitungen im buddhistischen Tempel getroffen. Es ist nicht ordnungsgemäß, das möchte ich betonen. Der Fall ist noch nie vorgekommen. Aber der Hosshu begreift, daß diese Zeiten der Besetzung seltsame Dinge mit sich bringen. Er wird die Zeremonie nach den Bräuchen Japans vollziehen. Was die Zeremonie in Ihrem Lande betrifft, so müssen wir uns auf Ihr Ehrenwort verlassen.«

Er neigte den Kopf, und ohne auf eine Antwort Allens zu warten, schritt er zur Tür. Frau Sakai folgte ihm, sah aber Allen im Vorbeigehen nicht an.

Josui blickte den Eltern nach und schaute dann zu Allen auf. Er sah Tränen in ihren Augen schimmern. »Du mußt ihnen nicht böse sein«, bat sie. »Es fällt ihnen so furchtbar schwer. Du kannst das nicht nachfühlen. Sie haben doch kein anderes Kind. Mein Mann wäre ihr Sohn geworden.«

»Kann ich nicht dieser Sohn sein?« fragte er.

Sie schüttelte den Kopf. »Sie sind nicht bereit, dich aufzunehmen — noch nicht«, sagte sie schlicht.

Sie lehnte das Gesicht an seine Brust und fühlte das Klopfen seines Herzens an ihrer Stirn. Oh, diesem Herzen durfte sie trauen!

»Vielleicht lernen sie es mit der Zeit«, meinte er. Er nahm ihren dunklen Kopf in beide Hände und preßte ihn innig an sich.

Wer weiß um den ersten Hauch der Seele eines noch ungeborenen Kindes? Sie regt sich im sanften Wind, der die Glyzinien tanzen läßt. Sie leuchtet im Blinken der ersten Glühwürmchen unter den Kiefern im Frühling, sie umschwebt den ersten Kuß im Garten. Sie formt sich aus der Qual getrennter Herzen, verdichtet sich in der endlichen Umarmung und wartet auf den Segen der Götter.

In dem großen Tempel, unter dem jahrhundertealten Dach, stand die kleine Hochzeitsgesellschaft versammelt. Yumi und der Gärtner fungierten als Zeugen. Verwirrt und nicht recht begreifend, standen sie hinter ihrem Herrn und ihrer Herrin. Der Hosshu sah die Liebenden an; zu beiden Seiten befand sich ein Priester von niedrigerem Rang. Der Vollzug der Zeremonie kam den Hosshu schwer an, denn er war mit dieser Heirat nicht einverstanden. Doch Dr. Sakai hatte ihn darum gebeten und auf die sonderbar verworrenen Zeiten hingewiesen. »Unsere Religion wird sich anpassen müssen, will sie erhalten bleiben«, hatte er erklärt. Der Hosshu hatte dies jedoch bezweifelt. Er war ein alter Mann, ein Gelehrter und Einsiedler. Mit denjenigen, die das Christentum nachäfften und buddhistische Hymnen einführten, die jene der Christen kopierten, war er nie einiggegangen. Und auch der

Verband Buddhistischer Junger Männer war nicht nach seinem Geschmack. Mit solchen Mitteln diente man nicht den Göttern.

»Sie können nicht ermessen, was ich durchmache«, hatte Dr. Sakai gesagt. »Mir bleibt nur die Wahl zwischen zwei Dingen: entweder verliere ich meine Tochter oder ich muß auf irgendeine Weise eine Heirat ermöglichen.«

»Sie haben ihr zuviel Freiheit eingeräumt«, hatte der Hosshu ihm vorgehalten.

»Meine in der Vergangenheit begangenen Fehler vermögen nichts an der Gegenwart zu ändern«, war Dr. Sakais von der Vernunft gebotene Antwort gewesen.

Eine beachtliche Gabe für den Tempel, die Versicherung der Glaubenstreue seitens Dr. Sakais und auch die sich steigernde Ungeduld des Arztes hatten den Priester schließlich davon überzeugt, daß er in diesem Fall nachgeben mußte. Er hatte eingewilligt, die Zeremonie zu vollziehen, die seiner jetzt harrte. Voller Würde betrat er den Tempel, schlug mit ausholender Bewegung einen Gong und wartete, bis unter dem hohen Dach der voll schwingende Ton erstarb. Dann wandte er sich dem Altar zu und bedeutete dem jungen Paar, den Eltern und den Zeugen, sich zu nähern. Die geistlichen Gewänder ließen ihn noch größer erscheinen. Der Amerikaner trug keine schwarze Kleidung, wie dies richtig gewesen wäre, aber wie Dr. Sakai betont hatte, waren dies die Zeiten der Besetzung, und man mußte sich mit sonderbaren Gepflogenheiten abfinden. Das Mädchen war zumindest im weißen Kimono erschienen.

Er betrachtete den Amerikaner, der vor ihm stand, mit einem umfassenden Blick und hielt dann seine Augen von ihm abgewandt. Die junge Frau würdigte er keines Blickes. Er begann die Zeremonie mit der Ermahnung, die er japanisch und mit klarer, heller Stimme vorbrachte.

»Wir stehen hier im Angesicht unseres gnadenreichen Buddhas beisammen, um dieses Paar in makelloser Bindung zu vereinen. Die Ehe ist der heilige Quell allen Lebens, dem die sich folgenden Generationen der Menschen ihr Dasein verdanken und dem die Lehren und Gesetze der Moral ursprünglich entnommen sind. Nichts geschieht ohne Grund. Wisset darum, daß die geheiligte Verbindung zweier Menschen, die alle Tage ihres Lebens währen soll, ihre Entstehung keinem Zufall verdankt. Sie ist die vorbestimmte Folge vieler vergangener Leben und die Frucht der gütigen Führung Buddhas.«

Er senkte das Haupt, und seine Stimme ging plötzlich in murmelndes Beten über. »Möge dieses junge Paar, das in den heiligen Stand der Ehe tritt, nie die Segnungen der Fügung aus ihren Herzen verdrängen, an ihren Schwüren festhalten, einander Liebe und Respekt erweisen, in Kummer und Sorge einander beistehen, Körper und Seele rein erhalten und sich gegenseitig im Streben nach vollendeter Tugend unterstützen. Dies sind die wichtigsten Vorbedingungen für eine glückliche Ehe und ein Leben in Übereinstimmung mit den Lehren Buddhas.«

Er hob den Kopf, und diesmal blieb sein Blick auf Allen haften.

»Bevor du daher den Schwur aussprichst, rufe ich dir in Erinnerung, daß es die Pflicht des Mannes ist, seine Frau zu unterhalten und für sie zu sorgen, ihr in Taten und Gedanken Treue zu bewahren, ihr in Kummer und Krankheit zur Seite zu stehen und ihr bei der Erziehung der Kinder zu helfen.« Seine Stimme klang kraftvoll. Zu Josui gewandt, fuhr er fort: »Es ist die Pflicht der Frau, ihren Mann zu lieben und ihm beizustehen, geduldig und gütig, und ihm in Treue ergeben zu sein.«

Und seine Frage jedem der beiden getrennt wiederholend, setzte er hinzu: »Kannst du mit reinem Gewissen erklären, daß dir kein Grund bekannt ist, der euch daran hindert, in gesetzmäßiger Ehe verbunden zu werden?«

Josui sah zu Allen auf und flüsterte ihm die Bedeutung der Frage zu.

»Ich weiß von keinem Hinderungsgrund«, erwiderte er englisch.

»Ich erkläre reinen Gewissens, daß ich von keinem Hinderungsgrund weiß«, antwortete Josui mit fester Stimme auf japanisch. Waren denn nicht alle Hindernisse überwunden worden?

Der Hosshu wandte sich abermals Allen zu. »Willst du, Allen Kennedy, Josui Sakai zu deiner gesetzmäßig angetrauten Frau nehmen?«

Wieder sah Josui ihren Geliebten an.

»Ja«, antwortete er englisch, und er mußte sich Mühe geben, das Zittern in seiner Stimme zu unterdrücken.

»Und du, Josui Sakai, willst du Allen Kennedy zu deinem gesetzmäßig angetrauten Ehemann nehmen?«

»Ja«, sagte Josui japanisch.

Allen, dem dies vor der Zeremonie eingeschärft worden war, zog den Siegelring von seinem kleinen Finger und reichte ihn dem Hosshu, der ihn auf Josuis Finger streifte. Er legte ihre beiden Hände ineinander und hielt seinen heiligen Rosenkranz darüber.

»Da ihr einverstanden seid, nach den Vorschriften der buddhistischen Religion vermählt zu werden«, sagte er ernst, »erkläre ich euch hiermit als Mann und Frau. Möget ihr stets von Liebe umgeben sein.«

Er blieb einen Augenblick stehen und ging dann voraus zum Altar, wo Allen, durch Gesten geleitet, Weihrauchstäbchen in die Asche der

Urnen legte, über die sich die Götter neigten, und Josui berührte mit dem brennenden Stäbchen den süß duftenden Weihrauch.

Und der Hosshu, unterhalb des großen vergoldeten Buddhas stehend, der über den minderen Göttern thronte, sprach: »Der gesegnete Buddha hat gesagt: ›Unterstütze Vater und Mutter, hüte Frau und Kinder, folge dem Ruf des Friedens. Dies ist die größte aller Segnungen‹.«

Diese Worte waren an Allen gerichtet, und dann, als die Zeremonie beendet war, wandte sich der Hosshu abermals den Statuen der Götter zu, und vier andere Priester stellten sich hinter ihm auf und verbargen ihn vor den Blicken.

Der Hosshu sprach nun erneut zu Buddha, doch seine Stimme war so leise, daß niemand seine Worte verstand. Es war eine Erklärung der besonderen Umstände, eine Bitte um Vergebung, ein Gebet um den göttlichen Segen und, falls dies nicht möglich war, für die sichere Rückkehr der jungen Frau in ihr eigenes Land und zu ihrem eigenen Volk.

Der Buddha, so vergoldet, daß er wie aus massivem Gold wirkte, regte sich nicht und hielt die Hände in einer Geste ewiger, allen zuteil werdender Segnung ausgestreckt, während seine Augen bewegungslos und ungerührt vor sich hin starrten.

Sonderbar unwirklich, dachte Allen, der den Kopf nicht gesenkt hatte. Er betrachtete die gebeugten Rücken des Hosshus und der Priester und die Statue darüber. Die figürliche Gegenwart machte den Buddha nicht wirklicher als die unsichtbare Gottheit in einer christlichen Kirche, doch auch nicht weniger spürbar. Die Atmosphäre des Tempels war heilig auf ihre Art, nicht durch die Anwesenheit der Götter, sondern durch die Gebete und kummervollen Klagen derer, die hierherkamen, um zu beten, zu flehen und zu suchen nach dem, was nie zu finden ist. Die Klage der Menschheit war in diesen Raum eingeschlossen, hinausrufend in das unerreichbare Jenseits, die Antwort erflehend, die niemals erteilt wird. Und nun stand auch er mit Josui hier. Er senkte den Kopf. Gebet und Glauben hatte er vor langer Zeit schon aufgegeben. Doch war er daheim, so begleitete er seine Eltern zur Kirche, sang mit ihnen die Hymnen und senkte den Kopf. Heute drängte es ihn aus ureigenstem Bedürfnis zum Beten. Er zitterte unter dem Ansturm des Verlangens, und in seinem wortlosen Gebet neigte sich der Sohn, das Weltkind, dem Leben und dem Werden näher.

In dem Zimmer, in welchem Josui ihre Mädchenjahre verlebt hatte, lag nun Allen als ihr Gatte neben ihr. Die Eltern hatten sich zurückgezogen. Sie waren von der Zeremonie im Tempel heimgekehrt, und Dr. Sakai hatte dem Schwiegersohn in einer kurzen Ansprache zu verstehen gegeben, daß er nun in ihrem Hause willkommen war. Niemand würde ihn mehr von der Schwelle weisen. Er konnte kommen und gehen nach Belieben.

Bevor Allen noch seinem Dank Ausdruck verleihen konnte, entfernte sich Dr. Sakai. Frau Sakai zeigte sich überhaupt nicht. Yumi hatte dem jungen Ehepaar das Mahl in Josuis Zimmer aufgetragen und anschließend ohne Lächeln und ohne ein Wort die seidenen Daunendecken über die Matten gelegt, um das Bett zu bereiten. Nach vollbrachter Arbeit verneigte sie sich tief vor den beiden, ging hinaus, schob die Wände zu und entzündete draußen im Korridor die Lichter. Nun waren sie allein, und niemand mehr stand zwischen ihnen.

Sie gedachten in dieser Nacht nicht des Kindes. Liebende denken nicht. Sie fühlen nur ihre Liebe, groß, übermächtig und alles beschattend, und alles, was sie sehen, ist Liebe, und alles, was sie empfinden, ist Liebe. Und dann nimmt das, was um sie schwingt und sie einhüllt, Form an, aber es ist ihre Form, der Umriß von Mann und Frau, ihr Umriß, der ineinander übergeht in Macht und Rhythmus, im Brausen des Blutes und im Kampf der Körper. Das Kind, das irgendwo im Luftraum harrte, wurde zum Sein geformt, aber sie wußten nichts davon. Die Mutter war unerfahren und eine Jungfrau, und nicht jeder Jungfrau ist es gegeben, so leicht zu empfangen, wie die Mütter von Göttern dies tun. Das erste Beieinandersein ist nicht immer genug. Vielleicht liegt es auch am Vater. Nicht alle Väter sind Götter. Diese beiden träumten nicht von dem Kind und seiner Seele, einem nebelgleichen Hauch, der mit jeder Sekunde sich fester formte und klare Umrisse annahm.

Die Eltern waren sich des harrenden Kindes nicht bewußt, des Weltkindes. Sie wußten nur voneinander, von zitternden Händen und bebenden Körpern, bis die Offenbarung der Liebe sie erlöste.

Soweit es sich beurteilen ließ, hätten sie allein in dem Haus leben können. Es war geräumig, und zweifellos hielten sich irgendwo hinter vorgeschobenen Wänden auch die Eltern auf. Aber wohin Allen den Schritt auch lenkte, er sah niemanden außer der schweigenden Magd.

»Es ist rührend von deinen Eltern«, sagte er am nächsten Tag zu Josui, »aber ich möchte nicht, daß sie das Gefühl haben, uns hier aufnehmen zu müssen. Wir könnten doch auch in ein Hotel gehen.«

»O nein!« rief Josui entsetzt. »In fremde Umgebung? Nein. Da wir kein eigenes Haus haben, wünschen meine Eltern es so. Wir müssen uns später einmal dafür erkenntlich zeigen.«

Sie sprachen beide nicht von Kindern. Kinder kamen natürlich besser nicht. In wenigen Stunden mußte er aufbrechen, und sie würde allein zurückbleiben.

»Nicht für lange, Geliebte«, versicherte er ihr. »Vielleicht nur für ein paar Wochen.«

Doch Wochen dehnen sich zu Jahren, wenn nur wenige Stunden, ein oder zwei Tage, der Liebe gehören können. In der zweiten Nacht, der letzten, weinte sie, und seine Liebe tröstete sie. Sie war von schlimmen Vorahnungen erfüllt, daß sie ihn nie wiedersähe, daß er auf dem Meere umkäme oder daß das Flugzeug an einem Gebirge zerschellte oder daß jemand von seiner Familie sich zwischen sie stellte. Dies war das gemeinsame Leben, das ihnen beschieden war, und es würde kein Zusammensein mehr geben. Davon war sie fest überzeugt.

Er hielt sie an sich gepreßt, und sie kuschelte sich an seine nackte Brust und weinte. Seine Versprechen trafen taube Ohren. Sie war zu erfüllt von Angst, um ihm zu glauben. Die Trennung, die unausweichlich morgen begann, fand vielleicht nie ein Ende. Man riß sie auseinander, und nie mehr würden sie sich finden. Sie fühlte es.

»Aber wie kannst du das fühlen, Josui?« fragte er schließlich. »Warum soll ausgerechnet ich der eine unter Hunderttausenden sein, die den Ozean überqueren, der abstürzt, ertrinkt oder an einer Felswand zerschellt? Und wie kannst du meine Familie verdächtigen, zwischen uns einen Keil zu treiben, wo du sie gar nicht kennst, oder wie kannst du solche Befürchtungen hegen, wo du mich doch kennst?«

Zuletzt blieb ihm nichts anderes übrig, als unumwunden mit ihr zu reden. »Glaubst du denn, Josui, das alles war so einfach für mich? Wenn ich dich nicht liebte, wäre ich jetzt hier?«

Nur eine Antwort gab es auf die vielen Fragen, die stetig aufflackernden Ängste. Sie fachten immer von neuem ihre Liebe an, Körper an Körper und Herz an Herz, während das Kind wartete.

Am nächsten Tag fand die schreckliche Trennung statt. Er wollte nicht, daß Josui ihn zur Bahn begleitete, und Josui selbst brachte nicht den Mut dazu auf. Vater und Mutter erschienen für wenige Minuten. Man verneigte sich voreinander, die Männer gaben sich die Hand, dann zogen sich die Eltern wieder zurück. Allen hatte ein Gefühl, als reiße die Trennung von Josui körperliche Wunden bei ihm auf. Er empfand einen brennenden Schmerz, als er seine Hände von ihr löste.

»Ich werde jeden Tag schreiben«, versprach er.

»Ich auch«, flüsterte sie mit ersterbender Stimme, das Gesicht von Tränen überströmt.

»Wir wollen uns alles, alles mitteilen«, sagte er. »Denke an mich, Geliebte, wie ich Tag für Tag nur daran arbeite, dich so schnell wie möglich nachkommen zu lassen. Lächle, Liebste, nur für einen Augenblick! Denk an die letzte Nacht! Geliebte du!«

Er eilte fort, wandte sich um und sah sie einer Ohnmacht nahe am Türpfosten stehen, kehrte zurück und riß sie nochmals an sich.

»Ich darf mich nicht umschauen«, stieß er hervor.

Er zwang sich, den Blick auf die Straße vor sich gerichtet zu halten, und erwischte den Zug in letzter Minute, als die Lokomotive sich bereits in Bewegung setzte.

Zweiter Teil

Frau Kennedy war auf die Heimkehr ihres Sohnes vorbereitet. Die ihr völlig unbekannte Frau des Obersten hatte ihr ausführlich geschrieben.

»Laß mich an seine Mutter schreiben«, hatte die Frau Oberst ihrem Mann gesagt. »Wenn du schreibst, bildet sie sich ein, ich hätte ein Verhältnis mit ihm angefangen und dir sei es darum zu tun, ihn loszuwerden.«

Und so hatte sie sich hingesetzt und an Frau Kennedy geschrieben als eine Frau, die alt genug war, Allens Mutter sein zu können, wie sie sich ausdrückte, und mit diesem Brief nur etwas ausführte, wofür sie selbst dankbar gewesen wäre, hätte es sich bei Allen tatsächlich um ihren Sohn gehandelt. Er war ein hervorragender Offizier, fuhr sie fort, und ihres Mannes rechte Hand und mußte unter allen Umständen vor seinem Verderb bewahrt werden. Es bereitete Schwierigkeiten, ihn in dieser kritischen Zeit zu beurlauben, wo infolge der von oben erteilten veränderten Anweisungen verschiedene neuartige Taktiken versucht wurden, aber der Oberst hatte das Opfer auf sich genommen.

»Ihr Sohn ist dem Durchschnitt so weit überlegen, daß die üblichen Methoden bei ihm keinen Sinn hätten. (Dies schrieb sie an Frau Kennedy.) Es geht nicht um eine Wochenend-Affäre oder eine belanglose Liebelei im gewöhnlichen Sinne. Ihr Sohn ist in der Tradition des Südens aufgewachsen. Er ist ein Gentleman und betrachtet selbst eine Japanerin mit der ihm angeborenen Ritterlichkeit. Er ist der Meinung, daß es sich um ein hochstehendes Mädchen handelt, das auf Heirat besteht. Ich persönlich bezweifle, daß er überhaupt versucht hat, sich ihr in anderer Weise zu nähern, und die Japaner sind natürlich alle versessen darauf, nach Amerika zu gelangen. Für sie ist es der Himmel auf Erden, und verglichen mit ihrem eigenen Land stimmt das wohl auch.«

Frau Kennedy hatte ihrer zurückhaltenden Natur entsprechend mit der angemessenen Dankbarkeit geantwortet, jedoch ihrem vollen Vertrauen in des Sohnes guten Geschmack und klare Urteilskraft Ausdruck verliehen. Es war ein unverbindliches Schreiben, und die Frau des

Obersten, die über wenig Zurückhaltung verfügte und vielleicht auch keine Dame war, las die Zeilen mit Erstaunen. Sie schob den Brief ärgerlich über den Tisch ihrem Mann zu. »Sieh dir das an«, befahl sie. »Will sie eine japanische Schwiegertochter oder nicht?«

Der Oberst las langsam, was Frau Kennedy geschrieben hatte. »Der Teufel soll's holen, wenn ich's weiß«, bekannte er. »Laß die Finger von der ganzen Geschichte. Kennedy hat was gesagt von ›nicht wiederkommen‹. Ich werde ihn sowieso ersetzen.«

Frau Kennedy zeigte den Brief aus Japan ihrem Mann und dann Cynthia; dem jungen Mädchen aber in aller Heimlichkeit, da Herr Kennedy geraten hatte, mit niemandem über das Schreiben zu reden. »Diese Stadt ist durchlässig wie ein Sieb«, erklärte er. »Sei vernünftig, Putz, und laß unsere Familienangelegenheiten nicht über unsere vier Wände hinausgehen. Außerdem müssen wir erst einmal die Geschichte von der Seite des Jungen hören.«

Cynthia sagte wenig. Sie las den Brief langsam und gab ihn dann Frau Kennedy zurück. »Sind die Frauen von militärischen Vorgesetzten nicht bekannt dafür, ein bißchen . . .« Sie hielt inne.

»Wofür?« drängte Frau Kennedy.

»Schwatzhaft zu sein?« Cynthia bemühte sich, das rechte Wort zu finden, und begnügte sich schließlich mit einem, das ihrer Meinung nach doch nicht den Nagel auf den Kopf traf.

»Möglich«, gab Frau Kennedy zu. »Andererseits aber ist Allen ein Mann. Er war ein bezauberndes Kind. Ich habe mir immer eingeredet, er würde einmal ganz anders werden als die übrigen. Aber er ist genau wie sein Vater, und überdies war er so lange von jedem normalen gesellschaftlichen Verkehr abgeschnitten. Ach, ich wünschte, du könntest mir helfen, Cynthia!«

Cynthia sah sie aus großen blauen Augen an. »Aber was ich tun kann für Allen, tue ich natürlich, Frau Kennedy.«

Frau Kennedy stellte sich auf die Zehenspitzen und gab Cynthia einen flüchtigen Kuß. Nachdem das junge Mädchen sich verabschiedet hatte, schritt sie durch das geräumige, schöne Haus und vergewisserte sich, daß alles in tadelloser Ordnung war. Wäre Zeit genug gewesen, hätte sie Allens Räume, ein Schlafzimmer und ein Wohnzimmer im ersten Stock, neu tapezieren lassen. Aber in der kurzen Spanne war das ausgeschlossen. Sie konnte nur darauf achten, daß das Bett frisch überzogen und die Decken gelüftet wurden und daß auf dem Kamin und dem Schreibtisch Vasen mit hellen Chrysanthemen standen. Im letzten Augenblick pflückte sie noch eine gelbe Rose und stellte sie in einer schlanken Silbervase auf seine Kommode. Auf Atmosphäre kam es an, Familienatmosphäre. Allen sollte sich von der Tradition des

Hauses, dicht gewoben und einschmeichelnd, eingehüllt fühlen; er sollte die Liebe spüren, die dem Sohn und einzigen Erben entgegengebracht wurde. Sie wußte von früher her, daß Widerspruch und Verbot bei Allen zu nichts führten. Damit erreichte man nur das Gegenteil. Man durfte auf keinen Fall seinen Ärger wachrufen. Nicht einmal ihrem Mann gegenüber erwähnte sie das japanische Mädchen wieder. Sie wollte die ganze Sache vergessen. Die Japanerin war nicht vorhanden.

Als Allen endlich kam, stand sie unten in der Halle in einem silbergrauen Chiffonkleid und streckte ihm beide Arme entgegen. Er stürzte sich sofort auf sie, preßte sie mit jugendlichem Umgestüm an sich und hielt sein Gesicht an ihre Wange. Wie er sich zu ihr hinunterbeugen mußte, ihr hochgewachsener Sohn!

»Du scheinst gewachsen zu sein«, rief sie lachend und schob ihn ein wenig von sich.

»Du riechst genauso süß wie immer«, erwiderte er. Sie waren von jeher nie ernst miteinander gewesen. Zum Glück, dachte Frau Kennedy. Sie zog alles ins Scherzhafte, und ihre Berührung war leicht wie die eines Kolibris.

»Du lieber Himmel, dein Gesicht!« fuhr sie fort, ihre Wange an seiner reibend. »Du hast dich nicht mehr rasiert, seitdem du von Japan fort bist.«

Ihre zarte Haut war wirklich von der Reibung gerötet. »Gib mir nur fünf Minuten Zeit«, rief Allen und lief, zwei Stufen auf einmal nehmend, die Treppe hinauf. Sein Vater kam eben herunter, und sie umarmten sich stürmisch.

»Mutter hat mich zum Rasieren hinaufgeschickt«, erklärte Allen. »Ich fühle mich schon ganz daheim.«

»Dann will ich dich nicht aufhalten«, entgegnete der Vater liebevoll.

So war es immer. Kam er heim, mochte seine Abwesenheit auch noch so lange gedauert haben, so waren die Eltern doch von der ersten Sekunde an die gleichen wie früher. Er hatte nie das Gefühl, überhaupt fort gewesen zu sein. Er lief in seine Zimmer und umfaßte mit liebevollem Blick das vertraute Bild. Da war sein eigenes Wohnzimmer, dort das geräumige, schöne Schlafzimmer mit der herrlichen Aussicht nach Westen und dahinter das elegante Badezimmer. Josui und er konnten ihr eigenes Heim im Heim haben. Sein Vater war klug gewesen, sich hier ohne Plackerei seines Lebens zu freuen. Allen konnte sich nicht erinnern, seinen Vater jemals unglücklich gesehen zu haben. In der verpfuschten Welt war dieses Haus eine himmlische Stätte, wie man sie sich nicht besser schaffen konnte, und es gab keinen Grund, warum Josui und er nicht darin leben sollten.

»Geliebte«, schrieb er ihr am Abend. »Ich sitze in meinem eigenen Wohnzimmer, dem Zimmer, in dem wir miteinander wohnen werden. Ich will es Dir beschreiben, damit die Umgebung Dir vertraut ist, wenn ich Dich erst über die Schwelle trage. Kennst Du diesen Brauch?«

Er beschrieb die Zimmer und den Rest des Hauses, erzählte von seinen Eltern und malte wortreich die Hügel und Täler, die man auch im Licht des Mondes durchs Fenster neben dem Schreibtisch sah. Auf seinem Schreibtisch standen Chrysanthemen, nicht die großen, vollen Blüten Japans, sondern kleinere, festere Bälle, wie sie hierzulande anzutreffen waren. Das Nachtmahl hatte er mit den Eltern und Cynthia eingenommen. Cynthia Levering war eine Jugendfreundin, fast eine Schwester, nur daß sie eben nicht denselben Namen trug. Auch sie war ein einziges Kind, da ihre Brüder im Krieg gefallen waren, einer im Pazifik und der andere in Deutschland. »Du wirst Dich sicher mit ihr anfreunden«, schrieb er. »Sie ist vor allem ein sehr gütiger, lieber Mensch und höchstens ein oder zwei Jahre älter als Du.«

Er war überrascht gewesen, wie hübsch Cynthia geworden war. Ihr Aussehen hatte erst spät gewonnen. Er erinnerte sich noch daran, wie aufgeschossen und blaß sie gewesen war mit ihren glatten blonden Haaren, dem verschüchterten Ausdruck und dem scheuen, vor lauter Hemmungen unterwürfigen Gehaben des jungen Mädchens, das zu groß für die Freunde und Freundinnen ist. Sie war nicht mehr verschüchtert, und ihre Unterwürfigkeit hatte sich in eine ausgeglichene Bescheidenheit verwandelt. Ihr Haar schimmerte in Löckchen, ihre Haut war glatt und der Mund von angenehmem, nicht zu betontem Rot. Sie bewegte sich anmutig, hatte sich mit ihrer Größe abgefunden und trug den Kopf hoch.

Es berührte Allen angenehm, daß Cynthia sich über das Wiedersehen freute und kein Hehl daraus machte. Es brannte ihm auf der Zunge, ihr von Josui zu erzählen, aber er hatte das Thema noch nicht mit seinen Eltern berührt, und es wäre nicht anständig gewesen, sie zu übergehen. Außerdem machte Cynthia keinerlei Anstrengungen, mit ihm allein zu sein, und es wäre aufgefallen, hätte er ein ungestörtes Beisammensein mit ihr herbeizuführen versucht.

Er beendete den Brief an Josui und saß dann ein Weilchen mit geschlossenen Augen da und gab sich Erinnerungen hin. Es war richtig gewesen, sie vor der Abfahrt zur Frau zu nehmen. Nun gehörte sie ihm; nichts konnte sie trennen, und sie würde ihm folgen. Er stellte sich Josui vor, wie sie sich in ihren Kimonos durch das Haus bewegte. Sie sollte nur an dieser Tracht festhalten, wenn sie es wünschte. Sie sah so süß darin aus. Er legte keinen Wert darauf, sie vollkommen zu amerikanisieren. Sie sollte bleiben, was sie war, ein Schatz aus dem

Orient, ein Wesen, das jenen Teil seines Lebens mit ihm genießen konnte, an dem kein anderer im Haus teilhaben konnte.

Er trat auf den Balkon hinaus und schaute in die vom Mond überglänzte Nacht. Es gab ganze Jahre in seinem Leben, über die er mit niemandem sprechen konnte, die Kriegsjahre, die ihn so grausam von allem, was ihm vertraut war, abgesondert hatten. Erlebnisse waren in sein Gedächtnis eingegraben, Zwischenfälle, die ihn geformt hatten und die sich nie mehr abschütteln ließen. Ihm war, als könnte er in diesem Augenblick die stickige Atmosphäre tropisch-heißer Dschungel spüren, die Plage der Schlangen und Insekten, die einem unablässig im Nacken sitzende Todesfurcht, nicht nur vor dem Feind, sondern auch vor den heimtückischen Krankheiten, und den fauligen, ungesunden Geruch dieser weiten Strecken, zu denen niemals ein Sonnenstrahl vordrang. Aber die schlimmste Erinnerung war immer noch die der Klinge, die den Widerstand der menschlichen Haut überwand und dann in das lebende, weiche Fleisch darunter drang. Obwohl es keine Todeswunde gegeben hatte, konnte er doch den Moment in seinem unverblaßten Grauen nicht vergessen.

Unvermittelt wandte er sich um, ging ins Badezimmer, drehte die Heiß- und Kaltwasserhähne zugleich auf und ließ die Badewanne volllaufen. Er wollte sich von allen Erinnerungen säubern und dann gut schlafen.

»Wie findest du sein Aussehen?« erkundigte sich Frau Kennedy bei ihrem Mann.

»Ausgezeichnet. Und glücklich«, erwiderte er.

Sie gingen zu Bett, sie in ihrem großen Zimmer, er in seinem. Sie hatte sich ein Spitzenjäckchen über ihr seidenes Nachthemd geworfen und stand in der offenen Verbindungstür. Herr Kennedy knüpfte gerade den Gürtel des Schlafanzuges um seine Taille.

»Ich werde keine Silbe sagen«, erklärte Frau Kennedy. »Er soll ruhig denken, daß ich nichts weiß.«

»Sehr gescheit«, lobte ihr Mann. »Vom vielen Reden habe ich nie etwas gehalten.«

Er trat auf sie zu und küßte sie. »Leg dich jetzt lieber zu Bett. Du hast einen aufregenden Tag hinter dir.«

»Er sieht sehr gut aus«, meinte sie versonnen. »Ich hatte Angst, als er noch klein war, er würde sich nicht so gut entwickeln. Ich bin froh, daß er dir gleicht.«

»Er sieht mir gar nicht ähnlich«, widersprach Herr Kennedy. »Ich schlage meiner Mutter und den Lamberts nach. Er sieht aus wie mein Vater.«

Sie küßten sich abermals und zogen sich dann in ihre Betten zurück. Die Verbindungstür blieb offen. Mitten in der Nacht pflegte Frau Kennedy aufzuwachen, sich auf Zehenspitzen durchs Zimmer zu schleichen und die Tür zu schließen. Er wußte nie, wann sie es tat. Des Morgens aber war die Tür stets geschlossen. Warum Frau Kennedy dies tat und was es bedeuten sollte, wußte er nicht. Danach zu forschen, wäre ihm nie in den Sinn gekommen. Er hielt nichts vom Reden, solange es sich nur irgendwie umgehen ließ.

»Sie wissen Bescheid«, sagte Cynthia.

Sie hatte Allen zufällig am nächsten Morgen getroffen, als sie Besorgungen machte. Ihre Mutter vergaß regelmäßig irgend etwas absolut Unerläßliches, wenn sie das Einkaufen übernahm. Seit ihrer Kindheit hatte Cynthia nochmals den Weg zu den Geschäften machen müssen. Es war nicht weit. Eine Viertelstunde Weg durch eine schöne, von Bäumen beschattete Straße, und man war im Geschäftsviertel. Auch nachdem sie einen eigenen Wagen hatte, pflegte Cynthia zu Fuß zu gehen. Auf diese Weise traf sie Leute. Und so hatte sie auch Allen getroffen, und sie waren zusammen ausgeschritten, auf dem Weg Bekannte begrüßend. Cynthia war nicht ganz so groß wie Allen.

Er hatte ihr von Josui erzählt. Er mußte sein Herz irgend jemandem ausschütten. Es war unmöglich, ihr allabendlich zu schreiben, ohne Unterlaß an sie zu denken und mit niemandem über sie reden zu können. Früher oder später mußte er mit den Eltern sprechen, aber der Augenblick war mit Vorsicht zu bestimmen. Es hieß, den strategisch richtigen Zeitpunkt abzuwarten. Seine Mutter würde nicht ohne weiteres bereit sein, eine Schwiegertochter aufzunehmen, ganz gleich, wer es war. Es lag kein Grund vor zu der Annahme, daß Josui weniger willkommen sein würde als irgendeine andere, um so mehr, wenn die Mutter erfuhr, daß sie schon verheiratet waren, aber andererseits würde dies sie auch nicht nachgiebiger stimmen.

Er gestand es sich nicht ein, daß er mit Cynthia um ihrer selbst willen über Josui sprach. Er verabscheute Männer, die sich einbildeten, die Frauen seien in sie verliebt, und doch verhehlte er sich im Unterbewußtsein nicht, daß es möglich gewesen wäre, sich auf die Heimkehr zu Cynthia zu freuen, hätte er Josui nie in seinem Leben gesehen. Ihre freundliche, aufrichtige, liebevolle Art ihm gegenüber konnte alles und nichts bedeuten. Er hatte sich nie bemüht, sich über ihre Gefühle Klarheit zu verschaffen. Möglich, daß sie zu allen gleichermaßen freundlich und liebevoll war.

»Sie wissen Bescheid?« wiederholte er und blieb stehen.

»Die Frau deines Obersten hat an deine Mutter geschrieben«, berichtete Cynthia in ihrer angenehmen Stimme mit dem etwas schleppenden Akzent des Südens. Sie hatte versucht, den Akzent zu überwinden, aber war ihr angeboren, und nichts ließ sich dagegen machen.

»Der Oberst weiß nichts davon«, sagte Allen.

»Bleib nicht stehen«, bat Cynthia. »Die Leute drehen sich schon um.«

Er setzte sich abrupt in Bewegung, und sie bemühte sich, mit ihm Schritt zu halten. »Du brauchst nicht gleich zu rennen«, rief sie lachend. »Was weiß der Oberst nicht?«

Er verlangsamte seinen Schritt. »Ich habe Josui geheiratet. Außer dir weiß niemand davon. Dir sage ich es, weil ich deine Hilfe brauche. Ich bin schnurstracks nach Kyoto gefahren und habe sie geheiratet, damit uns niemand mehr trennen kann. Ich wußte, wieso ich so plötzlich Urlaub bekam. Ich sollte Josui vergessen. Der Oberst und seine Frau dachten, wenn ich heimkäme und all dies wiedersähe —«, sein Blick umfaßte die von Bäumen beschattete Straße, die Läden, die von Rasen umgebenen weißen Häuser. »Sie dachten, ich würde alles vergessen. Das Frauenzimmer hat also meiner Mutter geschrieben!«

Er runzelte die Brauen, und Cynthia warf ihm einen verstohlenen Blick zu, dessen Wut sie beschämte. Welches Recht hatte er, sich in einem fremden Land eine fremde Frau zu nehmen? Was wurde dann aus Frauen wie ihr, die in Dörfern und Städten rundum im Land alt wurden und versauerten? Die ausländischen Frauen sollten gefälligst ihre eigenen Landsleute heiraten. Allen gehörte ihr. Hätte man Allen nicht gewaltsam fortgeschickt — und was war der Militärdienst anderes als Gewalt? —, wären sie längst verheiratet gewesen und hätten eines Tages in dem großen Haus der Kennedys gelebt, in dem sie seit ihrer Kindheit heimisch war. Wäre Allen weniger hübsch gewesen und nicht um beinahe einen Kopf größer als sie — sie würde sich niemals überwinden, einen Mann zu heiraten, der kleiner war als sie selbst, und beinahe alle Männer waren kleiner —, hätte sie sich niemals dazu hinreißen lassen, den Entschluß zu fassen, den sie ihrem Instinkt folgend faßte, als sei sie kein zivilisiertes Wesen, das in einer zivilisierten Welt lebte. Sie beschloß, sich auf die Seite von Allens Mutter zu stellen und zu tun, was in ihrer Macht stand, um die Japanerin am Kommen zu hindern.

Allen sprach leise und hastig weiter. »Sobald ich alles geregelt habe, lasse ich sie kommen. Zum Glück ist sie amerikanische Staatsbürgerin. Sie ist hier zur Welt gekommen. Erst mit fünfzehn Jahren ist sie überhaupt nach Japan übersiedelt. Sogar die Schule hat sie hier besucht. Ihr Englisch ist tadellos — beinahe tadellos. Wenn sie nicht besonders darauf achtet, nennt sie mich Allenn Ken-neddy.«

»Ich dachte, es wäre ziemlich schwierig, sich mit einer Japanerin zu verheiraten«, meinte Cynthia. Sie lächelte unter dem breiten Rand ihres hellen Filzhutes und winkte im Gehen hier und dort Bekannten zu.

Alle paar Minuten wurden sie von Leuten aufgehalten, die sie beide kannten, und bevor Allen imstande war, auf Cynthias Frage zu antworten, standen sie abermals Bekannten gegenüber.

»Das ist doch Allen Kennedy?«

Eine Gruppe hübscher junger Mädchen auf dem Weg zum Treffen des Bridge-Klubs Freitag früh schwirrte um sie. »Du kommst wohl heute nicht in den Klub, Cynthia?«

»Und wir können dir nicht einmal einen Vorwurf daraus machen!«

Ihre hellen hübschen Stimmen tönten in der kühlen Herbstluft; bunte Jacken, fliegende Röcke, lustige Hüte, schimmerndes Haar, neugierige Augen und lebhafte Hände umgaben Allen und Cynthia mit einer unschuldsvollen und doch zugleich verhaltenen weiblichen Wärme. Jungmädchenaugen musterten Allen, und rote Lippen blieben leicht geöffnet. In jedes der jungen Gesichter stahl sich der Ausdruck des allein seines Weges gehenden Weibchens, das bereit ist, von einer Sekunde zur nächsten seine Gesellinnen ihrem Schicksal zu überlassen, sobald das ersehnte Männchen auftaucht. Jedes weibliche Wesen mußte für sich selbst Ausschau halten. Cynthia war die zu Beneidende, die in der Gesellschaft eines Mannes umherging. Ein Verlangen nach Rache überflog plötzlich Cynthias sonst so gütiges Herz. Lächelnd sagte sie: »Allen hat mir gerade wundervolle Neuigkeiten berichtet. Kurz bevor er heimkam, hat er eine bildschöne Japanerin geheiratet!«

Es war ein Anblick zum Erbarmen; die plötzlich veränderten Züge, der unverzügliche Versuch, sich zu beherrschen, der künstliche Ausdruck freudigen Erstaunens und die geheuchelten Gratulationen. »Nein, Allen! Wie wunderbar!«

»Erzähl uns von ihr.«

»Hast du ein Bild bei dir?«

Er warf Cynthia einen Blick der Empörung zu. »Ich hatte an und für sich nicht im Sinn, es auf diese Weise bekanntzugeben«, zwang er sich zu sagen.

Er hatte ein Bildchen von Josui bei sich, kein gutes, eine Amateuraufnahme, die sie in ihrem Schulkleid zeigte. Sie sah ernst drein, das Kleid stand ihr nicht gut, und ihr Haar war glatt zurückgestrichen. Aber die Mädchen langten danach, reichten es unter sich herum, und beim Anblick des verschlossenen jungen Gesichtes riefen sie erleichtert und von triumphierendem Mitleid erfüllt: »Sie ist süß, Allen!«

Sie gaben das Bild Cynthia und gingen unter Lachen und Kopfnicken weiter, und Cynthia setzte ihren Weg fort und betrachtete Josuis Gesicht.

»Es ist ein schlechtes Bild«, sagte Allen. »Sie ist in Wirklichkeit sehr schön, und in ihren japanischen Gewändern sieht sie bezaubernd aus.«

»Hier wird sie keine japanischen Gewänder tragen können«, meinte Cynthia. »Das wäre ein bißchen auffallend.«

»Vermutlich.« Allen nahm ihr das Bild weg und legte es wieder in seine Brieftasche.

Ein paar Minuten gingen sie schweigend nebeneinander her. »Du hast mir noch nicht erzählt, wie ihr geheiratet habt«, erinnerte sie ihn.

»Die Trauung hat in einem buddhistischen Tempel stattgefunden«, erwiderte er kurz. »Sie sind Buddhisten.«

»Wie interessant. Ist es ähnlich wie der Gottesdienst in der Episkopalkirche?«

»Nein, das heißt, eigentlich ja. Im wesentlichen ist es das gleiche. Ein Geistlicher war da, andere Priester und die Götter.«

»Götter?«

»Nun ja, Abbildungen, so wie bei den Katholiken. Sie verehren natürlich die Abbildungen nicht. Die Statuen dienen nur dazu, die Gedanken besser auf irgendwelche Heilige oder den lieben Gott konzentrieren zu können.«

»Und hast du versprochen, sie in Ehren zu halten, ihr beizustehen in Krankheit und Not und so weiter?«

»Natürlich«, antwortete er fest.

Warum fragte sie ihn so aus, wunderte Allen sich insgeheim. War sie ihm wirklich zugetan? »Was hat dich um Himmels willen veranlaßt, vor diesen Mädchen zu plappern?« erkundigte er sich. »Die ganze Stadt wird's bald wissen.«

»Darum habe ich es getan«, entgegnete Cynthia mit betonter Gemessenheit. »Je eher es bekannt wird, desto besser. Hier bin ich an meinem Ziel, Allen. Auf Wiedersehen. Es ist ein Hutgeschäft. Du willst doch sicher nicht mit hineinkommen?«

Sie stand nicht auf seiner Seite!

Josui hatte seinen ersten Brief erhalten. Sie besuchte das College, und niemand wußte etwas. Bevor die amtlichen Papiere von Amerika nicht eintrafen, wünschte der Vater nicht, die erfolgte Trauung bekanntzumachen. Der Brief traf während ihrer Abwesenheit ein. Frau Sakai empfing ihn, erkannte den Absender und gab das Schreiben ihrem Mann. Dr. Sakai legte das Kuvert in die oberste Schublade seines Schreibtisches. Zwei Tage lang erwähnte er es Josui gegenüber nicht. Während er zum Spital und von dort heimging und sich mit seinen Patienten beschäftigte, dachte er an den Brief. Er stattete Herrn Matsui tägliche Besuche ab, denn der Freund litt an einer Gallenblasenentzündung, die sich durch den Genuß von Herbstkrebsen verschlimmert hatte. Herr Matsui befleißigte sich normalerweise großer Enthaltsamkeit, doch im Herbst konnte er einem Krebsgericht mit Wein nicht widerstehen. Er liebte Krebse über alles. Manchmal bekamen sie ihm und manchmal nicht. Es hing davon ab, was die Tiere vorher gefressen hatten. Diesen Herbst hatten sie sich als bösartig erwiesen. Herr Matsui war ernsthaft erkrankt, und während einiger Tage hatte Dr. Sakai Befürchtungen gehegt, und Kobori war nicht von der Seite des Vaters gewichen. Der Patient fühlte sich nun besser, und obwohl Kobori das Haus noch nicht verließ, blieb er doch nicht mehr unablässig im Krankenzimmer, sondern arbeitete in seinem eigenen Raum.

Herr Matsui war seinem Schicksal dankbar, daß er dem Tod entronnen war, und gleichzeitig schämte er sich seiner Zügellosigkeit und vertraute Dr. Sakai an, daß dieser Herbst ihm eine Lehre erteilt habe und er in Zukunft ganz sicher keine Krebse mehr zu essen gedachte. Er fühlte sich um so viel wohler, daß er Dr. Sakai bat, ihn doch nach Beendigung der Arbeit im Spital zu einem freundschaftlichen Plauderstündchen aufzusuchen. Dr. Sakai kam der Bitte gern nach. Er war müde, hatte jedoch das Gefühl, nie wieder gutmachen zu können, was seine Tochter der Familie Matsui angetan hatte. Die von den Matsuis bewiesene Großzügigkeit ließ sich nie vergelten. Als er versuchte, diese Gedanken Herrn Matsui gegenüber auszudrücken, winkte der alte Mann nur ab. »Solche Dinge sind nicht wichtig«, sagte er. Er äußerte nie das kleinste Zeichen von Ärger oder Rachelust. Vielleicht war die Sache wirklich nicht wichtig. Doch wie dies sich auch verhalten mochte, Dr. Sakai war zu stolz, um den Zwischenfall ohne weiteres vergessen zu können.

Herr Matsui lag auf seiner Matte, Haupt und Schultern von einem kurzen grauseidenen Überwurf bedeckt, der auf seiner Brust übereinandergeschlagen und unter den Armen geknüpft war. Er war beinahe wieder der alte. Der gelbliche Ton der Haut war verschwunden, und das Gesicht, in dem sich die Schmerzen widergespiegelt hatten, drückte den früheren Frieden aus.

»Ich verdanke Ihnen mein Leben«, sagte er.

»Ich habe nur meine Pflicht getan«, erwiderte Dr. Sakai.

»Mehr als das«, beharrte Herr Matsui. »Nun sind alle Schulden gezahlt.«

Dr. Sakai verstand, was der andere damit sagen wollte, und es wurde ihm warm ums Herz. Er beugte sich vor und sprach mit leiser

Stimme: »Ich möchte Sie um Ihren Rat bitten. Es ist ein Brief für meine Tochter gekommen. Er liegt in meinem Schreibtisch. Wäre es ein Fehler, wenn ich den Brief zurückhielte und ihn ihr nicht gäbe? Im Interesse ihres eigenen Glückes hoffe ich immer noch, daß sie sich von dem Amerikaner trennt. Zu ihrem Besten, verstehen Sie mich recht. Ich bin überzeugt davon, daß sie in Amerika so unglücklich sein wird, wie ich es war.«

Herr Matsui dachte nach, nur als Freund Dr. Sakais. Er hatte kein Verlangen mehr, die junge Frau in seine Familie aufzunehmen, denn nach dem, was er gehört hatte, war die Ehe vollzogen worden, und für seinen Sohn konnte nur eine Jungfrau als Gattin genügen.

»Ich denke, Sie müssen ihr den Brief geben«, meinte er. »Sie ist doch schließlich Ihre Tochter. Ich bin im übrigen völlig Ihrer Meinung, aber die korrekten Beziehungen in einer Familie müssen geachtet werden.«

Dr. Sakai verneigte sich leicht.

Herr Matsui wechselte sofort das Thema. »Ich spiele mit dem Gedanken, den Eingang zum zeremoniellen Teehaus im Garten erweitern zu lassen.«

Als Josui sich am Abend von ihren Eltern für die Nacht verabschiedete, entnahm Dr. Sakai seinem Schreibtisch den Brief.

»Dies ist während deiner Abwesenheit für dich gekommen«, sagte er.

Er erwähnte nicht den Tag, an dem der Brief eingetroffen war, und Josui hielt sich nicht damit auf, Fragen zu stellen. Sie verneigte sich tief vor dem Vater und dann vor der Mutter und eilte in ihr Zimmer. Ein Brief! Sie brachte es nicht über sich, das Kuvert gleich zu öffnen. Sie hielt es gegen ihre Wangen, gegen ihre Brust und gegen ihre Lippen. Dann musterte sie den Umschlag aufmerksam. Ihr Name war leicht leserlich geschrieben. Frau Allen Kennedy und darunter — vorsichtshalber — Josui Sakai, weiter die Straße, Kyoto, Japan. Und die hellen Briefmarken! Der Brief war mit Flugpost gekommen, und wieviel das Porto gekostet hatte! Es war sein Wille gewesen, ihr das Schreiben so schnell wie möglich zukommen zu lassen, und sie mußte es aufmerksam lesen, aber nicht, bevor sie sich gewaschen hatte. Sie legte den Brief auf ihre niedrige Kommode und bereitete sich für die Nacht vor. Und erst, als sie das Nachthemd aus blau-weißer Seide angezogen hatte und ihr Haar gekämmt und geflochten war, nahm sie eine Schere und schnitt das Kuvert auf, ohne die Briefmarken zu verletzen. Aus Angst, die Bogen zu verflecken, hatte sie es unterlassen, sich Creme in die Haut zu reiben.

Sie las langsam und behutsam Wort für Wort, eine jede Silbe wie eine Kostbarkeit behandelnd, und im Lesen versuchte sie, alles, was er beschrieb, zu sehen, wie er es sah. Sie nahm ihre Erinnerungen an Los Angeles zu Hilfe, aber in Virginia schien alles noch viel schöner zu sein, und sie mußte ihre Vorstellungskraft anstrengen, um sich die sanft ineinander übergehenden Hügel und die Gärten und den Palast vorzustellen, der sein Heim war. Am längsten verweilte sie bei der Beschreibung seiner Zimmer, die sie eines Tages gemeinsam mit ihm bewohnen sollte. Er berichtete von allem, von dem breiten Bett mit dem Überwurf aus goldbraunem Satin, von dem Teppich und den Vorhängen im selben Grundton und den dunkelroten und gelben Farbflecken, die die Einrichtung belebten, aber es sei ein einfacher Raum, schrieb er. Wie konnte er einfach sein? Im Wohnzimmer befand sich ein Kamin. Zwei Zimmer hatte er für sich ganz allein — und für sie —, und sie waren so groß und geräumig, fast wie der Garten des Hauses in Kyoto. Sie stellte sich das große Fenster vor, die Bücher in den Gestellen neben dem Kamin und die behäbigen Polstersessel, von denen ein jeder breit genug war, um ihnen beiden Platz zu bieten, wie Allen schrieb. Immer und immer wieder las sie die Schilderung der Zimmer, denn es war ihr Heim, von dem er schrieb, und sie mußte sich damit vertraut machen, denn wenn sie erst dort war, durfte sie kein Gefühl der Fremdheit in sich aufkommen lassen. Seinen Eltern ging es gut. Er hatte ihnen noch nichts gesagt. Aber sie brauchte sich keine Sorgen zu machen, denn sie waren liebevoller denn je zu ihm. Sie würden sie in erster Linie um seinetwillen willkommen heißen und in zweiter Linie um ihretwillen. Sie sollte viele hübsche Kimonos mitbringen, für das Haus natürlich, nicht für die Straße.

Viel später löschte sie die Lampe aus, kuschelte sich unter die Decke, den Brief fest an die Brust gepreßt, und weinte lange Zeit, weil sie so weit von ihm entfernt, so allein und so glücklich war.

Er mußte mit seinen Eltern sprechen — unverzüglich. Wenn er an seine Eltern dachte, meinte er stets die Mutter. Der Vater mit seiner sanften Natur konnte zu allem gebracht werden. Er zögerte, als er sich von Cynthia getrennt hatte.

Sollte er erst zum Vater gehen, mit ihm sprechen und sich seines Beistandes versichern, oder war es besser, sich direkt an die Mutter zu wenden und ohne alle Umschweife mit der Wahrheit herauszurücken, indem er vorgab, er setze ihr Einverständnis stillschweigend voraus? Er erwog die Beziehung zwischen der Frau und dem Mann, die seine Eltern waren. Intuitiv wußte er, wie sie miteinander standen. Sein ganzes Leben hatte er in weniger wichtigen Dingen die gleichen Gedanken erwogen. Solange er noch ein Knabe gewesen war, und ein bißchen feige vielleicht, oder auch, weil er stets darauf brannte, seine Wünsche erfüllt zu sehen, und eine Ablehnung ihm unerträglich schien, hatte er sich hinter den Vater gesteckt, und gemeinsam waren sie dann der Mutter gegenübergetreten. Später, als junger Mann, hatte er wiederum nur mittels seiner Intuition und der gemachten Erfahrungen herausgefunden, daß sein Vater keine Stütze war. Im Gegenteil, die Mutter neigte zu einem ablehnenden Standpunkt, sobald er die Vermittlung des Vaters erbat. Es erwies sich als ratsamer, sie direkt zu bitten, wie damals, als er in Charlotteville die Universität besuchte und sich nichts sehnlicher wünschte als ein offenes Auto. Der Vater war von der Idee nicht begeistert gewesen, und sein Zögern hatte die Mutter zur Zusage bestimmt.

»Allen soll unabhängig sein«, hatte sie erklärt. »Ich finde, er kann den Wagen haben.«

Er seufzte tief auf. Er mußte gleich zu ihr gehen, denn bald würde das Telefon läuten, und dann war sie sicher in keiner guten Stimmung, weil er nicht zuerst mit ihr gesprochen hatte.

Er lief die weißen Marmorstufen hinauf, über die von Säulen eingesäumte Terrasse und ins Haus. »Mutter, wo bist du?«

»Hier!« antwortete ihre Stimme. »Im Wintergarten.«

Der Großvater hatte an den linken Flügel des Hauses einen altmodischen achteckigen Wintergarten anbauen lassen. Der Wintergarten war durch eine Tür mit dem jetzigen Speisezimmer verbunden, welches in jenen Tagen einen Teil des Ballsaales gebildet hatte. Später war diese Partie des Hauses zu einer Bibliothek umgebaut und der frei werdende Raum zur Erweiterung der Aufenthaltsräume benützt worden. Der Vater hatte den Ballsaal protzig und sinnlos gefunden.

Die Mutter grub einen Topf mit Farnkräutern um. Die Messingschaufel glitzerte in ihren behandschuhten Händen. Die Morgensonne vergoldete die Farnkräuter und Chrysanthemen in ihren Töpfen.

»Was für Chrysanthemen!« rief er staunend. »Sie sind beinahe so groß wie die in Japan.«

Sie zeigte nicht das geringste Interesse an Japan.

»Ich bin der Meinung, wir sollten eine Gesellschaft dir zu Ehren veranstalten. Jedermann möchte dich sehen. Das Telefon steht keine Minute still.«

Allen hakte ein. »Ich tue besser daran, dir etwas zu erzählen, bevor du es übers Telefon erfährst. Cynthia hat mir gesagt, daß du schon Bescheid weißt. Aber du weißt nicht alles, nehme ich an. Sie hat gesagt, die Frau meines Obersten hätte sich verpflichtet gefühlt, dir zu schreiben.«

Die Mutter setzte ihre Arbeit mit den moosigen Wurzeln aufmerksam fort. »Du meinst wegen dieses japanischen Mädchens?«

»Ja.«

»Ach, das nehme ich nicht weiter ernst«, bemerkte sie obenhin. »Ich kann mir vorstellen, wie das war. Du warst allein dort drüben, und ich nehme an, es gab nicht sehr viele hübsche Amerikanerinnen. Jetzt bist du daheim, und –«

»Halt, Mutter!«

Sie sah auf und bemerkte seine Blässe und den gequälten Ausdruck um seinen Mund.

»Was ist denn los, Allen?«

»Du irrst dich in allem, was Josui betrifft. Das ist ihr Name. Sie ist meine Frau.«

»Allen Kennedy!« Das hatte sie gerufen seit seiner frühesten Kindheit, sooft sie unzufrieden mit ihm war, wenn er sie in die Brust biß, oder wenn er seine Spielsachen hinunterwarf, oder als er seine ersten richtigen Anzüge beschmutzte, später, wenn er die Schule schwänzte, sich heimlich einen Dollar aus ihrer Handtasche nahm oder seine erste Zigarette rauchte und auch, als er betrunken von einem Tanzabend heimgekehrt war.

»Wir sind verheiratet, Mutter, und ich will sie so bald wie möglich herbringen«, sagte er.

Frau Kennedy legte die Schaufel weg und streifte die Handschuhe ab. »Komm mit in die Bibliothek«, forderte sie ihren Sohn auf. »Wir müssen miteinander reden.«

»Es gibt nicht mehr viel darüber zu reden, Mutter. Es ist geschehen.« Aber er folgte ihr, und sie setzten sich jedes auf eine Seite des Kamins, in dem kein Feuer brannte.

»Erzähl mir alles«, forderte sie ihn auf. Sie saß da, die Hände verschränkt, die Stimme sorgfältig beherrscht, ein leichtes Lächeln um die Lippen – aber er sah den Gram in ihren Augen.

Und so erzählte er ihr, wütend auf sich selbst und auf sie, weil er, ein Mann, sich von den Gespenstern früherer Sünden ins Bockshorn jagen ließ, kindischen Sünden, deretwegen sie ihn hier in diesem Raum so oft gescholten hatte. Es endete immer damit, daß er sich entschuldigte, versicherte, daß es ihm leid tue, daß er es nie wieder tun werde und daß er sie liebe. Die Prozedur stand unwandelbar fest: erst ihr Ärger, dann ihr Gekränktsein, schließlich die Verzeihung und ihr Bedürfnis, sich von ihm beteuern zu lassen, daß er sich in Zukunft nichts mehr zuschulden kommen lassen werde, weil er sie liebte.

Er wappnete sich innerlich gegen den überlieferten Verlauf. Diesmal würde er nicht Schritt für Schritt die ausgetretenen Stufen gehen. Er würde ihr alles erzählen, nichts weiter. Wenn sie ihn nicht im Hause haben wollte, brauchte sie es ihm nur zu sagen. Die Welt war groß, und er war weit herumgekommen.

Aber sie benahm sich nicht wie sonst. Nachdem er alles berichtet hatte, alles mit Ausnahme der beiden Nächte, die er mit Josui verbracht hatte, mußte er zugeben, daß die Mutter sich großzügig benahm. Sie hörte ihm zu, ohne Zorn, obwohl man ihr ansah, wie schwer es sie traf. Gerade, daß sie so gegen ihre Natur ankämpfte, stimmte ihn weich. Wäre sie zornig gewesen, hätte dies seine eigene Wut angestachelt und ihm Kraft verliehen.

»Du wirst Josui bald liebgewinnen«, sagte er und haßte sich wegen des flehenden Untertones in seiner Stimme. »Sie ist nicht wie die meisten Japanerinnen, Mutter. Sie spricht ausgezeichnet englisch und kennt unser amerikanisches Leben.«

»Ist sie rein japanisch?« fragte die Mutter.

»Ja, aber sie ist in Kalifornien auf die Welt gekommen. Habe ich dir das noch nicht erzählt?« Er hatte es ihr erzählt, wollte es aber wiederholen.

»Dann sieht sie also japanisch aus?« forschte die Mutter weiter.

»Sie sind nicht dunkelhäutig, Mutter. Ich meine, du kannst sie nicht mit den Farbigen hier vergleichen.«

»Sie sind ganz bestimmt nicht weiß«, versetzte sie spitz. Darauf wußte er keine Antwort. Einen Moment herrschte Schweigen, bevor sie fortfuhr, noch immer mit dem Anflug von Schärfe im Ton: »Sonderbar ist das, wenn man bedenkt, daß wir die Japaner bekämpft haben. Sie waren unsere Feinde, vor gar nicht langer Zeit, und heute verlangst du von mir, daß ich eine Japanerin bei uns aufnehme.«

»Ich kann dir das nachfühlen, Mutter. Mir ist es am Anfang nicht viel anders gegangen. Bevor ich Josui besser kannte, habe ich mich manchmal gefragt, wieso ich sie nicht mit — mit den anderen auf eine Stufe stelle. Der Grund ist, daß ich sie mit niemandem auf eine Stufe stelle, den ich jemals gekannt habe. Josui ist einfach sie selbst, die Frau, die ich liebe und geheiratet habe. Zufällig sind ihre Ahnen eben von irgendwelchen Inseln aus dem Osten gekommen anstatt aus dem Westen. Ebensogut hätte sie in England geboren sein können.«

»Unsere Vorfahren stammten aus England«, bemerkte Frau Kennedy.

»Ach, Inseln, alles nur Inseln«, wehrte er ab. Er erinnerte sich an etwas, und ein Lächeln umspielte seinen Mund. »Ihr Vater hegte dieselben Gefühle wie du, Mutter. Er wollte mich nicht zum Schwiegersohn, weil ich weiß bin.«

Es interessierte sie nicht. Sie konnte sich Dr. Sakai nicht vorstellen. Allen starrte weiter auf den dunkelroten Teppich zu seinen Füßen.

»Frau Sakai hat sich sehr verständnisvoll benommen«, fuhr er fort. »Sie ist eine richtige Japanerin, eine dieser Bilderbräute –«

»Bilderbräute?« Die Mutter hob den Kopf.

Er ärgerte sich, daß ihm die Worte entschlüpft waren. »Ach, das liegt lange zurück. Unsere Einwanderungsgesetze verboten die Einreise von Asiaten, und die hier lebenden Männer mußten sich ihre Frauen aus Bildern von Japanerinnen aussuchen. Die Trauungen fanden dann mittels Vollmacht oder so ähnlich statt.«

»Sie kann aus keiner sehr guten Familie gestammt haben, nicht einmal in Japan«, bemerkte die Mutter abweisend. Aber sie zeigte noch immer kein Interesse.

Er beugte sich vor, stützte die Ellbogen auf die Knie, lächelte krampfhaft und suchte nach einem Widerhall in ihren Zügen.

»Nun, Mutter?«

Sie wich seinem Blick nicht aus. »Wenn es doch geschehen ist, wie du sagst –«

»Es ist geschehen«, bestätigte er mit Nachdruck.

»Dann bleibt nur eines übrig.«

»Was, Mutter?«

Sie weigerte sich fortzufahren. »Ach, nichts! Eine närrische Idee, die mir kam.«

»Aber Mutter –«

»Laß mich jetzt in Ruhe, Allen. Ich muß es deinem Vater sagen. Es wird ein schlimmer Schlag für ihn sein. Wir hatten gehofft, dich mit jemandem von hier verheiratet zu sehen, mit Cynthia vielleicht, und wir hatten davon geträumt, wie unsere Enkelkinder in diesem Haus herumlaufen würden. Ich habe mir immer viele Kinder gewünscht, aber ich konnte keine mehr haben.«

»Warum sollen keine Enkelkinder kommen?« sagte er, und es war als ein Trost für sie gemeint. Er erkannte sogleich, daß er einen schlimmen Fehler begangen hatte, denn nun war es mit der Beherrschung vorbei.

»Um Himmels willen, nein, Allen!« Sie sprang auf.

»Mutter!« rief er ängstlich. Mit einem Satz war er bei ihr, und sie sank weinend an seine Brust. Nichts war imstande, ihr Schluchzen zu dämpfen. Er hatte sie nie weinen sehen, dies war keine Taktik von ihr gewesen, und er begriff, daß die Tränen auch jetzt nicht zu ihrer Verteidigung flossen. Er streichelte ihre Hand und murmelte ein Mal übers andere: »Nicht doch, Mutter! Nicht doch!«

Aber sie riß sich von ihm los und lief aus dem Zimmer.

Herr Kennedy, der von einem gemächlichen Spaziergang heimkehrte, wurde sich sofort der gestörten Atmosphäre des Hauses bewußt. Der Morgenspaziergang war zu einer eingefleischten Gewohnheit geworden nach dem Tode seines Vaters, der ihn zum Erben eines ansehnlichen Vermögens gemacht hatte. Das Vermögen war durch Baumwollhandel in Tennessee und Pferdezucht in Kentucky angesammelt worden. Allmorgendlich nach dem Frühstück pflegte Herr Kennedy sich auf den Weg zu machen und Freunde zu besuchen, und indem er selbst wenig sprach, jedoch überall zuhörte, wurde er einer der am besten unterrichteten Männer weit und breit. Mehrmals jährlich unternahm er in verschiedene Teile des Landes Reisen, um darüber auf dem laufenden zu bleiben, was andere Leute dachten und sagten. Seine allgemeinen Kenntnisse hätten ihn dazu befähigt, eine Kandidatur im Kongreß oder sogar im Senat zu suchen, aber er legte keinen Wert darauf, sein Wissen zu benützen oder weiterzuleiten. Wäre er in anderen Kreisen aufgewachsen, hätte er vielleicht Philosophie studiert, oder, falls er Begabung dazu verraten hätte, wäre er vielleicht ein Dichter geworden. Wie die Dinge lagen, war er ein freundlicher Mann mit einem Wissen, dessen Umfang niemand ermaß und an welchem er sich auf eigene stille Weise erfreute.

Seine empfindsame Natur verriet ihm im Augenblick, in dem er an diesem schönen Morgen die Schwelle seines Hauses überschritt, daß etwas nicht im Gleichmaß war. Er trat zum Schrank, hängte seinen grauen Überzieher und den Hut auf und ließ seinen Stock in die hohe chinesische Vase gleiten, die in einer Ecke der Halle stand. Gleich darauf hörte er seines Sohnes Schritt von oben und dann auf der Treppe.

»Ich bin froh, daß du gekommen bist«, rief Allen, um die letzte Biegung der Treppe kommend. »Ich wußte gar nicht, wo du steckst. Ich fürchte, ich habe Mutter schrecklich aufgeregt. Sie hat ihre Tür versperrt.«

Die versperrte Tür war ein bedenkliches Zeichen. Die beiden Männer sahen einander an. »Ich weiß gar nicht, wie ich's dir beibringen soll.«

»Ich glaube, ich errate es«, erwiderte der Vater.

Er ging voraus in das leere Wohnzimmer und setzte sich. »Ich habe vorausgesehen, daß es früher oder später geschehen würde«, sagte er. »Wir wußten seit geraumer Weile, daß du private Bande in Japan hattest. Dein Oberst —«

Ungeduldig unterbrach Allen den Vater. »Was Mutter so aufgeregt hat, Vater, ist, daß ich mit Josui Sakai verheiratet bin.« Er kauerte auf der breiten Lehne eines Samtsessels und verstieß damit, ohne sich dessen im Moment bewußt zu werden, gegen eine der wichtigsten Regeln seiner Kindheit.

Herrn Kennedys fleischiges Gesicht mit den etwas hängenden Backen überzog sich mit gedämpfter Röte. Seine Haut war zart. Bis auf einen kleinen hellbraunen Spitzbart unter der überhängenden Unterlippe achtete er darauf, stets glatt rasiert zu sein. Die Lider über den blaßgrauen Augen waren wächsern und halb geschlossen. Nur wenn er beunruhigt war, pflegte er die Lider ganz hochzuziehen. Er tat es jetzt.

»Das hättest du uns mitteilen können, mein Sohn«, sagte er vorwurfsvoll.

»Ich hatte nicht die Absicht, sofort zu heiraten«, bekannte Allen. »Aber plötzlich schien es das einzig Richtige zu sein. Ich bin noch jetzt dieser Meinung. Sie ist aus guter Familie, und überdies bin ich nun einmal nicht von dem Schlag, der sich andere Wege sucht. Zumindest glaube ich das. Vielleicht hängt es damit zusammen, daß ich zuviel von dem gesehen habe, was sich andere in der Beziehung leisten. Es widert mich an.«

Herr Kennedy erwiderte nichts auf diese Feststellung. Die Beziehungen zwischen ihm und seinem Sohn waren eng, aber nüchtern. Sentimentale Erwägungen hatten keinen Platz darin.

»Was für eine Art Mädchen ist es?« Seine länglichen blassen Hände lagen auf den Lehnen des Sessels und machten einen sonderbar hilflosen Eindruck, als seien sie nie viel benützt worden, was ja auch den Tatsachen entsprach.

»Wenn Mutter sich nur dazu aufraffen wollte, würde sie Josui bestimmt bald liebgewinnen«, sagte Allen beschwörend. »Die Wahrheit ist, Vater, daß ich Glück hatte. Wir haben uns auf den ersten Blick ineinander verliebt. Sie hätte ebensogut nur ein schönes Geschöpf sein können. Sie ist aber viel mehr als das.«

»Wie lange kennst du sie?« fragte Herr Kennedy.

»Nicht lange, aber lange genug, um zu wissen, was in ihr steckt.«

Er stand auf und schritt im Zimmer auf und ab, während er, ohne den Vater anzusehen, weitersprach. »Ich kann dir weiß Gott nicht sagen, warum oder wie es geschah. Ich habe dieses Jahr wirklich schwer gearbeitet, hauptsächlich nach der Umbesetzung im Kommando. Eines Tages sagten ein paar von den Kameraden, daß sie einen Ausflug nach Kyoto und Nara beabsichtigten, und ich dachte, daß ich seit Monaten keinen Urlaub mehr gehabt hatte, und beschloß, mitzufahren. Zufällig sah ich Josui, wie sie in den Torweg ihres College trat. Ich glaube, unsere Blicke haben sich im psychologisch richtigen Augenblick getroffen, das ist's ganz einfach. Ebensogut hätte ich ja ohne zu zaudern weitergehen können. Aber ich tat's nicht. Am nächsten Tag ging ich zur selben Zeit an die gleiche Stelle, und da haben wir uns kennengelernt. Sie ist nicht nur schön, Vater, das habe ich dir ja schon gesagt. Sie hat etwas Ungewöhnliches an sich. Das war es sicher, was meine Aufmerksamkeit zuerst erregt hat. Sie gleicht keiner Frau, der ich jemals in meinem Leben begegnet bin. Vielleicht kommt es daher, daß sie Orientalin ist. Wie soll ich's wissen? Ich bin über drei Jahre dort drüben gewesen, und es ist möglich, daß es sich in mein Blut geschlichen hat. Manche Männer behaupten, daß das geschieht. Und sie sagen, man kann keine Amerikanerin heiraten, wenn sich das ereignet.«

Herr Kennedy saß mit leicht geöffnetem Mund da und wirkte hilflos, obwohl er es nicht war. Er hörte zu und dachte nach. Er war sich völlig im klaren, was seine Josephine, seine kleine Kaiserin, aus dieser Geschichte zu machen imstande war. Er wußte auch, wovon sein Sohn sprach. Hatten die Männer des Südens das nicht stets gewußt? Ihre Frauen ließen sie zu einem gewissen Punkt gehen, jedoch niemals darüber hinaus. Flut und Ebbe unterstanden keinem festeren Gesetz als die Männer der Vorherrschaft der weißen Frauen im Süden.

»Deine Mutter wird sich nie damit abfinden«, sagte er mit farbloser Stimme. »Ein Geplänkel, ich meine ohne Heirat, das wäre ihr egal gewesen. Daran sind unsere Frauen mehr oder weniger gewöhnt, nehme ich an. Aber daß eine junge Frau, die nicht weiß ist, als Schwiegertochter herkommen soll, das ist ein großer Schock, und ich kann mir nicht vorstellen, daß sie dazu ihren Segen gibt. Ich werde hinaufgehen und nach ihr sehen.«

Er stemmte sich langsam auf den blassen länglichen Händen hoch, durchquerte den Raum mit schweren Schritten und stieg dann die Treppe hinauf, die Füße langsam von einer Stufe zur anderen hebend. Oben angekommen, drehte er mit ratterndem Geräusch den Knauf an der Schlafzimmertür seiner Frau hin und her.

»Mach auf, Putz!« rief er.

Er wartete, und einige Sekunden später hörte er sie durchs Zimmer gehen. Die Tür öffnete sich, er trat ein und nahm seine Frau mit einer Geste geduldiger Vertrautheit in die Arme. Ihr Kopf sank auf seine Schulter, und er streichelte ihr Haar.

»Hat er's dir erzählt?« fragte sie, sich an ihn schmiegend.

»Ja, Putz.«

»Was sollen wir tun?«

»Ich sage immer, das beste ist, nichts zu tun, Putz. Laß die Dinge ihren eigenen Verlauf nehmen.«

»Aber er will sie doch herbringen!«

»Dann müssen wir sie kommen lassen.«

»Das dulde ich nicht.«

»Wenn du es nicht duldest, dann wird er wohl von hier weggehen und sich woanders niederlassen müssen.«

Sie schob ihn von sich, und er blieb ruhig abwartend stehen, während sie im Zimmer auf und ab ging und sich die Schläfen mit einem in Eau de Cologne getränkten Taschentuch rieb.

»Mein Kopf zerspringt vor Schmerzen.«

»Das habe ich befürchtet.«

Er ließ sich vorsichtig auf einen mit rosa Taft überzogenen Sessel sinken. Er war zu dick für den Stuhl, und er saß nicht bequem darauf, aber es war keine andere Sitzgelegenheit im Raum vorhanden.

Er wartete ab, während sie sich die Schläfen betupfte, und er liebte sie trotz ihrer Engherzigkeit, ihrer Herrschsucht und ihrer Verbohrtheit in manchen Dingen, weil er wußte, daß sie eine gute Gattin und eine gute Frau war und daß die Kraft der Nation sich in ihr verkörperte. Wären alle Leute gewesen wie er, hätte es wahrscheinlich weder Ordnung noch allgemeinen Anstand gegeben. Das Haus wäre längst verkommen, und jedermann im Ort hätte Nutzen aus seiner Nachgiebigkeit gezogen. Er wünschte sich nur, daß sie ihn ein wenig leidenschaftlicher lieben könnte, aber kein Mann konnte eine gute Frau und eine gute Geliebte zu gleicher Zeit haben. Wäre er temperamentvoller gewesen, hätte er vielleicht zu den gleichen Mitteln gegriffen, die andere Männer sich wählten, aber damit waren zu viele Schwierigkeiten verbunden. Er liebte über alles den Frieden, und den fand er auf seine Art in seinem Haus.

»Du bist eine zu starke Persönlichkeit, Putz, um das Unvermeidliche so aufzunehmen«, sagte er liebevoll. »Ich weiß, wie dir zumute ist. Mir geht es nicht viel anders. Ich habe mir immer Cynthia als die Mutter unserer Enkel vorgestellt. Aber unser Junge hat etwas anderes haben wollen, und er hat es gefunden. Wir können nichts daran ändern. Wir müssen uns damit abfinden. Versuchen wir, das Beste daraus zu machen.«

Seine Frau zerknüllte das Taschentuch, glättete es und zerknüllte es von neuem. »Was läßt sich daraus machen?« fragte sie erregt. »Heirat geht mehr als nur zwei Leute an, Tom. Es ist die Grundlage für eine Familie. Sie dürfen keine Kinder bekommen. Sie dürfen einfach nicht!«

Er antwortete nicht. Er wußte, woran sie dachte, und die Vorstellung halbjapanischer Kinder in diesem Hause war tatsächlich bedrückend. »Vielleicht bekommen sie keine«, meinte er ohne Überzeugung.

»Du weißt so gut wie ich, daß sie welche haben werden«, fuhr seine Frau auf. »Hast du nicht von der enormen Geburtenziffer dort drüben gelesen? Diese orientalischen Frauen hecken wie die Kaninchen. Nein, dagegen muß etwas unternommen werden.«

Er war zu zartfühlend im Umgang mit Frauen, um sie um eine nähere Erklärung zu bitten, in welcher Beziehung sie etwas zu unternehmen gedachte, und so sagte er nichts. Er saß da, dick und erschöpft aussehend, und sein Gesicht glich sich der Farbe des gestutzten Ziegenbärtchens, der Haare und der Brauen an.

»Man muß Allen zur Vernunft bringen«, erklärte Frau Kennedy. »Er muß selbst einsehen, daß er sich verrannt hat.«

»Aber wenn er doch schon verheiratet ist?« wandte ihr Mann ein.

»Dann kann er sich scheiden lassen.«

Er sah, wie ihr Gesicht sich bei diesem Gedanken aufhellte; eine Hoffnung regte sich. Sie legte das Taschentuch weg.

»Vielleicht sind sie gar nicht richtig verheiratet, Tom.«

»Er behauptet es aber, Putz.«

»Trotzdem. Was ist überhaupt Buddhismus? Das ist doch keine richtige Religion, und ganz sicher ist ein Tempel keine Kirche – angefüllt mit Götzenbildern! Diese Japaner haben ihn eingefangen.«

Mitleid mit seiner Frau überkam Herrn Kennedy. »Das alles wird Allen wenig beeindrucken. Er will an seine Heirat glauben.«

»Jetzt, aber wart nur ab! Wenn er erst einsieht, daß es einfach nicht geht ... Oh, Tom, kannst du dir eine schlitzäugige Frau in diesem Haus oder auch nur in dieser Stadt vorstellen? Wer wird sie einladen? Unser ganzes Leben ist zerstört!«

Sie war zu allem fähig – im Guten wie im Bösen. »Ich bin nach wie vor der Überzeugung, daß eine Frau mit deiner Stellung im Ort den richtigen Weg finden kann. Mach gute Miene zum bösen Spiel, und die Leute werden dich nur um so mehr achten.«

Sie schüttelte den Kopf, biß sich auf die zitternden Lippen und hob die Hände vors Gesicht. »Ich kann nicht, Tom! Ich kann einfach nicht. Ich werde dergleichen tun, als wäre alles nicht wahr, und mit der Zeit werde ich Allen schon zur Einsicht bringen.«

Er erhob sich. »Ich habe dir jedenfalls meinen Rat gegeben. Es steht dir frei, ihn zu befolgen oder abzulehnen. Aber eines behalt im Auge, Putz: verrechne dich nicht in deinem eigenen Sohn!«

Er ging hinaus und überlegte, daß alles, was er im Augenblick brauchte, ein kräftiger Schluck war.

Nachdem er sich einen Whisky eingeschenkt hatte, setzte er sich mit dem Glas hinaus auf die Terrasse und sann über die Probleme nach, die ein jeder heraufbeschwor, der bestimmten Maßstäben, der öffentlichen Meinung, der eigenen Stellung im Leben und all den Sehnsüchten und Vorurteilen der Menschheit übertriebene persönliche Bedeutung beimaß. Falls das japanische Geschöpfchen tatsächlich in dieses Haus einzog, würde er sich nicht aus seiner Ruhe bringen lassen. In welcher Beziehung sollte sie ihn stören? Wenn es ihm schon nicht vergönnt war, seine Frau und seinen Sohn glücklich zu sehen, so wollte er zumindest glücklich sein, denn sein inneres Wohlbefinden war auf der tieferen Bedeutung guter Nahrung, einer ordnungsgemäß funktionierenden Leber, dem besten Bett, das man sich wünschen konnte, und der Fähigkeit, die ganze Nacht hindurch zu schlafen, gegründet. Er war sich bewußt, manche anregende Empfindung vermißt zu haben in seinem Leben, aber jetzt lag ihm nichts mehr an einer Anregung.

Mittlerweile war er zufrieden, daß die schlechten Nachrichten überbracht waren und seine Frau Bescheid wußte. Was sie beschließen würde, ließ sich allerdings nicht voraussehen. Wie er sie kannte, würde sie nicht mehr über die Angelegenheit sprechen. Sie würde sich ihren Plan zurechtlegen und dann an die Ausführung gehen, und früher oder später erfuhr auch er von ihren Absichten, aber zu spät, um noch irgend etwas dagegen zu tun. Sie war zu gut erzogen, um eine feindselige Stimmung im Hause aufkommen zu lassen. Heute abend bei Tisch gab sie sich bestimmt wie immer. Allen hatte viel von seiner Mutter geerbt, und auch er würde sich nichts anmerken lassen. Die Zeit heilte nicht nur, sie enthüllte auch manches, und wer konnte sagen, ob man sich nicht so weit an die gegebenen Tatsachen gewöhnte, daß sie eines Tages zum anerkannten Bestandteil des Lebens wurden?

Als Allen aus dem Haus trat, fand er seinen Vater in Halbschlaf versunken. Das Glas stand am Boden. Allens Schritte weckten Herrn Kennedy, und als er blinzelte, sah er den Sohn mit dem Mantel überm Arm, einem Hut auf dem Kopf und einem Köfferchen in der Hand vor sich stehen.

»Ich fahre für ein paar Tage fort«, erklärte er dem Vater.

Herr Kennedy öffnete kaum seine schläfrigen Augen. »Wohin?«

»Nach Washington.«

»Was willst du in dem Höllenkasten?«

»Mich vielleicht nach einem Posten umsehen. Und ich will mich erkundigen, was nötig ist, um Josui herüberzubekommen.«

»Hast du deine Mutter von deinen Reiseplänen unterrichtet?«

»Nein. Richte ihr meine Grüße aus, bitte. Ich werde vermutlich nicht lange fort sein. Wenn ich einen Posten bekomme, muß ich sowieso nochmals heimkommen, um meine Sachen zu holen.«

»Gut, Allen, ich will's der Mutter sagen.«

Seine Lider sanken schon wieder nieder, aber Allen hielt nochmals inne. »Wie fühlt sich Mutter?«

»Besser«, antwortete der Vater verschlafen. Whisky machte ihn immer so müde.

Er beobachtete den Sohn noch, wie er in den Wagen stieg, den sie während der Jahre seiner Abwesenheit für ihn sorgsam aufgehoben hatten, und dann versank er in gesunden Schlaf.

Frau Kennedy hatte nie daran geglaubt, daß etwas Unvermeidliches existieren könne, und da sie nicht daran glaubte, nahm sie nichts als unvermeidlich hin. Unter ihren vielen Freundinnen gab es keine, die wirklich ihre Vertraute gewesen wäre, obwohl jede von ihnen sich einbildete, alles zu wissen, was Josephine dachte oder empfand. Ihrem Mann vertraute sie ganz sicher nicht alle ihre Gefühlsregungen an. Nur was sie ihn wissen lassen wollte, teilte sie ihm mit, und er war es zufrieden. Rückhaltlosen Einblick in Herz und Kopf dieser eigenwilligen Frau zu haben, hätte ihn nur erschreckt. Sie spürte, daß es ihm lieb war, nicht zu viel behelligt zu werden, und daß sein Mitgefühl, soweit er sich überhaupt zu einer Stellungnahme bequemte, eher zu der jungen Japanerin neigte. Er würde diesem Mitgefühl niemals Ausdruck verleihen, weil es ja einer Gegenströmung gleichkam, er würde auch nichts unternehmen, aber insgeheim stand er auf seiten Allens. Männer wurden eher durch Auflehnung denn durch Liebe beeinflußt. Frau Kennedy dachte manchmal, daß Auflehnung stärker war als Liebe. Wenn es sein mußte, konnte auch sie sich auflehnen.

Das Leben im Hause ging seinen üblichen Gang während Allens Abwesenheit, und Herr Kennedy gewöhnte sich daran, seine Frau mit freundlicher Geduld übers Telefon erklären zu hören: »Ach, meine Liebe, wir nehmen das nicht so ernst. Sie wissen doch, daß wir Mütter die Streiche unserer Söhne hinnehmen müssen. Dagegen kann man nichts machen, es gehört zu den unerfreulichen Beigaben des Krieges. Nein, er ist nicht richtig verheiratet. Sie haben eine Art Verlobungszeremonie in einem buddhistischen Tempel über sich ergehen lassen, aber ich bezweifle, daß das vor den hiesigen Ämtern Bestand hat. Wir sprechen jedenfalls gar nicht von der Sache.«

Ein schöner Tag folgte dem anderen. Die Rosen im Garten blühten wieder, und obwohl sie stärker dufteten als die Frühlingsrosen, wurden sie doch nicht so groß und so voll. Allen schrieb mehrere Postkarten, auf jeder seine baldige Heimkehr ankündigend, doch er kam dann doch nicht. In Washington traf er immer wieder auf Verzögerungen, die er sich nicht erklären konnte. Die Stadt war ein Netz, in dem er sich verloren fühlte. Bisher hatte er nur ein Versprechen, das möglicherweise zu nichts führte.

Frau Kennedy las die Karten ihrem Mann während der Mahlzeiten vor und machte dabei ein unbeteiligtes Gesicht. Sie hatte der Frau von Allens Oberst nach Tokio geschrieben, sich nochmals für die erste Mitteilung bedankt und um weitere Hilfe gebeten.

»Wäre es möglich, Allen nach Europa zu schicken?« hatte sie geschrieben. »Das wäre die beste Lösung. Wenn man ihn fortschickte, bevor er noch Zeit hätte, das Mädchen nach Amerika zu bringen, so könnten damit alle Schwierigkeiten aus dem Wege geschafft werden.«

Und daher stieß Allen bei seinen Rundgängen in Washington auf immer neue Verzögerungen und Vertröstungen. Daß er nicht nach Japan zurückzukehren wünschte, ließ sich leicht erledigen. Diesem Ersuchen wurde unverzüglich stattgegeben. Man fragte ihn, ob er nicht nach Europa gehen und dort das gleiche tun wolle, was er in Japan getan hatte. Es wurde anerkannt, daß er eine besondere Begabung besaß, Analysen der politischen Lage in fremden Ländern abzufassen, und von einigen der Deutschland umgebenden Länder wurden möglicherweise solche Analysen gebraucht.

Der kräftige, tüchtige, jedoch etwas ungewandte Offizier, der wegen Europa mit ihm sprach, kleidete es in die Worte: »Sie schreiben klar und vernünftig, und das ist mehr, als die meisten Akademiker zu tun imstande sind. Wenn ich Ihre Berichte lese, dann verstehe ich wenigstens, was Sie sagen wollen.«

»Danke für das Kompliment«, erwiderte Allen und nahm sich vor, nicht nach Europa zu gehen, zumindest nicht, bevor Josui bei ihm war und ihn begleiten konnte. Europa war wieder eine neue Welt. Er hatte schon in zu vielen gelebt.

Man verblieb bei einem Kompromiß. Es wurde ihm Zeit eingeräumt, sich den Vorschlag zu überlegen. Inzwischen hatte er unbegrenzten inoffiziellen Urlaub. Falls er nicht nach Europa zu gehen wünschte, konnte man ihm nichts anderes bieten. In Washington selbst gab es im Augenblick keine Möglichkeit für ihn. Er nahm die Nachricht ungläubig und nicht ohne Argwohn auf. Irgend jemand schien gegen ihn zu arbeiten, daß es aber sein alter Oberst sein könnte, nahm er nicht an. Der wäre sicher froh gewesen, ihn so schnell wie möglich wieder in Japan zurück zu sehen. Andererseits fiel ihm niemand ein, dessen Beziehungen weit genug gespannt waren, um in Washington Einfluß auszuüben. Wie die Dinge auch liegen mochten, er wollte Josui unverzüglich kommen lassen, überlegte er während der Heimfahrt durch die reichen roten Felder Virginias. Zumindest Josuis Kommen hatte er in Washington ins reine gebracht. Da sie in Amerika geboren worden war, gab es keine Möglichkeit, ihr die Einreise zu verwehren. Bruchstücke vergessener Bibeltexte, die er als rastloser Knabe, zum Zuhören in der Kirche gezwungen, gehört hatte, kamen ihm wieder in den Sinn. Er mußte plötzlich an Paulus denken, der sich angesichts eines hohen römischen Beamten selbst als einen Ausgestoßenen bezeichnet hatte. »Mit hohem Preis habe ich mir meine Freiheit erkauft«, hatte der hochmütige römische Beamte erklärt.

»Ich aber«, erwiderte Paulus, das stolze Haupt hebend, »bin als Freier geboren.«

Auch Josui war frei geboren, genau wie er. Vor dem Gesetz war sie Amerikanerin. Er wollte auf ihr Recht pochen.

Als er eines Abends heimkehrte, saßen seine Eltern im Wohnzimmer und spielten Schach. Sie waren beide gute Spieler, aber seine Mutter war doch überlegen, weil sie sich darauf versteifte, zu gewinnen, während es dem Vater gleichgültig war.

»Guten Abend, ihr Meisterspieler!« begrüßte er sie.

Sie sahen überrascht und erfreut auf, seine Mutter ein wenig zurückhaltend, wie ihm schien. Aber sie gestattete ihren Gefühlen nicht, die Herzlichkeit des Willkommens zu schmälern. Sie stand auf, umarmte ihn und preßte ihn an sich. »Ich bin froh, daß du zurück bist, mein Junge. Hoffentlich hast du keine Stellung gefunden – nicht gleich wenigstens. Es ist schrecklich leer daheim ohne dich.«

»Dein Wunsch ist erfüllt. Ich habe wenig erreicht. Sie hatten mir nichts zu bieten, nichts, was ich wollte. Europa haben sie mir vorgeschlagen. Stellt euch das vor! Wozu soll ich nach Europa gehen, wo ich nichts von dem brauchen kann, was ich in Asien gelernt habe? Wer gewinnt? Ich wette du, Mutter!«

»Setz dich und gib mir einen guten Rat«, bat der Vater. »Die Königin hat mich in die Ecke gedrängt – wie immer.«

»Nichts da«, rief die Mutter dazwischen. »Allen ist sicher hungrig. Hast du schon gegessen?«

»Keinen Bissen.« Er war plötzlich guter Laune. Sie wollten es ihm leicht machen, die beiden. Seine Mutter gab es ihm auf die ihr eigene, indirekte Weise zu verstehen. Zu sagen, daß es ihr leid tat, war sie nicht imstande. Sie drückte es auf diese Art aus. Er entspannte sich und empfand auf einmal Müdigkeit. Alles in dieser Welt war so schwierig, so undurchdringlich, so verzerrt nach hundert Richtungen, nur hier ging das Leben seinen gemächlichen Gang. Die kleine Josui konnte ruhig zur offenen Tür hereinschlüpfen und mit ihnen leben, ohne irgend jemanden zu stören. Solange sie lebten, oblag es den Eltern, den Frieden des Hauses zu bewahren, und waren sie eines Tages nicht mehr da, würde er an ihre Stelle treten. Kraft seines Willens und seiner Entschlossenheit wollte er dieses Haus erhalten, wie es jetzt und früher gewesen war – als eine Welt ohne Ende. Amen.

Josui las den Brief, wie sie es stets tat: erst schnell, bei jedem Ausdruck der Zärtlichkeit verweilend. Dann las sie das Ganze abermals, diesmal langsamer, um jede Anweisung, jede Beschreibung und jede Nachricht auch recht zu verstehen. Später las sie den Brief unzählige

Male wieder, damit sie das Gefühl bekam, Allen nahe zu sein und in seelischer Verbindung mit ihm zu leben. Durch seine Briefe hatte sie ihn kennengelernt. Sonderbar, daß die körperliche Nähe sich wie eine Barrikade vor das Erkennen des anderen stellen konnte! Wenn er sie in die Arme schloß, ja, wenn er nur auf sie zukam, flohen alle Gedanken. Aber jetzt, wo das Meer sie trennte, konnten sie sich einander nur durch den Geist nähern, die Gedanken wurden nicht gestört, und aus ihnen wuchs Verständnis.

In den Wochen der Trennung hatte sie gelernt, ihn zu sehen, wie er in Wirklichkeit war. In seiner Stärke hatte sie sich getäuscht. Auch er war von seinen Eltern abhängig. Die Entdeckung überraschte sie, da sie angenommen hatte, daß die jungen Leute in Amerika taten, was ihnen paßte. Gehorsam wurde weder verlangt noch geboten. Sie erkannte nun, daß dies zwar stimmte, die Eltern jedoch trotzdem gewisse Ansprüche stellten. In Allens Haus war es die Mutter, die Ansprüche stellte, nicht der Vater wie hier. Josui dachte geraume Weile darüber nach. Sie mußte also den Beifall der Mutter erringen, nicht den des Vaters. Das war nicht so schwer zu begreifen, denn auch in Japan konnte eine Schwiegermutter das Leben der Schwiegertochter angenehm oder traurig gestalten. Allen hatte ihr kleine Bilder vom Haus und den Eltern geschickt. Sie betrachtete die Gesichter der Eltern lange und eingehend. Sie brachte aus der Naturgeschichtsklasse ihr Vergrößerungsglas mit nach Hause und forschte in den Zügen und im Ausdruck von Allens Vater und Mutter. Sie gehörte einer alten Rasse an und hatte die weise Einsicht in gewisse Dinge geerbt. Im Verlauf ihrer heimlichen Betrachtungen der Bilder und ihrer langen Überlegungen durchschaute sie Allens Eltern erstaunlich richtig. Zu Beginn war sie einmal eifersüchtig auf ein Mädchen namens Cynthia gewesen. Diese Cynthia hatte als erste von ihrer Heirat erfahren. Er schickte kein Bild von ihr und erwähnte sie auch in keinem seiner Briefe mehr.

Seine Briefe handelten alle von ihrem bevorstehenden Kommen, doch das heutige Schreiben enthielt genaue Angaben, und vor allem schickte er ihr das Flugbillett. Es war ein Schatz. Sie studierte jedes Wort darauf. Es war so einfach und doch so kostbar, die Erlaubnis für sie, den Himmel zu betreten! Seine Angaben waren sehr klar. Es würde keinerlei Schwierigkeiten geben. Ihren Paß hatte sie schon, nun mußte sie noch das Visum besorgen und dann in Tokio ins Flugzeug steigen. Er würde sie in San Franzisko mit dem Wagen abholen, und auf der Fahrt durchs Land wollten sie ihre Flitterwochen genießen.

Nachdem sie den Brief mehrmals durchgelesen hatte, ging sie die Mutter suchen, um ihn ihr zu zeigen. Kam der Vater am Abend heim, konnten sie ihm zusammen die Nachricht überbringen. Sie fand ihre

Mutter bei dem kleinen Teich, wo sie mit einem Bambusstecken behutsam das Wasser bewegte, um die Goldfische mit den Schleierflossen aufzustören. Sie waren träge von der Kälte, aber es war noch zu früh für sie, sich im Schlamm zu verstecken.

Die zarte, niederkauernde Gestalt der Mutter in dem silbrigblauen Kimono inmitten des von der nebligen Morgensonne erfüllten Gartens prägte sich wie ein unvermittelt erschautes Bild dem Bewußtsein Josuis ein. Die kleine Mutter würde ihr fehlen! In ihrem Ungestüm, mit Allen vereint zu sein, hatte sie kaum an die Mutter gedacht. Sie war so ruhig, so zurückhaltend, so oft gar nicht spürbar, und doch, als Josui jetzt daran dachte, daß sie sich von ihr trennen mußte, überkam sie eine plötzliche Qual. Sie kniete neben der kauernden Gestalt auf dem welken Gras nieder, ließ aber den Brief noch in ihrem Ausschnitt.

Die Fische kamen jetzt unter den Felsen hervor, fächelten ihre schleierähnlichen Flossen und Finnen, machten sich aber nicht ans Fressen.

»Sie wollen schlafen«, meinte Josui.

»Sie spüren, daß der Winter naht«, erwiderte die Mutter. Vertieft in ihre Beschäftigung, sah sie nicht gleich zur Tochter auf, doch plötzlich hob sie den Kopf, als spüre sie, daß Josui mit einer bestimmten Absicht herausgekommen war. »Gibt es irgend etwas?«

»Ja«, entgegnete Josui. Sie zog den Brief hervor. »Er schreibt, ich soll kommen. Er schickt die Fahrkarte.« Die Mutter nahm das Billett, drehte es um und um und gab es dann Josui zurück, da sie es doch nicht lesen konnte.

»Was wird der Vater nur sagen?« fragte Josui. »Er hat nie recht daran geglaubt, daß Allen mich nachkommen lassen wird.«

»Jetzt wird er daran glauben«, erwiderte die Mutter. Sie erhob sich und befestigte den Deckel an dem kleinen Glas mit Fischfutter.

Sie standen nebeneinander und schauten ins Wasser. Die Fische erwachten zu plötzlichem Leben und begannen zu fressen. Sie erinnerten sich daran, daß Fressen etwas Gutes war und daß ihnen vor dem Schlafen noch Zeit dazu blieb.

»Es werden Jahre vergehen, bevor ich dich wiedersehe«, sagte die Mutter. »Vielleicht kommt es nie dazu. Dein Vater will nicht mehr nach Amerika. Er hat es mir gesagt.«

»Ich werde euch besuchen kommen«, versprach Josui. Sie schob ihre Faust in der Mutter Hand, wie sie es als kleines Mädchen getan hatte.

»Wenn ein Kind —«, begann die Mutter und hielt dann inne.

Das Kind! Wie würde es sein? Es würde unvermeidlich kommen. Wünschte sie sich ein Kind? Jede Frau stellte sich diese Frage. Muß aus der Liebe nicht ein Kind entspringen? Frau Sakai wußte, daß es eine Art der Liebe gab, die sie nie gekostet hatte, deren Widerschein sie jedoch in Josuis Augen las. Durch die Tochter hatte sie die Kraft einer solchen Liebe erkannt, die es fertigbrachte, Josui in eine Frau zu verwandeln, die bereit war, die Eltern zu verlassen. Sie selbst hatte solche Gefühle nie kennengelernt, doch als ihre Eltern sie nach Amerika geschickt hatten, war sie ihrem Befehl ohne zu zögern gefolgt. Josui war glücklicher daran als sie, denn sie fuhr zu einem Mann, den sie kannte. Konnte aber eine Japanerin einen Amerikaner kennen? Das mußte abgewartet werden. Sakai war ein Japaner gewesen. Er hatte sich nicht von anderen japanischen Männern unterschieden, nur war er ihnen überlegen gewesen. Sie hatte gewußt, daß ihre Kinder schwarzäugig, schwarzhaarig und goldhäutig sein würden. Woher konnte Josui aber wissen, wie ihr Kind aussehen würde? Vielleicht hatte es hellere Augen als der Vater. Was ließ sich dagegen tun? Frau Sakai machte ein verdutztes Gesicht, und Josui fiel der Ausdruck der Mutter auf.

»Was hast du, Mutter?«

»Mir ist gerade etwas durch den Kopf gegangen, Josui«, erwiderte Frau Sakai, noch immer verwirrt.

»Was denn, Mutter?«

»Die Amerikanerinnen können doch nie wissen, was für Haar und was für Augen ihre Kinder haben werden. Ist das nicht bedrückend?«

»Meinst du, es wird mir etwas ausmachen, Mutter?«

»Ich denke ja«, entgegnete Frau Sakai. »Mir wäre es schrecklich gewesen, hätte ich bei deinem Anblick feststellen müssen, daß du keine schwarzen Augen hast. Wie kann ich ein Kind als meinen Enkel ansehen, wenn er keine schwarzen Augen hat?«

»O Mutter –«

Josui versuchte, die Besorgtheit der Mutter mit einem Lachen abzutun, aber auch sie fühlte sich unwillkürlich bedrückt. Ob es sie auch seltsam anmuten würde, wenn ihr Kind blaue Augen hatte? Sah andererseits das Kind in allem ihr ähnlich, mutete es vielleicht Allen seltsam an. Es war wirklich etwas, was einem zu denken gab.

»Vielleicht bekomme ich kein Kind«, sagte sie.

Die Mutter schüttelte den Kopf. »Das kannst du nicht sagen«, erklärte sie schlicht. »Wenn es Zeit für ein Kind ist, empfangen zu werden, so wird es empfangen, und nichts kann sein Leben aufhalten. Die Seele wartet auf der Schwelle die vorbestimmte Stunde ab. Wenn die Zeit kommt zu leben, so leben wir, genauso, wie wir sterben, wenn die Zeit zum Sterben gekommen ist. Der Kreislauf läßt sich nicht beschleunigen und nicht aufhalten. Mancher Menschen Leben ist kurz, mancher Menschen Leben ist lang, alles ist Schicksal.«

Damit war die unendliche Geduld der Mutter erklärt, ihre Fügsamkeit, ihre Bereitwilligkeit, alles hinzunehmen ohne Kampf; es war gleichzeitig die Quelle ihrer nie versiegenden und unauffälligen Kraft. Josui hatte keine Antwort auf die Erklärung der Mutter. Sie verneigte sich ehrfürchtig vor ihr und ging ins Haus.

Nach diesem Gespräch und dem Einblick ins Herz ihrer Mutter empfand sie zum erstenmal die Unvermeidbarkeit des Kindes.

Daß der Vater keinen Einspruch gegen ihre Abfahrt erhob, erstaunte Josui, oder vielmehr hätte es sie erstaunen müssen, doch war auch dies in ihren Eindruck des Unabwendbaren alles dessen, was geschah, eingeschlossen. Der Vater besorgte ihr das Visum und begleitete sie auf die verschiedenen Büros in Tokio. Er teilte ihr mit, daß er noch Geld in einer Bank in San Franzisko besaß, das für Kensan bestimmt gewesen und nach dessen Tod dort geblieben war. Er wollte es nun auf ihren Namen überschreiben lassen.

Es erledigte sich alles mit solch spielerischer Leichtigkeit, daß Josui meinte, die Götter ebneten ihr den Pfad. Ihre Geburtsurkunde, die bewies, daß sie in Los Angeles auf die Welt gekommen war, ihr Paß, der bis jetzt mit dem der Eltern in einem Dokument vereinigt gewesen war und nun getrennt ausgestellt werden mußte und eines neuen Bildes bedurfte — alles war in bester Ordnung. Die einzige Schwierigkeit beschwor sie selbst herauf. Sie wünschte, ihren neuen Namen im Paß zu führen, Frau Allen Kennedy.

Davon wollte der Vater nichts wissen. »Das gestatte ich nicht«, erklärte er energisch. »Du mußt meinen und deinen Namen führen, Josui Sakai. Vielleicht brauchst du diesen Namen eines Tages wieder.«

Josui war böse. »Wie kannst du das sagen, Vater! Du mißtraust mir!«

»Ich mißtraue dem Leben«, erwiderte er ruhig.

Sie gab nach. Das Leben mußte ihr recht geben, und der Vater würde später zur Einsicht kommen, wenn alles sich so abwickelte, wie sie es voraussah. Als alle Papiere beieinander waren, fuhren sie wieder heim, und Josui war gerührt von des Vaters Bemühungen, freundlich zu sein. Die bevorstehende Abfahrt erwähnte er mit keinem Wort, doch er machte sie vom Zugfenster aus auf verschiedenes aufmerksam. Er deutete auf einen Mann mit einem Geschwür am Hals oder auf ein Kind, das kranke Augen hatte. Er öffnete das Fenster, um dem Mann, der nur ein Gepäckträger war, zuzurufen: »He, du mit dem Geschwür am Nacken! Das kann man wegnehmen. Warum gehst du nicht ins Hospital von Tokio oder kommst zu mir nach Kyoto?«

Der Mann war unwissend und rief zurück: »In dem Geschwür steckt mein Leben. Soll ich mir mein Leben abschneiden lassen?«

Dr. Sakai seufzte, als er das Fenster schloß. Der Beruf des Arztes ist schwierig. Ein Arzt muß erst dem Kranken erklären, daß Heilung möglich ist, und dann muß er ihn zwingen, ihm Glauben zu schenken. Die Heilung selbst ist der letzte und leichteste Teil der Aufgabe.

Er unterhielt sich eine Weile mit Josui über die Verbohrtheit der Menschen, insbesondere die Verbohrtheit der Unwissenden, zu denen er den überwiegenden Teil der Menschheit rechnete und vor allem, wie Josui herausfühlte, obwohl der Vater es nicht aussprach, die jungen Leute und die Frauen.

Doch nichts war imstande, ihr Glück zu dämpfen. Nun, da der Tag feststand, ja selbst die Stunde des Aufbruchs, schien die Zeit im Fluge zu vergehen. Josui war so glücklich, daß sie grausam war, ohne sich dessen bewußt zu sein. Sie übersah die roten Beeren im Garten, an denen sich der Vater alljährlich erfreute. Zweimal vergaß sie, den Tokonoma zu schmücken, doch machten ihr die Eltern keinen Vorwurf. Für die alten Leute war sie bereits verloren.

Sie war sich der Traurigkeit auf den Gesichtern des Vaters und der Mutter bewußt, aber sie konnte sich nicht verstellen, denn sie sprudelte über vor Liebe und freudiger Erregung und hatte im Herzen das Meer bereits überflogen und wartete ungeduldig am anderen Ufer.

Als der Augenblick des Aufbruchs kam und sie sich von Haus und Garten, von Yumi und zuletzt von der Mutter verabschiedete, als sie sich mit dem Vater auf den Weg zum Flugplatz machte und sich jubelnd sagte, daß nur noch wenige Stunden Flug sie von Allen trennten, da war sie in ihrer Vorfreude stumpf für allen Schmerz. Sie brachte es einfach nicht fertig, nur an die Eltern zu denken und an das, was sie zurückließ.

Wenige Tage vor ihrem Aufbruch erhielt sie einen kurzen Brief von Kobori Matsui, den er ihr durch die Post zugesandt hatte. Er schrieb sehr freundschaftlich, wünschte ihr viel Glück und teilte ihr mit, daß er ein kleines Hochzeitsgeschenk nach Amerika senden würde. Falls die Geschäfte sich so anließen, wie sein Vater und er dies erwarteten, bestand auch die Möglichkeit einer Reise nach Amerika für ihn im Verlauf des nächsten Jahres. Ihr Einverständnis voraussetzend, würde er sich freuen, sie zu besuchen und die Bekanntschaft ihrer neuen Verwandten zu machen. Er würde ihre Freundschaft stets hochschätzen, und sie könne seiner Ergebenheit versichert sein, ob sie nun Gebrauch davon machte oder nicht. Sie las den Brief, wußte, daß er Koboris Güte entstammte und war doch nicht gerührt davon. Weil sie den Brief weder mitnehmen noch zurücklassen wollte, verbrannte sie ihn in der Weihrauchschale.

Als das Flugzeug aufstieg, überkam sie für die Dauer weniger Sekunden die Erkenntnis dessen, was sie unternahm. Sie blickte aus dem kleinen Fenster und sah ihren Vater draußen stehen, aufrecht und groß und mit im Wind flatternden Mantelschößen. Seine Hände waren über dem Stock verschränkt, die Füße waren in etwas gespreizter Stellung fest auf dem Boden verankert, sein erhobener Kopf war zu ihr aufgerichtet. Josui war sich nicht klar, ob er sie noch sehen konnte, aber sie nahm sein Bild mit fotografischer Schärfe in sich auf. Der Tag war schön. Nach dreitägigem Unwetter und Regen schien wieder sie Sonne, und ihr helles Licht fiel auf die ausgeprägten, schönen Züge Dr. Sakais. Josui erkannte den Ausdruck verhaltener Trauer und vornehm getragenen Kummers, den Schmerz, gegen den er sich unter der äußeren Schale der Unnachgiebigkeit aufbäumte. Ein Aufflackern des Verstehens zog ihr das Herz zusammen.

Es hielt nicht an. Die großen hellen Flügel hoben sie in den Himmel, und die Erde wurde immer kleiner. Kurz darauf befand sie sich bereits über dem Meer, und ihre Gedanken und ihre Träume flogen ihr voraus.

Dritter Teil

Am Flugplatz in San Franzisko sah Allen Josui gerade aussteigen und einen Augenblick zögern, als sie sich suchend nach ihm umblickte. Beschämt darüber, im letzten Moment gekommen zu sein und ausgerechnet an diesem Morgen verschlafen zu haben, drängte er sich durch die wartenden Leute.

»Josui!«

Sie entdeckte ihn, und ein Lächeln verwandelte ihre Züge. In der ersten Sekunde hatte der nüchterne, eifrige Ausdruck des Gesichtes, an das er sich so gut zu erinnern geglaubt hatte, ihm einen Stich der Enttäuschung versetzt. Sie war nicht ganz so hübsch wie das Bild, das er sich von ihr bewahrt hatte. War daran vielleicht nur das graue Kostüm schuld? Doch ihr Lächeln, bezaubernd in seiner Verhaltenheit, machte sie wieder zur alten Josui. Ihr Lächeln und die scheue Anmut, mit der sie sich bewegte, zeichneten sie vor allen anderen aus. Er schloß sie in seine Arme und wurde sich sofort der neugierigen Blicke ringsum bewußt und des Erstaunens darüber, daß ein Amerikaner eine junge Japanerin umarmte. Niemand ließ eine Bemerkung fallen; ein jeder ging seiner Arbeit nach, zu beschäftigt, um länger zu verweilen. Allen kümmerte sich nicht um die Fremden und führte Josui, den Arm um ihre Schultern gelegt, fort. Doch auch ihr waren die verwunderten Blicke aufgefallen, und sie entzog sich ihm unmerklich, ihm nur die Hand lassend.

»Wir gehen direkt ins Hotel, Liebste«, sagte er. »Ich habe hier Zimmer genommen. Wir wollen ein paar Tage bleiben. Wir brauchen uns ja nicht zu beeilen. Ich will mit dir allein sein, lange, und wir werden uns Zeit lassen mit der Heimfahrt.«

Bis dahin würde er wissen, was zu tun war. Er wollte Josui ehrlich berichten, wie es bei ihm zu Hause stand. Natürlich konnte er ihr nur soviel sagen, wie ihm selbst bekannt war, und das war nicht allzuviel. Manches ahnte er nur. Seine Mutter hatte sich kurzerhand entschlossen, seine Ehe zu ignorieren. Doch wie konnte sie Josui ignorieren, wenn sie vor ihr stand? Und er neben ihr?

Er schob die Gedanken an diesen Augenblick beiseite. Die nächsten

Wochen gehörten ihnen allein. Es war schade, daß Cynthia für die Dauer der Saison nach New York übersiedelt war. Sie hätte eine große Hilfe für sie sein können. Aber schließlich brauchte er keine Hilfe!

»Du bist so still, Liebste?«

»Es gibt so viel zu sehen.«

Er war mit seinem Wagen gekommen, und sie stiegen ein.

»Ist das dein Wagen, Allenn?«

»Unser Wagen, Liebste. Was mir gehört, gehört auch dir.«

Sie lächelte, und er langte nach ihrer Hand.

»Fahre lieber vorsichtig«, warnte sie, als er sich für ihren Geschmack zu waghalsig durch den Verkehr schlängelte.

Er lachte. »Wir sind in Amerika, Josui! Hast du den Verkehr hier vergessen?«

Aber er fuhr doch langsamer, weil er so ihre kleine Hand streicheln konnte, an der sein Siegelring steckte, der Ring, den der Priester ihr während der Zeremonie im buddhistischen Tempel übergestreift hatte. In jener Nacht, als sie in dem schönen Zimmer des Hauses, das nun in weiter Ferne lag, beieinander waren, hatte er ihr den Ring abgezogen und abermals übergestreift. Und während er es tat, hatte er die gesegneten Worte wiederholt: »Mit diesem Ring nehme ich dich zur Frau.«

Sie hatte nicht recht verstanden, was er damit bezweckte. Er wollte es ihr nun erklären.

Sie fuhren am Hotel vor; Josui war noch immer sehr still, wahrscheinlich ein wenig verwirrt, und Allen gab dem Pagen die Koffer und fuhr dann mit ihr in den siebzehnten Stock, wo ihre Räume mit Ausblick aufs Meer lagen. Er gab dem Pagen ein Trinkgeld und verschloß die Tür hinter ihm. Als er Josuis kleinen Hut abnahm, den er nicht sehr kleidsam fand, streifte er auch den Mantel von ihren Schultern und nahm sie in die Arme. Oh, der Duft ihrer Haut, die sanfte Biegung ihres Halses und der Druck ihrer festen kleinen Brüste gegen seinen Körper! Er konnte nicht warten. Warum sollte er auch? Er sah ihre dunklen, schimmernden Augen und ihren weichen roten Mund vor sich. Sie erfaßte sein Verlangen. Sie war die Verkörperung alles dessen, was eine Frau war, eine Orientalin, die in den Dingen des Herzens ihrem Instinkt folgt.

»Liebst du mich noch?« Nur diese Frage stellte er noch, um die Worte von ihr zu hören.

»Ich liebe dich«, erwiderte sie, nicht flüsternd, sondern mit klarer, tönender Stimme. »Ich bin so weit her zu dir gekommen aus Liebe, Allenn.«

Wann begann das irdische Leben des Kindes? Sie ahnten nicht, ob seine Seele im vollen Licht des Tages oder in den schattigen Stunden der Nacht die Schwelle von der Ewigkeit vor der Geburt in die Welt des Lebens überschritt. Ob es in jenem von Papierwänden umgebenen Raum jenseits des Meeres geschah oder in dem hoch gelegenen Zimmer am Meeresufer, ob in dem Gebirgsgasthaus, in dem sie ein paar Tage verbrachten und sich nicht von den schneebedeckten Bergspitzen trennen konnten, ob in dem ruhigen Hotel in der Kleinstadt inmitten der endlosen Ebene oder in den gebirgsreichen Gegenden des Mittelwestens – sie wußten es nicht. Irgendwann während dieser berauschenden Monate, irgendwo während dieser Zeit, da sie miteinander eine Kette von Tagen und Nächten der Liebe verbrachten, lebte das Weltkind, ohne daß sie sich seiner Gegenwart bewußt waren. Sie dachten nicht an das Kind, sie dachten nur an sich selbst.

»Wir müssen deinen Eltern das genaue Datum unserer Ankunft mitteilen«, meinte Josui. Beide hatten daran gedacht, es vor dem anderen verheimlichend und sich gegen die Erkenntnis wehrend, daß die phantastische Reise, die glückerfüllten Tage und traumhaften Nächte eines Tages zu Ende sein mußten. Der Himmel meinte es gut mit ihnen, und die herbstliche Wärme wob die zauberhafte Atmosphäre, in der sie während dieser Monate eingesponnen waren. Es mußte enden, sie verhehlten sich dies nicht. Dies war nicht das Leben, dies war nur Liebe, und früher oder später mußte beides verschmolzen werden. Josui, die Praktischere von Natur aus, brachte als erste die Rede auf den letzten Tag. Mit ihrem Einfühlungsvermögen hatte sie bereits herausgespürt, daß Allen sich davor fürchtete. Irgend etwas Drohendes harrte ihrer. Sie wußte nicht, was es war, aber sie nahm sich vor, es so gut sie konnte zu ertragen. Wenn sie sehr behutsam war, stets in erster Linie an die Eltern dachte, sich als pflichtbewußt und hilfsbereit erwies, konnten sie vielleicht doch glücklich werden. Sie selbst nahm die Schlüsselstellung ein, darüber war sie sich klar. Des Nachts, wenn Allen schlief, dachte Josui über ihr zunehmendes Wissen um den Mann an ihrer Seite nach, und obwohl sie ihn immer mehr liebte und sich ihm voll und ganz hingab, begann sie zu ahnen, daß eine Frau sich nur so weit hingeben konnte, wie ein Mann dies wünschte. Die Fähigkeit zu empfangen mußte der Fähigkeit zu geben die Waage halten. Wollte Allen sie denn ganz? Sie war dessen nicht sicher.

»Wenn wir nicht irgendwo für ein paar Tage haltmachen, sind wir übermorgen zu Hause«, sagte er.

»Du willst nicht nach Hause gehen?« fragte sie.

»Doch, natürlich! Wir müssen ja schließlich einmal seßhaft werden.

Ich muß mich wegen einer Stellung umsehen. Vielleicht hänge ich das Militär an den Nagel. Es steht mir frei. Meine Zeit habe ich schon vor ein paar Jahren abgedient. Mal sehen, vielleicht beschließe ich, das gleiche beschauliche Leben zu führen wie mein Vater. Das Leben eines Gentlemans auf dem Lande.«

Sie verfolgte jedes Wort, das er sagte, mit konzentrierter Aufmerksamkeit, doch verstand sie nicht immer die unausgesprochene Bedeutung, die Schattierungen der Sprache. Ein jedes englisches Wort hatte für sie die genaue Bedeutung, die im Wörterbuch dafür angegeben war, nicht mehr.

»Wir müssen ihnen die Ankunftszeit mitteilen«, sagte sie, getrieben von ihrem Pflichtgefühl.

»Übermorgen, so gegen sechs Uhr nachmittags«, entgegnete Allen.

»Dann telefonierst du morgen, Allenn, an deine Eltern, bitte«, bat sie schmeichelnd.

Er fand ihre Versuche, ihn zu beeinflussen, bezaubernd wie die Herrschlust eines Kindes. Sie war so eifrig bemüht, ihn zu leiten, während sie ihn anbetete und sich ihm unterordnete. In ihren Augen galt es als unerläßlich, daß er sich stets untadelig benahm, zumindest vor anderen. Sie lachte, wenn er »ungezogen« war, wie sie es nannte, wenn er des Morgens nicht aufstehen wollte oder seinen Schlafanzug einfach am Boden liegen ließ, wenn er ihr durch das gekämmte Haar fuhr oder ein eben angezogenes Kleid zerdrückte, oder wenn er sie hänselte, um sie zum Widerspruch zu reizen, was sie ernst und mit solch entzückender Wichtigkeit des Tones tat, daß ihn das Zwinkern seiner Augen verriet. Sah sie dann den Anflug des Lachens in seinem Gesicht, rief sie: »Ungezogener Allenn!« und hielt sich die kleine Hand vor den Mund, um ihr eigenes Lachen zu verbergen. Sie verwöhne ihn in unverantwortlicher Weise, behauptete er. Sie erwartete nie seine Hilfe bei den kleinen Haushaltspflichten, die sich ergaben, wenn sie mehrere Tage an einem Ort blieben; sie bediente ihn noch, hielt das Handtuch bereit, wenn er badete, und wusch sein Rasierzeug für ihn, sobald er es gebraucht hatte.

Zuerst hatte er sich gegen diese Dienstfertigkeit gewehrt: »Du bist meine Frau, Liebste, nicht meine Sklavin!«

Aber sie gab nicht nach, und er erlahmte in seiner Abwehr, weil es ihre Art war, ihrer Liebe zu ihm Ausdruck zu verleihen. Es war angenehm, bedient zu werden, er gab es unumwunden zu. Josui zeigte sich in ihrem Herzen unverfälscht japanisch. Eine Amerikanerin hätte niemals ihren Mann bedient. Er begann zu verstehen, warum es hieß, daß ein Mann, der sich mit einer Orientalin eingelassen hatte, keine Amerikanerin mehr heiraten konnte.

»Heute früh telefonierst du deinen Eltern«, mahnte Josui mit süßer Stimme am nächsten Morgen.

»Ja, später«, antwortete er obenhin. Ein neuer unvergleichlich schöner Tag mit einem rosigen Schleier über den Spitzen der Alleghanies hatte begonnen. Allen wollte nicht an den Abend denken.

Doch als sie im Auto saßen, bemerkte er bald, daß Josui sich Sorgen machte. Sie hielt sich zurück, aber er spürte ihre Spannung.

»Beruhige dich, Josui«, sagte er. »Ich rufe daheim an.«

»Ja«, erwiderte sie sogleich. »Jetzt wäre es richtig, nicht wahr?«

Er lachte. »Gut, bei der nächsten öffentlichen Telefonkabine machen wir halt. Schau nach dem Schild mit der kleinen blauen Glocke aus.«

Keine zehn Minuten später entdeckte sie das Zeichen in einem Dörfchen, das sie durchfuhren. »Da! Da!« rief sie und deutete mit dem rechten Mittelfinger auf den Laden mit dem Schild daran.

Er mußte wohl oder übel den Wagen anhalten. »Warte du hier«, befahl er. Nun, da der Augenblick gekommen war, machte auch er sich Gedanken. Er hatte keine Angst, so kindisch war er nicht. Schließlich stand es ihm immer noch offen, mit Josui irgendwo hinzufahren und sich mit ihr niederzulassen, wo es ihnen paßte. Aber ihm lag an seinem Heim. Die im Ausland verbrachten Jahre hatten seine Sehnsucht nach dem eigenen Land, dem eigenen Staat, seiner Stadt und dem großen weißen Haus, das der Urgroßvater für kommende Generationen erbaut hatte, verstärkt. Diese Art Leben war vielleicht zum Untergang verurteilt, doch während seiner Lebensspanne würde sie erhalten bleiben, zumindest in Amerika. Er verlangte danach, in dem Haus zu leben und sich zu einem Mann vom Schlage des Vaters zu entwickeln mit dessen beschaulicher, überlegener Klugheit.

Während er in der Kabine auf die Verbindung wartete, gingen ihm diese Gedanken durch den Kopf. War Josui imstande, den Platz seiner Mutter einzunehmen?

»Ihre Verbindung ist da«, tönte die singende Stimme der Beamtin an sein Ohr.

»Hallo, Vater! Hier spricht Allen.« Er hatte das Gespräch mit Voranmeldung verlangt und nach seinem Vater gefragt.

»Ja, mein Junge?« Des Vaters Stimme hörte sich überraschend kraftvoll an. »Wo steckst du?«

»In den Alleghanies. Wir werden wahrscheinlich morgen abend oder übermorgen heimkommen, je nachdem, ob wir's gemütlich nehmen oder durchfahren.«

»Ja —« Der Vater zögerte. »Es ist vielleicht besser, wenn ihr die erste Nacht in einem Hotel absteigt, Allen. Wir müssen miteinander reden.«

»Was ist denn los?«

»Ich kann es dir jetzt nicht sagen. Wir reden besser, wenn wir zusammen sind. Bleibe doch in Richmond. Ich werde am Nachmittag hinfahren und dort auf dich warten. Rufe mich nach deiner Ankunft in meinem Klub an.«

»Gut, wird gemacht.« Was immer sein Vater auf dem Herzen hatte, es lag Allen daran, es zu erfahren.

»Auf Wiedersehen, Vater. Bis morgen.«

»Auf Wiedersehen, mein Junge.«

Er hängte ab und trödelte ein wenig in dem Laden, von welchem aus er telefoniert hatte. Er kaufte ein paar Schokoladestangen und wartete auf das Kleingeld. Er wollte den bedrückten Ausdruck erst überwinden, bevor er vor Josui trat. Ihre Augen waren so scharf, sie erspähte seine Gedanken und spürte seine Stimmung, ohne daß er das geringste zu sagen brauchte. Er hatte sie ebenfalls besser verstehen gelernt und herausgefunden, daß sie dazu neigte, sogleich zutiefst zu verzweifeln und alles von der schwärzesten Seite zu betrachten, eine typisch japanische Eigenschaft. Sie durfte nicht jetzt schon die Hoffnung aufgeben.

Als er zum Wagen zurückging, lächelte er ihr zu und gab ihr die Schokolade.

»Oh, vielen Dank!« Er liebte es, ihr kleine Geschenke zu geben, weil er so gern hörte, wenn sie sich mit ihrer süßen Stimme auf so anmutig höfliche Weise bedankte. »Hast du mit den Eltern gesprochen?«

»Ja, mit meinem Vater. Wir werden die erste Nacht in Richmond bleiben in einem Hotel. Mein Vater will uns dort treffen.«

»Wie lieb von ihm!« rief sie aus. Ihre Augen verschleierten sich plötzlich unter Tränen. »Er ist doch hoffentlich nicht zu alt? So viele Umstände! Und deine Mutter?«

»Sie wird wohl zu Hause bleiben und alles vorbereiten wollen«, erfand er schnell.

Josui war sehr glücklich danach. Sie fütterte ihn während der Fahrt mit kleinen Stückchen Schokolade, aß selbst nur wenig, wickelte den Rest in das Silberpapier und dann nochmals in Zeitungspapier und legte das Päckchen als Vorrat für spätere Gelegenheiten ins Handschuhfach des Wagens. Ihre Sparsamkeit rührte Allen. Sie ging sehr vorsichtig mit Nahrungsresten um, achtete darauf, daß seine und ihre Sachen geschont wurden, hob vom Schreibpapier abgerissene Halbbogen auf, verwahrte Pennybriefmarken und hielt ein Auge auf jede Kleinigkeit, die sich noch verwenden ließ. Sie war inmitten eines Volkes aufgewachsen, dem man eingetrichtert hatte, mit allem und jedem sparsam umzugehen. Allen fragte sich, wie sie wohl die Großzügigkeit des geräumigen Hauses aufnehmen würde mit den vier Dienstboten, den Körben voller Eßwaren, die sie sich mit heimnahmen, den Unmengen, die einfach weggeworfen wurden, der Achtlosigkeit, mit der Kleider und überhaupt alle Sachen behandelt wurden, die sich leicht ersetzen ließen. Er machte sich Sorgen. In mancher Beziehung legte sie eine eiserne Entschlossenheit an den Tag, und unter der Oberfläche sanfter Nachgiebigkeit verfocht sie Prinzipien, von denen es kein Abweichen für sie gab. Was richtig war, mußte hochgehalten werden. Daran klammerte sich ihr klarer, junger und unerbittlicher Verstand. Obwohl Liebe zu ihm sie in allem und jedem bewegte, wurde davon nichts angetastet, was als richtig erkannt war. Sie erwartete nicht das gleiche, eifrige Streben in ihm, aber sie selbst gönnte sich kein Nachlassen. Er stellte sich die Zukunft mit ihr vor und sah voraus, wie entschlossen sie zu ihm stehen, mit welchem Ernst sie sein Geld verwalten, seine Nahrung beaufsichtigen und sein Glück überwachen würde. Sicher war es unmöglich, sie davon zu überzeugen, daß das Beiseiteschaffen mancher Dinge durch alte Dienstboten kein Diebstahl war und daß Verschwendung angebracht sein konnte. Sie würde alles nur in seinem Interesse tun, aber es war zu befürchten, daß ihre Liebe, so leidenschaftlich und zärtlich sie sein mochte, ebenfalls unerbittlich war.

In Richmond suchte er ein kleineres Hotel in einer Seitenstraße auf, und er war ehrlich genug, sich einzugestehen, daß er es tat, um mit Josui weniger Aufsehen zu erregen. Er mußte sich an die neugierigen Blicke, die unausgesprochenen Fragen gewöhnen. Die gleiche Neugier und die gleichen Fragen mußte er in Japan ausgelöst haben, doch war es ihm dort nie aufgefallen. Hatte Josui es vielleicht bemerkt, ihm aber nie gesagt? Er wollte sie nicht danach fragen, um sie nicht erst aufmerksam zu machen, falls es ihr hier entgangen war, und um ihr eine mögliche Kränkung zu ersparen.

Das Hotel war angenehm. Josui gefiel die ruhige, altmodische Atmosphäre, und als sie in ihren Zimmern, die auf einen kleinen Park hinausgingen, in dem einige Bäume noch in ihren Herbstfarben prangten, ihre Siebensachen ausgepackt hatten, rief Allen den Vater in seinem Klub an.

Herr Kennedy erwartete den Anruf. Er war bereits am Vortag gekommen und hatte sich die Zeit damit vertrieben, einige Freunde aufzusuchen, nicht in ihren Wohnungen, das tat er nie, wenn es sich umgehen ließ, sondern in ihren Büros. Jedermann schien Zeit zu haben, und jedermann freute sich, Tom Kennedy wiederzusehen, weil er einen unerschöpflichen Vorrat von Neuigkeiten mitbrachte. Er konnte mehr Auskünfte geben als eine Zeitung.

»Ich komme gleich«, erwiderte er auf Allens Frage.

Er hängte den Hörer ein, durchquerte das geräumige Zimmer, das er sich im Klub stets zu mieten pflegte, schlüpfte in den losen graubraunen Überzieher, setzte den ein wenig formlosen braunen Filzhut auf und schritt die breite, gewundene Treppe hinunter. Einen Fahrstuhl gab es nicht, aber selbst wenn einer zur Verfügung gestanden hätte, wäre es Tom Kennedy nicht eingefallen, ihn zu benützen.

Eine verspätete Welle feucht-warmen Wetters machte die Luft draußen unangenehm stickig. Er winkte einem Taxi. »Zum Hotel Mansfield«, befahl er und saß dann blind für die Umwelt da, während das Taxi sich seinen Weg durch die Stadt bahnte. Er hegte nicht die Absicht, das lange Gespräch, welches er mit Josephine geführt hatte, vor dem Sohn zu verheimlichen. Je eher Allen wußte, was er zu erwarten hatte, desto besser. Es mußte geraume Zeit verstreichen, bevor sich die Entwicklung der Dinge erkennen ließ. Vor dem Hotel stieg er aus, zahlte den Chauffeur und schüttelte den Kopf, als der uniformierte Negerjunge im Hoteleingang ihn erwartungsvoll anblickte.

»Ich will nur jemanden hier besuchen.«

Er war über sich selbst erstaunt. Warum sagte er nicht: »Ich besuche meinen Sohn?« Schlummerte auch in ihm ein widerspenstiger Kern? Dagegen mußte er ankämpfen. Er haßte Vorurteile. Er persönlich glaubte insgeheim fest daran, daß der Tag kommen mußte, an dem alle Menschen eine Farbe hatten. Sollte doch jeder bräunliche Haut haben! Was machte das schon aus? Zumindest war dann die Menschheit von einem ihrer vielen Unruheherde befreit. Gelegentlich eines in New York veranstalteten öffentlichen Festessens war er einmal auf einen dieser fanatischen Retter der Nation gestoßen, eine Frau.

»Was sollen wir aber in bezug auf das Problem der Farbigen unternehmen, Herr Kennedy?« hatte sie in ihrer unangenehm eindringlichen Art gefragt.

In sicherer Entfernung vom heimatlichen Süden und wohlgeborgen unter lauter Fremden, überdies damit beschäftigt, das zäheste Brathuhn zu zerschneiden, das ihm jemals vorgesetzt worden war, hatte er gutgelaunt erwidert: »Bleicht sie einfach! Bleicht sie einfach!« Die Frau hatte ihn keiner Silbe mehr gewürdigt.

In der Hotelhalle ging er mit seinem schlenkernden Gang zum Empfangspult und sagte: »Benachrichtigen Sie Herrn Allen Kennedy, daß sein Vater zu ihm heraufkommt.«

»Jawohl, sofort«, antwortete der blasse Angestellte und starrte Tom Kennedy an.

Die Leute schienen stutzig zu sein. Ihm war es egal, er übersah ihre Blicke einfach.

»Der Fahrstuhl ist dort drüben, Sir.«

»Ich gehe zu Fuß«, entgegnete Herr Kennedy. Er brauchte nur eine Treppe zu gehen, und da er Leibesübungen haßte, beruhigte er sein Gewissen damit, die Treppen stets zu Fuß zu gehen. Der Korridor des ersten Stockes war mit einem dicken Teppich belegt, der jeden Schritt verschluckte. Er klopfte laut an die Tür von Nummer 22. Allen hatte ihm dies übers Telefon eingeschärft. Er vernahm einen unterdrückten kleinen Schrei durch das offene Oberlichtfenster und Allens Antwort darauf: »Es ist mein Vater.«

Die Tür wurde sofort geöffnet. Das Zimmer war leer bis auf den lächelnden Allen. »Josui ist schnell ins Schlafzimmer gegangen, um sich zu frisieren. Sie ist schrecklich ängstlich, auch ja vorteilhaft auszusehen.«

»In der Beziehung sind alle Frauen gleich, nehme ich an.«

Herr Kennedy trat näher und gestattete Allen, ihm Hut, Mantel und Stock abzunehmen. Dann ließ er sich in den bequemsten Stuhl sinken und sah sich in dem kleinen Wohnzimmer um. Er mußte unverzüglich mit der Wahrheit herausrücken, aber er zögerte doch lange genug, um sich eine Zigarre anzustecken.

»Bevor deine Frau hereinkommt, möchte ich dir sagen, mein Junge, daß deine Mutter in keiner sehr empfangsbereiten Stimmung ist. Ich möchte darüber nur unter vier Augen mit dir sprechen. Wir müssen ins reine kommen.«

Allen war stehengeblieben. Der ernste, niedergeschlagene Ausdruck des Vaters nagelte seine Füße am Boden fest.

»Willst du damit sagen, daß sie uns nicht zu Hause haben will?«

Herr Kennedy machte ein unbehagliches Gesicht. Er wandte den Blick von seinem Sohn und zog an seiner Zigarre. »Ich befürchte, das stimmt, mein Junge. Sie ist noch nicht bereit, deine Frau daheim aufzunehmen. Du bist ihr natürlich jederzeit willkommen. Sie hat mir ausdrücklich aufgetragen, dir das auszurichten und dir zu sagen, daß deine Zimmer genau wie immer für dich bereit sind.«

»Einen Augenblick, Vater.«

Allen lief ins Schlafzimmer hinüber und schloß die Verbindungstür. Es entstand eine lange Pause. Herr Kennedy wartete und zog an seiner Zigarre. Es war ein langes dünnes Exemplar, und wenn er es ruhig hielt, kräuselte sich am Ende ein blaugraues Rauchfähnchen in die Höhe. Hoffentlich überbrachte Allen die Neuigkeit nicht brühwarm dem Mädchen. Es war viel einfacher, Entschlüsse zu fassen, wenn die Frauen aus dem Spiel blieben. Aber wie die meisten jungen Ehemänner dachte

Allen wahrscheinlich, er müsse seiner Frau alles erzählen. Ein jeder hatte seine eigenen Erfahrungen zu machen. Auch er konnte seinen Sohn nichts lehren.

Seine Gedanken wanderten zu seiner eigenen Frau zurück und zu dem entnervenden gestrigen Abend. Er hatte ihr wahrheitsgemäß erzählt, daß er nach Richmond fahren wollte, um Allen und seine Frau dort zu treffen. Anstatt ihm dankbar für diese Rücksicht zu sein, hatte sie ihn beschimpft und ihm offensichtlich die Schuld an Dingen vorgeworfen, die außerhalb seines Machtbereichs lagen.

»Wir müssen das Beste aus der Lage der Dinge machen«, hatte er gesagt. »Wen strafen wir damit, wenn wir uns auflehnen? Uns selbst, sonst niemand. Die jungen Leute können sich auch irgendwo anders niederlassen. Du und ich aber werden allein in diesem Haus zurückbleiben. Wir können unseren einzigen Sohn nicht enterben, Putz.«

»Das verlange ich gar nicht«, hatte sie erwidert. »Ich wiederhole nur, was ich unablässig gepredigt habe: er kann diese Person nicht hierher bringen.«

»Sie sind verheiratet, Putz«, rief er ihr in Erinnerung.

Sie verzerrte ihr hübsches Gesicht zu dem, was er vor vielen Jahren, als er es zum erstenmal sah, bei sich selbst als Grimasse bezeichnet hatte. Es war auf ihrer Hochzeitsreise gewesen, und er wußte heute nicht mehr, was Anlaß dazu gegeben hatte. Er erinnerte sich nur noch an den Schock, den es ihm versetzt hatte, diesen hübschen Mund, der für Küsse geschaffen schien, so höhnisch verzerrt zu sehen. In jenen Tagen hatte er noch nicht gelernt, daß Liebe selbst die Geliebten nicht zu ändern vermag. Seine Liebe war in den folgenden Jahren nicht erloschen, nur schloß sie nicht mehr Josephines ganze Person vorbehaltlos ein. Es gab Stunden und Tage, und vor allem Augenblicke, wo er sich dagegen sträubte, an sie zu denken, und wo seine Liebe in abwartenden Schlaf versank.

»Sie sind nicht verheiratet«, hatte sie spitz erklärt. Sie sprach mit dem sanften, südlichen Akzent, aber unter dem liebenswürdigen Klang schwang manchmal dieser harte spitze Ton mit, den er so fürchtete.

»Warum kommst du wieder darauf zurück, Putz? Ich habe dir doch erklärt, daß ein Tempel die gleiche Funktion ausübt wie eine Kirche —«

»Der Tempel ist mir egal«, unterbrach sie ihn.

Der triumphierende Blick hatte ihm nicht gefallen. Er hatte ihn früher schon gesehen, einmal, als sie Allen gegen seinen und des Sohnes Willen für die Aufnahme in die Militärakademie eintrug. Man hatte ihr ihren Willen lassen müssen, weil eine Abmeldung der schon erfolgten Eintragung Gegenstand öffentlicher Diskussionen geworden wäre.

»Es geht nicht darum, was dir egal ist«, hob er an.

Sie schnitt ihm mit einem durchdringenden Ausruf das Wort ab: »Du hast recht. Es geht nicht darum, was ich denke oder was du denkst. Es geht um das Gesetz. In unserem Staat verbietet das Gesetz Eheschließungen zwischen Weißen und Farbigen.«

Sie sah ihn voll an und erzwang seinen Blick.

»Josephine! Du weißt, daß dieses Gesetz gegen die Neger erlassen worden ist.«

»Gesetz ist Gesetz.«

Er war aufgestanden und hatte sie allein gelassen, aber bevor er sich niederlegte, hatte er seinen Anwalt, Bancroft Haynes, angerufen. Es stimmte. Das Gesetz des Staates verbot Allens Ehe, weil Josui von asiatischer Abstammung war. Er mußte es dem Jungen beibringen.

Die Tür öffnete sich, und Allen trat mit Josui ein. Herr Kennedy hatte Angst vor dem Augenblick gehabt; nun war es soweit. Er stand langsam auf und musterte das Geschöpf, das sein Sohn an der Hand hielt. Es war ein hübsches schüchternes Mädchen, dessen cremig-weiße Haut nun rosig überhaucht war und dessen dunkle Augen ängstlich schimmerten. Was für ein süßes Gesichtchen, dachte er; ein schüchternes, erschrecktes Kind, das sich bemüht, zu gefallen, und ängstlich um Verständnis fleht. Sein Mitgefühl, bereit durch alles Vorhergegangene, strömte ihr entgegen.

»Das ist Josui«, sagte Allen.

Herr Kennedy ging mit schweren Schritten auf Josui zu und gab ihr die Hand. »Ich freue mich, Sie kennenzulernen«, sagte er so höflich und freundlich er nur konnte. »Sie haben einen weiten Weg zurückgelegt, und ich entbiete Ihnen mein Willkommen.« Er fühlte ihre kleine feste Hand in seiner und preßte sie liebevoll. »Sie müssen müde sein und haben sicher auch ein wenig Heimweh.«

»O nein, vielen Dank«, erwiderte Josui mit einer Stimme, kaum lauter als ein Flüstern. Herrn Kennedys Gestalt überwältigte sie. So ein großer Mann! Aber sie fühlte sofort seine Gutherzigkeit. Sie lächelte, ihre Lippen zitterten und ihre Augen wurden größer denn je, als sie zu ihm aufblickte.

Herr Kennedy erwiderte ihren Blick beinahe zärtlich. Er war erleichtert, sie so hellhäutig zu finden. In den besten Familien des Südens konnte man Dutzende von Töchtern treffen, die bedeutend dunklere Haut hatten. Das mußte er Josephine vorhalten.

»Was für ein kleines Geschöpfchen Sie doch sind«, sagte er, und zum Sohn gewandt, fuhr er fort: »Sind sie alle so zierlich dort?«

»Josui ist gar nicht so klein, Vater«, entgegnete Allen. Seine Zuversicht war zurückgekehrt. Josuis Charme hatte seine Wirkung auf den Vater nicht verfehlt, und er war stolz auf sie. Der Vater konnte ihm sicher nachfühlen, daß er sich in Josui verliebt hatte, und er würde auf ihrer Seite stehen.

Josui fand plötzlich ihr Lächeln wieder zwischen den beiden großen Männern. Sie hatte keine Angst mehr. Dieser dicke, große Mann, der ihr Schwiegervater war, würde ihnen helfen, und alles würde ins rechte Gleis kommen. Sie mochte ihn. Vor ihm brauchte man keine Angst zu haben, und es war sicher schön, in seinem Hause zu leben. Kein Wunder, daß Allen solch ein prachtvoller Mensch war, wo er solch einen Vater hatte! Sie wollte sich Mühe geben, eine über jeden Tadel erhabene Schwiegertochter zu sein.

Sie löste sich von Allen. »Bitte, Vater, setzen Sie sich«, bat sie. »Allenn, wir haben keinen Tee. Bitte, lasse Tee von unten heraufkommen und auch eine Kleinigkeit zum Essen.«

»Danke, ich mag jetzt nichts essen«, lehnte Herr Kennedy ab. Was war sie doch für ein niedliches, hübsches Ding! »Ich komme eben vom Frühstück, und Allen kann Ihnen bestätigen, daß ich des Morgens jeweils kräftig zupacke. Während des Tages esse ich nie viel, erst wieder zum Nachtmahl.«

Er setzte sich wieder, und sie beugte sich zu ihm vor. »Einen Whisky vielleicht?« schlug sie schmeichelnd vor, »oder ein Coca-Cola?« Sie hatte sich während ihrer Reise daran gewöhnt, Coca-Cola zu bestellen und zu trinken, weil sie Alkohol nicht mochte.

»Dann lieber einen Whisky«, sagte Herr Kennedy, ihr zu Gefallen.

Und so mußte Allen einen Whisky bestellen, und Josui war erst in ihrem Element, als der Kellner das Getränk auf einem Tablett brachte; doch auch dann gab sie sich nicht zufrieden, sie ließ Allen das Glas und das Eis nicht anrühren, sondern tat alles selbst. Sie rückte ein kleines Tischchen neben den Schwiegervater, stellte Getränk und Eis darauf und wartete dann gespannt, bis er den ersten Schluck versuchte.

»Ist es recht?«

»Ausgezeichnet«, erwiderte Herr Kennedy mit Nachdruck, bereit alles zu sagen, was ihr Freude bereiten konnte. »Jetzt setzen Sie sich erst mal selbst hin, Kindchen. Ich möchte Sie reden hören. Ich will wissen, wie mein Sohn Sie behandelt. Hoffentlich gut, sonst bekommt er es mit mir zu tun.«

»Setz dich, Josui«, befahl Allen.

Sofort setzte sie sich, aber ihre anmutige schlanke Gestalt blieb angespannt, während sie von einem der Männer zum anderen blickte. »Verwöhnt sie dich immer so?« wollte der Vater von Allen wissen.

»Es ist die Pflicht einer Frau nach japanischer Auffassung«, antwortete Allen lächelnd.

»Ein fabelhaftes Volk«, erklärte der Vater.

Und dann fiel ihm wieder ein, weswegen er gekommen war. Lange Gewohnheit erleichterte es ihm, zu vergessen, was traurig, unangenehm oder schwierig war, und vorübergehend war es auch jetzt seinem Gedächtnis entfallen gewesen. Vor dem zierlichen Geschöpfchen konnte er natürlich nicht damit herausrücken. Es würde ihr das Herz brechen. Das durfte man nicht zulassen. Er mußte mit Allen gemeinsam überlegen, was zu tun blieb. Es war seine Pflicht, dem Sohn zur richtigen Entscheidung zu verhelfen. Aber was war die richtige Entscheidung?

Er wurde ernst, und Josui, die jeden Stimmungswechsel mit untrüglichem Instinkt spürte, sah zu Allen hinüber und fühlte wieder Angst in sich aufsteigen. Hätte er japanisch gesprochen, wäre es möglich gewesen, ihn in dieser Sprache zu fragen, ob sie etwas falsch gemacht hatte. Allen erwiderte ihren Blick nicht, und plötzlich hielt sie das bedrückende Schweigen und des Vaters beinahe gramvolles Starren auf den Teppich zu seinen Füßen nicht mehr aus. Sie stahl sich zu Allen, legte die Hand auf seine Schulter und fragte flüsternd: »Habe ich etwas falsch gemacht?«

»Aber nein, natürlich nicht«, beruhigte sie Allen, ohne die Stimme zu dämpfen. »Mein Vater möchte vielleicht mit mir allein sprechen, Josui. Macht es dir etwas aus, ins Schlafzimmer zu gehen?«

Sie erfaßte sofort, daß irgend etwas nicht in Ordnung war, aber sie gehorchte wie ein Kind. Sie ging ins Schlafzimmer und schloß geräuschlos die Tür hinter sich.

Es gab kein Ausweichen. Herr Kennedy wußte, daß er den gefürchteten Augenblick nicht mehr hinausschieben konnte. Er stellte sein Glas ab. »Ich habe schlimme Nachrichten für dich, mein Junge.«

Allen gab keine Antwort und wartete.

»Willst du es ohne Umschweife hören?«

»Natürlich, Vater.«

»Das habe ich mir gedacht.«

Er beugte sich in seinem Sessel vor, legte die Ellbogen auf die Knie und verschränkte die Hände zwischen den Beinen. »Deine Mutter scheint recht zu haben, mein Junge. Deine Ehe ist nicht gesetzmäßig.«

»Was meinst du damit?«

»In unserem Staat existiert ein altes Gesetz, das die Ehe zwischen den Rassen verbietet. Irgendwie ist deine Mutter darauf gestoßen. Vermutlich hat es eine ihrer Bekannten aufgestöbert. Möglich, daß sie es auch schon seit langem weiß. Allerdings glaube ich das nicht.«

»Dieses alte Gesetz ist seinerzeit für Farbige erlassen worden«, stellte Allen kalt fest.

»Das stimmt.« Der Schweiß rann in dicken Tropfen über Herrn

Kennedys Stirn. »Es scheint aber, daß es alle erfaßt — sei mir nicht böse, mein Junge —, die nicht weiß sind.«

»Wer behauptet das?«

»Ich habe mich darüber bei Bancroft Haynes erkundigt.«

Er erhob sich, trat zum Fenster und schaute hinaus, um Allen Zeit zur Besinnung zu geben.

»Wir brauchen nicht in diesem Staat zu leben«, bemerkte Allen nach einigen Minuten.

»Natürlich nicht.« Herr Kennedy wandte sich um, erleichtert, daß der Sohn diesen Ausweg genannt hatte. »Du mußt dich in einem anderen Staat niederlassen und dort standesamtlich heiraten. Dann kann dir nichts geschehen. Falls du deiner selbst sicher bist.«

»Warum sagst du das?« begehrte Allen auf. Es ärgerte ihn, daß der Vater die Möglichkeit eines Zweifels überhaupt in Erwägung zog.

»Du mußt es selbst wissen, mein Junge«, entgegnete Herr Kennedy friedfertig. »Ich habe damit nichts sagen wollen.«

»Wir werden selbstverständlich in einen anderen Staat gehen«, fuhr Allen noch immer ärgerlich fort. »Wir gehen nach New York. Ich werde mir eine Stellung suchen. Und du kannst Mutter sagen, daß ich nie mehr meinen Fuß über die Schwelle unseres Hauses setzen werde.«

»Ich werde mich hüten, ihr etwas dergleichen zu sagen«, lehnte der Vater ab. Er setzte sich wieder, nahm das Glas auf, leerte es zur Hälfte und stellte es ab. »Es ist nicht recht von dir, auch nur so etwas zu denken. Ich hoffe, daß du oft heimkommst. Du bist ihr einziger Sohn.«

»Sie behandelt mich aber nicht danach«, versetzte Allen bitter.

»Jetzt benimmst du dich kindisch. Sie liebt dich wahrscheinlich zu sehr. Sie bringt es nicht fertig, sich von dir zu lösen. Es ist, als ob die Nabelschnur zwischen euch nie zerschnitten worden wäre. Es ist nicht nur deine Person, es ist das Leben, das sie für sich von dir erhofft hat. Als sich herausstellte, daß sie kein Kind mehr haben durfte, habe ich geglaubt, sie würde sich zu Tode weinen. Sie konnte einfach nicht darüber hinwegkommen. Die ganze Nacht habe ich sie in den Armen gehalten. Keiner von uns konnte schlafen. Ich glaube, sie hat es dem lieben Gott nie verziehen. Sie betet des Nachts nie, seit vielen Jahren nicht mehr, nur am Sonntag geht sie natürlich zur Kirche. Sie hat es nicht verwunden. Es ist ihr stummer Vorwurf geblieben, auf verschwommene Weise macht sie ihn auch mir, obwohl ich weiß Gott nichts dafür kann.«

»Sie will alles im Leben nach ihrem eigenen Dickschädel erzwingen«, stieß Allen hervor.

»Sie ist ein erbarmungswürdiges, liebes und kindliches Geschöpf«, sagte Herr Kennedy, Allens Bemerkung ausweichend. Er sprach zu seinem Sohn als Mann zu einem anderen Mann, und in seiner Stimme war etwas wie Zärtlichkeit. »Sie ist so willensstark und herrschsüchtig, daß ich sie manchmal kaum ertrage, und dann erinnere ich mich an ihre andere Seite, daran, daß sie ein gestraftes Kind ist. Du wirst das nicht so verstehen können, mein Junge. Sie tut alles auf ihre eigene Weise, und ich muß gestehen, sie ist eine interessante Frau. Eine uninteressante Frau hätte ich nie lieben können.«

Er warf dem Sohn einen scheuen, flehenden Blick zu; es war eine unausgesprochene Bitte um Verständnis, eine wortlose Enthüllung. Allen war gerührt, und zugleich war es ihm peinlich. Er konnte sich die Mutter nicht in ihrer Rolle als Frau vorstellen. Es war etwas Schamloses damit verbunden für ihn, das er sofort von sich schob. Er sprang auf.

»Du hast für uns getan, was du konntest«, sagte er. »Jetzt ist es an mir. Bleibst du zum Essen mit uns zusammen, Vater? Heute nachmittag werden wir wohl weiterfahren. Ich werde schreiben, wohin man meine Bücher und Sachen schicken soll.«

»Ich möchte nicht länger bleiben«, erwiderte Herr Kennedy. Er war müde und zog es vor, das scheue Geschöpf nicht nochmals zu sehen. »Ich komme euch besuchen, wenn ihr irgendwo seßhaft seid.«

»Ich schreibe dir.« Sie gaben einander die Hand, und Allen mußte das plötzlich aufsteigende Verlangen unterdrücken, seinen Kopf auf die etwas gebeugte Schulter des alten Mannes zu legen. Statt dessen hielt er den Kopf hoch und sprach mit energischer Stimme. »Ich bin froh, daß du mir reinen Wein eingeschenkt hast. Das macht in Zukunft alles einfacher. Ich weiß wenigstens, woran ich bin.«

Herr Kennedy räusperte sich und suchte nach einer passenden Bemerkung. Seine Knie zitterten, und er hätte sich gern ein Weilchen niedergelegt.

»Auf Wiedersehen, mein Junge. Wende dich an mich, wenn du mich brauchst. Ich bin stets der gleiche.«

»Ich weiß.« Die vertraute Redensart war mit vielen Erinnerungen verbunden. Der Vater hatte sie bei jedem Abschied vorgebracht, und im Grunde konnte er doch nie etwas tun.

Er lächelte, bis der Vater die Tür hinter sich zugezogen hatte, dann ließ er sich auf einen Stuhl fallen und barg das Gesicht in den Händen.

Im Nebenzimmer wartete Josui. Ihr Stolz verbot ihr, zu horchen oder Vater und Sohn heimlich zu beobachten. Trotzdem spürte sie, daß etwas vor sich ging, etwas gesagt und gehört worden war, das für sie Gefahren barg. Sie stand regungslos in der Mitte des Zimmers. Sie war müde, nicht nur von der Reise, sondern auch, weil es viele Jahre her war, daß sie auf richtigen Stühlen gesessen und in hohen Betten geschlafen hatte. Die Muskeln an ihren Beinen schmerzten von der Anstrengung, und der Rücken tat ihr weh von den weichen Matratzen. Sie war auch erschöpft von der unablässigen Anstrengung, sich ihre Verwirrung nicht anmerken zu lassen. Ihre Liebe war stark genug; war seine es auch?

Sie hörte die äußere Tür ins Schloß fallen, und als sich nichts rührte, öffnete sie leise die Verbindungstür und spähte ins Wohnzimmer. Allen saß da, die Hände vor dem Gesicht. Welcher Kummer quälte ihn?

»Allenn!«

Beim Klang ihrer Stimme zuckte er zusammen, als habe er ihr Vorhandensein vollkommen vergessen gehabt.

»Was gibt es, Allenn?« Sie eilte an seine Seite und kniete neben ihm nieder. »Bitte, Allenn, erzähle mir.«

Wie konnte er ihr die Notwendigkeit — an die er glaubte — des Gesetzes erklären, das eine Verbindung zwischen den Rassen verbot, und wie sollte er ihr erklären, was sich nicht erklären ließ, daß ein für andere ausgelegtes Netz nun sie fing, für die es gar nicht gemeint gewesen war? Ebensogut konnte man erklären, warum eine Schutzvorrichtung gegen Wespen auch Schmetterlinge abhalten mußte!

»Meine Mutter fühlt sich nicht wohl«, begann er ungeschickt. »Mein Vater meint, wir sollen warten, bis sie sich besser befindet. Zunächst müssen wir uns allein irgendwo niederlassen.«

Er sah den Wechsel in ihrem Gesichtsausdruck und sprach hastig weiter: »Weißt du, Pittysing« — dies war sein Kosename für sie, in Stunden der Liebe spielerisch entstanden —, »in Amerika lebt man nicht bei den Eltern, wenn man verheiratet ist. Die meisten jungen Leute würden sich mit Händen und Füßen dagegen wehren, und den alten Herrschaften paßt es sicher auch nicht recht in den Kram. Zu Weihnachten können wir vielleicht für eine Weile heimfahren. Inzwischen —«

Er stand auf, bohrte die Hände in die Taschen und ging im Zimmer hin und her, während er sprach. Josui kniete noch immer neben dem Stuhl. Ihr Gesicht war gefaßt, und ihre dunklen großen Augen folgten ihm.

»New York ist das richtige für uns. Eine große Stadt, in der alle möglichen Arten von Leuten leben, und sie leben zusammen. Du mußt begreifen, Pittysing, die Stadt, in der ich geboren worden bin, das ist ein kleiner Ort, wo dieselben Familien seit Generationen leben — ein Dutzend Familien mit ihren Dienstboten und den von ihnen Abhängigen. So läßt sich's am besten beschreiben. Ich glaube, sie haben in ihrem Leben noch keine Japanerin zu Gesicht bekommen.«

»Dann ist es also meinetwegen«, sagte Josui.

Er hatte zuviel geschwatzt. Er blieb vor ihr stehen und zwang sich zu einem Lächeln, als er in ihr zu ihm aufgerichtetes Gesichtchen blickte.

»Erinnerst du dich, wie dein Vater sich mir gegenüber verhielt?«

»Ja – aber in Amerika?«

»O ja, in Amerika, meine Liebe! Gerade in Amerika. Erinnerst du dich denn nicht mehr daran? Du hast doch in Los Angeles gelebt?« Sein Ton verriet Bitterkeit.

Josui erinnerte sich. Sie senkte den Kopf, und Tränen schimmerten an ihren langen, geraden Wimpern. »Ich dachte, die Zustände hätten sich geändert«, flüsterte sie.

»Sie sind dabei, sich zu ändern. Ich bin ein Beweis dafür und du auch.«

Sie schaute ängstlich zu ihm auf. »Es macht einen so einsam«, bekannte sie leise.

»Zwei wandernde Sterne, die sich eine eigene Welt aufzubauen suchen. Das ist es, Pittysing. Wir werden es schaffen.«

Er ergriff ihre Hände und zog sie zu sich auf. »Kein Niederknien mehr, Frau Kennedy! Und ich werde dich auch nicht mehr Pittysing nennen. Es war ein Name für die Flitterwochen. Die Flitterwochen sind vorbei, mein Liebchen, jetzt fängt der Ernst des Lebens an. Ich werde dich Jo Kennedy nennen. Das paßt gut, findest du nicht auch? Es hört sich ganz amerikanisch an.«

Die Wut stählte ihn, der Geist der Auflehnung verlieh ihm Mut. Der Teufel sollte die Vergangenheit mit ihrem alten Schutt holen! Ich gehe nach New York, nahm er sich vor, hänge das Militär an den Nagel und suche mir eine Stellung. Er wollte ein guter Gatte werden. Ein Vater? Er zuckte unmerklich vor der Idee zurück. Wenn es dazu kam, dann zog man eben an ein unauffälliges Plätzchen, wo es keine Nachbarn gab, oder in eine Zelle im Bienenstock, in eine kleine Wohnung inmitten vieler anderer Wohnungen, wo keiner dem anderen Fragen stellte.

»Komm, Jo«, sagte er. Er preßte sie an sich. Es war eine Umarmung, die der Zorn, nicht die Liebe diktierte. »Pack deine Sachen. Wir fahren gegen Norden!«

Äußerlich vollzog sich der Wechsel ohne Schwierigkeiten. Er hatte es nicht schwer, bei einem wöchentlich erscheinenden Magazin eine Stellung zu erhalten. Seine Zeugnisse waren ausgezeichnet, er sah gut aus und verfügte über die notwendigen Erfahrungen. Der Verdienst reichte zum Unterhalt der kleinen Wohnung am Riverside Drive aus.

Josui freundete sich sogar mit einer jungen Chinesin, die mit einem Studenten verheiratet war, und einem jungen japanischen Ehepaar, das Erziehung und Kinderpsychologie studierte, an.

Zwischen ihnen jedoch war eine Wandlung vorgegangen. Allen und Josui begannen jeder für sich ein Leben innerer Einsamkeit zu führen, während sie nach außen mit zäher Entschlossenheit zusammenhielten und ihre Liebe ungekannte leidenschaftliche Höhen erreichte. Sie waren keine Kinder der Elendsviertel, denen diese kleine Wohnung den Himmel auf Erden bedeutet hätte; sie waren nicht einmal Kinder aus Mietshäusern mit Fahrstühlen, kleinen Terrassen und rußigen Dachzinnen. Sie waren Kinder der weiten Flächen und des Überflusses. Josui hielt ihre kleine Wohnung sauber und dachte an die schönen Räume ihres Hauses in Kyoto, wo man die Lattenwände zur Seite schieben konnte, so daß sich ein Raum nach dem anderen öffnete, soweit das Auge reichte. Allen hängte seine Anzüge in den engen Wandschrank und dachte an seine Zimmer in dem großen weißen Haus mit den Säulen, dem Haus, das ihm als Erbe zukam und das ihm laut Gesetz niemand nehmen konnte. Sie träumten heimlich von Seen und Teichen, und Josui dachte sehnsüchtig an das Plätschern des Baches im Garten, Tausende von Meilen entfernt. Auch ihr konnte niemand den Wasserfall, die Teiche, das Haus mit den Schiebewänden und die Schätze des Tokonoma nehmen. Keiner von ihnen hätte auch nur eine Sekunde den Gedanken erwogen, ihrer Liebe treulos zu werden, doch beide träumten von dem, was sie nicht hatten und vielleicht niemals mehr haben würden.

Und in beiden schlummerte, vor dem anderen verborgen, ein schwelender Haß auf die große Stadt. Es war ein unbeständiges Leben. Wer kann in den Zellen eines Bienenkorbes wohnen und dies Leben nennen? Ein Embryo vielleicht, aber nicht ein lebendiges, sich bewegendes, fühlendes menschliches Wesen, dachte Josui insgeheim. Sie hielt diese Gedanken streng verborgen vor Allen, der sie nie hinter ihrer Stirn vermutet hätte, weil er selbst zu sehr in seine heimlichen Träume eingesponnen war.

Die verkümmerte Liebe zu seinem Heim, seinen Eltern und seiner Kindheit plagte ihn unausgesetzt und machte ihn mißmutig. Unablässig dachte er an die Eltern, die in dem Haus lebten, welches er so liebte, und seine Wut auf den Vater übertraf noch die auf die Mutter. Es war Sache des Mannes, seinen Willen durchzusetzen und die Frau zum Nachgeben zu zwingen. Nur ein Schwächling brachte dies nicht fertig. Er machte sich nicht klar, daß er grundverschieden war von seinem Vater. Obwohl er zu feinfühlend gewesen war, sich mit einer Prostituierten einzulassen, die allen Männern gehörte, hatte die Unterwerfung eines fremden Landes doch gewisse Spuren bei ihm hinterlassen, wie es bei allen Männern der Fall ist. Es gibt Männer, die die Hingabe der besiegten Frauen erzwingen; es ist für sie die letzte Phase des Krieges, die Bestätigung ihres persönliches Sieges. Allen hätte die Anschuldigung von sich gewiesen, zu dieser Art Männer zu gehören, und doch war es der Fall. Er neigte zu Hochmut, was sein Vater nicht tat; er war unnachgiebig, und auch darin unterschied er sich von Tom Kennedy. Er gehörte einer Generation körperlich Überlegener an, die auf Grund ihrer physischen Kraft gewonnen haben. Im Gegensatz zu ihm verlangte es seinen Vater nie danach, jemanden zu unterjochen und ihn dann zu beherrschen.

Aus seinen fruchtlosen Träumen heraus wurde Allen Tag für Tag herrischer, unnachgiebiger und auftrumpfender, sogar Josui gegenüber. Sie wußte sich keinen Rat und begriff nicht, warum ihm nun so oft mißfiel, was sie tat. Was sie tat, tat sie ganz, erfüllt vom Verlangen, es über jeden Tadel erhaben zu tun. Sie konnte Stunden damit zubringen, Blumen in einer Schale anzuordnen und den richtigen Platz auf dem Tisch in der Ecke des kleinen Wohnzimmers herauszufinden, das gleichzeitig als Speisezimmer diente. Die der Einzelheit gewidmete Aufmerksamkeit hinderte sie nicht daran, alles in Ordnung zu bringen, bevor Allen des Abends heimkehrte. Sie besorgte ihren kleinen Haushalt ohne Hilfe und lehnte ein Dienstmädchen ab, weil in Amerika nur wenig Frauen Dienstboten hatten. Und wie hätte sie sonst ihre Zeit verbringen sollen? Sie nahm sich vor, im Winter, wenn sie nicht mehr in den Parks spazierengehen konnte, eine Schule zu besuchen. Es wimmelte von Schulen in der Stadt. Sie ließ sich Kataloge kommen und las sie aufmerksam, während sie an den Abenden, an denen Allen lange arbeiten mußte, auf seine Heimkehr wartete. Jede Woche gab es mehrere solcher Abende, gekrönt von einem letzten Abend völligen Wahnsinns, wenn die Zeitschrift »zu Bett gelegt« wurde, wie Allen es nannte. Manchmal dämmerte der Morgen schon, wenn er kam, aber sie wartete immer auf ihn.

Falls sie eine Schule besuchte, konnte sie während dieser Wartestunden ihre Aufgaben machen und arbeiten. Vorläufig lieh sie sich Bücher aus der Leihbibliothek. Manchmal waren es gute Bücher, manchmal nicht. Sie hatte keinerlei Anleitung außer ihrer schüchternen Bitte an die ältliche Bibliothekarin, ihr Sachen zu geben, die sich mit dem amerikanischen Leben beschäftigten. Sie las die Bücher mit zunehmender Verwirrung. Wo war ihr Platz unter diesen Frauen mit ihren vielfachen Problemen? Ihr Leben spielte sich innerhalb dieser engen Wände ab mit dem Mann, den sie liebte.

Konnte es immer so weitergehen? Es gab Stunden, in denen die

Wohnung wie eine zu enge Schachtel war und in denen ihr Geist rastlos vorwärtsstrebte. Gab es wirklich nur dies? Nicht mehr?

»Allenn«, sagte sie an einem dieser Tage, »hast du keine Freunde?«

»Freunde?«

»Ja, mit denen wir uns unterhalten könnten. Ich könnte doch ein nettes Nachtessen vorbereiten, so etwas wie dieses Gericht heute abend, für zwei Bekannte vielleicht, und wir könnten miteinander reden. Ein Herr und eine Dame?«

»Ich habe bisher für niemand Zeit gehabt außer für die Leute in der Redaktion, Jo«, sagte er. »Vielleicht später.«

Sie lud das junge Ehepaar ein, das sie im Park kennengelernt hatte. Sie waren beide in Amerika geborene Japaner, die nun an der Columbia-Universität studierten. Sie waren angenehme Gesellschafter, aber zurückhaltend. Sie empfanden Josuis Gatten als den unveränderten amerikanischen Offizier der Kriegsjahre. Es fiel ihnen schwer, zu vergessen, daß sie in einem von Stacheldraht eingezäunten Konzentrationslager in Arizona eingesperrt gewesen waren. Und doch verlief der Abend nett. Der junge Japaner hatte sich während der Gefangenschaft die Zeit damit vertrieben, aus den Wurzeln der struppigen Wüstenpflanzen Gegenstände und Gestalten zu schnitzen, und auf Josuis Ersuchen hin brachte er die besten Stücke mit. Keines davon war verkäuflich.

»Wir heben sie zur Erinnerung auf«, sagte die untersetzte kleine Frau.

Die Unterhaltung war manchmal etwas gezwungen, Josuis Kochkunst wurde sehr gelobt, doch das Ehepaar verabschiedete sich früh. Sie lud sie nicht mehr ein. »Du findest, daß sie nicht Leute deiner Art sind, Allenn?« forschte sie, als sie allein waren.

»Das tut nichts zur Sache«, erwiderte er liebevoll. »Sie sind sehr nett, und ich will, daß du Freunde hast.«

Doch plötzlich verflog ihre Rastlosigkeit. Eines Tages, als sie vom Markt heimkehrte, wo sie ihre Einkäufe besorgte, fühlte sie sich sehr müde und legte sich auf ihr Bett. Es hatte schon vorher Anzeichen gegeben, Verzögerungen, kleine Veränderungen an ihrem Körper, welche sie als Einbildungen wegschob. Die Erscheinungen ihres Frauentums hatten nie einen regelmäßigen Turnus eingehalten. Ein Arzt in Japan hatte ihr gesagt, daß der Schock, den der plötzliche Aufbruch aus Amerika bei ihr hervorgerufen hatte zu einer Zeit, wo sie sich gerade im Übergang von der Kindheit zum Jungmädchentum befand, außerdem das Abreißen ihrer gefühlsmäßigen Bindungen nicht nur zu Freunden, sondern auch zur vertrauten Landschaft, weiter die Notwendigkeit, sich in die japanische Umgebung einzufügen, die ihr verwandt und doch fremd war, seelische Störungen bewirkt hatten, die sich unzweifelhaft auch auf ihren Körper erstreckten. Vor ein paar Wochen hatte sie zum erstenmal geglaubt, schwanger zu sein, hatte Furcht und Zweifel empfunden und durch ihre innere Ablehnung versucht, die Empfängnis eines Kindes zu verhindern. Denn was für ein Heim war es, das sie ihrem Kinde bieten konnten? Es war nicht nur die schachtelartige enge Wohnung ohne Garten, in dem kein Kind sich hätte tummeln können, es war auch der Park, wo sie weiße Mütter dabei beobachtet hatte, wie sie ihre Kinder ängstlich vor der Berührung mit Kindern dunklerer Haut bewahrten. Ihr Kind würde sie nie in diesen Park führen. Ein Kind!

»Nein, nein«, murmelte sie.

An diesem Tage, als sie sich hinlegte, spürte sie plötzlich eine Bewegung in sich, federleicht, aber doch eine Bewegung, die nicht ihre war. Die Anzeichen, die zu erkennen sie sich geweigert hatte, vervollständigten das Ereignis der Bewegung und schlossen jeden Zweifel aus. Sie spürte in ihrem Leib den Beginn eines neuen Lebens. Es war vorhanden, das Kind lebte – es war zu spät.

Entsetzt lag sie da; dann drehte sie sich zur Seite, barg das Gesicht in den Kissen und weinte.

Zum Glück für das ungeborene Kind weiß es nichts von den Tränen der Mutter. Es beginnt frohgemut zu leben, erwünscht oder unerwünscht, und der Mutter Verzweiflung berührt es nicht. Weise lebt es allein und abgesondert, bereitet sich auf eine Welt seiner eigenen Schöpfung vor, wächst gierig, schläft den tiefen Schlaf des Ungeborenen, der sich an Tiefe und Gelöstheit nur dem Schlaf des Todes vergleichen läßt. Doch jeden Tag schläft es ein bißchen weniger, wacht ein bißchen länger, streckt seine Beinchen aus, reckt die Arme und gedeiht für den Wendepunkt der Geburt, der ersten Trennung seiner selbst von der Ewigkeit. Nun beginnt seine Zeit.

Und so war es mit dem Weltkind Lennie. Daß seine Mutter oft weinte, wußte es nicht. Es war in sein eigenes Werden vertieft, nicht denkend, aber wachsend. Von wem es geboren werden würde, wußte es nicht, und es kümmerte es auch nicht; es war sich der machtvollen Verschmelzung in seinem winzigen Körper nicht bewußt. Es schlief, nahm seine Nahrung durch den Nabel auf, bewegte sich hie und da mit zunehmender Rastlosigkeit und ahnte nicht, daß sein Vorhandensein ein Geheimnis war, nur seiner Mutter und ihm selbst bekannt.

Josui wollte Allen nichts von ihrer Entdeckung sagen. Sie fühlte, daß dieser Amerikaner, den sie voller Leidenschaft geheiratet hatte und den sie noch immer voller Leidenschaft liebte, unglücklich war. Er arbeitete schwer, er war lieb zu ihr, er liebte sie auch, davon war sie überzeugt, denn es gab Stunden unendlicher Zärtlichkeit zwischen ihnen, Stunden, in denen sie in seinen Armen lag und mit ihm verschmolz, Stunden, in denen alle Gedanken verstummten und sich alle Gefühle verflüchtigten vor der allumspannenden Verbindung ihrer Körper.

Und doch war sie sich nun stets der heimlichen Gegenwart des Dritten bewußt. Nahm auch dieses dritte Wesen an der Verbindung der Körper teil? Beunruhigte sie es? Empfand es sie wie fremde Stürme, die die Wellen seines eigenen Meeres aufrührten?

»Was hast du denn?« fragte Allen. »Woran denkst du? Du bist irgendwo in weiter Ferne. Komm zu mir zurück.«

»Ich bin hier«, erwiderte sie und streckte ihm ihre Hände entgegen. »Sieh, ich bin hier bei dir.«

Nein, sie wollte ihm nichts sagen. Sie war nicht sein ganzes Leben. Seit einiger Zeit wußte sie, daß er Geheimnisse vor ihr hatte. Er lebte sein eigenes Leben und hing Gedanken nach, an denen sie nicht teilhaben konnte. Sie befaßten sich nicht nur mit seinem Heim, seiner Familie, von der sie ihn getrennt hatte, und mit seiner Kindheit, die ihr nicht vertraut war. Es gab viel in seiner Welt, das sie nicht verstand. Er interessierte sich für Politik, und sie begriff dieses Interesse nicht. Er las Bücher, die sie nicht lesen konnte, er wurde manchmal sehr wütend, wenn er die Nachrichten am Radio verfolgte, und zuzeiten runzelte er die Brauen über das, was in den Tageszeitungen stand. Ihr sagten all diese Dinge nichts, aber da sie für ihn so wichtig waren, war es ihre Pflicht, ebenfalls Interesse zu zeigen. Wenn sie versuchte, zu verstehen, worum es ging, und ihm Fragen stellte, so wurde er ungeduldig, gab sich aber Mühe, seine Gereiztheit nicht merken zu lassen. Nichts verletzte sie so, wie seine sich immer mehr steigernde Ungeduld.

»Es ist zu viel für dich, mich zu belehren«, sagte sie eines Tages.

»Nein, das ist es nicht«, erwiderte er. »Aber wenn ich des Abends heimkomme, bin ich müde.«

Aber sie hatte richtig vermutet. Hätte sie ihren Plan, eine Schule zu besuchen, ausführen können, wäre sie mit den Problemen Amerikas vertraut geworden. Aber ein Schulbesuch kam nicht in Frage, jetzt, wo das Kind unterwegs war. Das Kind ließ sich nicht verhindern. Einmal hatte sie es versucht. Sie anvertraute sich ihrer japanischen Bekannten, und sie suchten zusammen einen Arzt auf. Er erklärte, daß das Kind ausgetragen werden mußte. Es war zu spät. Außerdem machte er solche Sachen nicht. Sie war beinahe erlöst. Es war nicht anständig, das Kind zu zerstören, bevor es noch auf der Welt war. Es war nicht des Kindes Schuld, ein Weltkind geworden zu sein. Dies war ihm vorbestimmt.

Der Herbst verging, und der Winter setzte ein. Josui nahm ab, so sehr sorgte sie sich wegen des Geheimnisses, und mehr als einmal war sie drauf und dran, es Allen zu gestehen, aber sie tat es doch nie. Drängten sich ihr die Worte auf die Zunge, so konnte sie sie doch nicht aussprechen, nicht etwa, weil sie Angst vor Allen gehabt hätte; das war es nicht. Die Unsicherheit ihres Lebens bedrückte sie. Sogar der Mietvertrag für die kleine Wohnung ging nur von einem Monat zum anderen. Wie konnte man sich ein Leben von Monat zu Monat aufbauen?

»Eines Tages werden wir heimfahren«, sagte Allen. »Die Zeit wird kommen. Selbst wenn meine Mutter sich weigert, uns daheim zu empfangen. Das ändert nichts daran. Sie muß ja auch einmal sterben. Aber sie wird sich nicht weigern.«

»Allenn!« rief sie entsetzt. »Sprich nicht so von deinen Eltern. Die Strafe wird dich ereilen.«

Er zeigte sich von ungewohnter Gefühlskälte. »Der Tod ist natürlich. Es ist gut, daß die Alten sterben müssen. Solange sie leben, gibt es keinen Fortschritt.«

»Aber sie ist doch deine Mutter, Allenn!« Josui preßte ihre weichen Handflächen gegen seine Lippen.

»Sie ist eine beschränkte Frau«, erwiderte er, ihre Hand von seinem Mund lösend. »Sie ist in der Kleinstadt geboren und dort aufgewachsen. Sie kann und will nicht begreifen, daß die Welt sich ändert.«

»Du liebst die kleine Stadt«, sagte Josui.

»Ich weiß«, gestand er. »Und es fällt mir schwer, ihr zu verzeihen, daß sie es mir verwehrt, dort zu leben.«

»Ich wünsche ihr den Tod nicht«, erklärte Josui mit fester Stimme. »Ich kann niemandem den Tod wünschen. Ich hätte Angst, das zu tun.«

Allen sagte, noch immer in der an ihm ungewohnten Stimme: »Das kommt daher, daß du nie jemanden getötet hast. Überleg dir doch, Josui. Ich bin dazu gedrillt worden, Menschen zu töten. Es lernt sich leicht. Manchmal, wenn ich dem Herausgeber unserer Zeitschrift gegenübersitze, muß ich unwillkürlich überlegen, wie ich ihn wohl töten würde, wenn er der Feind wäre. Ich wüßte ganz genau, wo ich ihn angreifen müßte – hier am Nacken und unter den Rippen. Da dringt das Bajonett ohne Widerstand ein.«

Sie sah ihn fassungslos an, sprachlos vor Entsetzen. Sie hatte sich eine kleine rosa Schürze vorgebunden und war eben damit beschäftigt, einen Teller abzuwaschen. Ihre Hände krampften sich plötzlich darum.

»Keine Angst, Josui.« Er lachte. »Ich würde das nie im Leben tun. Es hat einfach zu meinem Drill gehört, und ich versuche dir nur zu schildern, daß der Tod nichts Abschreckendes für mich enthält.«

Sie sagte nichts, sondern widmete sich erneut dem Abwaschen des Geschirrs in dem seifigen Wasser.

Er liebte seine Mutter. Nie wäre er so böse auf sie gewesen, hätte er sie nicht geliebt.

Wenn ich es gut mit ihm meine, muß ich weggehen, dachte sie ergeben. Ich trenne ihn von alldem, woran er hängt.

Wie konnte sie weggehen? Sie besaß wohl das bißchen Geld in der Bank in San Franzisko, aber wohin sollte sie sich wenden? Schrieb sie an ihren Vater, so sandte er ihr bestimmt mehr Geld, aber er hatte ihr aufgetragen, nie zu ihm zurückzukehren. Und was für ein Leben würde sie im Elternhaus führen? Außerdem war das Kind ja noch da, und wer außer ihr würde das Kind haben wollen? Unmöglich für ihren Vater und das Kind, unter einem Dach zu leben. Sie würde ihr Leben lang der Puffer zwischen beiden sein. Sie sah das kleine Wesen vor sich. Sicher sah es Allen ähnlich, denn sie hatte gehört, daß das weiße Blut immer stärker war und sich nie verleugnen ließ. Wie konnte solch ein Kind glücklich aufwachsen in einem Land, in dem alle Leute schwarze Haare, schwarze Augen und goldene Haut hatten? Mußte es sich nicht ausgestoßen fühlen? Nein, es mußte hier bleiben, wo es sich nicht von seiner Umwelt unterschied. Wohin konnte sie also gehen?

Es wurde selbst schwierig, noch mit ihren japanischen Bekannten zusammenzukommen, und nach und nach zog sie sich auch von ihnen zurück. Sie konnte der anderen Japanerin nicht anvertrauen, wie ihr zumute war und was sie tagaus, tagein beschäftigte. Sie gab vor, müde zu sein und viel ruhen zu müssen. Das Ehepaar war mit seinen Studien beschäftigt, und so sah Josui bald niemanden mehr.

Dann telefonierte Allen eines Tages, daß er eine Bekannte mit zum Essen heimbringe, Cynthia, das Mädchen, das seine Jugendgespielin gewesen war. Sie hatte ihn in der Redaktion aufgesucht und ihn gebeten, sie mit Josui bekannt zu machen. Er bringe sie mit, und Josui solle doch bitte ihr ausgezeichnetes Sukiyaki machen. Seine Stimme klang froh übers Telefon, und Josui freute sich, weil er seit Monaten nicht mehr so gesprochen hatte.

Sie brachte die kleine Wohnung in tadellose Ordnung; sie kaufte eine Handvoll kleiner Chrysanthemen und erlag der Versuchung, obendrein drei große gelbe Blüten, wie sie im Herbst zu Hunderten in des Vaters Garten geblüht hatten, zu erstehen. Zwei Stunden brachte sie damit zu, die Blumen in Vasen zu ordnen, um einen Effekt der Weite in den Räumen hervorzuzaubern, die so eng waren, und endlich gelang es ihr, indem sie das Fensterbrett zu Hilfe nahm und sich ein Stückchen blauen Himmel und ein paar Dächer als Hintergrund ausborgte.

Oh, und das Essen bedurfte der äußersten Sorgfalt; der Reis mußte immer und immer wieder gewaschen werden, damit kein bißchen Stärke mehr darin war und er nicht klebrig wurde, wenn sie ihn zu vollkommener trockener Weiße gargekocht hatte. Die Radieschen schnitt sie zu Blümchen, die klare Hühnersuppe wurde mit Kresse und Endivien garniert, und den Fisch besorgte sie mit dem Kopf daran und allem Zubehör. Den enthaupteten Fischleib, wie ihn die Amerikanerinnen aus dem Fischgeschäft heimtrugen, konnte sie nicht gebrauchen. Unzerstückelt war ein Fisch schön, ohne Kopf aber abscheulich. Wie konnte nur jemand so blind sein, dies nicht zu erkennen? Sie rieb die Gläser und Teller blank und scheuerte die Küche, bis das Kind sich auflehnte und sie sich ein wenig hinlegen mußte.

Sie hatte dem Kind einen Namen gegeben. Man mußte ein Kind doch benennen können, auch bevor es zur Welt kam. Das Problem hatte ihr viel Kopfzerbrechen bereitet. Welcher Name gebührte einem Weltkind? Es gab einen amerikanischen Namen, Joseph, aber er gefiel ihr nicht. Sie hatte erwogen, den Namen des toten Bruders, Kensan, zu wählen. Aber hatte dieses Kind ein Anrecht auf den Namen des Bruders? Ihn ohne Erlaubnis zu benützen, getraute sie sich nicht, aber andererseits war niemand da, der ihr die Erlaubnis erteilen konnte. Sie stellte sich das Gesichtchen des Kindes vor, und es sah niemandem ähnlich, den sie kannte, und glich doch jedermann, ein wahres Weltkind! Allen wollte sie es nicht nennen, da doch Allens Mutter seine Daseinsberechtigung verleugnete. Allen – Allenn! Warum nicht einfach einen Teil des väterlichen Namens nehmen und es Lennie nennen? Im gleichen Augenblick, in dem sie es aussprach, wurde es der Name des Kindes. Sie sah das lebhafte kleine Gesicht vor sich. Die Farbe der großen Augen ließ sich nicht erkennen, aber alles in allem war es ein Kind, zu dem der Name Lennie ausgezeichnet paßte. So wurde es denn Lennie, und sie unterhielt sich mit dem Kind und nannte es bei seinem Namen. Wenn sie beim Aufräumen und Putzen viel herumging in der Wohnung, oder wenn sie lange stand, um das Gemüse zuzubereiten, und es mit ihrer Ruhelosigkeit Ungeduld zeigte, dann machte sie ihm sanfte Vorwürfe.

»Ich könnte mich ja hinsetzen, Lennie. Du hast recht. Aber ich habe nie eine Frau gesehen, die sich zum Rüsten des Gemüses hingesetzt hätte. Dabei steht man. Du mußt also bitte ruhig sein.«

Aber er war nicht ruhig, und so gab sie nach und setzte sich nieder.

Ob dieses Mädchen, diese Cynthia, entdeckte, was Allen verborgen geblieben war? War sie freundlich oder feindlich gestimmt?

Beim ersten Anblick Cynthias wußte sie, daß sie in guter Absicht kam. Ein schönes Geschöpf, so groß, so blond, so anmutig, trat mit

Allen zusammen ein, und Josui sah mit Bewunderung zu ihr auf. Dies wäre die richtige Frau für Allen gewesen. Es lag auf der Hand, und sie verstand nun auch Allens Mutter. Natürlich war Cynthia die einzig Richtige für ihn, und hätte sie geahnt, daß solch eine Frau in seiner Umgebung existierte, hätte sie Allen aus Liebe zu ihm abgelehnt.

Sie streckte dem Gast die Hand entgegen, unfähig etwas zu sagen, und Cynthia umschloß sie mit ihren beiden Händen.

»Ich habe mir so sehr gewünscht, Sie kennenzulernen«, gestand sie mit warmer, herzlicher Stimme. »Ich kenne Allen, seitdem ich denken kann. Wir sind wie Geschwister. Ich hoffe, er hat Ihnen das erzählt.«

»Ja, er hat es mir erzählt«, sagte Josui.

Sie zögerte und konnte den Blick nicht von dem schönen blonden Mädchen mit der hellen Haut, dem süßen Mund und den blauen Augen abwenden.

»Leg deinen Hut ab, Cynthia.« Allen sprach ganz selbstverständlich mit seiner Jugendfreundin, aber die Freude über das Wiedersehen war ihm anzumerken. »Mach dir's bequem in unserer Klause. Eine bescheidene Bleibe, aber unser eigen. Josui, wo sind deine Manieren?«

»Ich bin so überrascht«, flüsterte Josui.

»Überrascht wovon?« fragte Allen.

»So schön!« stammelte Josui, noch immer gebannt. »Das habe ich nicht erwartet. Davon hast du nichts gesagt.«

Sie lachten über ihre drollige Verwunderung und sahen einander in vergnügtem Einverständnis an. »Was für ein bezauberndes Geschöpf!« rief Cynthia aufrichtig. »Du hast mir nicht gesagt, wie entzückend sie ist, Allen. Kein Wunder, daß du in sie verliebt bist. Und so zierlich! Ich könnte sie ja als Blume an meine Jacke stecken!«

Josui stimmte in das Lachen ein und schloß Cynthia unverzüglich in ihr Herz. Sie war froh, sie so nett zu finden, obwohl sie so eine große, schöne Person war.

»Bitte setzen Sie sich«, bat sie, sich auf ihre Pflichten besinnend. »Ich will nur den Tee holen. Allenn hat gesagt, heute abend muß alles japanisch sein. Sie entschuldigen mich bitte, ja?«

Sie zog sich, den Kopf neigend, zurück und verschwand in der winzigen Küche. Dort setzte sie sich einen Augenblick, um Atem zu schöpfen. »Lennie«, bat sie stumm das Ungeborene. »Bitte führe dich lieb auf und mach keine Sprünge. Die Schürze verdeckt einiges, aber nicht alles. Du bist nicht eingeladen. Bitte hilf deiner Mutter.«

Er beruhigte sich zugleich mit ihrem Herzen, und sie erhob sich, brühte den Tee auf und schenkte ihn ein.

In dem Zimmer hinter der verschlossenen Tür herrschte ebenfalls

Ruhe. Josui vernahm die Stimmen, verstand aber nicht, was sie sagten. Vermutlich sprachen sie über sein Heim und seine Eltern, von Dingen, die sie vor ihr nicht berühren wollten. Es war natürlich, und doch machte es sie einsam. Aber sie trödelte absichtlich mit der Zubereitung des Tees, um den beiden Zeit zu lassen.

»Sie ist bezaubernd, Allen«, sagte Cynthia. »Wenn deine Mutter sie nur einmal sehen könnte, ließe sie sich bestimmt herumkriegen.«

»Ich dachte, daß vielleicht zu Weihnachten —« Allen hielt inne.

»Daran habe ich auch gedacht«, warf Cynthia ein. Sie glühte vor Freundschaft und Hilfsbereitschaft. Sie strahlten von ihr aus, wie sie dasaß und sich in ihrem Eifer zu Allen vorbeugte. Sie war sich dessen nicht bewußt, aber ihm fiel es auf, und er überlegte einen Augenblick mit einem verschwommenen Gefühl des Bedauerns, ob Cynthia ihn wohl hätte lieben können und er sie, wenn Josui ihm nie begegnet wäre. Falls seine Mutter davon überzeugt werden konnte, daß Cynthia und er doch niemals zusammengekommen wären, so stimmte sie dies vielleicht etwas versöhnlicher.

»Ich habe das Gefühl, mit dir ganz vorbehaltlos reden zu können«, sagte er.

»Natürlich, Allen. Das kannst du auch.«

»Du weißt doch, was meine Mutter sich von dir und mir heimlich stets erhofft hat?«

»O ja!« Cynthias Antwort kam unverzüglich, und sie errötete auch nicht. Ihre großen Augen ruhten unverwandt auf Allen.

»Wenn Josui aber nie meinen Weg gekreuzt hätte?« fragte er.

»Ach, auf diese Weise habe ich eigentlich nie an dich gedacht, Allen. Ich habe dich sehr gern, das weißt du. Lieber Himmel, ich kann mir mein Leben ohne dich gar nicht vorstellen, weder früher noch jetzt, aber ich glaube, diese Art Freundschaft führt nicht zur ehelichen Liebe. Bist du nicht meiner Meinung?«

»Ich denke, du hast recht«, gab er beinahe widerwillig zu.

»Warum erwähnst du das überhaupt?«

»Wenn du meine Mutter davon überzeugen könntest —«, schlug er vor. »Das hilft vielleicht.«

Sie wurde nachdenklich. »Ich verstehe, was du meinst. Warum nicht? Ich werde mein Heil versuchen. Ich werde deine Mutter gegen ihren Willen in Versuchung führen und ihr schildern, was für ein entzückendes Geschöpf deine Frau ist. Josui — spreche ich den Namen richtig aus? Wir wollen sehen, was es nützt. Wir wollen sehen.«

»Wenn du das tätest, Cynthia —«

»Natürlich«, versicherte sie herzlich. »Diese Augen, Allen! So groß und dunkel. Und die geraden Wimpern. Sind sie alle dort so wie sie?«

»Josui ist viel hübscher als alle Mädchen, die ich in Japan gesehen habe«, erklärte Allen mit der einem Ehemann zukommenden Bescheidenheit.

»Hübscher auch als irgendein Mädchen, das ich je in Amerika gesehen habe«, fügte Cynthia großzügig hinzu. »Ich kann dir's nicht verübeln, daß du in sie verliebt bist. Ich bin auf deiner Seite und erkläre dem Feind den Krieg.«

»Du bist ein Engel, Cynthia.« Er war begeistert. Cynthias Urteil bestätigte die Richtigkeit dessen, was er getan hatte, und wer weiß, vielleicht brachte sie wirklich zuwege, was weder dem Vater noch ihm selbst gelungen war.

»Falls deine Mutter nicht nachgibt«, erklärte Cynthia, »dann lade ich Josui ein, mich zu besuchen. Ich werde ihr zu Ehren eine Gesellschaft geben, und da werden wir sehen, wie der Hase läuft.«

»Ich weiß nicht recht, ob das –«, begann er beunruhigt.

»Sei kein Feigling, Allen!« unterbrach sie ihn. »Wir werden sie zum Einlenken zwingen. Du bist doch zu Weihnachten dort?«

Ihre Energie und Entschlossenheit rissen ihn mit sich. Vielleicht! Vielleicht!

In diesem Augenblick trat Josui mit dem Tee ein, und Cynthia erkundigte sich bei ihr nach der Teezeremonie, von der sie gelesen hatte, die sie aber nicht recht verstand, und Josui erzählte und verlor alle Schüchternheit dabei. Niemand hatte sie bisher nach Japan gefragt, und es machte ihr Freude, von daheim zu berichten, den Vater, die Mutter zu schildern und von den Blumen und dem Tokonoma zu erzählen. Cynthia war entzückend in ihrer ehrlichen Neugier, stellte Allen verwundert fest. Er wußte, was Josui meinte, wenn sie sagte, niemand habe sie bisher nach Japan gefragt. Amerikaner stellten keine Fragen, das stimmte. Sie erzählten, aber sie fragten nicht. Es war ihm bisher nie aufgefallen. Er lauschte auf Josuis angenehme, zurückhaltende Stimme. Sie hatte ihn ganz vergessen und sprach nur zu Cynthia, offensichtlich erfreut darüber, über Japan plaudern zu können. War sie einsam gewesen? Er beobachtete sie und machte sich Vorwürfe, daß er so oft barsch zu ihr gewesen war. Begriff sie die Qual seiner Selbstzerfleischung, wenn er sich darüber zermarterte, ob er richtig gehandelt hatte? Vielleicht brachte Cynthia alles ins reine und half ihnen beiden damit. Es konnte, es mußte gut ausgehen!

Die Wärme, die Cynthias Erscheinen zwischen ihnen angefacht hatte, blieb bestehen, nachdem sie sich verabschiedet hatte. Ihre ehrliche Zuversicht brachte einen Funken der Zärtlichkeit in Allens Herzen zum Glühen, und seit vielen Wochen zum erstenmal wandte er sich Josui mit einer weichen Regung zu, die Demut, soweit er sie zu empfinden vermochte, nahekam.

»Du warst süß«, sagte er. »Und dein Sukiyaki war besser, als ich es je gegessen habe. Cynthia hat die Blumen bewundert, und ich habe ihr gesagt, daß niemand sie so schön wie du anordnen kann. Du bist so hübsch, meine kleine Jo. Cynthia hat es auch gesagt.«

Er sah sie wieder, wie sie war. Der Zweifel mochte seinen Blick getrübt haben, doch nun betrachtete er sie durch Cynthias Augen. Josui war reizend. Sie hatte die Anmut eines Kätzchens. Ihre kleinen Hände, ihre harmonischen Bewegungen, der Ernst, mit dem sie alles in Angriff nahm — er fand es wieder entzückend. Er konnte sich auf Cynthia verlassen. Es war nur eine Frage der Zeit. Seine Mutter würde Cynthia hören und ihr Glauben schenken.

Sie waren beinahe ganz glücklich in diesen Tagen. Allen war so lieb, daß Josui ihm fast von Lennie erzählt hätte. Sie hielt sich nur zurück, weil sie begriff, daß sein Glück noch immer mit seinem Heim, mit der Familie, seiner Stadt und der Welt, die ihm während seiner Kindheit Schutz geboten hatte, verbunden war. Sie konnte dem Glück erst trauen, wenn es ihm gelang, sich eine eigene, neue Welt für sie beide zu schaffen. Wenn er dies erreichte, wenn sie sicher sein konnte, daß er sich von der Vergangenheit gelöst hatte und zur Gegenwart bekannte, wenn sie diese Schachtelwohnung verlassen und in ein kleines Häuschen mit einem Garten ziehen konnten, dann wollte sie ihm von Lennie erzählen. Doch würde dies alles noch zur Zeit in Erfüllung gehen?

»Ich esse zuviel«, sagte sie und versuchte zu lachen. »Ich werde immer dicker. Die Luft in Amerika bekommt mir zu gut.«

Sie versteckte sich hinter Ausflüchten und wartete. Doch wie lange noch? Cynthia schrieb an Allen. Der Brief lag auf dem Tisch im Korridor, und Josui wagte ihn nicht zu öffnen. Die langen Jahre der Kindheit verbanden diese beiden Menschen in unzähligen Erinnerungen. Sie hatte kein Recht, sich hineinzudrängen. Sie vertraute Cynthia von ganzem Herzen, aber Erinnerungen bargen stets eine gewisse Gefahr. Als Allen heimkam, gab sie ihm den Brief.

»Für dich, Allenn!«

Er öffnete den Brief auf der Stelle, und sie beobachtete ihn, wie er die Zeilen auf dem dicken, cremigen Papier überflog. Es war ein wichtiger Brief. Sie erkannte es an seinem Gesicht. Plötzlich knüllte er den Bogen zusammen, warf ihn in den Papierkorb und ging ins Schlafzimmer.

»Darf ich nicht lesen?« rief sie ihm nach.

»Lies, wenn du willst«, erwiderte er, ohne sich umzuwenden. Schließlich mußte sie es ja einmal erfahren, dachte er verbittert.

»Lieber Allen,

ich habe Deine Mutter aufgesucht, wie ich es Dir versprochen hatte. Ich schilderte ihr unsere liebe Josui, erzählte von ihr und gestand, was ich ihr gegenüber empfinde. Ich ließ sie einfach nicht zu Worte kommen. Du weißt ja, wie sie ist. Ihre Stimme fließt wie ein Silberstrom, und sie läßt keinen aufkommen, wenn sie reden will. Diesmal redete ich, und sie mußte zuhören. Ich dachte schon, ich hätte großen Erfolg und malte mir innerlich die Weihnachtsfeier aus. Sie ließ mich ausreden, ohne mich zu unterbrechen. Aber ich hätte gleich argwöhnisch sein und vermuten müssen, daß sie die ganze Zeit den Trumpf in der Hand hielt. Du kennst ja den Ausdruck, der in ihre Augen kommt, wenn sie ihrer Sache sicher ist: dieser harte, glitzernde Blick des Triumphs.

Warum hast Du mir nichts von dem Gesetz gesagt, Allen? Es existiert wirklich, dieses Gesetz. Das war ihr Trumpf. ›Selbst wenn ich täte, was du wünschst, meine Liebe, schließlich ist das Gesetz da‹, sagte sie.

Ich habe es nicht geglaubt, bis ich mit Deinem Vater sprach. Ist es nicht sonderbar, wie man in einem Ort aufwächst und sich nicht um die Gesetze kümmert und gar nichts davon weiß? Das Gesetz verbietet, daß Du Josui in unserem Staat heiratest, Allen. Dein Vater meint, es wäre unmöglich, das Gesetz zu ändern. Die Menschen müßten erst reif zu einer solchen Änderung sein. Gesetze werden aus Gefühlen geboren, und die Gefühle müssen sich erst wandeln. Aber in unserer Stadt hat sich nichts gewandelt, seit sie vor zweihundert Jahren gegründet wurde.

Ich muß immer an Josui denken. Du bist ein Mann und mußt dementsprechend handeln. Es wird wohl besser sein, Du baust Dir Dein Nest vorderhand irgendwo anders, Allen! In was für einer verrückten Zeit wir doch leben!

Alles Liebe
Cynthia.«

Josui las langsam Wort für Wort, und die Bedeutung dessen, was sie las, kroch wie Gift durch ihre Adern. Die Tore Amerikas hatten sich abermals vor ihr geschlossen. Sie war gar nicht mit Allen verheiratet. Ihre Ehe verstieß gegen die Gesetze. Sie konnten nie richtig getraut werden. Lennie! Lennie!

Sie legte den Brief in die Schublade des kleinen Schreibtisches. Dann ging sie in die Küche, begoß den Braten, den sie am Morgen gekauft hatte, und hob die Deckel von den beiden Töpfen, in denen Gemüse dampfte. Warum hatte Allen ihr nichts gesagt? Er hatte sich nicht dazu aufraffen können. Auch er hatte also ein Geheimnis mit sich herumgetragen, und Josui begann zu verstehen, warum er in letzter Zeit so oft traurig, bedrückt und rastlos gewesen war. Muße war ihm fremd, und Josui fragte sich, ob alle Amerikaner von solcher Unrast erfüllt seien. Nie blieb er des Abends ruhig sitzen, auch nicht in ihrer Gesellschaft. Seine Unrast entsprang der sich steigernden Energie, die sich schließlich in einem Sturm der Leidenschaft auslöste, der beinahe erschreckend war. Danach schlief er völlig erschöpft. Aber der Kreislauf wiederholte sich. Oft hatte sie sich gefragt, warum es keine Besinnlichkeit in seiner Liebe gab. Jetzt hatte sie die Antwort. Tränen brannten ihr in den Augen und tropften zu Boden. Was sollten sie nur tun?

Als er in bequemen Hosen, einem alten Hemd und mit Pantoffeln an den Füßen aus dem Schlafzimmer kam, lief sie ihm mit ausgestreckten Armen entgegen.

»Armer Allenn«, schluchzte sie. »Es ist mein Fehler, weil ich dich geheiratet habe. Ich mache dich unglücklich, wo ich doch nur Glück will. Was kann ich nur tun?«

Er preßte sie an sich und sprach gefaßt auf sie ein. »Wir werden eben irgendwo anders leben, Pittysing.« Oh, wie viele Wochen war es her, seit er sie bei diesem köstlichen, dummen Namen genannt hatte! »Wir bauen uns ein neues Heim und vergessen das Haus in Virginia ganz einfach.«

»Aber deine Vorfahren haben dieses Haus für dich erbaut«, wandte sie traurig ein. Ahnen waren Göttern gleichzustellen. Durfte man Götter vergessen?

Er tätschelte ihren Rücken, streichelte mit nervösen Bewegungen ihre Schultern. »Sie haben es sicher für sich selbst gebaut, und genausogut können wir für uns ein neues Haus bauen. Ich werde einen Haufen Geld verdienen und ein größeres Haus hinstellen. Sie werden sich alle noch umschauen.«

Sie fühlte sein Herz klopfen. Er war verletzt und wütend. Er wollte seinen Kopf durchsetzen. Sie begriff, daß sein Herz nicht für sie, sondern für seine eigene Person klopfte, und sie verhielt sich still. Die Tränen versiegten. Sie durfte ihr eigenes Geheimnis doch nicht preisgeben. Eine Welt des Friedens und der Sicherheit läßt sich nicht auf Wut aufbauen. Nein, sie mußte nachdenken, erwägen und sich schlüssig werden, was zu tun war. Das Kind war dazu verurteilt, ungesetzlich geboren zu werden. Liebe hatte es zu einem kleinen Verbrecher gestempelt bei all seiner Unschuld. Sie alle waren unschuldig, aber die Strafe traf das Kind. Sie konnten sich voneinander trennen, sie konnten einander vielleicht sogar vergessen, aber Lennie würde nie eine Heimat haben. Oh, wie schwierig das alles war!

»Komm«, bat sie und löste sich von seiner Brust und dem ärgerlich pochenden Herzen. Sie wischte sich die Augen mit der Schürze, ohne die sie nie mehr zu sehen war. Es waren stets hübsche, lose und mit Spitzen verzierte Schürzen, die sie aus Eitelkeit hätte tragen können. »Ich habe einen guten Braten gemacht, Allenn. Laß uns essen, damit wir auf andere Gedanken kommen.«

Sie stellte die heißen Gerichte auf den Tisch. Kochen bereitete ihr Freude, und sie servierte eine jede Schüssel mit einer kleinen Verzierung aus Früchten oder Gemüsen, die einen heiteren Farbfleck bildeten und das Essen auch den Augen reizvoll machten. Heute fiel diese Kleinigkeit Allen auf, und er schloß Josui von neuem in die Arme. »Ich schwöre dir, Josui, daß es nichts zwischen uns ändern wird.«

Sie äußerte ihren gewohnten, höflichen Widerspruch. Ihre warme kleine Hand über seinen Mund legend, bat sie: »Nicht schwören, bitte. Wir leben einfach, und das ist alles.«

Zu seiner Überraschung schien sie unverändert zu sein. Wahrscheinlich verstand sie nicht die volle Bedeutung von Cynthias Nachrichten. Er war sich nie darüber im klaren, wie weit ihr Verständnis ging und wie groß die Lücke in ihrem Wissen war, soweit es um amerikanische Lebensgewohnheiten ging. Sie schien alles zu verstehen, nahm alles hin, und unverhofft entdeckte er dann, daß sie etwas Wichtiges nicht erfaßt oder als unbedeutend beiseite geschoben hatte. Mit ihrem urtümlichen Gefühl für alles, was das Leben betraf, maß sie vielleicht dem Gesetz keine solche Wichtigkeit bei. Er fühlte sich erleichtert. Ein Glück, daß sie nun Bescheid wußte. Er nahm sich vor, einfach zu leben, wie Josui es gesagt hatte, zu arbeiten und abzuwarten. Vielleicht brachte das Leben selbst die Lösung. Er griff kräftig zu und war nach dem Essen bleiern vor Müdigkeit.

»Wunderbares Essen, Pittysing«, lobte er, legte sich auf den Diwan und schlief sofort ein.

Josui fragte ihn nicht nach seinen Plänen, und sie erwähnte nie den verhängnisvollen Tag, an dem Cynthias Brief gekommen war. Sie ging unbeirrt ihren Weg, stets darauf bedacht, es ihm recht zu machen, und da sie keine geheimen Zweifel mehr hegte, schien sie gefaßter und ruhiger denn zuvor. Allen fiel ein Stein vom Herzen. In ihrer japanischen Art begriff Josui die Zusammenhänge. Sie war ihm dankbar und stellte keine Ansprüche. Als Weihnachten sich näherte, schrieb der Vater, wie glücklich es sie machen würde, wenn er allein auf Besuch käme, und wenn es nur auf einen Tag wäre.

»Da Deine Frau Buddhistin ist, wird dieser Tag ihr sowieso nicht so viel bedeuten wie uns«, meinte der Vater zur Entschuldigung. »Wäre ich allein, hätte ich die Reise zu Euch unternommen. Aber Deine Mutter würde sich sehr über Deinen Besuch freuen. Der Vorschlag kommt nicht von ihr. Es war meine Idee.«

Allen zeigte Josui den Brief, und sie las ihn mit unbewegter Miene. »Natürlich«, rief sie sofort. »Es ist deine Pflicht. Du mußt gehen. Ich fühle mich hier wohl allein, und vielleicht bitte ich Herrn und Frau Sato, mich auch einmal einzuladen. Du machst mich glücklich, Allenn, wenn du deinem Vater gehorchst.«

Aber sie besuchte Herrn und Frau Sato nicht, obwohl Allen lange fortblieb. Niemand kam zu Josui, und so war sie mit Lennie allein. Und da sie mit ihm allein war, unterhielt sie sich mit ihm und gestand ihm, daß sie nicht wußte, was sie zu seinem Besten tun sollte. Sie bat ihn um Verzeihung und kniete nieder, als sei er bereits auf der Welt und stünde als kleiner Mann vor ihr.

Du verstehst doch, mein kleiner Lennie, es ist nicht alles so, wie ich es gern hätte. Es gibt zwei schöne Häuser, und du hättest ein Recht darauf, in jedem von ihnen geboren zu werden, meines Vaters Haus und das Haus von deines Vaters Vater. Warum es in keinem ein Plätzchen für dich gibt, kann ich dir jetzt nicht erklären. In Japan ist mein Vater, dein Großvater Sakai, böse auf mich. Und wenn er erfährt, daß die buddhistische Religion hier, wo es ein Gesetz gibt, nicht anerkannt wird, wird er noch böser sein. Und ich kann mich nicht gegen seinen Zorn wehren, denn er hat recht behalten und ich unrecht. Ich dachte, weil ich hier zur Welt gekommen sei, hätte ich unverbrüchliche Rechte. Aber es gibt ein Gesetz gegen dich und mich, Lennie. Ich kann es nicht umstoßen, und dein Vater kann auch nichts dagegen tun. Und darum darf ich ihm nichts von dir verraten. Frage mich nicht warum. Aber vergib mir. Lennie.

Stumme Reden wie diese hielt sie ihm fast täglich. Das Gesetz, das war der Felsblock, der die Straße versperrte, das Hindernis, das nicht überwunden werden konnte und dem gegenüber selbst die Liebe machtlos war. Josui hatte begriffen, daß Allen nicht nur sie liebte; er liebte auch seine Vorfahren, seine Eltern, sein Heim und das Haus, in dem er zur Welt gekommen war. Gegen keine dieser Lieben durfte sie etwas einwenden. Aber sie nahmen ihr ihn weg, und verglichen mit den alten, vertrauten Banden war sie die Schwächere. Für ihn war es unerläßlich, daß er im Rahmen seines eigenen Volkes lieben konnte, und sie war eine Fremde, eine Außenstehende. Er war nicht stark genug, sie sah es jetzt klar, um sich von den alten Lieben zu trennen und zusammen mit ihr eine neue Welt aufzubauen. Sie wäre dazu imstande gewesen, er aber war es nicht. Es hatte keinen Sinn, ihm daraus einen Vorwurf zu machen. Sie erklärte dies Lennie.

Und obwohl sie allein war, fühlte sie sich nicht einsam. Sie achtete darauf, regelmäßig und gut zu essen, denn Lennie wuchs in ihr zu einem gesunden, kräftigen Kind. Doch was sollte sie tun, wenn Allen zurückkam? Es war unmöglich, das Geheimnis viel länger vor ihm zu bewahren. Sie fand keine Antwort auf diese Frage.

Am Neujahrsabend – Allen war immer noch nicht zurückgekehrt – vernahm sie ein Klopfen an der Haustür. Ein wenig erschrocken, obwohl es vielleicht nur Herr und Frau Sato waren, die ihr eine kleine Neujahrsgabe brachten, ging sie auf Zehenspitzen zur Tür. Behutsam öffnete sie. Kobori stand vor ihr! Sie sah ihn vor sich, zuverlässig, groß, tadellos nach westlicher Art gekleidet mit Hut, Handschuhen und Stock, eine Blumenschachtel in der Hand und das vertraute liebe Lächeln auf dem Gesicht.

»Kobori!« rief sie fassungslos und plötzlich glücklich.

»Ich habe dir doch vorausgesagt, daß ich geschäftlich nach New York kommen würde«, erwiderte er.

»Oh, komm herein – komm herein!« Sie war froh, daß sie einen japanischen Kimono trug. Sie hatte ihre Kimonos hervorgenommen, nachdem Allen fortgefahren war. Es war ein Impuls, den zu enträtseln sie sich gar keine Mühe gab. Da sie den größten Teil des Nachmittags geschlafen hatte, war auch ihr Haar frisch gekämmt. Aber sie hatte nichts da, um ihm aufzuwarten, nicht einmal Süßigkeiten.

Kobori legte den Mantel ab, den Hut, den Stock und die Handschuhe.

»Bist du allein?« erkundigte er sich freundschaftlich.

»Allenn ist für ein paar Tage heimgefahren«, antwortete sie obenhin.

»Und du?«

»Oh, mir geht's gut«, erwiderte sie nachdrücklich. »Sehr gut!«

»Aber du begleitest ihn nicht, wenn er heimfährt?« Er sah sie ruhig an.

Sie schüttelte den Kopf. »Noch nicht.«

»Ah«, machte Kobori. Er setzte sich, und Josui sank auf den schmalen Diwan. »So«, sagte er, sie unverwandt mit seinen guten Augen ansehend. »Sage mir die Wahrheit, Josui, bitte. Wir sind doch alte Freunde.«

»Erst will ich die Blumen ins Wasser stellen«, entgegnete sie. Sie nahm ihm die Schachtel ab, die er noch immer in Händen hielt, und entdeckte, daß er ihr herrlich duftende chinesische Lilien gebracht hatte. Zu dieser Jahreszeit konnte man in Kyoto schon große Büschel der knolligen Wurzeln kaufen, aus denen die cremig-weißen Blätter mit den jadegrünen Spitzen sproßten.

»Ich hatte Angst, es seien rote Rosen«, bekannte Josui.

Kobori schüttelte den Kopf. »Hast du mich für so einfältig gehalten?«

Und dann bemerkte er natürlich, was Allen entgangen war. Er sah, daß sie ein Kind erwartete.

»So«, murmelte er abermals. »Du bist doch nicht allein. Ein drittes kleines Wesen ist mit dir.«

Sie neigte den Kopf über die Blumen, während sie sie in der Vase anordnete. »Allenn weiß nichts davon.«

Kobori sah sie erstaunt an. Seine etwas vollen Lippen kräuselten sich. »Wie ist es möglich, daß ein Gatte das nicht weiß? Will er kein Kind?«

Sie setzte sich an die Seite des Tisches, wo die Blumen standen, und den zarten Duft einatmend erzählte sie Kobori von dem Gesetz. Sie faßte sich kurz, schloß aber alles in ihren Bericht ein. Es war einfach, bedurfte weniger Worte, und nichts ließ sich ändern. Es fiel Josui nicht schwer, darüber zu sprechen, und sie weinte auch nicht. Er verstand sie und unterbrach sie kein einziges Mal, nur sein großes, ruhiges Gesicht bewegte sich hie und da.

Als sie geendet hatte, seufzte Kobori und lehnte sich in seinen Sessel zurück. »Und doch weiß ich nicht, ob es recht ist, deinem Mann nichts zu sagen. Das Kind ändert ihn vielleicht grundlegend.«

»O nein!« erwiderte sie hastig. »Du weißt nicht, wie das hier ist. Hier ist ein Kind nicht wichtig. Ein Kind ändert nicht alle Beziehungen so einschneidend, wie dies bei uns der Fall ist. In Amerika hängen die Generationen nicht voneinander ab.«

»Trotzdem –«

»Nein«, sagte sie heftig und mit eiserner Entschlossenheit. Sie war sich über ihre Handlungsweise im klaren. Allen sollte nie etwas von Lennie erfahren.

»Was willst du aber tun, Josui?« fragte Kobori mitfühlend. Er war betroffen von dem, was er zu hören bekommen hatte.

Er hatte Josui auf seine schlichte Art geliebt, und als er sich damit abfinden mußte, sie zu verlieren, hatte er wohl gelitten, aber der Kummer verwandelte sich nicht in Wut, und Kobori überwand die Enttäuschung. Aus dem Schmerz hatte sich die Abneigung gegen eine jede Heirat herauskristallisiert. Doch hoffte er, daß auch diese Einstellung sich ändern würde, und im Grunde seines Herzens hatte er erwartet, nach einem Besuch bei der glücklichen Josui sich innerlich freier und bereit zu fühlen, eine passende und angenehme Heirat mit einer jungen Frau einzugehen, die seine Eltern für ihn fanden. Er wollte die alten Leute mit Enkelkindern erfreuen und selbst mit einer eigenen Familie seiner Generation leben. Ein Mann mußte Kinder haben.

Sobald er Josui sah, zerrannen seine Pläne in nichts, und er war innerlich erregter denn je.

»Ich weiß nicht, was ich tun soll«, bekannte Josui, den Kopf über die Blumen geneigt. »Ich weiß nur, was ich nicht tun will.«

Kobori seufzte. »Es ist besser für dich, ins Haus deines Vaters zurückzukehren. Laß zumindest das Kind in Japan auf die Welt kommen. Es gibt dort viele solcher Kinder in den Waisenhäusern. Die Amerikaner haben eine Menge Kinder zurückgelassen. Dieses Kind vermehrt die schon vorhandenen um eines.«

»Nein«, sagte sie abermals.

»Das auch nicht?« murmelte Kobori.

Sie saßen eine Weile schweigend beieinander, gemeinsam die drohende Last der unvermeidlichen Geburt empfindend. Josui sah, wie Kobori mit sich kämpfte, wie sein Herz in Aufruhr geriet.

»Und du, Josui«, sagte er schließlich leise. »Liebst du den Amerikaner immer noch?«

Sie hob den Kopf mit einem Ruck bei seiner Frage. Er hatte die Frage gestellt, aber wie oft hatte sie selbst sie sich schon vorgelegt? Ja, sie liebte Allen noch immer, aber sie liebte ihn mit einer erloschenen Liebe. Ihre Gefühle neigten sich ihm auch jetzt noch zu, doch wurden sie nicht mehr von der Hoffnung beflügelt. Sie hätten sich nie treffen dürfen. Sie waren weit entfernt voneinander geboren worden; sie hätten auf verschiedenen Seiten der Welt leben und sterben müssen. Allen war nicht der richtige Mann für sie, und sie war nicht die richtige Frau für ihn. Sie waren von den Göttern nicht füreinander bestimmt gewesen, doch sie hatten sich gegen die ewigen göttlichen Gesetze aufgelehnt. Sie fühlte weder Empörung noch Verzweiflung. Nur Kummer und Gram erfüllten sie und zerschnitten ihr das Herz.

»Es hat keinen Sinn für mich, ihn zu lieben«, sagte sie schlicht.

Sie versanken wieder in Schweigen, ein jeder in seine Betrachtungen vertieft. Kobori sprach schließlich als erster, zögernd und nach den rechten Worten suchend. »Ich möchte dir etwas sagen, Josui, aber ich weiß nicht, wie ich es anfangen soll. Verzeih mir, wenn ich rede, wo ich vielleicht schweigen sollte.«

»Bitte sprich«, bat sie, ohne den Kopf nach ihm umzuwenden.

Er befeuchtete sich die Lippen. »Wenn du jemals allein nach Japan zurückkehren solltest, Josui, dann komme bitte zu mir.«

Der süße Duft der Lilien war Josui plötzlich zu stark. Sie schob die Vase weg. Sie verstand, was er meinte. Er wollte sie zur Frau, aber ohne das Kind.

»Ich habe das Kind«, erwiderte sie.

Er wich ihren Augen aus. »Ich wünschte, ich könnte das Kind aufnehmen«, erklärte er. »Ich wünschte von Herzen, ich könnte es. Wäre ich allein und müßte nicht auf meine Ahnen und meine Eltern Rücksicht nehmen, täte ich es. Zumindest glaube ich, daß ich es täte.«

Er quälte sich im Streben, gütig und großzügig zu sein. Sie verstand ihn, aber es linderte nicht ihre Sorgen. »Ich danke dir. Vielleicht erinnere ich mich eines Tages an das, was du gesagt hast. Ich weiß es nicht.«

Sie stand auf. Jedes weitere Wort würde zuviel sein. Ihre Sorgen fraßen an ihr, schlossen alles andere aus. Noch ein Wort, und sie würde zusammenbrechen.

»Ich will dir eine Tasse Tee aufbrühen«, sagte sie und bemühte sich, unbeschwert zu scheinen. »Tee ist zum Glück im Hause. Ich bin so faul, daß ich nicht einmal ausgegangen bin, um Süßigkeiten zu kaufen.«

Er ließ sie Tee machen und beobachtete sie durch die offene Tür. Ihr zu helfen, wäre ihm nicht in den Sinn gekommen, denn er war daran gewöhnt, bedient zu werden, und Josui erwartete auch keine andere Haltung von ihm. Sie brachte die lackierte Teebüchse herein und zwei Schalen mit frischem grünem Tee, ein kleiner Luxus, den sie sich im Hause leistete. Grüner Tee, japanischer Tee, war reich an Vitaminen, und sie trank viel davon.

»Erzähle mir von meinen Eltern«, bat sie. »Sie haben mir nie geschrieben, obwohl ich ihnen zwei Briefe gesandt habe.«

»Ich weiß«, erwiderte er. »Vor meiner Abreise habe ich deinen Vater aufgesucht, und er hat mir gesagt, daß er dir noch immer zürnt. Du hättest ihm nicht den Gehorsam verweigern dürfen, findet er.«

Sie stellte ihre Teeschale auf dem Tisch ab. »Bitte richte ihm aus, daß er recht hat«, sagte sie tapfer.

»Josui! Du, die du so stolz bist?« Kobori war erstaunt.

»Ich bin nicht mehr stolz«, entgegnete sie demütig. »Ich kann nicht gegen die amerikanischen Gesetze ankämpfen. Es liegt an den Herzen der Menschen hier. Es sind ihre Gefühle. Die Gesetze werden aus ihren Gefühlen heraus geschaffen. Was kann ich tun? Wohin soll ich gehen mit meinem ungeborenen Kind? Wohin soll es sein Köpfchen legen?«

Als sie es ausgesprochen hatte, verlor sie plötzlich die Herrschaft über sich. Die starre Ruhe, in der sie die letzten Tage verbracht hatte, zerbröckelte und legte ihr Herz frei, und sie begann laut zu schluchzen, die Hände vors Gesicht gelegt und den Körper vor Verzweiflung hin und her wiegend.

Ihre Erregung übertrug sich auf Kobori. Er stand da, rang die Hände, berührte sie jedoch nicht. »Das ist gefährlich für dich, Josui, sehr gefährlich. Bitte, Josui, in deinem Interesse!«

Er wartete, bis Josuis Schluchzen verstummte. Sie wischte sich die Augen mit dem Ärmel und sprach zu seiner Erleichterung ganz vernünftig. »Du bleibst hier in Amerika?«

»Für einige Monate. Unter diesen Umständen bleibe ich aber natürlich, bis du weißt, was du tun kannst. Bitte teile mir mit, was du beschließt. Versprich es mir. Hier ist meine Adresse. Falls ich die Stadt verlasse, so bin ich höchstens für ein paar Tage geschäftlich fort, und ich werde Nachricht hinterlassen, wo du mich erreichen kannst.«

Sie nahm das Kärtchen mit seiner Adresse entgegen und legte es unter eine Büchse am Ende des Tisches. »Falls du nichts von mir hörst, so bedeutet dies, daß ich nichts zu schreiben habe«, sagte sie.

»Aber du mußt mich wissen lassen, was mit dir geschieht«, beharrte er.

Sie versprach es ihm, weil sie fühlte, daß er vorher nicht fortgehen würde. »Gut, Kobori, ich werde dir schreiben, was ich beschlossen habe. Aber es dauert vielleicht eine Weile.«

»Ich habe dein Versprechen«, erwiderte er nur.

Er ging fort, behutsam den Stock, den Hut und die Handschuhe haltend. In der Tür verneigten sie sich voreinander. Josui wartete auf der Schwelle, bis der Fahrstuhl heraufkam, und dann verneigten sie sich abermals, während der Fahrstuhlführer sie wortlos anstarrte. Josui zog sich wieder in ihre Wohnung zurück und verschloß die Tür. Sie wußte nun, was sie in Lennies Interesse tun mußte. Er hatte wirklich nirgends ein Heim auf dieser Welt.

Josui hatte errötend gesagt: »Ich schreibe dir nicht, Allenn, solange du daheim bist.«

Er war gerade dabei gewesen, sein Smokinghemd in den Koffer zu legen. »Warum nicht?«

»Ich finde, es wäre eine Auflehnung gegen deine Mutter«, hatte sie erwidert. »Es wäre das gleiche, als ob ich mich gegen ihren Wunsch ins Haus einschliche.«

»Das ist lächerlich«, widersprach er. »Du bist doch nicht böse, weil ich heimfahre?«

»O nein, Allenn! Ich will nur nicht schreiben aus Höflichkeit gegen deine Mutter. Ich will ihr gehorchen.«

Und so erwartete er keinen Brief. Anfangs hatte er gar nicht daran gedacht. Beim Eintritt in die große gemütliche Halle des Hauses hatte sich die alte kindische Erregung seiner bemächtigt, und alles schien im

Lot zu sein. Er erinnerte sich an das Gefühl der Entspannung, des wohligen Behagens, das er schon immer empfunden hatte, wenn er von der Militärakademie in Lexington auf Urlaub heimkam. Hier herrschte Frieden, hier war alles in Ordnung, hier wurde er verwöhnt und geliebt.

Und genau wie in früheren Zeiten war es auch diesmal. Als seine Mutter mit ihrer behenden Anmut durch die offene Flügeltür des großen Wohnzimmers auf ihn zutrat, da überflutete ihn die alte Liebe, und er eilte ihr entgegen.

»Mein lieber, lieber Junge!«

Ihre Arme lagen um seinen Hals, und er nahm den vertrauten Duft wahr, der von ihr ausging.

»Da bin ich, Mutter.« Seine kräftige Männerstimme verriet nichts von der zitternden Knabenseele.

»Willkommen daheim, Lieber.«

»Woher hast du von meinem Kommen gewußt? Ich dachte, es sollte eine Überraschung für dich sein.«

Sie hielt ihn auf Armeslänge von sich und strahlte ihn mit ihrem hübschen Gesicht, das unter den grauen Löckchen noch so jung wirkte, mit verhaltenem Triumph an.

»Dein Vater kann schlecht heucheln. Mir kann er nichts weismachen. Ich hab's gewußt. Das wäre ja noch schöner – zu Weihnachten!«

Der graue Chiffon ihrer weiten Ärmel umwehte ihn aufs neue gleich einem silbrigen Spinngewebe. Ihre kraftvollen dünnen Finger umschlossen seine Hand. »Komm herein zum Kamin. Wir haben den Baum noch nicht fertig geschmückt. Du mußt den Stern auf die Spitze stülpen wie jedes Jahr. Während all der Jahre, die du fort warst, habe ich keinen Stern gehabt. Cynthia ist zum Tee da.«

Sie erwähnte es nebenbei, ihm gar keine Zeit lassend, einen Hintergedanken bei ihr zu vermuten.

Cynthia trug einen roten Pullover zu ihrem schwarzen Kostüm und hatte sich rote Beeren in ihr blondes Haar gesteckt. Wie immer begegneten sie einander, als hätten sie sich erst vor zehn Minuten getrennt.

»Setz dich«, sagte Cynthia. »Ich schenke den Tee ein. Deine Mutter hat heute ihren faulen Tag.«

»Nur, weil ich so glücklich bin!« rief die Mutter.

Die schwere Tür zur Bibliothek quietschte in den Angeln, das wischende Geräusch von Lederpantoffeln war zu hören, und der Vater trat ein. »Wer hat etwas von Tee gesagt? Läppisches Wasser! Sage Harry, er soll mir einen Martini mixen. Du nimmst doch auch einen, Allen? Laß den Tee nur den Damen.«

»Einverstanden, Vater.« Sie schüttelten sich kräftig die Hand, trennten sich aber sogleich wieder.

Harry war so schnell mit den Martinis zur Hand, daß er sie schon vorher zubereitet haben mußte. Er begrüßte den jungen Herrn mit leiser, schleppender Stimme. »Guten Tag, Master Allen. Gut, Sie wieder daheim zu sehen. Fröhliche Weihnachten, Master Allen.«

Solche Vollkommenheit existierte noch in dieser kleinen Stadt in der Nähe von Richmond in Virginia, dachte Allen, und er wollte alle seine Kraft darauf verwenden, diese Vollkommenheit zu erhalten in einer Welt kläglicher Unvollkommenheit. Vollkommenheit war etwas Seltenes, etwas Kostbares, das nicht verlorengehen durfte. Es war eine Insel im stürmischen Meer, Sicherheit in den Stromschnellen des Untergangs. Er wurde sich plötzlich der Schönheit des Raumes in all seinen Einzelheiten bewußt. Er sah die Teerosen, die seine Mutter im Treibhaus züchtete, Teerosen, während zu gleicher Zeit Atombomben geschaffen wurden. Er sah die schweren, mattblauen Vorhänge, die vor dem nach Westen gehen Fenster zurückgezogen waren, um den winterlichen Sonnenschein einzulassen; er sah die Flammen, die aus den kreuzweise über die messingnen Kaminböcke gelegten Scheiten hochzüngelten; er sah die mit Satin bezogenen Sessel und Sofas, die schimmernden Böden, die weichen Teppiche, und alles war so schön und so sauber und so selbstverständlich, als koste es weder Arbeit noch Geld, obwohl er wußte, daß beides nötig war. Er hatte ein Recht auf sein Erbe, und es wegzuwerfen, wäre Wahnsinn gleichgekommen.

Cynthia saß bei dem kleinen, mit Rosenholz eingelegten Tisch, auf dem das silberne Teegeschirr stand, auch das ein Erbstück, das für ihn bestimmt war wie alles andere. Cynthia würde immer so aussehen wie jetzt, denn sie war schön, und sie gehörte ebenfalls hierher. Hier war das Gesetz, das schützende, verbietende Gesetz, und wenn er wollte, konnte er sich dahinter verschanzen.

Die Tage vergingen in der traditionellen Feststimmung. Allen stülpte den Stern auf die Baumspitze, und er spielte wieder Kind. Sie hängten Strümpfe in den weißen Marmorkamin, den sein Ur-Urgroßvater aus einem Haus in Frankreich mitgebracht hatte, und am Weihnachtsmorgen lachten sie über die verrückten Geschenke, über den Spielzeugaffen, den kleinen Berner Bären, aber zuunterst in seinem Strumpf fand Allen die Krawattennadel mit der schwarzen Perle, die seinem Großvater gehört hatte. Es war eine Kostbarkeit.

Die Mutter begegnete seinem vorwurfsvollen Blick mit einem Lächeln.

»Eines Tages bekommst du sie doch, warum also nicht schon jetzt? Ich halte nichts davon, alles auf einmal zu geben. Ich habe deinem

Vater schon gesagt, daß ich dir jetzt schon vermachen will, was ich dir eines Tages hinterlasse, Lieber. Wir werden in den nächsten Tagen einmal darüber reden.«

In den nächsten Tagen, das war immer der nächste Tag und dann wieder der nächste, und schließlich wurde die Unterredung weiter aufgeschoben, weil der Familienanwalt über Weihnachten nach Miami gefahren war und nicht vor Neujahr zurück sein würde. Und Neujahr war schließlich mindestens so wichtig wie Weihnachten, sagte die Mutter, schon wegen des Tanzens, und Cynthia hatte sich viele Tänze freigehalten.

Während er mit Cynthia tanzte, fand die folgende Unterhaltung statt.

»Wir haben es fertiggebracht, überhaupt noch nicht miteinander zu reden«, hub Cynthia an.

»Ich habe es fertiggebracht, nicht einmal zu denken«, erwiderte Allen.

»Hast du noch immer keine Pläne?«

»Nein.«

»Während deine Mutter ihre Netze webt.«

»Tut sie das?«

»Natürlich! Wenn eine Frau einen Mann liebt, sogar wenn es ihr Sohn ist – und deine Mutter liebt dich ja gerade, weil du ihr Sohn bist, mehr als irgend jemand anders auf der Welt –, dann webt sie ihre Netze.«

»Webst du auch?«

»Ich versuche, es nicht zu tun«, antwortete sie beinahe brüsk.

Ihm war, als spränge ihn etwas Feindliches aus ihren blauen Augen an. Sie sah ihn offen und ohne auszuweichen an, aber ihr Ausdruck war hart.

Er hätte längst nach New York zurückkehren müssen, sagte er zu sich selbst, während sie mit der alten Vertrautheit tanzten. Er hätte nicht wegen der Erbschaft warten dürfen, aber andererseits war es ganz unbestreitbar, daß gerade im Augenblick mehr Geld es leichter machen würde, auf einer Trauung mit Josui zu bestehen, sich irgendwo ein eigenes Haus zu bauen und Wurzeln zu schlagen und in die selbst geschaffene Welt hineinzuwachsen. Dies rechtfertigte das Verschieben der Rückreise vor seinem Gewissen, doch er schrieb an diesem Abend an Josui, ehrlich besorgt, weil Cynthias Nähe, ihre ungewöhnliche Zurückhaltung und ihr Gehaben ihm gegenüber, offensichtlich zu verstehen gab, daß er als verheirateter Mann sicher war und nicht in Frage kam, ihn gereizt hatten.

Josui antwortete nicht, aber er erwartete schließlich keine Antwort.

In ein paar Tagen würde er ja wieder bei ihr sein. Die Zeit um Neujahr verging mit dem Austausch gegenseitiger Besuche; Freunde kamen und gingen, Allen folgte Einladungen hierhin und dorthin, und in keinem der Häuser, in die er kam, wurde jemals nach Josui gefragt oder seine lange Abwesenheit erwähnt; überall empfingen ihn die gleichen begeisterten Rufe: »Allen! Wir haben uns ja seit Ewigkeiten nicht mehr gesehen!« Helle Frauenstimmen, läutende Silberglöckchen, die für jedermann schellten und daher nicht sehr ernst zu nehmen waren und denen doch eine tiefere Bedeutung zukam, weil sie eine Herzlichkeit verkündeten, die ehrlich gemeint war.

Es war eine eigene Lebensweise, seine Lebensweise, und er konnte sich nicht davon ausschließen lassen, nicht einmal durch die Liebe.

Des Nachts, nach einem Tage, an dem abermals kein Brief von Josui gekommen war und an dem er sie nicht angerufen hatte, weil sie auch das als Ungehorsam seinen Eltern gegenüber abgelehnt hatte, lag er schlaflos in seinem alten Bett und versuchte verzweifelt, mit sich ins reine zu kommen. Es war aussichtslos, die Mutter anzuflehen oder den Vater aufzustacheln. Die Mutter würde alle Schuld auf das Gesetz schieben und sich dahinter verschanzen. Er konnte sie sich vorstellen, wie sie mit weitgeöffneten Augen unschuldsvoll rief: »Aber Allen, Liebster, es ist das Gesetz! Das Gesetz ist schuld, und ich hab' es nicht gemacht.«

Er nahm zur einzigen Rettung Zuflucht, von der er wußte, und das war, alle quälenden Gedanken von sich zu schieben.

Als der Anwalt, Herr Haynes, von Miami zurückkehrte, wurde Allen in die Bibliothek gerufen, und es wurde ihm offenbart, was die Mutter getan hatte. Sie saß gespannt am Ende des langen Mahagonitisches. Der Wintersonnenschein fiel in einem breiten, milden Band zwischen den goldfarbenen Samtvorhängen hindurch, die von der Decke bis zum Boden reichten, schräg ins Zimmer.

Herr Haynes hatte die Eigenart, beim Sprechen kleine kauende Bewegungen zu machen, die den Eindruck erweckten, als knabbere er an der Luft. Er war ein alter Mann mit einem verschlossenen Ausdruck, und im Augenblick schälte sich seine Haut von der Sonne Floridas.

»Ihre Mutter hat sehr großzügig gehandelt, Allen. Sie hat Ihnen das Haus überschrieben. Es gehört Ihnen.«

Er war verwirrt und stammelte gedankenlos: »Aber ich dachte, das Haus gehörte dir, Vater?«

Der Vater hatte in der Nähe eines der großen Fenster Platz genommen. »Ich habe deiner Mutter dieses Haus geschenkt, als wir heirateten. Wir waren uns selbstverständlich einig, daß es eines Tages an unseren ältesten Sohn übergehen würde, so, wie ich es von meinem

Vater geerbt habe. Ich fand, eine Frau mußte ein Haus haben. Es gibt ihr Sicherheit.«

»Du wirst mir schon ein Eckchen lassen, Allen«, warf die Mutter ein. »Ich habe keine Angst.«

»Ich bin mit dieser Sache nicht einverstanden«, bemerkte der Vater.

»Ich will es nicht«, erklärte Allen.

»Bitte, Allen, mein Junge. Ich möchte es so«, bat die Mutter.

»Es behagt mir nicht recht«, sagte er ablehnend, aber es behagte ihm sehr. Er sah sich in dem hohen Raum um, der nun ihm gehörte. Er hätte argwöhnisch sein müssen, daß sie ihr Netz wob, aber das Gesetz war nach wie vor da, unverändert, und es war für sie ein Schutzwall vor Gutem wie vor Bösem.

»Ich kann doch nicht hier leben«, stieß er plötzlich hervor.

»Eines Tages kannst du's vielleicht«, meinte die Mutter guter Dinge.

Und so, gegen den Willen des Vaters und auch gegen sein eigenes Verlangen, wurde es getan, wie so vieles im Leben getan worden war, weil die Mutter es wünschte. Und als es geschehen war, ergriff Allen ein sonderbares Gefühl des Aufbegehrens gegen das Geschenk. Eines Tages hätte er es sowieso bekommen, sagte er sich. Jetzt wurde es eben ein wenig früher sein Eigentum. Selbst wenn er sich irgendwo anders ein Haus gebaut hätte, wäre dieses Haus hier später in seinen Besitz übergegangen, und er würde sich dann zu entscheiden gehabt haben, wo er seine Zelte aufschlagen wollte.

Am gleichen Nachmittag fuhr er nach New York zurück. Es war Nacht, als er in der Stadt ankam und mit dem Taxi vor ihrem Haus vorfuhr. Ein unbekannter Fahrstuhlführer fuhr ihn hinauf, ein neuer, der vermutlich vor kurzem angestellt worden war, und Allen sprach nicht mit ihm. Er läutete und war darauf gefaßt, die Tür unverzüglich von Josui geöffnet zu sehen. Sein von Reue erfülltes Herz pochte. Er hatte viel an ihr gutzumachen!

Aber die Tür wurde nicht geöffnet. Er läutete nochmals. Vielleicht schlief sie. Sie konnte wie ein Kätzchen schlafen, zu jeder Tageszeit, zusammengerollt auf dem Diwan oder auch auf dem Boden liegend. Schließlich mußte er in seiner Tasche nach dem Schlüssel suchen und selbst aufschließen. Die Wohnung lag im Dunkeln. Die Luft war trocken und stählern von der Zentralheizung. Es herrschte absolute Stille.

»Josui!« rief er laut.

Keine Antwort. Beim Eintreten hatte er das Licht angezündet. Nun lief er ins Schlafzimmer. Sie war nicht da. Das Bett war ordentlich gemacht, der Boden sauber. Er riß die Schranktür auf und sah nur seine eigenen Anzüge. Sie hatte ihn verlassen.

Die Erkenntnis fiel wie eine Eisenlast auf ihn nieder. Sie war fort! Wie sollte er sie finden? Er kannte den finsteren Hang des japanischen Herzens, sich von der Verzweiflung überwältigen zu lassen. Sie hatte einen Entschluß gefaßt, darum gerungen, während sie ihn mit freundlicher Heiterkeit und gehorsamer Sanftmut umgab. Was sie gesehen, wie weit sie die Geschehnisse erfaßt hatte – er wußte es nicht und würde es nie wissen. Er sank auf den Rand des Bettes nieder, plötzlich unter dem Gewicht der Selbstvorwürfe zusammenbrechend. Und dann barg er sein Gesicht in den Händen und verfluchte sich in seinem Herzen, nicht, weil Josui ihn verlassen hatte, sondern weil inmitten seiner Verwirrung, seines Schreckens und seiner Reue ein Gefühl der Erleichterung in ihm aufzüngelte.

Vierter Teil

Josui ging langsam die Straße hinunter. Jetzt, da sie auf Lennies Geburt wartete, unternahm sie täglich ausgedehnte, ruhige Spaziergänge. Sie suchte keine Gesellschaft und sprach zu niemandem. Sie erinnerte sich an diese Straße. Es war erstaunlich, wie vertraut ihr Los Angeles wieder war und wie vieles ihr ins Gedächtnis zurückgerufen wurde. Sie fühlte sich nicht fremd, aber es war doch nicht ihre Heimat, denn lebhafter als alle anderen Erinnerungen war der übereilte Aufbruch und die Erbitterung des Vaters, als sich herausstellte, daß sie die Stadt zu verlassen hatten. Einmal war sie zu ihrem früheren Haus gegangen. Jetzt wohnte eine saubere, einfache Negerfamilie darin. Sie blieb draußen stehen, aber sie sah die Kinder in dem kleinen Hof spielen, in dem sie mit Kensan gespielt hatte. Sogar ihre alte Schaukel war noch da; der Vater hatte Metallseile anbringen lassen, die ihren Dienst genau wie früher versahen. Die kleinen schwarzen Kinder jauchzten vor Freude und drängten sich auf der Schaukel.

Heute stand ihr der nächste Schritt bevor. Sie war zeitig aufgestanden, hatte gebadet und sich sorgfältig angezogen und das neue dunkelblaue Kostüm gewählt, dessen Jacke ihren starken Leib verdeckte. Das Geld, welches der Vater in der Bank in San Franzisko auf sie überschrieben hatte, genügte für ihre Kleidung, für ihr Zimmer in der billigen Pension, die von einer Mexikanerin, die kaum Englisch sprechen konnte, unterhalten wurde, und es reichte auch für die Nahrung. Für alles andere mußte sie sich auf Wohltätigkeit verlassen. Sollte die Wohlfahrt tun, was sie selbst zu tun nicht imstande war; sollte die Wohltätigkeit in die Bresche springen, wo das Gesetz Wunden schlug. Sie hatte sich bei einer Fremden nach einer Wohlfahrtsstelle für Kinder erkundigt, und nun näherte sie sich dem Haus, das sich in einer Seitenstraße befand, wo die Mieten billig waren. Die Tür stand offen, und so trat sie ein und nahm im Wartezimmer Platz. Zwei andere Frauen waren da, keine Frauen – Mädchen. Eines war kaum älter als vierzehn Jahre, ein blutarmes Kind mit müden Augen. Die Kleine war schwanger, ihr Leib schwer und ihre Lippen blaß. Sie war weder hübsch noch anmutig; sie hatte nichts außer ihrem bißchen Weiblichkeit, das sie wohl irgendeinem Burschen für eine Verabredung ins Kino oder auch nur für ein Eiscreme-Soda in Zahlung gegeben hatte. Ihre Kleider waren zerlumpt. Ein Streifen schmutziger, zerrissener Spitze kam unter dem Kunstseidenrock hervor.

Das andere Mädchen weinte. Es war ein blondes Geschöpf mit silbrig gefärbtem Haar und tränenverschmierten Wangen. Sie war mager und hustete beim Weinen. Die Beine in den billigen Nylonstrümpfen waren dünn wie Stecken, die Finger übersät von imitiertem Schmuck, und sie trug keinen Ehering.

Josui setzte sich, verschränkte die Hände im Schoß und wartete. Das junge Ding wurde ins Büro gerufen und kam nach einer Weile zuversichtlich aussehend wieder heraus. Nun war die Blonde an der Reihe. Josui hörte sie drinnen in lautes Schluchzen ausbrechen. Als sie nach langer Zeit herauskam, zog sie sich den Schleier über das verschwollene Gesicht und ging fort. Die Sekretärin sah Josui unsicher an.

»Ihr Name, bitte.«

»Fräulein Sakai.«

»Treten Sie näher.«

Sie betrat das innere Büro und sah sich einer gutmütigen älteren Frau hinter einem Schreibtisch gegenüber.

»Fräulein Sakai?«

»Ja, bitte.«

»Was führt Sie her?«

»Man hat mir gesagt, daß Sie sich kleiner Kinder annehmen«, bekannte Josui unsicher. Wie begann man, wenn man zu erzählen hatte, was einen herführte?

»Sie erwarten ein Kind?« Die ältliche Frau sprach mit freundlicher Sachlichkeit.

»Ja, nicht unmittelbar, aber ich muß Vorkehrungen treffen.«

»Haben Sie keine Familie?«

»Nein.«

Die Frau schrieb in klarer Schrift nieder, was Josui sagte.

»Wollen Sie das Kind behalten?«

»Nein«, entgegnete Josui. »Ich stehe allein da. Ich kann es nicht bei mir behalten.«

Sie hatte diese Antwort so lange geübt, daß sie ihr nun leicht über die Lippen kam. Oh, Lennie! Lennie, den sie in sich trug; wie still er lag, als habe er verstanden, was sie gesagt hatte.

»Ich bin Fräulein Bray«, sagte die Frau freundlich. »Wollen Sie mir nicht ein wenig mehr erzählen?«

»Ich bin allein«, wiederholte Josui. »Sonst gibt es nichts zu erzählen.«

»Können Sie mir sagen, wer der Vater ist? Ich will Ihnen doch nur helfen.«

»Er ist Amerikaner, ein weißer Amerikaner. Ich bin Amerikanerin, aber von japanischer Abstammung.«

»Ich verstehe«, sagte Fräulein Bray widerstrebend. Sie nahm sich Zeit, ihre Besucherin zu betrachten. Eine gutaussehende junge Frau, zurückhaltend, beinahe kalt. Was für unglückselige Umstände dies waren, denn wer wollte ein halb weißes, halb japanisches Kind? Doch es war nun eine beinah alltägliche Geschichte geworden mit den Kriegen, die an allen möglichen Ecken der Welt ausbrachen! Vor wenigen Tagen hatte sie ein koreanisches Baby übernehmen müssen, zwei Monate alt. Wer wollte ein koreanisches Baby? Sogar die Kinderheime lehnten es ab. Frau Kisch gehörte zu den besten der Heimleiterinnen, mit denen sie arbeitete, und selbst sie hatte gesagt, das koreanische Baby mit seinen sonderbaren Augen löse eine Gänsehaut bei ihr aus. Fräulein Bray hatte sich nicht anders zu helfen gewußt, als das Würmchen in ein Negerwaisenhaus zu geben, aber sie hatte seither ein schlechtes Gewissen, denn ein koreanisches Kind war natürlich kein Negerkind.

»Ist der Vater nicht gewillt, die Verantwortung für das Kind zu übernehmen?« erkundigte sie sich.

»Ich will nicht, daß er davon überhaupt erfährt.«

Fräulein Bray protestierte. »Aber das ist nicht recht, meine Liebe! Die Männer sollen ruhig Bescheid wissen. Sie kommen immer mit heiler Haut davon, und das ist nicht angebracht. Ich kann ja mit ihm reden, wenn Sie einverstanden sind.«

»Nein, danke«, lehnte Josui ab. Ihr Ton verriet die Festigkeit ihres Entschlusses.

Fräulein Bray verlor die Geduld. Sie hatte nie in ihrem Leben einen Liebhaber gehabt, und sie begriff die Frauen nicht, die die Männer zu schonen versuchten, anstatt ihnen klarzumachen, was sie angerichtet hatten. Sie legte den Bleistift nieder und rückte die Brille auf ihrer dünnen Nase zurecht. »Hören Sie, Fräulein –«

»Sakai.«

»Ach ja. Diese ausländischen Namen kann man sich so schwer merken. Was ich sagen wollte, Fräulein Sakai, ist, daß es äußerst schwierig sein wird, einen Platz für Ihr Kind zu finden. Adoption ist so gut wie ausgeschlossen. Niemand adoptiert ein mischblütiges Kind. Ich habe es oft genug versucht, aber es läßt sich einfach nichts machen.«

»Ich weiß«, sagte Josui leise.

»Sie haben doch sicher irgendwo Familie?«

»Nein«, erwiderte Josui mit versagender Stimme.

»Man will das Kind dort nicht. Ist es so?«

Sie konnte nicht antworten. Sie hatte sich vorgenommen, nicht zu weinen, und sie brauchte alle ihre Kraft, um sich zu beherrschen. Die ungeheure Willensanspannung schnürte ihr die Kehle zusammen.

Fräulein Bray seufzte. »Wir werden sehen, was sich tun läßt. Vielleicht sieht es nicht so ausländisch aus, weil es doch halbweiß ist. Möglich, daß sich eine Pflegemutter findet.«

»Eine Pflegemutter?«

»Jemand, der das Kind gegen Bezahlung zu sich nimmt«, erklärte Fräulein Bray. »Sind Sie in der Lage, zum Unterhalt des Kindes beizutragen?«

»Ich denke ja«, erwiderte Josui. Sie war wie betäubt. Sie hatte sich keine klare Vorstellung davon gemacht, was mit Lennie geschehen würde, und angenommen, daß es vielleicht irgendwo ein Waisenhaus gab, wo die Kinder unter großen Bäumen im Gras spielten. Sie erinnerte sich, so ein Waisenhaus einmal in der Nähe von Los Angeles gesehen zu haben. Die Kinder hatten glücklich ausgesehen, aber sie war ihnen natürlich nicht sehr nahe gekommen.

»Wenn Sie zahlen können, erleichtert das die Dinge ein wenig«, bemerkte Fräulein Bray.

Sie nahm den Bleistift wieder auf und begann von neuem zu schreiben. »Wo werden Sie entbinden?«

»Ich weiß es nicht«, antwortete Josui. Sie hatte über ihre Tränen triumphiert, und ihre Halsmuskeln lockerten sich. »Was immer Sie mir empfehlen.«

»Sie müssen ein Spital aufsuchen. Da, nehmen Sie diese Adresse und fragen Sie nach Frau Dr. Steiner. Sie ist ein Flüchtling, aber sehr tüchtig und sehr nett. Vom Spital aus übernehmen wir dann das Kind. Ich denke, Sie werden es nicht sehen wollen.«

»Doch«, widersprach Josui. »Ich möchte es sehen.«

Fräulein Bray sah von ihren Akten auf. »Wenn Sie entschlossen sind, das Kind nicht zu behalten, würde ich raten, es gar nicht erst anzuschauen.«

»Ich muß es sehen«, erwiderte Josui leise.

Fräulein Bray zuckte die Achseln. Sie beendete ihre Eintragungen. »Was ist das voraussichtliche Datum?«

»Ich denke Juni.«

»Ihre Adresse?«

Sie gab sie.

»Suchen Sie Frau Dr. Steiner regelmäßig auf«, riet Fräulein Bray. »Falls Sie sich aus irgendeinem Grund noch anders besinnen sollten, teilen Sie es mir bitte mit.«

Die Unterredung, vor der Josui sich so gefürchtet hatte, war vorüber. Lennie konnte zur Welt kommen, und man würde sich seiner irgendwie annehmen. Sie erhob sich und verneigte sich anmutig. »Vielen Dank, Fräulein Bray.«

»Nicht der Rede wert«, murmelte Fräulein Bray höflich, schon wieder an etwas anderes denkend.

Draußen im Wartezimmer saßen drei weitere Frauen, jung, unglücklich, ohne einander anzusehen. Josui ging schnell an ihnen vorbei und hinaus in den milden Morgen. Es blieb ihr noch, Frau Dr. Steiner aufzusuchen, aber sie verschob es auf den nächsten Tag. Heute fühlte sie sich zu müde, und sie war beunruhigt, weil Lennie sich so regungslos verhielt. Wußte er bereits, daß sie sich voneinander trennen mußten?

Sie schlug die Richtung zu einem kleinen Park ein und setzte sich auf eine Bank. Zwei oder drei Mütter mit ihren Kindern waren da, und Josui beobachtete sie. Es waren alles weiße Mütter mit weißen Kindern, und es war ein beruhigender Anblick, denn solche Mütter durften ihre Kinder behalten. Josui wehrte sich gegen den Gedanken an Allen. Sooft sein Bild sich in ihr Bewußtsein stahl, wehrte sie sich dagegen und schloß es aus. Er mußte mittlerweile wissen, daß sie sich nie wiedersehen würden. Sie hatte keine Nachricht hinterlassen und nichts außer ihren Kleidern und ihren sonstigen Siebensachen eingepackt, die wenigen Dinge, mit denen sie gekommen war. Er war nun sicher nicht mehr in der Wohnung, sondern bei seinen Eltern. Nur Kobori kannte ihre Adresse. Sie hatte ihm geschrieben, ihn aber gebeten, sie nicht zu besuchen, bevor alles vorüber war, und sie wußte, was sie zu tun hatte.

»Ich will allein leben, bis ich das Gesicht meines Sohnes gesehen habe«, schrieb sie ihm.

Sie erwog von neuem die von der Verzweiflung diktierte Möglichkeit, ob sie nicht doch auf irgendeine Weise Lennie behalten konnte. Aber wie? Konnte sie denn leben nur mit einem Kind, ohne Familie und ohne Heim? Sie fühlte Allen nach, was er empfunden haben mußte. Seine Sehnsucht war natürlich. Sie galt etwas Gutem. Nur ließ sich eben Lennie in dieses Gute nicht einschließen, so wie das Haus ihres Vaters vor ihm versperrt blieb. Niemanden traf ein Vorwurf, nur das Gesetz. Das Gesetz war da, aber es hatte doch nicht Lennies Geburt verhindert, weil es die Liebe zu verhindern nicht imstande war, die Lennie gezeugt hatte. Das Gesetz berücksichtigte niemals Liebe. Josui war Allen noch immer zugetan. Sie würde ihn immer lieben, aber so, wie man die Toten liebt, deren Platz die Lebenden nicht einnehmen können.

Frau Dr. Steiner betrachtete neugierig das schöne japanische Mädchen. Das junge blasse Gesicht war ausdruckslos, fast wie eine Noh-Maske, und man konnte sich die dunklen Augen als die Löcher in der Maske vorstellen. Es war ein kraftvolles Gesicht trotz der zarten Züge und der weichen Haut, die allen Orientalinnen eigen ist. Das Kraftvolle ging wahrscheinlich von der verhaltenen Ruhe aus, mit der die junge Frau sich offensichtlich für die Tragödie gewappnet hatte. Fräulein Bray hatte die Ärztin auf Josui Sakai vorbereitet, und sie war an der Begegnung interessiert. Sie hatte nie eine Japanerin gekannt, obwohl ihr Heimatland Deutschland sich während des Krieges auf Japan als ein Bollwerk im Osten verlassen hatte.

»Sie wollen mir also nichts Näheres erzählen?« wiederholte sie zum fünftenmal.

»Bitte nein«, entgegnete Josui geduldig, aber unnachgiebig.

Frau Dr. Steiner war untersetzt, dick und sich ihres eckigen, häßlichen Gesichtes vollkommen bewußt. Sie grollte niemandem ihres Aussehens wegen. Schon in jungen Jahren hatte sie sich mit dem vermutlichen Verlauf ihres Lebens abgefunden. Es war kaum anzunehmen, daß ein Mann sich ein Mädchen zur Frau wünschen würde, das aussah, als sei es in groben Umrissen aus grauem Stein gehauen. Sie war daher außerordentlich dankbar für ihren scharfen Verstand, gab frühzeitig jede Hoffnung auf romantische Erlebnisse auf und widmete sich mit warmem Herzen der Wissenschaft. Das letzte Körnchen des Bedauerns in ihr verriet sich nur in der anbetenden Bewunderung, mit der sie jede schöne Frau, jeden schönen Mann und jedes schöne Kind bestaunte. Und so sah sie jetzt auch Josui an.

Josui jedoch, nach so vielen Wochen, war jenseits von Bewunderung oder Mitleid. Ihr war immer kalt, körperlich und seelisch, und die Kälte durchdrang sie dermaßen, daß selbst ihr Blut davon betroffen wurde.

Frau Dr. Steiner fühlte die Kälte des jungen Körpers, als Josui von einem Leintuch bedeckt vor ihr auf dem Untersuchungsstuhl lag.

»Wieso sind Sie so kalt, meine Liebe?« fragte sie. »Es ist heute doch heiß.«

»Mir ist meistens kalt«, erwiderte Josui.

»Entspannen Sie sich«, befahl Frau Dr. Steiner, »sonst kann ich Sie nicht untersuchen.«

Aber Josui konnte sich nicht entspannen. Sie lag nach wie vor gleich einer Marmorstatue starr da. Sie dachte nichts, sie fühlte nichts und wollte sich an nichts erinnern. Jede Woche traf ein Brief von Kobori ein, ein lieber, langer Brief mit unterhaltenden Einzelheiten und einem Unterton nie erlahmender Güte. Er drängte sie nicht zur Entscheidung, aber sie wußte, was er hoffte, und schob den Gedanken daran beiseite. Bevor sie sich nicht von Lennie getrennt hatte, konnte sie keine Entscheidung über ihr späteres Leben treffen. Soweit es ihr möglich war, wartete sie den Tag der Geburt ohne Grübeln und ohne Gram ab. Doch wenn sie des Nachts manchmal nicht schlafen konnte und auf dem schmalen Bett mit der harten dünnen Matratze lag und kein Schlafpulver einzunehmen wagte, weil sie Lennies Lebensrecht nicht im geringsten schmälern wollte, dann überwältigte sie plötzlich das Gefühl, nicht die Gedanken, nur das Gefühl, und ihr war, als strömte das Blut aus einer bandagierten Wunde. Dann steigerte sich ihr Vermögen zu fühlen zu qualvoller Agonie, nicht der Vergangenheit wegen, sondern nur, weil sie Lennie nie sehen, nie mit ihm reden, ihn nie sprechen, seinen lebhaften kleinen Körper nie baden und nie erfahren würde, zu was er sich entwickelte.

Denn nach langen Überlegungen war sie zur Überzeugung gelangt, daß Fräulein Bray recht hatte. Sie durfte Lennie nicht sehen, wollte sie die Kraft haben, sich von ihm zu trennen. Sie grämte sich, und ihr Kummer schnitt ihr tiefer ins Herz ein, als eine Frau dies je hatte ertragen müssen, denn in ihren Gram mischte sich die Furcht, Lennie gegenüber falsch zu handeln. So klein, so hilflos, so unschuldig, so unvorbereitet mußte sie ihn sich selbst überlassen. Es war nun einmal so, daß sie ihm gegenüber falsch handelte, selbst, wenn sie ihn bei sich behielt. Die Gesetze der Natur hatten ihn ins Leben gerufen; die Liebe hatte ihre Pflicht erfüllt, der Ruf hatte ihn unter den Schatten erreicht, und fröhlich war er ihm gefolgt. Er war ein fröhliches Kind, davon war sie überzeugt. Die Bewegungen seines kleinen Körpers in ihr versicherten sie seiner glücklichen Lebhaftigkeit. Er schwamm wie ein kleiner Fisch beim Morgengrauen, wenn die Berge unter dem ersten Tageslicht erzittern. Er weckte sie nach einer Nacht der Tränen mit dem Trost seines Gelächters, das nur darauf wartete, gehört zu werden. Das war das Schlimmste in all ihrer Qual, daß sie Lennie nie lachen hören würde.

»Es ist alles in bester Ordnung«, versicherte Frau Dr. Steiner. »Sie sind gesund, und Ihr Körper funktioniert trotz allem völlig normal.«

»Danke«, sagte Josui und erhob sich von dem Untersuchungsstuhl. Sie wandte sich scheu ab, als sie sich wieder anzog, und die Ärztin betrachtete die anmutige Gestalt, die elfenbeinerne Haut und das dichte schwarze Haar.

»Kommen Sie regelmäßig einmal monatlich«, sagte sie mit ihrem starken deutschen Akzent. »Bei der Entbindung werde ich zugegen sein. Sie wird ohne Schwierigkeiten verlaufen, denke ich.«

»Danke«, wiederholte Josui und beeilte sich, fortzukommen.

Nachdem sie fort war, rief Frau Dr. Steiner Fräulein Bray an. »Ich habe die junge Japanerin untersucht«, sagte sie ihrer Gewohnheit entsprechend laut ins Telefon trompetend. »Sie ist ein außerordentliches Geschöpf, sehr schön und sehr gesund. Ich bin sicher, daß jemand das Kind adoptiert. Das Mädchen ist eine Aristokratin, und so ein Mädchen sucht sich keinen stumpfsinnigen Partner aus. Das Kind wird nicht nur gesund und schön, es wird auch intelligent sein. Gibt es denn auf Ihrer Warteliste niemanden, der solch einen Schatz zu würdigen weiß?«

»Sie würden sich wundern«, kam Fräulein Brays etwas nasale Stimme mit dem üblichen Pessimismus durch den Draht. »Auf unserer Warteliste stehen dreihundertsiebzehn Paare, die mir in den Ohren liegen, ich soll Kinder für sie finden, aber ich wette einen Dollar, daß kein einziges Paar dieses Baby annehmen will.«

»Ha! Das ist eine schöne Demokratie!« donnerte die Ärztin ins Telefon. »Das erinnert einen ja an Hitler. Ich bin ein Achtel jüdisch, aber für ihn war ich eine Jüdin und damit basta.«

Fräulein Bray antwortete nicht darauf. Sie hatte seit langem gelernt, von den Menschen das Schlimmste zu erwarten. Sie mochte die vierschrötige Ärztin, die nie aus ihren Gedanken einen Hehl machte, und sie wußte, daß Frau Dr. Steiner auf ihre verschrobene Weise auch sie gern hatte. Die beiden hatten häufig Gelegenheit, zusammen zu arbeiten. Die Ärztin protestierte jedesmal, wenn mexikanische und schwarze Kinder unbedenklich bereits überfüllten Heimen zugewiesen wurden.

»Es will sie niemand«, erklärte Fräulein Bray immer und immer wieder geduldig. »Die Weißen denken gar nicht daran, sie aufzunehmen, und die Mexikaner und Neger sind meist selbst kinderreich. Verstehen Sie das nicht?«

»Nein«, kläffte Frau Dr. Steiner. »Ein Kind ist ein Kind.« Sie zog eine Grimasse, aber Fräulein Bray hatte weder Gertrude Stein gelesen noch jemals etwas von ihr gehört, und sie nahm stillschweigend an, daß Frau Dr. Steiner sich auf ihre eigene Weise deutsch gebärdete.

Einmal hatte die Ärztin die Fürsorgerin unvermittelt gefragt: »Sie haben nie ein Kind gehabt, was?«

Fräulein Bray war erst errötet und dann erblaßt. »Nach allem, was mir zu Gesicht kommt, würde ich nicht im Traum daran denken, noch mehr Kinder in die Welt zu setzen. Wenn's nach mir ginge, würde ich die Produktion mal für die nächsten hundert Jahre lahmlegen.«

»Und dann von neuem beginnen?« fragte die Ärztin sachlich interessiert.

»Nur mit gesetzlicher Erlaubnis und Dokumenten, die beweisen, daß für das Kind gesorgt werden kann«, erklärte Fräulein Bray geistvoller, als sie sich sonst zu zeigen pflegte.

Frau Dr. Steiner lachte. »Nach hundert Jahren gäbe es aber vielleicht kein Elternpaar mehr.«

»Von irgendwoher würde schon ein Pärchen auftauchen, das sich heimlich davongestohlen und einen Sprößling in die Welt gesetzt hat«, bemerkte Fräulein Bray mit ihrer gewohnten Feindseligkeit gegen Fruchtbarkeit.

»Nun?« fragte die Ärztin jetzt am Telefon. »Sie sagen ja gar nichts.«

»Ich denke nach«, erwiderte Fräulein Bray lahm. »Es fällt mir nichts ein. Es wird wohl nichts anderes übrigbleiben, als ihn auch ins Westend-Heim zu stecken.«

»Dort haben sie keinen Meter Platz mehr, um noch ein Wurm hinzulegen«, donnerte Frau Dr. Steiner.

»Was sonst bleibt mir zu tun?«

»Das ist Ihre Sache«, schrie die Ärztin in die Muschel. »Ich bringe das Kind gesund und unversehrt zur Welt. Das ist meine Pflicht, nichts weiter.«

Sie warf den Hörer auf die Gabel und wischte sich mit dem Ärmel über die Stirn. Sooft sie wütend wurde, schwitzte sie. Sie mußte sich davor hüten, denn sie war zu dick. In Amerika gab es eine Menge guter Sachen zu essen, und sie griff kräftig zu nach den Hungerjahren in den Konzentrationslagern. Ihre Figur interessierte niemanden. Und auf langes Leben legte sie keinen Wert, nicht einmal in Amerika.

»Der nächste Fall«, bullerte sie ihre schüchterne Sprechstundenhilfe an.

Die seltsamen Monate vergingen. Die Tage waren leer und die Nächte Höhlen der Dunkelheit. Je näher der Augenblick der Trennung kam, desto weniger weinte Josui. Ihre Seele schlummerte, und ihr Herz verstummte, während ihr Körper sich auf die Prüfung vorbereitete. Gebären ist ein Kampf zwischen Mutter und Kind. Das Kind stemmt sich um seiner Freiheit willen gegen die Mutter, und die Mutter hütet ihr eigenes Leben. Sie schützt sich, um wieder gebären zu können oder auch nur, um zu leben. Ihre Aufgabe ist erfüllt, ihr Körper hat ihrer Generation gegenüber seiner Pflicht Genüge getan. Sie kann sich zurückziehen und sinkt ermattet nieder.

»Aha!« triumphierte Frau Dr. Steiner.

Sie holte das Kind, auf das sie gewartet hatte, einen rundlichen kleinen Knaben, ein paar Tage verspätet geboren, aber makellos. Die Ärztin hatte der Geburt mit erstaunlicher Spannung und Ungeduld entgegengesehen. Anfänglich amüsiert über ihre eigene Person und später mit unverhohlener Erregung, hatte sie ihr steigendes Interesse an dem unerwünschten Kind beobachtet. Es wurde sicher etwas ganz Außergewöhnliches, dieses kleine Wesen, ein Weltkind, wie sie es zu nennen begonnen hatte, ein Abenteurer, allen Gesetzen und allem Haß zum Trotz geboren, ein kühnes Kind, Schöpfer einer neuen Welt.

»Ah«, sagte sie, zärtlich auf das Neugeborene niederblickend. Sie wußte, daß seine Augen noch blind waren, aber es schien doch ihr Bild aufzunehmen. Es hatte übergroße schwarze Augen und ein frohes kleines Gesichtchen.

»Ein Junge!« rief sie Josui zu.

Josui, die noch unter der Einwirkung der Narkose schlief, antwortete nicht.

»Nehmen Sie das Kind nicht weg«, befahl die Ärztin der Schwester. »Ich will es selbst besorgen.«

Die Schwester wickelte den kleinen Körper in ein sauberes altes Leintuch und legte ihn auf ein leeres Bett. Die Mutter hatte nur wenig gesprochen, doch kurz bevor ihr die Äthermaske übergestülpt wurde, hatte sie die Ärztin gebeten: »Bitte zwei Dinge nicht vergessen. Ich will das Kind nicht sehen, und es soll Lennie heißen.«

»Und der Familienname?«

»Kein Familienname«, erwiderte Josui. Übermannt von Wehen hatte sie nach der Maske gegriffen.

»Lennie«, sagte Frau Dr. Steiner versuchsweise. Der Name paßt zu dem kleinen Knaben. Er hatte ein glattes Gesichtchen, recht blaß, und der kleine Körper war tadellos geformt. Er war ein zartes Baby, wenig über fünf Pfund, und die Geburt war leicht vonstatten gegangen. Er hatte sich beinahe spielerisch, mit sportlicher Behendigkeit aus seinem Gefängnis befreit.

Er sah sie an, ungeduldig, wie ihr schien. Das war erstaunlich. Fuhren andere Neugeborne nicht nach der Geburt in ihrem tiefen Schlaf fort? Nicht Lennie! Er war bereit zum Leben, und die unansehnliche vierschrötige Frau fühlte eine seltsame Regung in ihrer Brust, etwas wie Verlangen. Sie war nicht der mütterliche Typ, hatte sich auch nie nach Kindern gesehnt, wohl in der Erkenntnis, daß sie nicht auf ein eigenes Kind hoffen konnte. Die Körper der von ihr zur Welt gebrachten Kinder waren ihrer Obhut anvertraut, darüber hinaus hatte sie ihre Phantasie nie spielen lassen. Aber Lennie bildete eine Ausnahme. In das weiße Leintuch eingewickelt, die Händchen unterm Kinn zu Fäusten geballt, sah er sie aus großen schwarzen Augen an, als wolle er sagen: »Du bist also ein Mensch!«

Welch ein Jammer, daß sein Blick nicht auf seine Mutter fiel! Sie wandte sich wieder der Patientin zu und beobachtete die Schwester bei ihren Handreichungen. Josui schlief, als sei ihr an einem Wiedererwachen nichts gelegen. Entspannt und der Wirklichkeit entrückt lag sie da, und sie war so blaß, daß die Ärztin ihr erneut den Puls fühlte. Nein, sie war jung und gesund. Es war alles in bester Ordnung. Die Patientin trug kein Verlangen danach aufzuwachen, und dieser Wunsch ließ die Narkose länger wirken.

»Bringt sie weg«, befahl Frau Dr. Steiner. »Sie will das Kind nicht sehen.«

Zwei Krankenwärterinnen standen draußen vor der Tür des Entbindungssaales. Auf einen Wink der Schwester traten sie ein und rollten das Bett hinaus. Eine andere Krankenschwester kam, um das Kind zu holen.

»Ich will dieses Kind sehr gründlich untersuchen«, erklärte die Ärztin. »Und ich werde es auch selbst waschen.«

Die Krankenschwester schenkte sich eine Antwort. Jedermann im Spital kannte den Dickschädel dieser Deutschen, die solche Genauigkeit im Dienst verlangte, daß sie überall auf Rebellion stieß, die aber andererseits so unzweifelhaft tüchtig war, daß sich dem Geist der Rebellion unwillkürlich Bewunderung beimischte. Von solchermaßen gemischten Gefühlen beseelt, halb verächtlich, halb verständnisvoll, brachte die junge Amerikanerin eine Schüssel mit warmem Wasser, Seife, sterile Gaze und sterile Handtücher. Ohne die geringste Eile und völlig unberührt vom Gedanken an wartende Patienten, machte sich Frau Dr. Steiner daran, den kleinen Körper behutsam zu waschen. Sie nahm den zierlichen und doch kräftigen Körperbau wahr, die geraden Schultern, die gute Form des Köpfchens, den hübschen kleinen Mund und vor allem, immer wieder von neuem, die außerordentlichen Augen.

»Ein bemerkenswertes Kind«, sagte sie zur Schwester. »In dem Würmchen steckt etwas Besonderes. Es ist mehr als nur ein Einzelwesen. Es ist eine Verkörperung rassischer Qualitäten, wie so oft bei Kindern aus Mischverbindungen. Das hat Hitler nie begriffen. Wenn alte Rassen sich kreuzen, entsteht etwas Neues. Jawohl!«

Die Schwester hörte kaum zu. Sie war eine hübsche, rothaarige Person und mit ihren eigenen Angelegenheiten beschäftigt. Noch eine Stunde Dienst, bevor ihre Achtstundenschicht beendet war. Dann hatte sie ein privates Programm für die Stunden bis Mitternacht vor, wohlausgefüllte Zeit, die sie mit ihrem augenblicklichen Freund verbringen würde, der vielleicht einmal ihr Gatte wurde, vielleicht aber auch nicht. Und er war zum Glück kein Japaner oder Jude oder Deutscher oder so etwas, sondern ein echter Amerikaner.

Doch sie war kein hartherziges Geschöpf, und als die Ärztin ihr das kleine Kind in den Arm legte, nahm sie es mit der halbzärtlichen Behutsamkeit auf, die ihr im Umgang mit Neugeborenen als angemessen eingetrichtert worden war. Man hatte herausgefunden, daß ein Kind sich besser entwickelt, wenn es in seiner ersten Jugend mit Zärtlichkeit oder auch nur mit der Imitation von Zärtlichkeit umgeben wird. Ein jedes der neugeborenen Kinder im Spital wurde täglich für eine Viertelstunde von bestimmten Schwestern im Arm gehalten, um den jungen Seelen auf diese Weise einen Eindruck mütterlicher Wärme zu vermitteln.

»Legen Sie das Kind in das Bettchen an der Ecke«, befahl die Ärztin. »Ich werde täglich danach sehen.«

»Wie Sie wünschen«, sagte die Schwester. Sie trug Lennie fort, nahm aus dem Bettchen in der Ecke der Abteilung ein kleines Mädchen, das siebente Kind eines irischen Polizisten, und legte Lennie hinein. An und für sich hätte sie das Leintuch wechseln müssen, aber der kleine Knabe war halb japanisch und sicher zähe, und das kleine Mädchen war ebenfalls gesund. Die Stunde verstrich schnell, und es gab noch viel zu erledigen, bevor sie sich an der Oberschwester vorbeischleichen konnte, heimlich hoffend, nicht noch in letzter Minute aufgehalten zu werden. Sie kleidete Lennie hastig in die wenigen Sachen, die Neugeborene tragen, und deckte ihn dann mit der rosa Flanelldecke zu, unter der das Mädchen vorher gelegen hatte. Sie durfte nicht vergessen, bei der Ablösung auf den Wechsel der Kinder aufmerksam zu machen und der anderen Schwester einzuschärfen, den neugeborenen Knaben mit aller Sorgfalt zu behandeln. Die deutsche Ärztin beabsichtigte, das Kind unter ihre besondere Obhut zu nehmen, und man mußte aufpassen, wollte man ihren Wutausbrüchen entgehen. Die Deutsche fürchtete niemand, und wenn ihr etwas nicht paßte, dann schrie sie lange, böse klingende deutsche Worte, die zwar niemand verstand, deren Bedeutung aber nach ihrem Klang und der Heftigkeit, mit der sie vorgebracht wurden, niemandem unklar sein konnte.

Bevor Frau Dr. Steiner an diesem Abend das Spital verließ, ging sie mit ihren trampelnden Schritten in die Babyabteilung hinüber und trat an das Bettchen in der Ecke. Da lag das unvergleichliche Kind, jetzt in gesunden Schlaf versunken. Es lag ausgestreckt da, nicht zusammengerollt wie die meisten eben erst dem Mutterleib Entschlüpften, als recke es sich zu voller Länge. Sie nahm eines der Händchen. Es stimmte, es war entspannt. Sie hatte gelesen, daß asiatische Neugeborene nicht die Fäuste ballen wie die Kinder des Westens. Die Fingerchen, zierlich und spitz, waren locker wie die Blätter einer Blume. Diese Kinder kamen vielleicht gelöster zur Welt, ohne Auflehnung und mit der

Weisheit alter Völker im Blut. Interessante Möglichkeiten, über die es sich nachzudenken lohnte! Es gab so unendlich viel jenseits des Körpers, was man nur ahnte, aber eines Tages vielleicht wußte, wenn der menschliche Verstand sich mit dem Leben begnügte, anstatt fieberhaft auf den Tod hin zu arbeiten. Und dann, als sie so auf Lennie niederblickte, kam es ihr plötzlich zu Bewußtsein, wie allein und einsam er in der Welt war, daß es niemanden kümmerte, ob er gedieh oder einging, daß niemand auf ihn wartete, nun, wo er auf der Welt war. Wo würde er landen, wenn die Tage im Spital zu Ende gingen?

Sie wandte sich abrupt ab und fuhr auf ihrem üblichen umständlichen Weg, bei dem sie zwei Autobusse benützen mußte, heim. Sie lebte in einem häßlichen modernen Haus außerhalb der Stadt. Sie hatte versucht, eine Wohnung in einem Mietshaus zu nehmen, fand es aber unerträglich. Nein, sie brauchte ihre eigenen vier Wände, wenn sie auch eine schlechte Hausfrau war. Sie stand stets zeitig auf, um das Haus wenigstens einigermaßen sauber zurückzulassen, wenn sie zur Arbeit ging. Sie fand es vor, wie sie es verlassen hatte, ungemütlich für jedes Auge, ausgenommen ihr eigenes, mit dem von Büchern überladenen Tisch, wo nur Platz genug für eine Matte freigelassen war, auf der Gabel, Messer und Tasse standen. Sie bewegte sich in den zwei Zimmern, der in einer Ecke eingebauten Küche und dem Badezimmer, in das sie sich seitlich hineinzwängen mußte, und während sie badete, sich dann einen verblichenen Baumwollmorgenrock anzog und sich die Suppe wärmte und die dicken Brotscheiben schnitt, die ihr Abendbrot bildeten, sprach sie deutsch vor sich hin. Murmelnd wetterte sie mit sich selbst, ob sie denn verrückt sei, und was sie mit einem Kind anfangen sollte, und wie es ihr möglich sein würde, jemanden anzustellen, der überdies gescheit genug war zu erkennen, daß es sich bei dem Knaben um ein Wunderwesen handelte, um ein Kind, viel zu kostbar, um vernachlässigt zu werden. Sie setzte sich an den Tisch, entfernte das Gebiß aus ihrem Mund, die obere wie die untere Platte, und schlürfte dann ungehindert die Suppe und das darin aufgeweichte Brot. Sie hatte ihre Zähne im Konzentrationslager verloren. Ein Teil war ihr ausgeschlagen worden, der Rest ausgefallen. Das Gebiß trug sie um der Leute willen, die sie ansehen mußten, aber wenn sie es sich bequem machen wollte, nahm sie es heraus. Manchmal, wenn ihr eine schwierige, auf Leben und Tod gehende Operation bevorstand, verblüffte sie die Operationsschwestern damit, daß sie sich das Gebiß herausnahm und der ihr zunächst Stehenden reichte. »Da, hebt das auf für mich und paßt auf. Es hat mich viel Geld gekostet.«

Nach dem Essen bürstete sie das Gebiß sorgfältig und steckte es in ein Glas mit einer antiseptischen Lösung neben dem Küchenausguß.

Sie wusch das Geschirr, deckte die Matte für ihr Frühstück und ließ sich dann behaglich in einen bequemen Polstersessel fallen, der mit verblichenem rotem Samt überzogen war. Neben dem Sessel befand sich ein viereckiger Tisch. Darauf stand das Telefon, und rundherum häuften sich Zeitschriften, Bücher, Rundschreiben, Manuskripte, eine Kiste mit Zigarren, eine Untertasse mit Streichhölzern und ein zersprungener Teller, der als Aschenbecher diente.

Nach ungefähr zehn Minuten langte sie nach dem Telefon, und die Zigarre fest zwischen ihre Lippen gepreßt, führte sie eine Unterhaltung.

»Sind Sie dort, Fräulein Bray?«

Aus weiter Ferne drang Fräulein Brays ermüdete Stimme an ihr Ohr. »Ja, Frau Doktor.«

»Das Baby ist heute zur Welt gekommen.«

»Welches Baby?«

»Seien Sie nicht so dumm! Das Baby von der hübschen Japanerin natürlich, die Sie mir geschickt haben.«

»Ach ja, ich erinnere mich.«

»Fräulein Bray, hören Sie mich?«

»Ich könnte besser hören, wenn Sie etwas leiser sprächen.«

»Wieso sollen Sie mich besser verstehen, wenn ich leiser spreche?« donnerte Frau Dr. Steiner. »Das ist Unsinn. Hören Sie, ich habe mich entschlossen. Ich nehme das Kind.«

Sie wartete auf das Resultat, das diese unerhört wichtige Ankündigung auslösen mußte. Fräulein Bray verhielt sich schweigend.

»Haben Sie verstanden, Fräulein Bray?«

»Ja«, sagte Fräulein Bray aus weiter Ferne. »Aber es ist nicht vorgesehen, Kinder Frauen zu überantworten, die keine Männer haben.«

Frau Dr. Steiner schnaubte verächtlich. »Wieviel Männer gibt's denn in den Kinderheimen? Sie haben mir erklärt, daß das Kind in ein Heim gesteckt wird. Es wird Diarrhöe bekommen und draufgehen. Mit zehn Kindern ist es in diesem Jahr so gekommen. Ich gestatte nicht, daß dies der elfte Fall wird. Ich behalte den Knaben. Wenn Sie Unannehmlichkeiten kriegen, schicken Sie die Leute zu mir.«

Der Tag war lang und heiß gewesen, und ungewöhnlich viele schwangere junge Frauen hatten Fräulein Brays Wartezimmer bevölkert. Sie war allen Geschlechtslebens und seiner Folgen überdrüssig und nicht einmal mehr von der Angst beseelt, vielleicht ihre Stellung zu verlieren. Eine Zeitlang hatte sie erwogen, ob sie sich nicht um einen Posten im Altersheim bewerben sollte, wo es zwar auch Männer und Frauen gab, die sich manchmal noch ineinander verliebten, wo aber Schwangerschaft zumindest nicht mehr in Frage kam.

»Mir soll's recht sein«, sagte sie darum verdrießlich. »Wahrscheinlich fällt ein Baby mehr oder weniger gar nicht auf. Ich weiß, daß ich keine Adoptiveltern für es finde.«

»Ich adoptiere den Knaben«, posaunte Frau Dr. Steiner.

»Wie Sie wollen«, erwiderte Fräulein Bray unerschütterlich. »Hoffentlich haben Sie es nie zu bereuen. Ich werde mir von der Mutter die nötige Unterschrift geben lassen und Ihnen die Papiere schicken.«

»Gut!« Frau Dr. Steiner pfefferte den Hörer auf die Gabel, lehnte sich zurück und sog in Gedanken versunken an der halb verschwelten Zigarre.

Als Josui das Papier mit der schriftlichen Verzichterklärung vorgelegt wurde, zögerte sie. Sie hatte sich dazu entschlossen und durfte jetzt nicht mehr zurückschrecken. Und doch brachte sie es nicht über sich, weil ein sonderbares Gefühl der Unerfülltheit sie quälte. In dem Dokument wurde nur der Name der Wohlfahrtsstelle genannt, sonst nichts, und sie hatte keine Ahnung, wohin Lennie kommen würde. Es schien ihr unmöglich, eine Erklärung zu unterzeichnen, die Lennie einfach der Agentur übermittelte.

»Nimmt niemand das Kind?« fragte sie.

»Es ist in Ihrem eigenen Interesse besser, wenn Sie nichts Näheres erfahren«, versetzte Fräulein Bray.

Josui nahm dies ohne Antwort hin. Dann gab sie sich einen Ruck, beugte sich vor und schrieb ihren Namen auf die Linie, unter der »Mutter« stand. Ihre Augen blieben an dem Wort haften. Ja, sie war die Mutter. Sie allein auf der Welt konnte das Kind weggeben, und das hatte sie nun getan. Tränen stiegen ihr in die Augen und blieben an den langen geraden Wimpern hängen. Fräulein Bray schaute nicht auf. Sie nahm den Löscher und trocknete die Unterschrift.

»Das ist alles«, sagte sie. »Falls Sie einmal wissen wollen, wie es dem Kind geht, können Sie an uns schreiben, und wenn dem Kind etwas zustoßen sollte, teilen wir Ihnen dies mit. Aber Sie wissen ja, keine Nachrichten sind gute Nachrichten, und mein Rat an Sie ist, einfach das Vergangene zu vergessen.«

»Danke«, erwiderte Josui leise. Sie erhob sich, wischte sich die Augen und nahm ihre Handtasche auf. »Leben Sie wohl«, fügte sie noch leiser hinzu.

Josui ging hinaus in den Sonnenschein und kam sich beraubt vor, obgleich es aus eigenem Willen geschehen war. Sie hatte versprochen, sich nochmals der Ärztin zu zeigen, wäre aber nicht mehr hingegangen, hätte sie nicht in Frau Dr. Steiner eine starke, außergewöhnliche Persönlichkeit erkannt. Ein- oder zweimal hatte sie erwogen, mit der

Ärztin über sich selbst zu sprechen, aber dann beschlossen, daß es besser war, unbekannt zu bleiben. Sobald die letzte Untersuchung vorbei war, wollte sie an Kobori schreiben. Sahen sie einander wieder, konnten sie die Zukunft entscheiden. Über eines empfand sie keinen Zweifel: an Allen wollte sie nie schreiben und ihn auch nie wiedersehen. Obwohl ihre Liebe zu ihm noch vorhanden war, glich sie doch dem Gefühl, das man für einen Verstorbenen hegt oder für jemanden, der nie gelebt hat. Das Leben, das ihrer harrte, barg nichts Bedrohendes. Es kam ihr nicht in den Sinn, an ein Leben des Verzichts in Kalifornien zu denken. Kalifornien war etwas, mit dem sie nicht verbunden war, wenn sie auch auf seinen Straßen und unter seinem Himmel einherging.

Gefaßt, wenn auch blaß, betrat sie die Praxis der Ärztin. Frau Dr. Steiner hatte schon ungeduldig auf sie gewartet. Fräulein Bray hatte sie darauf aufmerksam gemacht, daß die junge Frau nichts von dem Kind wußte und auch nichts davon erfahren sollte. Ausnahmsweise hatte die Ärztin ihre Zunge gehütet und weder zugestimmt noch aufbegehrt. Sie hatte sich einen Plan zurechtgelegt, und sie machte sich unverzüglich an seine Durchführung, sobald die junge Frau vor ihr Platz genommen hatte.

»Passen Sie auf«, hob sie an, die graziöse Gestalt mit erneutem Entzücken betrachtend. »Was ich Ihnen sage, darf Fräulein Bray nicht zu Ohren kommen. Ich will keinen Krach mit der guten Seele, die ein wenig beschränkt ist.« Sie beugte sich vor und gab ihrer Stimme einen besonderen Nachdruck. »Ich werde Ihr Baby behalten. Sie sollen wissen, daß es bei mir ist und daß es ein außerordentliches Kind ist. Man darf es nicht Leuten aushändigen, die nicht verstehen, was für ein wertvoller kleiner Bursche es ist. Ich behalte ihn, und ich werde ihn lehren, daß er kostbar ist und daß er in seinem Wesen die ganze Welt vereint.« Die Ärztin beschrieb mit ihren kurzen, dicken Armen einen Kreis. »Ich mache eine Persönlichkeit aus ihm. Wie? Ganz einfach. Er ist heute schon eine.«

Josui vernahm die Nachricht mit Rührung und Erstaunen. Auch sie beugte sich vor, und ihr bandagierter Busen schmerzte unter der Last der unverbrauchten Milch – so viel Milch, daß sie genügt hätte, Drillinge damit zu stillen, hatte die Schwester im Spital erklärt. »Ich darf also wissen«, flüsterte sie erschüttert. »Ich darf wissen, wo er ist.«

»Jawohl«, bestätigte die Ärztin nachdrücklich. »Es ist richtig, daß Sie es wissen. Glauben Sie mir, es ist ein wunderbarer Knabe. Ich wünsche, daß Sie das Kind für ein Weilchen nehmen, falls Sie das wollen. Sie können zu mir nach Hause kommen und so lange bleiben, wie es Ihnen paßt.«

»Oh, ich danke Ihnen«, stieß Josui hervor. Ihre Zurückhaltung zerschmolz in der ungestümen Sehnsucht. »Ich kann nicht lange bleiben – aber vielleicht eine Nacht?«

»So lange Sie wollen«, wiederholte die Ärztin. »Hier ist der Schlüssel. Gehen Sie heim und warten Sie. Ich bringe ihn. Sie können im Schlafzimmer schlafen. Eine Wiege habe ich gekauft, die steht schon drin. Ich schlafe auf der Couch im Wohnzimmer.«

»Aber wie wollen Sie –« Josui sah sich in dem überfüllten Sprechzimmer um.

»Ich habe bereits meine Anordnungen getroffen«, erwiderte Frau Dr. Steiner. »Ich habe eine gute Nachbarin, eine alte Frau, eine Großmutter, aber noch nicht zu alt. Ihre Kinder leben nicht mehr bei ihr. Sie nimmt sich des Knaben an, wenn ich hier bin. Es wird sehr gut gehen. Alte Frauen lieben Kinder am meisten. Wir wissen, daß sie der eigentliche Sinn des Lebens sind, das Glied, das das Gestern mit dem Heute verbindet. Gehen Sie jetzt. Ich bringe ihn während der Mittagspause heim.«

Josui nahm den Schlüssel aus der dicken, derben Hand entgegen. Sie beugte den Kopf vor und preßte ihre Wange einen Moment an die plumpe Hand. Dann stand sie auf und ging hinaus, nicht imstande zu sprechen. Sie schritt langsam aus im Bemühen, die Bedeutung dessen, was sie zu tun im Begriff stand, zu ermessen. Sie würde also doch ihr Kind, Allens und ihr Kind, auf den Arm nehmen, stillen und waschen dürfen! Und was konnte sie tun, wenn es schlief? Vielleicht nähen! Kleine Jäckchen und Höschen, die die schroffe Frau mit dem weichen Herzen ihm später geben würde, damit er sah, daß seine Mutter ihn liebte. Sie betrat ein Geschäft, kaufte rosa und blauen Flanell, Nadeln und Seidengarn in hübschen Farben, und mit dem Paket unterm Arm nahm sie einen Autobus und erreichte schließlich das Haus, das sie zu erkennen meinte, weil es der Ärztin irgendwie ähnlich sah. Sie schloß auf und trat ein. Dies war Lennies Heim! Sie blieb stehen und sah sich um und prägte sich unauslöschlich den Anblick des großen Zimmers ein mit den Büchergestellen an den Wänden, dem einsamen Platz am Tisch und dem schäbigen Polstersessel beim Kamin, der voller Asche war. Die Tür zum Schlafzimmer stand offen. Sie sah eine alte eiserne Bettstatt, sehr sauber, und ein blaugestrichenes Kinderbettchen. Frische kleine Leintücher waren schon aufgestapelt, das Bettchen jedoch noch nicht überzogen. Das Herz drohte ihr die Brust zu sprengen, aber sie hielt die Tränen zurück. Sie nahm den Hut ab, zog die Jacke aus und begann mit ihren genauen, anmutigen Bewegungen die Leintücher und die Decken auf dem Bettchen auszubreiten und damit Lennies erste Ruhestätte vorzubereiten.

Dies war der Anfang der heiligen Woche.

Denn eine Woche verging, bevor die beiden Frauen sich trennten. Lennie kam in Frau Dr. Steiners Armen heim, und sie legte ihn in das Bettchen, das Josui für ihn gerichtet hatte. Es war Mittag, und draußen schwelte die Hitze, aber in dem kleinen Haus herrschte angenehme Kühle. Josui hatte den elektrischen Ventilator eingeschaltet und eine Schale mit Eis darunter gestellt. Sie deckte einen zweiten Platz am Tisch, sah dann in den Eisschrank und bereitete aus den Nahrungsmitteln, die sie fand, ein Mahl. Sie brachte ein Gericht zustande, das so ähnlich wie Sukiyaki war, dazu Salat und geröstete dünne Brotscheiben. Sie entdeckte auch eine Schachtel voller Fläschchen und einen Sterilisierapparat und Büchsen mit Milch und Dextrose. Dies war für Lennies Nahrung bestimmt, aber sie wußte nicht, wie man sie zubereiten mußte. Und dann spürte sie von neuem den Schmerz in ihren Brüsten. Konnte er nicht an ihrer Brust trinken?

Als er dann kam, sah sie die Ärztin beschwörend an, eine Hand an die Brust legend und ihr Kleid aufknöpfend.

»Natürlich, Kindchen«, stimmte Frau Dr. Steiner herzlich zu. »Ich werde den Born schon zum Versiegen bringen, wenn's Zeit dazu ist. Da, nehmen Sie ihn!«

Josui nahm den Knaben in einer Wolke glücklicher Betäubung entgegen. Sie trug ihn ins Schlafzimmer und schloß die Tür und stillte ihn mit ihrer Milch. Er war seltsam fremd und berührte die Brustwarze viel zarter als den harten Gummilutscher, den er von der Flasche gewöhnt war. Doch plötzlich schien er zu begreifen und begann in tiefen Zügen von der gesegneten Milch zu trinken, die großen Augen unverwandt auf Josuis Gesicht gerichtet. Während sie auf ihn niederblickte, rundete sich ihr tiefer Kummer zu seiner ganzen umfassenden Fülle, und sie konnte die Tränen nicht zurückhalten. Sie fielen auf sein Gesichtchen, und sie wischte sie mit der Hand weg.

Gesättigt schlief er bald ein, und sie legte ihn in sein Bettchen. Sie wich nicht von seiner Seite, beobachtete seine Händchen, sein Köpfchen, seine bloßen Füßchen. Sie erkannte Allens Mund, die weiche Biegung des Mundes, doch das geradlinige Kinn widersprach der Weichheit. Es war das Kinn ihres Vaters. Die Hände waren von ihr, und die geraden Schultern mußten ein Erbe von einem Unbekannten sein, denn ihre Schultern waren rund, und auch Allens Schultern waren anders. Und dann sah sie seine Wimpern. Sie waren amerikanisch, denn kein Asiate hatte solche Wimpern, die sich nach oben bogen, weg von den asiatischen Augen.

Die Tür öffnete sich. Frau Dr. Steiner trat ein, und schweigend bewunderten die beiden Frauen das Kind.

Die erste Nacht und die beiden Tage schufen nur den Beginn der Verbindung zwischen den drei Menschen. Schließlich erzählte Josui auch Lennies kurze Lebensgeschichte. Im Erzählen kamen ihr Einzelheiten in den Sinn, die sie vergessen, vielleicht aber auch vorher nicht einmal bemerkt hatte.

»Als wir zum erstenmal zusammen unter den Glyzinien standen«, sagte sie. »Als wir uns zum erstenmal küßten, wissen Sie —«

»Ich weiß nichts«, erwiderte die Ärztin. »Ich habe nie einen Mann geküßt. Was geschah da?«

»Wir spürten eine Bewegung in der Luft, einen Windhauch, obwohl sich sonst kein Lüftchen regte. Wir fühlten die Gegenwart eines anderen. Glauben Sie, es könnte seine ungeborene Seele gewesen sein?«

»Zumindest lehne ich es nicht als unmöglich ab«, erwiderte die Ärztin.

Josui war nicht allein der erzählende Teil. Seit sie in Amerika war, hatte Frau Dr. Steiner geschwiegen, weil man in der Gegenwart derer, die tiefen Kummer nicht kannten, ihn besser unerwähnt ließ, und vor Menschen, die sich vom Tod keine Vorstellungen machten, weil sie nicht Millionen Unschuldiger, Junger und Alter, hatten hingemordet sehen müssen, auch davon nicht sprach. Doch in Josuis Gegenwart brach aus ihr heraus, woran sie sich erinnerte und was eingegraben bleiben würde bis zu dem Tag, an dem es kein Erinnern mehr gab.

»Anfänglich glaubte es einfach niemand, daß sie die Kinder aus Mischehen beseitigten. Es ging nicht um ihr Blut, es ging um das Blut meines Volkes, wo es sich mit dem der Deutschen gemischt hatte. Das Blut müsse rein sein, schrien sie, als ob Blut nicht immer rein ist, ganz gleich, woher es stammt. Ihr Blut, meine Liebe, ist nicht anders als meines. Derselbe scheußliche rote Saft blutet aus unseren Wunden, obwohl ich eine häßliche alte Jüdin bin und Sie eine bildschöne junge Orientalin.«

Ihr Rock spreizte sich zwischen ihren dicken Knien, und während sie Lennie auf dem Schoß hielt, versuchte sie Josui zu erklären, daß der Knabe der Triumph alles dessen für sie war, woran sie im Leben glaubte. »Er ist so schön, dieser Knabe. Er beweist, was ich seit langem weiß, daß menschliche Wesen aus jeder Mischung und jeder Kreuzung süperb sein können. Sie verstehen die Bedeutung von süperb, meine Liebe? Es ist die höchste Stufe.«

Lennie kam nicht dazu, in seinem Bettchen zu schlafen, außer des Nachts, wenn die Ärztin und Josui sich dazu zwingen mußten, sich ebenfalls hinzulegen, Frau Dr. Steiner aus Angst, daß sonst ihre Hand bei einer Operation am nächsten Tag vor Müdigkeit zittern könnte, und Josui, weil sie jung war und zwischen Liebe und Verzicht hin-

und hergerissen wurde. Lennie schlief in den Armen, die ihn hielten, den zarten jungen oder den kurzen, dicken. Er schlief, wenn er durch die Zimmer getragen, auf den breiten Schoß gelegt oder gegen einen schwellenden Busen gehalten wurde. Er war in Liebe eingehüllt. Er wurde von den beiden Frauen angebetet, und seine verborgenen ersten Erinnerungen, genug, um ein Leben lang vorzuhalten, kreisten nur um Liebe, Liebe, Liebe. Er war das willkommenste Kind der Welt.

Und so näherte sich der letzte Tag der Woche, und Josui bereitete sich auf den Abschied vor. Zu Beginn der Woche hatte sie diesen Augenblick gefürchtet, doch nun, wo es soweit war, erwies sie sich als gefaßt. Sie hätte um nichts in der Welt Lennie aus diesem Hause fortgenommen. Hier war er sicher. Außerhalb der vier Wände gab es niemand, der auf ihn wartete, niemand, der ihn willkommen geheißen hätte. Hier aber existierte kein anderes Wesen neben ihm. Das große Herz dieser Frau, die die Hölle erlebt hatte und dem Tod entronnen war, liebte nur die Menschheit und Lennie. Er war geborgen.

»Bleiben Sie doch, meine Liebe«, drängte Frau Dr. Steiner. »Wir können alle drei miteinander leben. Ich verdiene genug.«

Aber Josui lehnte ab. »Er gehört nicht zu mir«, erklärte sie. »Eines Tages würde er mich nach seinem Vater fragen. Und ich will die Frage nicht hören, auf die ich ihm keine Antwort geben könnte. Lassen Sie mich gehen.«

Sie war entschlossen fortzugehen, entschlossen, sich von Allen frei zu machen, auch von diesem Kinde, in dem er sich widerspiegelte. Es erschütterte sie, zuzeiten in dem kleinen Gesicht einen Ausdruck zu sehen, der zu sehr einem anderen Ausdruck glich, den sie von Allen her kannte, einem glücklichen Lachen, das ihr Herz brach, weil es so bald verstummt war.

Und so nahm sie die Medizin, die ihre Brüste zum Versiegen brachte; sie bandagierte sie wieder fest und bereitete sich darauf vor, das Haus zu verlassen. Sie plante, nach San Franzisko zu fahren, wo sie Kobori treffen sollte. War sie dann mit ihm zusammen, so würde ihr schon klarwerden, wie sich die Zukunft gestalten ließ. Sie war nun von seelischem Frieden erfüllt, dem Frieden einer abgeschlossenen Liebe. Als der Augenblick des Aufbruchs kam, nahm sie Lennie in die Arme. Seine Füßchen steckten in rosa und blauen Schuhchen, mit Schmetterlingen bestickt, die sie angefertigt hatte. Josui legte den Knaben in Frau Dr. Steiners Arme, trat einen Schritt zurück und verneigte sich tief nach japanischer Art. »Ich danke Ihnen«, sagte sie. »Ich danke Ihnen für Lennie und für mich, nun und für die Dauer unserer beider Leben.«

»Kommen Sie wieder«, bat die Ärztin, das Kind im Arm haltend.

Josui verneigte sich abermals. »Ich danke Ihnen«, wiederholte sie.

Aber sie verschwieg, daß sie nie zurückkommen würde. Ihr Geschenk war endgültig. Zwischen der Vergangenheit und der Zukunft durfte es keine Verbindung geben.

In San Franzisko am Bahnhof wartete Kobori. Er hatte sich sorgfältig angezogen und dabei über sich selbst gelacht. Aber es tat gut, gepflegt auszusehen, und was das Schicksal auch mit ihm vorhaben mochte, alles nahm sich besser hin, wenn man seiner selbst sicher war. Er hatte einen nach Maß angefertigten Anzug aus cremefarbener Shantungseide ausgewählt, der die passende Kleidung für den ziemlich heißen Tag schien. Über den fernen Bergzügen hingen Nebel, und gegen Abend würden sie sich vielleicht über die Stadt senken, doch vorderhand siegte die Sonne noch.

Der Zug fuhr pünktlich ein, und Kobori erblickte Josui, bevor sie ihn sah. Sie war schön und wieder schlank, und obwohl es ihn drängte, ihr entgegenzueilen, war er doch klug genug, seine Ungeduld zu zügeln. Sie hatte sich hoffentlich von den bitteren Erfahrungen der Liebe erholt, aber man durfte Genesende nicht bestürmen, und er wollte ihr auch gebührend Zeit lassen, ihn – wenn sie dies wollte – abzuweisen. Seine unüberwindliche Ehrlichkeit und sein Unvermögen, etwas anderes als das einzig Richtige zu tun, bedrückten ihn, denn seine Veranlagung machte es ihm unmöglich, seinem eigenen Glück nachzustreben, bevor er nicht Josui von der Neuigkeit in Kenntnis setzte, die die Zeitungen seit ihrem letzten Beisammensein veröffentlicht hatten.

Er nahm seinen Hut, ging gemessenen Schrittes auf sie zu und reichte ihr nach westlicher Manier die Hand. Dies war hier am Bahnhof weniger auffallend als die förmliche japanische Verneigung.

»Josui«, sagte er.

Sie hatte ihn nicht gesehen und wandte sich beim Klang ihres Namens um.

»Kobori! Wie lieb von dir, mich abzuholen.«

Sie nahm seine Hand, zog ihre jedoch sogleich wieder zurück.

»Ich dachte, das sei selbstverständlich«, erwiderte er.

Sie gingen nebeneinander her durch den Bahnhof. Der Träger mit Josuis Gepäck folgte. Kobori mußte Josui immer wieder ansehen. Sie war nicht blaß, wie er befürchtet hatte. Sie machte einen gefaßten Eindruck, sah gut aus, und ihre Wangen hatten eine gesunde Färbung. Ihre Augen schienen zufrieden, aber entrückt. Sie war ruhiger, ein wenig reifer und auch ein wenig älter, aber diese Eigenschaften erhöhten ihre Schönheit nur.

Er rief ein Taxi herbei, half ihr einsteigen und setzte sich dann neben sie. »Ich dachte, wir essen miteinander«, sagte er.

»Sehr gern.«

Er nannte dem Chauffeur den Namen des Restaurants und lehnte sich dann zurück. Josui saß etwas abgerückt von ihm. Sie trug ein einfaches helles Kostüm, eine weich fallende Bluse und einen kleinen braunen Strohhut. Sie wirkte irgendwie amerikanischer denn früher, und es machte Kobori unfroh, bis er sich daran erinnerte, daß er sie noch nie in westlicher Kleidung gesehen hatte. Und dann stellte er überrascht fest, daß der fremde Schnitt der Kleider ihrer Schönheit keinen Abbruch tat, wie es bei den meisten Japanerinnen der Fall war.

Er wußte nichts zu sagen. Fragen nach dem Kind wagte er nicht zu stellen. Er wollte nicht einmal wissen, ob es lebte und was sie damit getan hatte. Das Kind hatte nichts mit ihm und auch nichts mehr mit ihr zu tun, es sei denn, daß die Neuigkeiten, die er für sie bereithielt, eine Wandlung in ihren Gefühlen herbeiführte.

Nach ein paar Minuten wandte Josui sich ihm lächelnd zu.

»Wie geht es dir?«

»Gut, danke«, erwiderte er.

»Und deinen Eltern?«

»Auch ihnen geht es gut.«

»Das sind angenehme Nachrichten«, sagte sie.

»Du siehst ebenfalls sehr gut aus«, bemerkte er.

Sie lachte. »Dann geht es uns ja allen miteinander gut!«

Zum Glück war das Restaurant nahe. Kobori zahlte den Chauffeur, gab ihm ein übertriebenes Trinkgeld und führte Josui in das Lokal. Es war ein kleines, aber sehr bekanntes kreolisches Restaurant, und er hatte schon vorher einen Tisch reserviert und das Mahl bestellt. Die Speisen waren Spezialitäten aus New Orleans, und obwohl Kobori persönlich ein japanisches Restaurant mit japanischen Spezialitäten vorgezogen hätte, fand er es besser, mit Josui an einem neutralen Ort zusammen zu sein, solange er ihre Sinnesrichtung nicht kannte.

Ihr Tisch stand beim Fenster, von wo aus man einen herrlichen Blick über die Bucht hatte; das Linnen war schneeweiß, das Silber poliert und das Geschirr tadellos sauber.

Kobori lehnte sich in seinen Stuhl zurück, der etwas zu klein für seine große Gestalt war, und zum erstenmal fühlte er sich froh und unbeschwert. »Jetzt mußt du bitte essen, was ich bestellt habe. Es ist die beste kreolische Küche in der ganzen Stadt. Sie ist nicht sehr verschieden von jener asiatischer Länder, nur wird sie stärker gewürzt.«

»Ich bin hungrig«, gestand Josui. »Seit ich nicht mehr traurig bin, ist mein Appetit zurückgekehrt.«

Es tat ihm wohl zu hören, daß sie nicht mehr traurig war, und er lächelte ihr zu. Dann fiel ihm die Nachricht ein, die er ihr übermitteln mußte. Aber er wollte bis nach der Suppe warten. Der Kellner brachte sie eben in einer silbernen Terrine. Als die Teller vollgeschöpft vor ihnen standen, bedeutete Kobori Josui mit einem Neigen des Kopfes zu beginnen, und sie aßen schweigend. Beiden war gelehrt worden, daß man weder die Aufmerksamkeit des Gastes noch die des Gastgebers von guten Speisen ablenkt.

Es entstand jedoch eine längere Pause, bevor der nächste Gang serviert wurde. »Die Krabben können nicht im voraus zubereitet werden«, erklärte er.

»Wir haben ja keine Eile«, meinte Josui.

»Nein, durchaus nicht.« Er fuhr sich mit der Serviette über die Lippen und räusperte sich dann. »Wenn ich ehrlich sein soll, bin ich froh über die Pause. Ich habe eine Nachricht für dich, weiß aber nicht, ob du sie als gut oder schlecht betrachtest.«

»Eine Nachricht?« Ihr erste Impuls war: Allen! Aber welche Nachrichten konnte es von ihm geben? Vielleicht betraf es ihre Eltern.

»Ich habe vernommen«, hob er an und sprach langsam, um ihr das genaue Verstehen zu erleichtern, »daß die Gerichte des Staates Kalifornien im Verlauf der letzten vierzehn Tage eine Entscheidung getroffen haben, die es Weißen ermöglicht, Japaner zu heiraten.«

Er sah sie aufmerksam an. Sie erfaßte die leidenschaftliche Frage, die im Unterton seiner Stimme mitschwang, und erwiderte seinen Blick.

»Was soll mir das?« fragte sie.

»Ich dachte, du müßtest darüber Bescheid wissen«, erwiderte er. »Es könnte ja einen Unterschied für dich bedeuten. Wenn dir daran gelegen ist, kannst du dem Amerikaner, dessen Namen ich nicht aussprechen will, schreiben. Es steht euch jetzt frei, hier zusammen zu leben.«

»Wir können nirgends zusammen leben«, sagte Josui. »Nicht mehr.«

Sein Herz lag wie ein Stein in seiner Brust und stand beinahe still. Er spürte, wie die Muskeln sich zusammenkrampften. »Willst du damit sagen, daß du es nicht mehr wünschst?«

»Es geht nicht darum, ob ich es wünsche. Es geht darum, daß es unmöglich ist.« Sie verlor etwas von der Ruhe, die sie bisher gezeigt hatte. »Verstehst du nicht, Kobori, daß ich nicht mehr mit ihm leben kann? Das Gesetz ist Nebensache. Ich kenne ihn jetzt. Was er zu geben hat, genügt nicht für ein gemeinsames Leben.«

»Du empfindest für ihn keine —«

Sie sprach das Wort für ihn aus. »Liebe? Vielleicht nicht, vielleicht ja. Auch das zählt nicht mehr. Liebe genügt nicht. Mir nicht. Amerikanern mag sie genügen, mir aber nicht. Das weiß ich nun.«

Er zog mit einem leisen zischenden Laut den Atem ein. »Bedeutet das, daß du nach Japan zurückkommst?«

»Ja, Kobori, wie auch mein Vater zurückgegangen ist.«

Unglücklicherweise kam in diesem Augenblick der Kellner mit einem Tablett, auf welchem die Schüssel mit Krabben stand. Der Mann stellte die Schüssel vor Kobori und reichte ihm Gabel und Löffel.

»Sie werden wünschen, Madame selbst zu servieren, Monsieur«, meinte er.

Kobori war darauf nicht vorbereitet gewesen und nahm das Vorlegebesteck ungeschickt zur Hand. Er warf Josui einen hilflosen Blick zu. »Ich habe das noch nie im Leben gemacht«, bekannte er.

»Laß mich es tun.« Josui streckte ihm ihre schlanke Hand entgegen und hielt die silberne Gabel und den flachen Löffel mit anmutiger Bewegung über die Schüssel. »Reiche mir deinen Teller, Kobori. Ich werde dir auflegen.«

Dankbar schob er ihr seinen Teller zu. »Ich danke dir«, murmelte er. Welch ein Glück, dachte er, während er ihr zusah, daß ich die rosa Perlen aus Indien behalten habe. Mit zärtlicher Stimme sagte er: »Obwohl ich doch der Gastgeber bin, machst du alles besser als ich.«

Sie lächelte, antwortete aber nicht. Es war ganz natürlich, diesem großen, unbeholfenen Mann zur Hand zu gehen. Und nun wußte sie auch, daß sie es für den Rest ihres Lebens tun würde.

Der Tag war auch in der kleinen Stadt in Virginia heiß. Ein träger Hochsommertag, erstarrt in der Glut, obwohl die Bäume in grünem Laub prangten und die Blumen entlang den Mauern leuchteten.

Frau Kennedy hatte sich eben von ihrem Nachmittagsschlaf erhoben. In kühles, mattes Blau gekleidet, kam sie die Treppe herunter und verhielt ihren Schritt, um auf das Schwimmbassin draußen zu blicken. Stimmen und das Plätschern des Wassers hatten sie aufgeweckt, und im ersten Augenblick war sie wütend über die Rücksichtslosigkeit gewesen. Doch dann erkannte sie die Stimmen als die ihres Sohnes und Cynthias, und die Wut verrauchte. Die beiden kamen sich näher. Sie war sorgsam darauf bedacht gewesen, nicht viel von Cynthia zu sprechen, seit Allen während des letzten Winters plötzlich heimgekehrt war mit einer schweren Erkältung und einer unerklärlichen Müdigkeit. Sie waren sofort für einen Monat nach White Sulphur Springs gefahren, und sie hatte den Sohn mit keinerlei Fragen belästigt, bis er von sich aus mit seinem Vater gesprochen hatte. Selbst danach hielt sie sich im Zaum. Tom hatte ihr nur mitgeteilt, daß die Japanerin ihre Sachen gepackt und Allen verlassen hätte, ohne eine Nachricht zu hinterlassen. Allen hatte seine Stellung gekündigt, die Wohnung aufgegeben und war heimgekehrt.

»Es ist ein Segen, Tom!« hatte sie nur gesagt.

Darauf hatte er nichts erwidert, aber sie war sein unbeteiligtes Schweigen seit langem gewöhnt. Es lag auf der Hand, daß es wirklich nichts mehr zu sagen gab. Es war niemandes Schuld, und es ließ sich denken, daß das Mädchen, obwohl eine Ausländerin, verstanden hatte, daß eine Frau nicht ihren einzigen Sohn hergeben konnte. Sie hatte Allen mehr Geduld entgegengebracht denn je, denn ihre Liebe war stets kritisch, unbeherrscht und anspruchsvoll gewesen. Sie wußte, daß sie oft die Leute vor den Kopf stieß; denn ging etwas nicht nach ihrem Willen, so brauste sie auf. Doch jetzt ließ sie Allen gewähren, wenn er ihr widersprach und auf ihre Wünsche keine Rücksicht nahm.

»Laß mich bitte selbst entscheiden«, sagte er jetzt oft bei den unwichtigsten Sachen, sogar wenn sie ihn plagte, doch den Pudding, den er nicht mochte, zu versuchen. Er war nach einem neuen Rezept gemacht und wirklich ausgezeichnet. Allen war aufsässig und schwierig, fast so, wie er als kleiner Junge gewesen war, aber sie fand sich damit ab, weil er wieder heimgekehrt war.

Sie blieb beim Fenster stehen und sah wohlgefällig auf die beiden Gestalten hinunter, die sich unter dem Maulbeerbaum bei der Terrasse ausstreckten. Schön sahen sie zusammen aus, doch Frau Kennedy nahm sich vor, Cynthia darauf aufmerksam zu machen, daß sie auf ihre Figur achten mußte. Verheiratete Frauen, überhaupt, wenn sie Kinder bekamen, neigten dazu, Fett anzusetzen. Sie selbst allerdings hatte nie ein Pfund zugenommen.

Sie ließ den Seidenvorhang los, durchschritt den großen, kühlen Raum und läutete. Harry, der alte Butler, trat beinahe unverzüglich ein, frisch und sauber aussehend in seiner weißen Livree.

»Harry, mixe ein paar Drinks und bringe sie Master Allen und Fräulein Cynthia auf die Terrasse hinaus.«

»Jawohl, Ma'm.«

»Nimm nicht das alte Zinntablett, das du immer benützt. Ich kann es nicht sehen. Nimm das Silbertablett. Und bereite auch Gläser für Herrn Kennedy und mich vor, wir gehen vielleicht zu den jungen Leuten hinaus.«

Er ging, und sie setzte sich nieder, in Gedanken versunken, ob wohl eine zum Heiratsantrag führende Stimmung unterbrochen würde, wenn Tom und sie sich zu Allen und Cynthia gesellten. Seit einem Monat hatte sie Tag für Tag Allens Ankündigung erwartet: »Mutter, Cynthia hat ja gesagt!«

Sie lehnte sich zurück, sorgfältig darauf bedacht, ihre Löckchen nicht in Unordnung zu bringen, und schloß lächelnd die Augen.

Cynthia rieb sich mit einem grünen Handtuch die Haare trocken. Allen lag im Gras zu ihren Füßen und fragte: »Wählst du ein grünes Handtuch, weil du Grün gern hast oder weil du in Grün am schönsten aussiehst oder weil dein Badeanzug grün ist —«

»Ich habe einfach irgendein Handtuch im Badezimmer genommen«, sagte Cynthia. »Vielleicht habe ich es unbewußt genommen, weil es grün ist. Ich weiß nicht. Blau hätte ich jedenfalls nicht gewählt. Vielleicht war es auch bewußt.«

»Bewußt wie immer«, neckte Allen.

»Möglich.«

Er stemmte sich auf seinen Ellbogen hoch. »Wie albern wir reden.«

»Das haben wir immer getan«, erklärte Cynthia. »Ich weiß noch, als du ungefähr zehn Jahre alt warst, habe ich gedacht, du seiest der albernste Junge von allen, die ich kannte.«

»Aber du mochtest mich immer gut leiden.«

Sie zögerte, wie immer auf der Hut bei dem, was sie sagte: »Manchmal vielleicht.«

Die ständige Zurückhaltung, die sie in jedes an ihn gerichtete Wort legte, ging ihm plötzlich auf die Nerven. Er entschloß sich, sie ihr auszutreiben, ihren Widerstand zu brechen, wie man eine Distel packt und bricht, wenn es sein muß.

»Es ist höchste Zeit, Cynthia, daß wir einmal miteinander ins reine kommen.«

Sie rieb ihr blondes Haar mit heftigen Bewegungen und gab keine Antwort.

»Leg das verdammte Handtuch endlich weg, Cynthia!« Er beugte sich vor und riß ihr das Handtuch aus den Händen. Sie fing ein Ende wieder auf, und sie zerrten es hin und her.

»Schon wieder albern!« rief sie.

Er ließ sein Ende unvermittelt los. »Von mir aus, aber ich habe es satt, wie du dich mir gegenüber benimmst. Du weißt ganz genau, was ich sagen will, aber du läßt es nie dazu kommen. Mich kannst du nicht zum Narren halten, dazu kenne ich dich zu genau.«

Sie warf das Handtuch zu Boden. »Meinetwegen — sag's! Bringen wir es endlich hinter uns.«

»Cynthia!«

Ihre blauen Augen blitzten, ihre Lippen waren aufeinandergepreßt, und Allen empfand plötzlich ein vages Gefühl des Schreckens. War er seiner Sache zu sicher gewesen?

»Sag's!« befahl sie.

»Der Teufel soll's holen, ich sag's auch«, polterte er ärgerlich. »Ich möchte dich heiraten. Du weißt das seit langem.«

»Schön, du willst mich heiraten, aber ich will dich nicht heiraten. Es ist Zeit, daß du's erfährst.«

Sie schleuderte ihm die Antwort zu, und er hörte die Worte, konnte sie aber nicht fassen. Er begriff Cynthia nicht. Seit Wochen hatte er fest mit ihrer Zusage gerechnet. Seinetwegen, hatte er sich eingeredet, wies sie alle anderen Freier ab.

»Ich kann nicht glauben, daß du wirklich meinst, was du sagst«, erklärte er. Plötzlich benahm er sich würdevoll, setzte sich auf und wischte die Halme von seinen nackten Beinen.

Cynthia sah ihn an und fragte sich selbst, warum es ihr auf einmal nicht mehr möglich war, Allen zu lieben. Sie legte sich selbst über ihre Empfindungen nie genau Rechenschaft ab; sie zergliederte ihre Gefühlsregungen nie, auch nicht, wenn sie allein war; sie war ein Mensch, der sich von Impulsen leiten ließ, und seit Monaten hatte Allen sie als Mann nicht mehr angezogen. Die alte, vertraute Kameradschaft war noch da, aber die prickelnde Erregung war verschwunden.

»Ich fürchte, es ist mir Ernst«, sagte sie nachdenklich. »Ich kann's nicht ändern.«

Er begriff, daß sie ihn nicht liebte, so unvorstellbar dies auch schien, wo sie füreinander bestimmt waren; seine Mutter hatte es immer gesagt, und seine Mutter hatte recht.

»Ich nehme deine Abweisung nicht an«, sagte er ernst. »Ich bin erst jetzt darauf gekommen, daß ich im Grunde meines Herzens all die Jahre nur auf unsere Heirat gewartet habe. Falls du an Josui denkst —«

»Ich denke an sie.«

»Das ist überflüssig«, erklärte er. »Das ist vorbei. Und mir ist, als hätte sie überhaupt nie existiert. Ich verstehe heute gar nicht mehr, wieso ich mich habe einfangen lassen. Ich war zu lange von daheim fort. Eines möchte ich dir sagen, Cynthia, obwohl es dich vielleicht nicht interessiert — ich hoffe allerdings das Gegenteil —, ich habe mich nie mit anderen Japanerinnen eingelassen, wie die Männer es dort drüben alle taten.«

Er war nicht sicher, ob sie ihm überhaupt zuhörte. Ihr feuchtes Haar, das sich in kleine Löckchen ringelte, verlieh ihrem Gesicht eine beinahe kindliche Anmut. Sie stand regungslos wie eine Statue. Das grüne Handtuch hing von ihrer Hand herunter und schleppte am Boden.

Den Blick irgendwo in die Weite verloren, sagte sie langsam: »Ich ahne, warum Josui dich verlassen hat. Sie wird herausgefunden haben, daß sie in anderen Umständen war.«

»Nein!« rief er. »Das ist ganz bestimmt nicht wahr. Das hätte sie mir erzählt.«

»Ich glaube nicht, daß sie es dir erzählt hätte«, widersprach Cynthia versonnen. »Ich glaube, sie ist einfach von dir weggegangen, weil sie wußte, daß deine Mutter sie nicht wollte und darum auch das Kind nicht gewollt hätte.«

»Höre auf, immer meiner Mutter die Schuld zu geben!« rief er heftig. »Es war nicht ihr Fehler, das weißt du ganz genau. Das Gesetz –«

»Oh, sei ruhig!« fuhr sie ihn an. Sie warf das Handtuch zu Boden und stellte sich mit verschränkten Armen vor den Maulbeerbaum. »Als ob Virginia der einzige Staat in der Union wäre!«

»Meine Heimat ist hier«, wandte er ein.

»Oh, sei ruhig!« wiederholte sie. Trotz des zornigen Tones traten Tränen in ihre Augen.

Er sah es, stand auf und trat mit ausgestreckten Armen auf sie zu. »Cynthia, Liebste –«

Sie wich zurück und schrie ihn an: »Rühr mich nicht an! Ich ertrage es nicht!« Sie bückte sich, nahm das Handtuch auf und rannte über den Rasen bis zu dem Tor in der Mauer, das zum Grundstück ihres Vaters führte.

Er sah ihr nach, wie sie über den Rasen lief, und Enttäuschung überflutete sein Herz, wie er sie noch nie empfunden hatte. Die Welt stand still. An jenem Tag, an dem er die Wohnung in New York verlassen hatte, war ihm elend genug zumute gewesen; sein Kopf hatte gehämmert, und es hatte ihn Mühe gekostet, sich bis nach Hause zu schleppen. Zu Hause war Cynthia, hatte er gedacht, und wartete auf ihn. Nach einer angemessenen Zeit, in der er sich selbst trösten und sich einreden konnte, daß er Josui im Grunde nie richtig geliebt hatte, würde er sein Leben wiederaufnehmen und sich ganz ungeschmälert wohl fühlen. Das war nun ausgeschlossen. Wie sollten sie als Nachbarn weiterleben? Sie auf der einen Seite der Mauer, er auf der anderen!

Es war nicht auszudenken. Er ging langsam über den Rasen auf das Haus zu und hätte beinahe Harry umgerannt, der mit einem Tablett voller Gläser herauskam. Er vermutete die Hand seiner Mutter dahinter und befahl dem alten Mann unwirsch: »Nimm die Gläser wieder ins Haus, Harry. Fräulein Cynthia ist heimgegangen.«

Er traf seine Mutter, die erwartungsvoll in der Tür stand. Besser, es ein für allemal hinter sich zu haben!

»Ich möchte dir sagen, Mutter, daß ich Cynthia gebeten habe, meine Frau zu werden, und sie hat mich abgewiesen. Und ich wünsche nicht, daß nochmals davon gesprochen wird.«

»Allen!« stieß sie erstickt aus. »Warum denn?«

»Sie hat mir keinen Grund genannt.« Er verzog den Mund. »Vielleicht gefalle ich ihr nicht.« Er stand vor ihr, sah auf sie hinunter, und sie erkannte die Qual, die er hinter seinem Stolz verbarg. »Ich glaube, ich gehe wieder zur Armee, Mutter«, sagte er unsicher.

»O Allen!« schluchzte sie und streckte die Hände nach ihm aus.

»Bitte, Mutter!« Er wies sie zurück, wandte sich um und ging die Treppe zu seinen Zimmern hinauf.

Frau Dr. Steiner saß mit einem großen weißen Handtuch über ihren Schoß gebreitet da. »Heben Sie ihn auf, Frau Markey, setzen Sie ihn auf meinen Schoß. So — ich trockne ihn, sehen Sie, und ich pudere ihn — so.«

Frau Markey, eine dünne ältliche Frau in einem ordentlichen graugeblümten Baumwollkleid, hob Lennie behutsam aus seinem Bad und setzte ihn auf den breiten, wartenden Schoß. Er hielt sich so gerade, wie er konnte, und lächelte zu der Ärztin auf. Wenn er nicht Schmerzen hatte, was nur geschah, wenn eine der beiden liebevollen Frauen ihn mit einer Nadel stach oder seine Flasche vergaß, pflegte er zu lächeln. Seine asiatischen Augen mit dem Anflug einer schrägen Linie waren von gebogenen langen Wimpern umsäumt, wie man sie bei solchen Augen noch nie gesehen hatte.

»Frau Markey«, sagte die Ärztin in ihrer vortragenden Stimme. »Sehen Sie sich Lennies Hände an. Beobachten Sie einmal die Bewegungen seiner Finger. Den ersten und den vierten Finger hält er zusammen mit dem Daumen gerade, den zweiten und dritten biegt er. Das ist eine typische Tanzbewegung aus Burma und Siam und von dort wahrscheinlich auch nach Japan verpflanzt. Das bedeutet, daß die Schöpfer asiatischer Tänze die Bewegungen eines kleinen Kindes als Darstellung des grundlegenden Ausdrucks der menschlichen Hand verwenden.«

Frau Markey war eine ungebildete Frau, aber sie beobachtete doch folgsam Lennies Hände. Sie flogen wie Vögelchen durch die Luft, und sein kleiner Körper schien auch nur darauf bedacht zu sein, von der sicheren Unterlage des breiten Schoßes aufzufliegen in die Weite. Er strahlte immer, und sein lachendes Gesicht war voller Grübchen. Er unterschied sich sehr von ihren eigenen etwas plumpen Kindern, von denen eines, zum Mann herangewachsen, irgendwo im Dschungel einer Insel verweste. Prahlte sie mit Geschichtchen von Lennie, sagten die Nachbarn oft zu ihr: »Wie können Sie nur so verrückt mit einem japanischen Baby sein?«

»Lennie is' kein Japaner«, widersprach sie dann. »Er is' anders als irgendein Baby, das ich je zu Gesicht bekommen hab'.«

»Noch dazu, wo Ihr eigener Sohn von Japanern umgebracht worden ist«, setzten die Frauen grausam hinzu.

Ihr tat noch jetzt das Herz weh, wenn jemand ihren Sam erwähnte, aber sie sagte: »Lennie war's ganz sicher nicht. Das steht mal fest.«

Wie konnten beschränkte Nachbarn ihre Gefühle begreifen?

Ein beunruhigender Wechsel machte sich in Lennies Zügen bemerkbar. Er sah vorwurfsvoll zu Frau Dr. Steiner auf, die er bereits als die im Mittelpunkt seiner Welt stehende Persönlichkeit erkannt hatte. Sein rosiges Mündchen zitterte, an den gebogenen Wimpern glitzerten Tränen — dies war eine neue Errungenschaft, das Hervorbringen von Tränen!

»Schnell«, rief die Ärztin aufgeregt. »Er hat Hunger. Wir vertrödeln zuviel Zeit. Ja, ja, mein Liebling! Die Flasche, Frau Markey!«

Frau Markey holte die Flasche. Frau Dr. Steiner prüfte erst sorgfältig, ob sie nicht zu heiß oder zu kalt war, als sie sie in Händen hielt. Dann zog sie Lennie ein Lätzchen über und wickelte seine kräftigen, kleinen Schenkel in eine Windel. Er duldete die Verzögerung kaum und strampelte zum Ausdruck seiner Unzufriedenheit mit Händen und Beinen.

»Da, mein Liebling, da!« schmeichelte Frau Dr. Steiner. »Ich bin zu langsam, ich weiß. Da hast du deine Flasche.«

Er legte sich zurück in das bequeme Kissen ihres Armes, zufrieden, daß sein Hunger gestillt wurde, und blickte nachdenklich in das gute, eckige Gesicht auf. Die gedämpften Geräusche, die Frau Markey beim Aufräumen der Wohnung erzeugte, störten ihn nicht, und Frau Dr. Steiner erging sich wie immer, wenn Friede herrschte, in Gesprächen über Lennie.

»Ich habe gestern die Teste fertiggestellt, Frau Markey.«

»Ja, wirklich?« murmelte Frau Markey, Widerspruch in der Stimme. Sie betrachtete es als grausam, ein so winziges Geschöpfchen wie Lennie Testen zu unterziehen. Als ob Lennie Teste nötig hätte! Als ob nicht ein jeder zugeben mußte, daß er das süßeste Kind war, das jemals existiert hatte.

»Ich habe alle Teste fertiggestellt, auch die neurologischen. Seine Intelligenz ist weiter entwickelt, als ich es jemals in einem menschlichen Wesen seines Alters entdeckt habe. Ganz fabelhaft, wirklich!«

»Wenn Sie doch bloß Lennie nicht nur ein menschliches Wesen nennen würden«, begehrte Frau Markey gereizt auf.

Frau Dr. Steiner starrte die Frau verständnislos an. »Warum denn nicht?«

»Es klingt, als ob er bloß ganz gewöhnlich wäre«, versetzte Frau Markey. »Er is' nich' bloß 'n menschliches Wesen. Er ist der süßeste kleine Bengel, das geliebteste Kerlchen, das es überhaupt je gegeben hat.«

Lennie, aufmerksam gemacht von ihrer Stimme, warf ihr einen schrägen Blick zu, und sie wurde ganz rührselig vor lauter Liebe.

Frau Dr. Steiner stieß ein rumpelndes Lachen aus. »Frau Markey, Sie mögen Lennie nicht!«

Frau Markey hob die Hand vor den Mund, um ihre Zahnlücken zu verbergen. »Ich weiß selbst nicht, wie's kommt. Ich weiß nicht, wo ich doch so viele Kinder gehabt hab', und eines davon is' nich' mehr am Leben, aber wenn unser kleiner Lennie mich anlacht, da is' mir zumute, als ob Eis in mir schmilzt.«

Lennie schob die Flasche beiseite, und die Milch tröpfelte über sein Kinn. Er lächelte das Lachen eines Cherubs und wandte sich neugierig der dicken Frau zu. Was hatte sie dazu zu sagen?

Die Ärztin sah auf sein lachendes Gesicht hinunter, und sie mußte plötzlich an die toten Kinder denken, die verhungerten, ermordeten Kinder, die sterben mußten um dessentwillen, was ihre Eltern gewesen waren: Juden, Katholiken, Rebellen, Gehaßte, Gefürchtete, Verachtete. Sie ertrug den Gedanken nicht, daß Lennie auch nur den Schimmer dieser Erinnerungen in ihren Augen erkannte. Er war so empfindsam, so klug! In seinem Wesen vereinten sich die Gaben der ganzen Welt. Sie hob ihn ein wenig empor und fühlte seine rotbraunen Härchen an ihrer Wange. Der Knabe war bereits kräftig, intelligent und von Schelmerei erfüllt. Sie erkannte, was er war, und sie dachte dankbar an das, was er einst werden würde. Und sie, die häßliche alte Jungfer, war die Auserwählte. Die Beschränkten konnten nicht sehen, was in ihm steckte; die Engherzigen blieben stumpf ihm gegenüber, aber sie – sie erfaßte es. Unter all denen, die verloren waren, hatte sie dieses Kind gerettet.

»Welche Saat«, murmelte sie. »Welche Saat!«

Und mit einem triumphierenden Lächeln tätschelte sie Lennies Rükken und schaukelte ihn sanft auf ihrem Schoß.

Romantic Thriller

Knaur®

Holt, Victoria:
Der Schloßherr
Roman. Band 0776.
192 Seiten.

Holt, Victoria:
Der Teufel zu Pferde
Roman. Band 0679.
320 Seiten.

Melville, Anne:
Das Erbe der Lorimers
Roman. Band 0803.
336 Seiten.

Melville, Anne:
Die Lorimers
Roman. Band 0686.
368 Seiten.

Markstein, George:
Das Gold des Lebens
Roman. Band 0821.
272 Seiten.

Randall, Rona:
Der Adler über dem Tor
Roman. Band 0797.
336 Seiten.

Randall, Rona:
Die grüne Kutsche
Roman. Band 0807.
144 Seiten.

Randall, Rona:
Der Wächterstein
Roman. Band 0782.
160 Seiten.

Rock, Phillip:
Sturmwind der Zeit
Roman. Band 0822.
448 Seiten.

Rogers, Rosemary:
Die Unbesiegbare
Ein Lied von Liebe.
Roman. Band 0784.
576 Seiten.

Rogers, Rosemary:
Wildnis der Liebe
Auch Frauen haben ein Recht auf »ihren« Frauenroman. Rosemary Rogers hat ihn geschrieben und Millionen von Leserinnen begeistert: eine titanische Familienfehde, Liebe, Haß und Leidenschaften von nicht alltäglichen Menschen. Roman.
Band 1008.
320 Seiten.

O'Hara, John:
Elizabeth Appleton
Roman. Band 0761.
288 Seiten.

Simmons, Mary Kay:
Feuer im Blut
Roman. Band 0759.
320 Seiten.

Simmons, Mary Kay:
Im Taumel des Glücks
Roman. Band 0800.
384 Seiten.

Sherwood, Valerie:
Glück ist wie Glas
Roman. Band 0805.
384 Seiten.

Stewart, Mary:
Die Geisterhunde
Roman. Band 0633.
272 Seiten.

Wolff, Victoria:
König im Tal der Könige
Roman. Band 0726.
224 Seiten.

Wolff, Victoria:
Das weiße Abendkleid
Roman. Band 0798.
176 Seiten.